落日蔷薇 著

湖南人民出版社

九霄长歌

楔子
001

第一章 | 004
女王归来 全服公敌

第二章 | 042
故人再现 尊者挑战

第三章 | 076
第一陨落 狂眉再现

第四章 | 105
线上共行 线下纠结

第五章 | 134
狂妄告白 风云忽起

第六章 | 165
终极竞技 全服之尊

第七章 | 200
温暖烟火 动人琴曲

第八章 | 232
一战九霄 与君并肩

结局
270

番外一 | 275
约会

番外二 | 278
晚餐

番外三 | 280
订婚

楔子

梅山疗养院的花园里满满的草木，纯白的医护装和蓝白条纹的病号服，让世界的颜色变得简单起来，绿色、蓝色、白色，没有多余的喧嚣。

沈眉娇坐在疗养院外的长凳上，看着这个冬天里难得的阳光。

游戏里的一场背叛，她失去了引以为傲的灵魂与爱情；现实中的一场骤变，却让她经历了最彻底的失去。

犹记得那一日，母亲和她争执的声音，是那么的尖锐，她曾觉得这是世上最令人痛苦的声音，可如今她再也听不到了。疾驰而来的车子前，母亲尖叫着她的名字，把她推开……

上一刻，她还想离开母亲，下一刻，母亲救了她的命。

鲜血从母亲身体涌出，从此占据她所有的梦境。如果，她没有玩游戏，如果，她不认识他，如果，她不是那么强烈地想要自由，也许这一切都不会发生。

但这世上，没有如果。

她不言不语，无法思考任何事情，如同行尸走肉般地生活着。住在另一个城市的阿姨，无奈之下将她送进了位于梅山的疗养院。

一住，就是半年时光。

一直到今天，跟母亲有着三分相像的阿姨，给她送来了这份文件。

薄薄的A4纸在她的膝盖上摊放着，被她的手压住，密密麻麻的文字让人眼花，沈眉娇只看到文件最后漂亮而熟悉的签名——属于她的母亲。

她的母亲，在她小时候就已经为她做好了一切打算。她走的每一步，都是母亲的安排。沈眉娇曾经以为这辈子永远都会在母亲的手掌下生活，可忽然有一天，罩在她头上的这只手不在了,她没有了桎梏,却发现这自由无比可笑、单薄。

沈眉娇的指甲划过纸张的某处,白纸黑字刺目无比。这是一份意外险,受益人是她沈眉娇。她母亲到死都替她想好了后路。

一阵钢琴声传来,是首《童年》,音符没有一处错的地方,弹得却非常慢,听得出来弹的人很用心,但琴声却很僵硬。沈眉娇的手,跟着那琴声在纸张上面敲了敲。

这是她的习惯,她不爱钢琴,却学了十几年的钢琴,这是母亲替她规划好的道路,可最后她还是放弃了。

"他又来给小朋友弹琴啊!"年轻的护士成群地从小路上走过,叽叽喳喳的声音传来,"长得真是帅啊!"

"是啊!"另一个声音回应着,"不过真可惜,听说他本来是钢琴天才,已经在维也纳深造了,可惜手给毁了,受了很大打击,前两年在我们院住了一段时间,好在总算缓过来了,现在经常来院里看小朋友。"

"缓过来就好啊,做人还是得看开些,来来去去的谁能没个难过的坎呢,爬得起来就好!"小护士看着年轻,说的话却颇有些感慨。

叽喳声远去,琴声收尾,传来几声拍掌声,沈眉娇抬眼看去,二楼房间的窗口,有个挺拔的身影,看不太清楚模样,却朦朦胧胧地好像在笑。

是啊,爬起来就好了吧!

沈眉娇视线又落到了那保单上面,母亲签这保单时,一定也希望她能好好活下去吧。

那就好好活着吧。

下午,死党杜夜娴来看她,坐在她身边剥着橘子,嘴里絮絮叨叨地说着各种琐事,也不管沈眉娇有没有在听。

"你哭过?"沈眉娇忽然开口,她眼睛盯着杜夜娴漂亮的长指甲,透明圆润的指甲盖,因为剥了橘皮而染上一些橙黄,显得不那么完美了。

"有这么明显吗?"杜夜娴抬手用掌心摸了摸自己的脸颊,半秒后瞳孔忽然一亮,"娇娇,你……是你在说话?"

"你为什么哭?"沙哑的声音传出来,沈眉娇自己都认不出这是她的声音了。

她半年没开过口了。

"娇娇……"杜夜娴把手里的橘子一放,猛地抱住了沈眉娇,头靠在她肩上啜泣起来,"娇娇,你不知道,我和沉弦断水分手了,那个不要脸的男人又找了一个帮主夫人啊……"

话说到一半,戛然而止。

杜夜娴这半年来没在她面前提过半句和游戏有关的事,现在说漏了嘴,她赶紧把头抬起，紧张兮兮地开口："娇娇，对不起，不该跟你提这些的！"

沈眉娇抬手，轻轻擦去她的眼泪。

"谢谢你陪我这半年。沉弦断水，我替你教训他！"

杜夜娴愣愣地看着她，等到看见她苍白的脸上忽然绽放出的笑容，才放心地说：

"你回来了啊！我想死你了！"杜夜娴又趴在了她肩头。

"我回来了。"沈眉娇伸手拍她的背，缓慢地说着，"我会好好活下去的。"

她会回到游戏，回到那里面对一切。那里有她曾引以为傲的荣耀，她曾用真心付出的男人，还有她最真实的灵魂，而最终这一切，让她失去了所有。

她会好好活着，直至有一天，她的悔恨可以像腐烂的伤口，骨肉重生不再留痕。

在这之前，她要永远记住曾发生过的一切。

她无人可恨，只恨自己。

第一章

女王归来 全服公敌

——九霄长歌

[1]

两年后。

窗外的天空才刚刚暗下,积累了一整天的热量正缓慢地释放出去,《仙修》的虚拟世界里,却已经是明月高挂的深夜了。

大朱洲的平兆城中,已经挤满了玩家,世界频道上不断刷过各种颜色的话语。

虽然这是个没有声音的世界,但精彩的程度,比起现实来一点也不落后。

就比如此时此刻在平兆城城门之前正拉开帷幕的一场狗血大戏。

石壁朱门之前,站了个女人,浅粉轻纱,素练绕身,霜发如雪,流苏三尺,衬着一张玉雪容颜比月色更加清冷绝俗。

她脑门上顶了硕大鲜红的四个字——"闲云夜月"。

和她的人一样迷人的名字。

[当前频道]沉弦断水:"别再闹了,好吗?"

银色的字,很快就淹没在了满频飞舞的话语之中。

白衣的少年,背负着金光流离的长剑,站在城门外,像暗夜飞星般惹人注目。

沉弦与夜月,曾是九霄云重服务器里备受瞩目的眷侣。

[当前频道]闲云夜月:"你不是走了吗?回来干吗?"

夜月总算是开了口。

[当前频道]沉弦断水:"我知道对不起你,但这事与阿佛无关,你不必处处为难她。"

一阵风吹过,闲云夜月的人物脸上忽然展开一抹笑,带着冰冷的嘲讽。

[当前频道]闲云夜月:"为难?她有那资格让我为难吗?不过你都这么说了,那我不把她打到滚蛋就太对不起这盆脏水了。"

沉弦断水便不再开口,青色芒印从他脚底升起,杀气已动。夜月身影晃动,她比沉弦断水更快一步出了手,花影万千,化作催命利器,直奔着沉弦断水身后不远处一块巨石而去。

轰然一响,巨石粉碎,露出了石后藏着的人,蓝裙粉面的小姑娘,脑门上赫然便是"莲佛"二字。

沉弦断水见势已不可更改，便不再犹豫，挥剑而上。

一个金阶武器在手的沉弦断水，再加一个纯治疗的奶妈莲佛，闲云夜月操作虽好，但也渐渐落到了下风。

围观的人多了起来，沉弦和夜月都是游戏里仙界有名的人，世界频道上开始刷出关于他们的话题，他们认识的人渐渐赶过来，很快便是一场大混战。

[当前频道]狂眉逆娇："你们实在太娇情了。"

忽然间频道里一句话闪过，地底一瞬间就出现一个巨大黝黑的洞穴。一只身形庞大的梦魇兽从洞中爬出，身上黑白二色的皮毛霸气无比，带着让人震颤的气息，无声无息地站在了沉弦断水的身后。

红衣黑发的女人，从梦魇兽肩头跃下，手中冰刺化成红色的血影击向沉弦断水。

[世界频道]贱光死："啊，啊，啊！娇娇姐出现了！娇娇姐威武！"

[世界频道]拱白菜的猪："娇爷驾到，快来围观！"

……

狂眉逆娇的出现，让原来被八卦充斥的世界频道，瞬间像打了鸡血一样沸腾起来。

昏暗的房间里，沈眉娇盘着腿缩在小小的电脑椅里，嘴里含着一颗草莓味的棒棒糖，手指如飞，按得键盘发出一阵"吧嗒吧嗒"的声音。电脑屏幕之上的狂眉逆娇随着她弹琴一样的动作，翻腾挪移，满屏都是乱绽的光芒。

待到光芒消停，地上已经躺了三具尸体。

沉弦断水、莲佛和——闲云夜月。

[当前频道]狂眉逆娇："夜月是我的人，你们俩自己看着办！"

高冷的气息透过电脑的游戏人物传到四方。

狂眉逆娇是谁？这是全服著名的娇娇姐、娇爷，是将雕像立在仙魔斗战台前的PVP狂人，是出了名的杀人不眨眼的凶徒，也是《仙修》九霄云重服务器之中魔渊阵营里，最臭名昭著的玩家。

在游戏之中，PVP和PVE是两种最基本的玩法，举凡涉及玩家间的争斗，大概都归为PVP了；而PVE则是玩家与游戏环境间的战斗，诸如打怪、做任务等等。

相比之下，PVP当然更容易得罪人一些，但大多也只是敌对阵营的仇人多些，可没有哪个人像狂眉逆娇一样，仙界与魔渊两个阵营的玩家都恨她入骨，她的仇人遍地开花。

在《仙修》的世界里，玩家一出生便被分成了两个完全敌对的阵营，如同一部声势浩大的修仙小说，仙与魔永远是对立的双方，在游戏之中，也是如此设定的，仙界与魔渊，势同水火。所谓成仙抑或入魔，皆在一念之间。

沈眉娇是魔，还是个魔头，是魔渊的女王。

她是个女人，但没有人相信。

沉弦断水和莲佛不敢就地复活，白光一阵，便回了重生点，于是事故地点只剩下狂眉逆娇和闲云夜月……的尸体，以及满满当当的路人。

[私聊频道]闲云夜月对你说："我不是你的人吗？打我干吗？"

沈眉娇咬了一口棒棒糖，尝到浓浓的草莓甜味，才缓缓打下一行字。

[私聊频道] 你对闲云夜月说："我给你留了两秒时间躲开的，自己不躲怪谁！"

网络另一头的杜夜娴顿时一阵心塞。

狂眉逆娇却已经很快跳上了梦魔兽的背，一溜烟走得影子都不剩。

[2]

云海之巅，是沈眉娇常呆的老地方，这里没有怪，景色也谈不上多美，所以很少有人会来这里。杜夜娴跟着她到了云海。

[当前频道]闲云夜月："娇娇！"

[当前频道]狂眉逆娇："不要谢我，我只是厌烦你天天向我哭诉而已。"

[当前频道]闲云夜月："我就跟你诉过一次苦！"

[当前频道]狂眉逆娇："呵……苦海无边，我有先见之明。"

沈眉娇将剩下的棒棒糖彻底咬碎，发出一阵"嘎吱"的声音，听起来颇有些咬牙切齿的味道。

依杜夜娴的性子，也就嘴里说得痛快，心里完全不是那么一回事。如果虐莲佛能让沉弦断水回来，她会不遗余力地往死里作。因为这样，沉弦断水便会留在游戏里护着莲佛。而她，便能天天见到他。

从沈眉娇离开疗养院到现在，这两年里，杜夜娴和沉弦断水就像是这天下最难缠的怨侣，分分合合，合合分分，纠缠了两年。她在游戏里替杜夜娴教训了多少次沉弦断水，她都已经数不过来了，真是哀其不幸，怒其不争。

所以沈眉娇除了"呵呵"还是"呵呵"。

[当前频道]闲云夜月："我准备AFK了。"

杜夜娴很聪明地转移了话题。

[当前频道]狂眉逆娇："哦。"

[当前频道]闲云夜月："你不留我？"

杜夜娴的忧郁隔着电脑屏幕传来。

沈眉娇忽然间牙齿一阵钻心的痛，棒棒糖的小碎粒卡到了蛀牙洞里，让她差点没从椅子上跳起来,便脸颊抽搐着打下一行字。

[当前频道]狂眉逆娇:"这是你第五次说要A,又是为了什么?"

她对于杜夜娴说AFK一点都不惊讶,所谓AFK就是离开游戏,简称"A",这已经不是杜夜娴第一次说要A了,每一次都是过段时间她又自己屁颠屁颠地回来了。

[当前频道]闲云夜月:"我爹地前几天承包了一个鱼塘,要我回家族帮他打理。业务刚开始太忙,所以最近没空玩了。"

[当前频道]狂眉逆娇:"呵呵。"

沈眉娇拧着眉高冷地回了句话,便跑去拿水,企图把那碎糖冲出来。等她回来的时候,频道上已经刷出了一大堆文字。

[当前频道]闲云夜月:"你好绝情!"

[当前频道]闲云夜月:"嘤嘤,快说你爱我啊,求我留下啊!"

[当前频道]闲云夜月:"让我觉得这游戏还有爱好吗?我的心都要碎了啊!"

[当前频道]闲云夜月:"好吧,我知道你的意思了!友尽!"

[当前频道]闲云夜月:"我有个朋友仰慕你的操作,我让他拜你为师了。"

不是问号,而是句号。

沈眉娇盯着屏幕上弹出的拜师申请对话框。

[师徒频道]玩家笙歌惊鸿慕你身手不凡,欲拜你为师,你可愿收入门下?

闲云夜月见她没反应,发了一连串的问号出来,沈眉娇伸手毫不犹豫地点下了同意。

[当前频道]狂眉逆娇:"呵呵,他敢拜,我就敢收!"

杜夜娴自动忽略了她语气中高冷范十足的"呵呵"两字,只是发了无数个笑脸。

然后,她便下线了。

沈眉娇一个人待在了云海之上,她屏蔽了所有频道,因此整个世界一片清静,屋里连一点声音都没有。她看着系统提示的收徒信息,缓缓打开了师徒面板,师徒面板之上,除了有还发着亮光的"笙歌惊鸿"四字外,还有一个孤零零的黯淡的名字。

终忘。

沈眉娇握着鼠标点上去,小小的对话框弹出来。

"该玩家已经910天未上线。"

原来,已经两年多了。

她都快想不起来,自己曾经有过一个徒弟,那样称心如意,让她愿意倾尽所有,只求天下共骋。

"娇娇,你是我今生唯一的师父。"

千军万马之间,他骑着玄青色的蛟龙,从战火中冲到她的身边,叫着她的名字,却只说了这一句话。

她还记得当时的自己，血如烈火，心如战鼓。

今生，她为师，他为徒，她带他练级，教他游戏，陪着他走遍这虚幻世界的每一处风景，和他一起躲避了无数场追逐，她以为会一直这样，直到有天荣耀与共，携手并肩……

可最后，却是他，给了她最沉的痛，还有一世都丢不掉的悔。

这《仙修》的世界，风景如初，一叶一花都不曾变过，可终忘已不再是当初的终忘，而她狂眉逆娇，也已不再是当年的娇娇了。

一切，终有忘时。

[3]

《仙修》九霄云重服务器的玩家都知道，当娇娇姐的徒弟，是件惨不忍睹的事。

单凭狂眉逆娇竖在斗战台外的雕像，每天就曾经有数十人要拜她为师，沈眉娇一向来者不拒。至于收了以后会怎样？那不是她在乎的。顶着娇娇姐徒弟的名号，她的这些小徒弟们无一例外地成了全服首号围殴的对象，很多人无法打败师傅，就只好追着徒弟打了。

沈眉娇从来不管。

就像她对杜夜娴说的那样——"他敢拜，我就敢收！"

如此而已。

没有人能在这样的情况下坚持一星期不与她断绝师徒关系的，以至于到了后来，整个服务器就再也没人敢拜她为师，除了偶尔有几个不长眼的新人外，就像笙歌惊鸿这样的。

很快，笙歌惊鸿就知道了当她徒弟的下场。

连续七天疯狂的追杀，让他的等级固定在了89级，离满级只差一级！但这个徒弟从头到尾都没有跟沈眉娇吱过一声。既没问她要装备，也没要她带着练级，更没叫："师父，快来救我呀！"

好省心的徒弟，省心到沈眉娇将他彻底遗忘了。

这天夜里是沈眉娇例行的巡山，撞见敌对阵营的玩家就开打。

[世界频道]萧萧白河："仙界的人都去哪了？让狂眉逆娇在这里随便虐人！"

萧萧白河刚刚被她虐了几次，气不顺就在世界频道上骂了出来。

沈眉娇如往常一样的沉默着，任人在世界频道上骂着，不置一词。她在凤桐山过完手瘾，便点了千里传送符，一溜烟地跑去了巨石谷。

《仙修》的地图做得大，在游戏进度条即将读完的时候，沈眉娇这台半旧的老爷机蓝屏了。

"NO！"沈眉娇大怒，站起来踹了一脚主机箱。

老爷机脾气很大，屏幕直接就给黑了，沈眉娇无可奈何，只能从公事包里翻出一台小笔记本电脑来。小电脑十四寸的屏幕看起来十分的不爽，沈眉娇一面郁闷地登录游戏，一面趁着读条的时间跑去倒了杯水。

等她倒好水回到桌前时，屏幕上已是一片愁云惨淡的画面。

巨石谷的图大部分都是光秃秃的石野，没什么草木遮挡，她的狂眉逆娇就躺在传送点的乱石堆中，裹着红衣的身躯曼妙玲珑地横陈在地，与一大堆尸体叠到一起，分不出谁是谁来。

她已经很久没有看过这样的画面了。

居然……莫名其妙就死了！

巨石谷只是个85到90级的练级地图，她选择的这个传送点是巨石谷人最少的铁风村，属于魔渊的地盘。仙魔两界势不两立，魔渊的玩家在自己的地盘上是受到保护的，而仙界的玩家在这里会受到NPC（非玩家控制角色）的围攻，反之，也是一样。

但眼前的情况是，整个铁风村的NPC全都躺在地上，还有十来个玩家的尸体凌乱地铺在村落里。

沈眉娇眯了眯眼，眼神落在那片满屏晃动的红名之上。这是一场来自对立阵营玩家的清洗行动。

[当前频道]老衲来自星星："爽快！"

[当前频道]贫尼来自月亮："魔渊狗，有本事再叫啊！"

[当前频道]君君小安："没本事找当事人，却来打小号，真是太有脸了！"

[当前频道]飞凰："进了魔渊就是敌对，管你大号小号！"

……

当前频道上不断闪过银亮的对话，乱得让人看不清内容，沈眉娇也没空去管什么前因后果，一看到这样的情况，她就不自觉地沸腾起来。

大概是因为她传到这里的时候，清洗大战就已经开始，恰逢她电脑死机，因此狂眉逆娇的角色就和所有人一起被对方的群殴技能直接殴倒，埋在尸堆里，名字与他人重叠，所以并没有人发现她到了这里。

沈眉娇舔了舔嘴唇，并没有马上复活，而是仔细地打量了一番眼下的情形。

仙界来的都是90级满级的大号，装备和操作都一般，但是在巨石谷的魔渊玩家大部分都未满级，因此才让对方如入无人之境般地屠戮着。

实力悬殊得太厉害，大部分的玩家都选择躺尸，这样便不会给对方第二次凌虐的机会。

在重重叠叠的尸体中，沈眉娇忽然发现，有一个人，死了活，活了死，不断复活，不断冲进人群。这个人复活的速度没有半点迟疑。

玄色布袍，长发轻束，身板儿单薄，是逼近90级时任务送的过渡装备，按装备的颜色和造型来看，此人要么是个法术类的输出职业，要么是个奶妈。

就这么冲上去，他是活腻了吗？

沈眉娇看着显示屏上的画面不由摇摇头，这年头能如此勇武，这人该不会是个新人吧？

想归想，她还是趁着那人复活冲上去吸引炮火的机会，迅速点了复活。

浅浅的光华过后，狂眉逆娇妖娆万分地站了起来，一袭红衣如血，却又渐渐隐去了身形。她隐了身，又用了一张催风符，以最快的速度跟在那人身后，悄然靠近了那些正将炮口对准此人的玩家身边。

她心里盘算着：如果那人是个幻幡士，那最起码他应该会放个冰冻法术或者火焰峰来阻止对方众人的逼近，这样就能为她争取到两秒时间。如果那人是个妖医，最差也会放个治疗法池，用来恢复自身及周围同阵营玩家的血量，也能替她争取两秒时间。

两秒，够她做很多事，比如多打一个人！

沈眉娇的算盘打得叮当响，只不过千算万算，她仍旧算漏了一点。

当她看清楚这家伙抽出一柄黝黑的巨剑冲入人群中放了一个剑鬼鸣之后，她想死的心都有了。

这人装备穿错就算了，就连技能……都放不清楚啊。

剑鬼鸣是近战职业魂剑用于吸引怪物注意力的技能，让怪不去攻击队伍里的其他队员，而他竟然对着一群玩家放了出来！他以为别人的智商和游戏里的怪一样都是负数的吗？

撑不过十来秒，他便已躺尸。

《仙修》的世界里，仙魔两界有着各自不同的种族和职业。

仙界的种族分别是鏊皇、凡根、地始、玉胎，职业则分为刺影、仙剑、万华、青衣、天瞳；魔渊的种族分别是罗刹、修罗、骨魔、玄灵，职业则分为血手、魂剑、幻幡士、妖医、媚骨。沈眉娇是罗刹族的血手，刺客类型的职业，而眼前的这个人，是修罗族的魂剑，肉盾般的存在。

沈眉娇并不是一个爱出口成"脏"的人，此刻也不禁脱口而出："近战穿布衣，还嘲讽？呵呵……脑子不清白么？"

就和现实一样，近身战斗，身上的装备自然是越厚实越好，游戏里对于装备的区分，也根据近身战斗职业和远程战斗职业，而有所区别。

骂归骂，但开弓没有回头箭，沈眉娇手指如飞，一点都不含糊地就往对方玩家身上点去。

伴着梦魇兽压下的巨大身影，只见屏上原本隐去行踪的狂眉逆娇如鬼魅般地出现在最近的一个布衣身后，手中弯刀闪着冷冽的蓝色幽光，化成绝命的利刃。

狂眉逆娇腾挪跑位，身形很快，那对手根本跟不上她的动作。

裂神、血刺、双月斩一套技能施放，后纵二段跳跟上狂怒血暴，她的技能一气呵成，让人根本反应不过来。

还不到十秒，被沈眉娇盯上的人就已经倒在了地上，而其他人也发现了她。梦魇兽及时施放了一个大地之梦，让围过来的人陷入了迷惑状态。

[当前频道]潇潇白河："狂眉逆娇过来了！"

[当前频道]飞凰："真的是她！"

[当前频道]老衲来自星星："怕什么，一个人而已！"

看到潇潇白河的名字出现在当前频道上，沈眉娇皱了皱眉头。难不成这阵战是冲着她来的？

机智手快的玩家很快解了梦魇兽的控制，冲着她围了过来，沈眉娇柳眉一挑，放了个逃生技能——血盲，让围上她的玩家眼前一盲，而她则向左侧直飞，悄然离去。

在靠到潇潇白河身后的时候，她眼角的余光忽然看见刚才那人已复活，他穿着一身布衣，拎着巨剑，直奔向那几个冲她而去的玩家。

沈眉娇有片刻的失神。

这样的情景，在过去的某年某月，曾经上演过。

记忆中的那个人，也是这样单薄的小身板，虽然只是个妖医，却也义无反顾地挡在她的身前，不自量力地替她拦去所有攻击，一遍遍地死，又一次次地复活。

就像是场没有终结的轮回，在这个浮华喧嚣的虚幻世界，带给她一丝微微的感动。

这感动却忽然让沈眉娇的心头生出一股怒来，她收回了眼神，指尖点键，鼠标乱舞，潇潇白河还没回过神来便已躺尸。

仙界的玩家转眼围了上来，沈眉娇嘴角挂起一丝冰冷的笑，按下了血瓶的快捷键，补满了血气，朝着下一个对手奔去。

沈眉娇并不像往常那样，得手之后便收手悄然离去，而是选择继续攻击。

空血、死亡，复活、再战。

直至，魔渊救兵的出现。

不知是哪个玩家和魔渊第一大宗门的宗主君无妄沾了亲带了故，竟让君无妄亲自带着大队的玩家赶到了巨石谷，瞬间就扭转了战局。

沈眉娇在看到那密密麻麻的名字时就悄悄隐去了身形。

那个代表魔渊荣耀的宗门名字——无妄天宗，曾经冠在她狂眉逆娇的名字前面，长达两年。

君无妄，曾是她的师父，而她，曾是整个无妄天宗里仅次于君无妄的存在。

许久不见，她都忘了自己曾有过的荣耀时刻。

是的，君无妄曾是她的师父。

那会她刚踏入游戏，仅有一腔热血纵横江湖，却连什么是职业装备都不知道。君无妄也不是什么大神，只是操作高明的有钱玩家，在游戏里收了两个徒弟，一个是她，一个是她师姐云无影。

最初她眼里《仙修》的世界也不那么血腥暴戾，山川河流他们一起走过，打怪物灭团也灭得充满欢乐……可后来，师姐和师父相恋，变成了师娘，再后来，师姐跟着一个大帮会的帮主跑了，美好的时光瞬间变成噩梦，就从那时候起，一切，都变了。

但说到底，是师父一点一点教会了她如何分配技能，如何下副本，如何格斗……她所有关于游戏最初的经验，都源自于他。

他一手建立了整个魔渊最强大的帮会——无妄天宗，最初的最初，只不过是想让她师姐云无影后悔罢了，可后来帮会越来越强大，云无影却越走越远，师父的身边最亲的朋友，只剩下了狂眉逆娇。

她也是无妄天宗的创始人之一，是资历最深的长老，还是整个天宗里唯一可以代替君无妄说话的人，没有人知道她为了这个帮会付出了多少心血。

从最开始的收帮众、收资源，到后来组织开荒副本、打理帮会、制定规则……

无妄天宗是她看着成长起来的帮会，也是她曾经引以为傲的归宿，因为在这里，没有母亲强势的安排，她不再是现实里懦弱的妈宝，她是那个可以让她的师父骄傲的存在。

君无妄最信任的人，她当第二，便不会再有人排第一。

所以，当年她的背叛，也令君无妄那样痛心。

那段日子，他带着魔渊的玩家围剿了她整整一个月时间，让她成了过街老鼠，但她依旧记得，他是她的师父。

那一场，才是真正的……全服追杀。

他接受不了，两个徒弟的背叛，虽然她从来没有背叛过。

一切，都只剩下了回忆……

[4]

发泄之后，沈眉娇心情稍稍平复，便把人物挂到云海后跑去洗澡。

等到她回到电脑前面，一眼就发现原本只有她一人的云海上，不知何时多了一个玩家。

玄色布袍，长发轻束，居然是她在巨石谷遇到的那个傻傻的玩家。

他怎么跟她到这里来的？

沈眉娇再仔细一看，聊天框中有几行浅蓝的字。

[师徒频道]笙歌惊鸿："在不在？"

[师徒频道]笙歌惊鸿："今晚谢谢你了。"

巨石谷上没有别人，所以这个人只可能在跟她对话。

他在谢她什么？这年头，会和狂眉逆娇说"谢谢"的玩家已经不多了。沈眉娇咬着唇思考着，是不是要把他加到仇人名单里虐一虐，好让他知道游戏世界的残酷？

只是还没等她想出结果，她又看到了让她心惊肉跳的字眼。

[师徒频道]笙歌惊鸿："师父。"

她将脸凑近到了显示器前，才忽然反应过来，浅蓝色的字体，那是师徒频道专有的颜色！

这个人，竟然是她一个多星期前收的徒弟——笙歌惊鸿！

他该不会以为自己去巨石谷铁风村是为了救他吧？

一想到他居然还没跟自己断绝师徒关系，沈眉娇心烦无比，抬手就打下了一行字。

[师徒频道]狂眉逆娇："上次叫我师父的人，被我杀了十九次！"

[师徒频道]笙歌惊鸿："那我要叫你什么？"

不知道是他的反应慢，还是打字速度慢，这一句话过了好久他才发了出来。

沈眉娇语塞，她没想过让他叫自己。

[师徒频道]狂眉逆娇："你这奇葩打哪儿来的？"

[师徒频道]狂眉逆娇："没见过你这么蠢的新人啊！"

[师徒频道]狂眉逆娇："装备穿错，技能用错，你该不会以为刚刚那些打你的是怪物吧？"

笙歌惊鸿仍旧过了很久才回复。

[师徒频道]笙歌惊鸿："难道，它们不是？"

沈眉娇这次真没话说了，傻成这样，如果他是装的，也装得太做作了！

[师徒频道]狂眉逆娇："呵呵，愚蠢的人类！别再叫我师父了，简直打了我的老脸！"

[师徒频道]狂眉逆娇："手伤没药治，脑子坏了得换脑！就这样你还学人玩游戏啊！你几岁了啊？小朋友！"

[师徒频道]狂眉逆娇:"行了行了,别说了,知道你打字慢!"

[师徒频道]狂眉逆娇:"我要下了,明天晚上九点,如果你有空就上来吧。看在夜月的分上,我勉强指点一下你!就这样了。"

[师徒频道]笙歌惊鸿:"我的脑子没坏!"

[师徒频道]您的师父狂眉逆娇已经下线。

网络那头的人弱弱的反驳被掐灭在这一句系统提示中,气得他把手中鼠标狠狠拍在桌上。

沈眉娇却早已合上了笔记本,子夜一点,她再不睡的话第二天就不能好好工作了。

第二天是周一,新总监走马上任,她要打起十二分精神。

[5]

沈眉娇所在的公司,是一家叫"星创天下"的广告传媒公司,星创天下隶属S城第一大企业铭远集团旗下,是S城中数一数二的广告公司。说起来沈眉娇能够进入星创,还是托了杜夜娴的福。

她和杜夜娴是大学时期中文专业的校友,沈眉娇是学姐。在学校的时候,杜夜娴是系里有名的冷艳白富美,整天顶着一头大波浪卷发,蹬着近十厘米的高跟鞋在一群清纯的妹子中进进出出,鹤立鸡群,而沈眉娇正是那些清纯妹子中的一员。因为两人相差甚远又不同班,她们本没什么交集,只是刚好有次宿舍网络出了问题,沈眉娇赶着上游戏,便跑到了校园网吧里,遇到了坐在角落里正在下竞技场,被队友虐的杜夜娴。沈眉娇的出现解救了她,两人聊了几句发现竟然是同游戏同服务区的,就组了队伍进了竞技场,一来二去便培养出了感情。虽然两个人不是同个阵营,相爱总伴着相杀,但这并不妨碍她们慢慢变成对味的死党。

当年沈眉娇大学毕业之时,正遇上命里几场劫数,错过了找工作的最佳时机,那会杜夜娴正在星创天下,索性就把沈眉娇介绍了进来,做了个小小的文员。沈眉娇心不大,熬得住,一待就是两年时间,慢慢从新员工变成了老员工,从当初的小小文员,升到了现在的总监办文秘。

星创天下的总监,挂的虽是总监的名号,其实就是星创天下的老大,都是从铭远集团派下来的关系户,在这里熬上一段时间,回到集团就有好位置等着他们。

沈眉娇在这里待了两年,来来去去已经有四个总监了,不知道,这一次的总监会是个什么样的人?

"砰!!"总监办的门被人重重推开,外联秘书轻泣着跑了出来。除了这个专门陪老板应酬的外联秘书外,总监办还有两个秘书,一个是实干派的机要秘书林书俏,另一个就是沈眉娇了。沈眉娇是比她们低一级的文秘，普通的杂活都由她们指派给她。

"嘤嘤嘤……"网络用语被真实化后，就变成并不萌人的尖细女音。

"哼，整天把自己当聂小倩，以为天下男人都是宁采臣，现在碰上燕赤霞，知道厉害了吧！"林书俏站起身来，冷冷地说道。

十分钟前，外联秘书端着她的爱心咖啡，踩着细高跟，撩着大波浪进了总监的办公室"问候"新来的总监莫斓笙去了，结果却哭着跑了出来。看样子新总监是个不爱美人爱江山的男人！

沈眉娇跟林书俏笑了一下，赶紧坐回位置干活。

小插曲很快过去，莫斓笙初来乍到，便召集了所有部门开会，这会开了一整天，直到晚上七点，莫斓笙才放人离开。不久后，整个公司便漆黑一片，只剩下总监办透出些许亮光来。大家早就走了，只剩沈眉娇一个人还在"噼里啪啦"敲着键盘。

莫斓笙推门进来的时候，安静的空间里只有一种声音有节奏地响起，循声望去，他就看到一个小脑袋在角落的电脑后晃动着。

"还没走？"莫斓笙冷冷的声音忽然响起。

沈眉娇猛然间抬头，就望见黑暗之中一个高大的身影站在桌前。

"莫总！"她一惊，站了起来，隔着办公桌与他对望。电脑屏幕的光芒闪着亮，照着他的脸阴影深重，越发显得棱角分明。早前她只是远远看他，就知道帅，却没有帅的具体深度，这一秒她忽然明白，他的帅，会让人脸红且心跳加速。

因为身高的关系，他的眼帘垂下，狭长的眼微眯着，看不清眼神，嘴角有些扬起，不是因为笑，而是某种习惯性的动作，带点嘲讽的意味，使本该闪瞎人眼的俊秀五官上平添了几分冷意。

她看莫斓笙的时候，莫斓笙也在不露痕迹地打量着她。

白天的时候，他见过她。他对她的印象就只停留在她斯文的透明眼镜上，落在脑海里就只有两个字：秘书，这是个一看就像秘书的女人。这时再看，透明的镜片后面是晶亮的眼眸，像春日破土的尖笋，盛满力量，倒让她一下生动起来。

"很晚了，回去吧。我不想让人说我虐待员工。"莫斓笙扫了一眼她桌上的文件，漫不经心地说道。

"好的。"她顺从地点头。

外面的天黑得很沉，不知何时下起了雨，路灯的光芒从三十二层高的玻璃窗外透进来，带着些迷离的水光，沈眉娇忽然生出一丝疲惫，胃也咕咕叫起来。老板都催她下班了，她要再不走就显得这个员工太不替老板的名声着想了，如此想着，沈眉娇便着手整理桌面。

"吃饭了吗？"莫斓笙忽然问她。

"没，正打算去隔壁街的牛肉面馆吃面……"沈眉娇絮叨着。

"喂，小邓，把车开到门口，送沈秘书去隔壁街吃牛肉面吧。"莫斓笙没有回答她，而是直接拨通了邓麦启的电话，吩咐道。

沈眉娇说了一半的话立刻卡壳。她就只是过条街吃个面而已，老板不用这么慎重吧！

"莫总，不用了，那店很近，五分钟就走到了！"沈眉娇忙说着。

"大晚上的，一个女人危险，顺便让他送你回去！"莫斓笙声音飘来，人已经头也不回地进了自己办公室。

沈眉娇只能恭送他的背影远去。这真是让人摸不清想法的领导，早上的时候对个活色生香的美女冷酷无情，晚上却对她这个小秘书和颜悦色……

因为有邓助理的接送，她九点不到就到家了，收拾妥当坐到电脑前时，不过十点。

游戏的世界，照旧是喧嚣浮躁的，今天所有的一切很快都会成为过去，再煽情的八卦也撑不过流水一样的时间，和现实一般无二。

沈眉娇操纵着狂眉逆娇的号，站在主城鎏皇域的门口找人切磋。游戏玩到她这份上，已经没有什么追求了，留下来，也就是为了心头那一点不甘的情绪，也为了记住那些不能被遗忘的过去。

鎏皇域的门口是安全地带，所以沈眉娇并不担心有人围殴她，就这么随便挑人切磋着，切磋到整个门口都没有玩家再愿意和她比试了，沈眉娇才意兴阑珊地准备去做阵营任务，再打两把战场，她就可以洗洗睡了。

这个晚上真是太安静了。

只是这个想法还没在她的大脑里存过两秒，她就忽然看到有人发了世界信息。

[世界频道]笙歌惊鸿："师父，我来了，在哪里见？"

沈眉娇看到那名字和那行字，手一抖，差点碰翻了手边的水杯。

昨晚和笙歌惊鸿的约定，早就被她遗忘在风中了，这会看到这名字她才忽然想了起来。这徒弟的作风真是……太高调了啊！

世界频道上说的话，是会被全服的玩家看到的，他这是活腻了吧，满世界地找她！

为了避免笙歌惊鸿再在世界频道上说什么话，沈眉娇二话没说便用了师徒传唤技能飞到了他身边。

在办公室里的莫斓笙正吃着邓麦启给打包带回的牛肉面，看到狂眉逆娇的身影一点点在他身边清晰起来，便放下了手里的筷子，用手拍开始敲键盘。

他的手很修长，但手指却并不灵活，因此敲起键盘来很慢，还没等他打完一句话，那边狂眉逆娇已经发来了信息。

[当前频道]狂眉逆娇："上歪歪说！房间号456789。"

[当前频道]狂眉逆娇："别再给我发世界信息，太丢人了！"

[当前频道]笙歌惊鸿："歪歪是什么？"

沈眉娇脑里飘过一长串的……

歪歪是目前网上最常用到的语音和视频聊天软件，支持多人同时在线语聊，也是玩网游必备软件之一，这年头不知道歪歪的人，可不多见了。

深深吸了一口气后，她直接从嘴里发出了高冷的"呵呵"声，可惜对方听不见。她动动手指头，飞快地打下了一行又一行字，教他何谓歪歪。

……

[当前频道]狂眉逆娇："你看懂了没有！"

[当前频道]狂眉逆娇："懂了就说一声。"

[当前频道]狂眉逆娇："我的耐性有限！"

沈眉娇觉得自己已化身霸道总裁，正在对自己的员工……大声呵斥！

呸！

[当前频道]笙歌惊鸿："哦。"

然后沈眉娇就听到音箱里传来"叮咚"的水声，有人进了她在歪歪的语音房间。她的手从键盘上猛然抬起，停止了敲字。

一时间整个房间都静下来，没有人先开口。

"咳！"沈眉娇清了清嗓，打破了尴尬的安静。

"嗨！"音箱里传过来网络那头笙歌惊鸿的声音，"你好，我是笙歌惊鸿。"

沈眉娇心里有些诧异，她以为自己会听到一个稚嫩或者毛躁的声音，没想到入耳的却是清亮温和的声音，以及略显正式的招呼。

"我知道！"想归想，沈眉娇嘴里却没客气，"啧啧，看看你这身装备！简直是要穿睡衣上战场啊！"

她点开笙歌惊鸿的装备，一边浏览一边倒抽气，没说他裸奔上战场已算她嘴下留德了，瞧瞧那一身的布衣，没有一件对的！游戏里不同的职业穿的是不同的装备，战士类的职业穿的是防御高的铠类，而法术类的职业则穿的是攻高防低的布衣，笙歌是近战，却穿了布衣，可不就是穿着睡衣上战场了。

那口气还没抽完，她又被他的技能树给闪瞎了眼。

抛弃尴尬，毒舌话痨模式全面开启！

"你这技能点的……你怎么练到89级的？快点告诉我，是找了代练吗？不可能啊，代练一个技能点都不加也比你牛啊！"沈眉娇眼睛溜过他的技能面板，上面像大杂烩似的技能真叫人想死的心都有了。

《仙修》游戏中技能点数是很紧凑的。除了符合本身的技能外，玩家也可以学到其他职业的普及技能，但没有人会把本来就紧凑的技能点加到和自己职业完全不合的技能上，就像笙声惊鸿这般，把技能点加到了远程法术攻击上，他是想拿着剑站得远远地戳人玩吗？

"你到底想没想过你玩的是什么职业？不，我觉得我应该问你，你到底觉得自己是个男人还是个女人？"沈眉娇冷笑着说道，一面飞快地切出游戏，打开魂剑的职业配点网页，斟酌着给他配起技能点。

那边却沉默了。

她的声音软嫩，咬字清晰，腔调又正，听在耳里原本是很舒服的享受，但那赤裸裸不加掩饰的鄙视，让那声音如针尖一样刺人。莫斓笙狠狠抓紧了鼠标，在心中告诉自己，不要同女人计较，这只不过是一个游戏！

"那现在该怎么办？"莫斓笙按下怒火，"虚心"请教！

只是还没等沈眉娇回答，他就看到有人密聊他。

"把你现有的技能全部洗掉，换上我给你配好的那套技能。一个点都不许差！还有你这身装备……算了，送佛送上西，我给你弄套过渡装。我发了几个游戏常识的网址给你，你好好琢磨下，别跟白痴似的玩游戏，整得像个三岁小孩一样，真让人着急！我没时间带你，更没时间教你，就只能帮你这些，你快跟我脱离……"

沈眉娇还在喋喋不休地吐槽着，忽然听到音箱里飘出一句话："我有个……师兄？"

"师徒关系……"沈眉娇最后四个字没说完，忽然听到笙歌惊鸿的话，思维陡然一滞，语速就迟缓起来，"你说……什么？"

"我……师兄？一个叫终忘的人问我是不是他师弟。"莫斓笙说得也很迟疑，让他在现实里叫人"师父""师兄"，他感觉自己汗毛都要竖起来了，就像在微博里看到熟悉的朋友，比如一个粗壮的汉子忽然跟他说"萌萌哒"一样的感觉。

刚刚密聊他的玩家，就叫终忘，职业是个满级的妖医，安静地在他的师徒关系栏中亮着。

一时之间，再没有声音从耳麦里传出。

狂眉逆娇喋喋不休的毒舌终于停止了，时间像静止一般诡异，莫斓笙看着游戏画面里的狂眉逆娇，一身红衣黑发，张狂骄傲，即便只是安静地站在他身边，似乎也带着血一样凌厉的色彩。

"师父？"莫斓笙忍不住开口。

"很晚了，睡觉！"很久，那边才传来声音，声音冰冷，像开闸的水龙头被忽然冻住，哗哗而下的流水瞬间就成了冰柱。

几声轻响，系统提示狂眉逆娇退出了歪歪，退出了游戏。

莫斓笙愕然。

这真是个来去如风的女子。

[6]

因为终忘的出现，沈眉娇一晚上都没睡安稳，早上差点起不来床，紧赶慢赶踩着上班的点进了公司，带来的三明治还没咬两口，邓麦启就从总监办公室里出来了。

"沈秘书，林秘书今天请假了，早上的策划大会，你来做会议记录！"邓麦启一边说着一边走到她身边，通知完便低了头，小声说道，"悠着点，老板通宵加班，今天心情欠佳！"

沈眉娇想起莫斓笙傲慢的眼神，立刻就饱了。

这次的策划会议是专门针对两个多月后就要举办的——国内最大型的动漫节"国际动漫祭"所召开的。国际动漫祭是国内目前最大型的动漫娱乐互动展览会，也是国际上比较有名的动漫盛事，星创娱乐作为协办方，从上到下都非常重视这场展会。

而莫斓笙一来又在星创投了一颗重磅炸弹，他竟然拿下了飞象网络此次在动漫祭上的所有展览项目。在当今的国内动漫网游娱乐界，飞象网络占据着龙头一样的地位，其主营的网游《仙修》目前在国内网游界势头一直强盛，加上又是这届动漫祭最大的赞助商，这意味着飞象网络拿到的展馆会是最大最好的位置，布置起来难度将很大。

"这次我们的任务非常艰巨，我要求你们全力以赴！"莫斓笙坐在巨大的会议桌一头，眼神如炬地盯着众人。他眉目收敛，虽然年轻英俊，却有着不容置喙的气场。

沈眉娇只低着头认真地记录着。

会议一开就是一天，落地窗外的天色渐渐沉下去。讨论完了展会的协办事宜，众人又紧跟着开始讨论飞象网络的项目。因为一切的计划书都未出来，如今只是集思广益的头脑风暴。莫斓笙没有提前离开，而是凝神听着众人的讨论，有时也会加入讨论，并没有把事情安排完就拍拍屁股走人的意思。

如今讨论到了胶着的状态，说话的人变少，沈眉娇也有些倦，抬手打了个哈欠，那边敲字的速度就减缓了下来。

耳边一直萦绕的有节奏的敲击声一缓，本来没啥感觉的莫斓笙，忽然就觉得那节奏声耳熟起来，仿佛昨天在歪歪里听到的那细碎的敲键声。

他不着痕迹地扫了一眼低着头敲字的秘书，透明的眼镜，削尖的下巴，梳得一丝不苟的马尾，一板一眼的模样，怎么看都有种严肃的味道，不像是会玩网游的人。

不知是开了一天的会议让精神有些疲惫，还是那阵低脆的敲键声使然，莫斓笙有些恍神，曾几何时，他也有过这样双手如飞的时刻，可惜……

"来个玩家见面会？邀请些游戏里的知名女神来现场，如何？"策划一部小杨提出了建议。

"弄个大屏，搞场竞技赛，一定够瞩目！"这次是五部的小陈。

沈眉娇正低头一边凝神听着，一边记录着其他人说的话，忽然间察觉四周安静了下来，她抬起头，望见会议桌四周数十双眼睛正齐刷刷地望着莫斓笙，等他指示，可莫斓笙却正在发呆。

他的眼神，落在她覆在键盘的手上。

"莫总……莫总？"沈眉娇靠他最近，便出声轻轻提醒他。

温和轻细的声音入耳，和歪歪里某个高冷的声音莫名地重叠，莫斓笙脱口而出："狂眉逆娇！"

沈眉娇心一颤，手一抖，指尖就重重按在回车键上，打字的节奏被打破，像美妙的乐曲被不和谐的音符打乱般，叫莫斓笙皱了皱眉。

"我是在想，现场的竞技赛，可以请诸如狂眉逆娇这样的高手玩家现场竞技展示，有大神参加更能激起玩家的热情！"莫斓笙回过神来，一边说着，一边看了眼坐得端正的秘书，在此时的她身上再也找不到半点狂眉逆娇的影子。

沈眉娇却拎着一颗颤抖的心，眼睛隔着镜片打量起莫大总监的侧脸，在心里暗自揣测着，莫非自己什么时候在游戏里灭过总监大人，惹来了总监大人报复？要不然她没办法解释在整个《仙修》那么多的大神里，他怎么会独独记住臭名昭著的狂眉逆娇。

而且，莫斓笙居然玩游戏？这太不科学了！

"莫总，狂眉逆娇可不是什么大神，'他'就是个人妖，而且是全服公敌，请'他'来不太合适吧。"角落里忽然传来颤悠悠的声音，一下子就把所有人的注意力都吸引了过去。

说话的人是企划三部新进的小杨，才出校园不久的职场新人，开会还坐在角落旁听，此时正因为能和总监对上话而显得有些兴奋。

"为什么这么说？"莫斓笙靠到了椅背之上，仿佛放松了心情要开始唠嗑一样。

沈眉娇低了头，满心的"呵呵呵呵"，在会议记录里重重敲下自己的大名——狂眉逆娇，没想到有一天自己的事能被拿到这样的场合八卦。

"我在学校的时候就开始玩《仙修》了，正好和狂眉一个服，最清楚'他'的事了。"小杨眉一挑，开始八卦。

"要说这狂眉逆娇,当年可是我们服务器魔渊一等一的高手,'他'本是魔渊第一大帮派无妄天宗的骨灰级成员,也是帮派老大君无妄的亲传弟子,来头不小。"小杨说了两句,发现莫斓笙露出感兴趣的眼神,便更加卖力地八卦起来。

"两年多前《仙修》第一个资料片出来时,两个阵营玩家逐鹿'星外陨仙场',魔渊的君无妄和当时仙界的第一大神凉骨天烬各自领着仙魔的玩家展开大战,本来是势均力敌的战况,就因为狂眉逆娇的背叛,'他'倒向凉骨天烬,将君无妄的布防图出卖给了凉骨天烬,导致最关键的时候魔渊溃散,最终输给了仙界。"

沈眉娇停止了敲字,微低着头听别人八卦自己。

小杨说得起劲,喝了一口水又继续说着:"自那一役后,狂眉逆娇成了魔渊臭名昭著的浑蛋!后来'他'莫名其妙地消失了一段时间,再回来以后,就变成PVP狂人,不管是仙界还是魔渊的人,见则杀之!现在是出了名的魔头!"

君无妄……凉骨天烬……她已经很久没有听到这两个名字了。

沈眉娇深深吸了一口气,又想起了昨晚从笙歌惊鸿口中听到的名字。

终忘。终须遗忘。他起这个名字的时候就已经想到了结局吧。

莫斓笙很认真地听完小杨长篇大段的叙述,才轻轻敲了敲桌面,平静地问道:"你怎么知道狂眉是男人?"

"那手段,那技术,我敢打赌'他'是男人!"小杨毫不置疑地开口。

沈眉娇差点没把电脑敲碎。

莫斓笙笑了笑,才道:"行了,天晚了,今天会议就到此吧。"

会议结束,众人渐渐散去。

"噢,对了,小杨,狂眉逆娇是个女人!"莫斓笙却忽然开了口。

走在最后的小杨转头看着总监大人笑眯眯的脸,表情有点莫名其妙,总监怎么知道她是女人?

沈眉娇正收拾着桌上的东西,闻言不禁呆住。

总监大人,真是神通广大。

[7]

沈眉娇很严肃地总结了一下最近这段时间内她在游戏里所得罪过的人,但她发现没有哪个人有哪怕一丝丝总监大人的影子。

那么总监大人是从何得知狂眉逆娇这个风骚逼人的名字呢?

这事沈眉娇想不通,很快就扔到脑后。动漫祭及与天象网络合作的事项,让她忙到根本停不下来,累得她没有精力爬进游戏里去,便一直没上游戏。

好容易加班忙完了一茬,沈眉娇伸了个懒腰,忽然发现肚子好饿。

办公室里已经走得只剩下她一个人，窗外夜色弥漫，她孤家寡人一个，没有什么回家的概念，这会饿得不行，便去茶水间给自己泡了杯面，等面熟的时间里，她手痒地打开了游戏。

一小段的更新和读条过后，她就看见自己的狂眉逆娇一个人站在上次和笙歌惊鸿分别的地方。还没等她想到要去做什么，就看到游戏屏幕上跳出一段系统公告来。

[师徒频道]恭喜您，您的徒弟笙歌惊鸿已到达90级。仙途漫漫，师恩深重，特奉上师门大礼：鹤风桃李画卷一幅，以此为鼓励，望玩家继续助义仙途，广结道友。

居然满级了！

沈眉娇挑挑眉，还没等有想法出现，忽然便收到了笙歌惊鸿发来的传送请求。

[师徒频道]您的徒弟笙歌惊鸿向您发来千里寻踪相聚的请求，您是否同意？

千里寻踪是师徒间所特有的技能，同意的玩家会即时被传送到自己的师父或徒弟身边，一天只能用一次。

沈眉娇正想吃面，索性就点了同意。读条过后，她发现自己身处云海之上。

[师徒频道]笙歌惊鸿："我满级了。"

沈眉娇一眼瞥去，就看见笙歌惊鸿骑着双头的魂狼，一身玄甲泛着乌青森冷的光芒，黑雾缠绕的巨剑背在身后，让他整个人都焕然一新，有了那么一点修罗的血性。看得出来，那坐骑和装备已经是才满级的玩家所能拿到的最好的装备了。

几天不见，他倒是人模人样起来了。

[师徒频道]狂眉逆娇："哟，你这是找代练了？"

所谓代练，就是花点人民币找人帮你练级打怪攒装备等等，而本人只需要享受成果就可以了，是懒人最有效的升级办法。

沈眉娇右手挑着面往嘴里送，左手打着字，字才打完，便忽然发现悬崖的边上，还站着一个人。

她的手便僵在半空。

[师徒频道]笙歌惊鸿："代练是什么？"

沈眉娇已经没有心情理会小徒弟蠢萌的问题了，她的注意力全放在了那个白色的人影之上。那是个玄灵妖医，玄灵族是魔渊最美的种族，苍白的面容上有着立体的五官，高挑清瘦的身材有别于魔渊大部分种族壮硕健美的身形，显得别样清隽，再加上一袭白衣如清水流云，似要与云海融为一体般，唯独衣袂之上那墨画般的痕迹，让这苍白的颜色显出些沉重神秘来。

两年多的时间，他终于再度上线了。

那个几乎要被遗忘的名字——终忘。

不，应该叫他凉骨天烬才对，全服第一的大神，无与伦比的存在！她这辈子最用心带过的一个弟子,凉骨天烬的小号——终忘。

[师徒频道]终忘:"是我把他带满级的。我以为你不会再收徒了。"

频道上闪的短短几个字,让沈眉娇忽有恍若隔世般的错觉。

[师徒频道]终忘:"师父,我一直在等你。你终于又收徒弟了,像那年护着我一样护着他。"

[师徒频道]笙歌惊鸿:"??"

沈眉娇沉默着,将手里的杯面缓缓放到桌子上,而后缓缓握住了鼠标。

[师徒频道]终忘:"对不起,如果可以,请给我弥补的机会。"

沈眉娇的眼神已沉,指尖轻点,目标锁定了终忘。

血光倏然划破云海的平静,仿佛水面漾开的血痕般,画面上的狂眉逆娇纵身跃起,朝着终忘飞去,手起刀落,终忘便躺在地上。他并没有回手,只是安静地任她屠戮。

白衣之上终现血色。

[师徒频道]狂眉逆娇:"你听清楚了,我没有删掉你,是因为我要让自己永远记住当年的耻辱。"

还有那无法挽回的错误,与她穷尽一生都忘不掉的悔恨。

后半句,沈眉娇并没有说出来,她只是让她的狂眉逆娇居高临下地望着躺在地上的终忘。

那悔恨,曾如细蚁噬心,让她彻夜难眠。

[师徒频道]终忘:"要如何才能原谅我?"

终忘一面说着话,一面原地复活,而后再被击倒,再复活,再倒地。

笙歌惊鸿久久不曾开口,他打字的速度赶不上情节的变化,于是只能静静地站在狂眉逆娇的身后,看着一切发生。

[师徒频道]狂眉逆娇:"让我摧毁你拥有的一切,也许我会考虑原谅你!"

她说的话,和她的人物一样,都散发出一股浓烈的血腥味。

而终忘的一切,便是凉骨天烬的一切。

终忘沉默了。

沈眉娇唇边绽开冷冷的笑意,杀完他最后一次,退出了游戏。

[8]

另一头,坐在办公室里的莫斓笙扯松了领带,想让自己松快些。连续几天的加班,让他的精神一直紧绷着,想借游戏放松放松,谁知一场变化让他错愕不已。

他踏足游戏,只是想了解飞象网络的主营产品,进而争取飞象网络的业务。他初涉商场，所有的精力都放在现实的战场上，并没有太多的时间玩游戏，进了游戏后一路有杜夜娴带着，练级基本上没他什么事，本就只是体验，他也没放多少心思，更谈不上研究游戏，直到杜夜娴背信弃义把他交给了别人。

这个别人自然就是狂眉逆娇。

他以为自己终于练到满级，就像小学生考到了一百分，起码可以让挂名师父另眼相看，可谁知网络那头的人，根本不屑一顾。

被人鄙视的滋味，并不舒服。

莫斓笙看着屏幕上渐渐消失的身影，忽然失去了游戏的兴趣，便随之关掉游戏。

他打开办公室的门，一股泡面辛辣酸爽的香味扑面而来，像是知道他的肚子空空如也一样勾引诱惑着他。

幽亮的屏幕光芒下，是张微怔的脸庞，他精明干练的秘书三号正捧着杯面呆坐在办公桌前，不知道在思考着什么，手里的叉子挑着一勺面条僵在半空中，任由它滚热的温度逐渐冰凉下去。

莫斓笙知道沈眉娇工作努力，却没想到她会加班到这个时间，他不动声色地走到她的办公桌前。而一向警醒的沈眉娇，并没意识到老板的驾到，直到"笃笃"的敲桌声响起，她才从旧事的恍惚中抬起头来。

她愣愣地看了他三秒钟，才猛然回神。

"莫总！"清亮的声音在黑暗寂静的办公室里回荡着，让人尴尬。

"又加班到这么晚？"莫斓笙挥挥手，安抚着惊愕的秘书，"别这么紧张，已经下班了，我吃不了你！"

他的声音有淡淡的轻松，还有些笑意。

"呵呵。"沈眉娇笑了笑，找不到词回应老板的幽默。

同样的笑，通过网络传达出来的是高冷的气息，而现实中却带着少许羞涩的轻柔。莫斓笙轻轻摇了下头，不知道自己怎么又想起游戏里的人来。

"咕噜"的响动传来。莫斓笙按了按自己的胃。他饿了，非常饿！

沈眉娇伶俐地注意到，老板的眼睛，正动也不动地落在她手里的杯面上。

"莫总，您要不要来杯面，老坛酸菜味，不错。我去给您泡……"沈眉娇的殷勤到一半忽然卡壳，她想起抽屉里的杯面库存已经为零，"呃，要不，您先吃这杯？我还没碰过，干净的！"

她尴尬地说着，让老板吃自己的二手面，估计没几个员工干得出来。

修长白皙的手却伸了过来，轻轻拿走了她手上的面。

沈眉娇有些愕然地看着他那毫不客气地垂着头吃面的样子。他帅气英俊，总让人联想到小说里常常穿梭在衣香鬓影之间的男主角，或者是论坛上常常八卦到的嫌弃一切平凡的高帅富，可他如今吃面的模样，让她……大开眼界。

"谢谢，你拯救了我！"莫斓笙咕哝不清地说着，眼角余光瞄到秘书眼底的诧异渐渐变成馋光，他心里一乐，似乎刚刚的郁闷一扫而光。

沈眉娇看着他吃完了整杯面，顿时觉得肚子空前绝后地饿起来，嘴里还得客气地说着："一杯泡面而已，莫总您太客气了。"

莫斓笙听出她声音里微弱的无奈，嘴边的笑深了些，放下只剩下汤的纸杯，走到她边上，才要开口，忽然看到她电脑屏幕上熟悉的游戏画面。

沈眉娇心里一惊，伸手快速地点了叉。她刚刚只是退到游戏人物画面，并没有彻底关掉游戏。

"你也玩《仙修》？"莫斓笙开口问道。

他果然看到了。

沈眉娇心一沉，希望他没看自己的人物，否则若自己真什么时候欺负过老板，那真是……不堪想象。

"莫总，抱歉，我不该公器私用。"沈眉娇并没从他的声音里听出什么来，她这笔记本电脑是公司配的，又在公司玩游戏，罪加一等。

"别这么紧张，你的工作态度有目共睹，适当的放松也是必需的。"莫斓笙没有责备的意思，他匆匆一瞥，只看到了游戏的界面。知道自己的秘书也在游戏里面后，他心里便一念闪过。

"玩多久了？"他问她。

"我……"沈眉娇推了推眼镜，缓缓说道，"没玩多久，公司接了飞象的业务我才玩的，想了解下飞象的业务，顺便看看现在的网络游戏发展情况。"

无懈可击的理由。

"我最近也在了解这款游戏，你几级了，哪个服务器，一起吧。"莫斓笙诚恳地开口。

"才15级，我玩不好，正准备放弃。"沈眉娇早已经想好答案了。

"正好，我也才开始。"莫斓笙盯着她的眼睛，"一起了解游戏吧。我在九霄云重服务器，你如果不在这服，干脆过来重新练个号，反正等级低，很快就可以上去。我可以带你！"

"我可以带你！"

这句话在沈眉娇的脑袋里久久回响。

"就算市场调研吧，属于额外加班，我会给你算加班费。"莫斓笙拿出了老板的架子。

"呵呵，莫总我不行，不是玩游戏的料。"沈眉娇低下了头。

"没事，我也差不多。"莫斓笙不以为然地点点头，伸手在她肩头轻轻一拍，有些领导安慰下属的模样，"慢慢来，总会好的。"

老板脸上"就这么愉快地决定了"的表情，让沈眉娇想拒绝的话说不出口。

"你在哪个服？要重新练吗？叫什么名字？"莫斓笙找到了熟人一起游戏，忽然又来了兴趣。

"不用了，我跟您一个服，叫'沈沈'。"

还好，她有小号。

"嗯，我叫'归河'，25级，可以带你了。"

沈眉娇深深吸了一口气，这个老板，让她头疼啊。

"走了。"莫斓笙见她没说话，便伸手合上了她的电脑。

"啊？去哪？"沈眉娇下意识地问道。

"送你回去，顺便请你吃饭，报答你的杯面。"莫斓笙笑着回答。

窗外的月光照进来，他的脸庞模糊，那如月光般温和的笑容，让他像男孩一样年轻起来。沈眉娇想起老板的年纪，不过二十八九，他身上还保留着这个年纪的男人特有的气质，一种介于男人与男孩之间独特的魅力。

偶尔，她也是会犯犯花痴的。

[9]

莫斓笙的这顿饭，沈眉娇最后并没有吃到。

两个人还没出电梯，莫斓笙就接了个电话，脚步便停了下来。

"莫总，您要有事就去忙吧，我自己回去就可以了。"沈眉娇没等他开口就先说了。

"小邓，你送沈秘书回家吧。"莫斓笙也没说什么场面话，对着远远跑来的邓麦启开口道，"我自己打车去鸿越，你送完她再过来接我。"

沈眉娇有些惊讶，还没开口，便又听见莫斓笙的声音："你一个女孩子，夜路危险，让小邓先送你回去吧。这顿饭欠着，抱歉。"

他的声音温和却有不容拒绝的意味，眉眼认真，像是在坚持着某种认知。

这已经是她第二次听他说类似"夜路危险"的话了。

莫斓笙不等她回答，说完话便迈开腿，快步朝着大厦门口走去。

沈眉娇又坐上了邓麦启的车，回到家时已经很晚了。她洗漱完毕，虽觉得全身疲惫，精神却还旺盛着，便开了电脑发呆。

两年多的时间，她从未想到他会再上终忘这个号。

虽然他由始至终都没离开过游戏，凉骨天烬也一直都是他们服里最大的神，但沈眉娇心里认识的人，却从来都没有凉骨天烬这号人物。

回到游戏里，只是为了让自己不去逃避，也为了让自己永远记住，但显然这一次她厌了。一见到终忘，她便想起那些噩梦般的日子，宛如地狱。

心里重重叹了口气，沈眉娇点开了游戏，登进了另一个账号。读条过后，她看到了才只有15级的新人沈沈。虽然不知道老板到底打什么主意，但既然交代了她，沈眉娇觉得自己有必要上上心。

沈沈这个号是两年前建的，没有熟人知道，选的是魔渊最漂亮的种族——玄灵，职业为媚骨，正是卖萌装嫩的好角色。

黑青长发之上雪莲如玉，一身如滴墨晕画的衣裙，手脚之上更有玉铃铛随着人物的动作不断晃动，十分漂亮。沈沈身上这套名为"萧魂雪影"的装备已是绝版之物，还是当年狂眉逆娇参加某个活动时所拿到的奖励，因和狂眉作风差太远，便被她放到了小号之上。

她点开好友栏，上面只有些黯淡的头像，她输了"归河"的名字进去，加他为好友，立刻就看到归河的资料。25级的修罗魂剑，头像是个赤发黑面的大汉，和莫斓笙本人相去十万八千里，对于外观党来说是个挑战！

他并不在线，沈眉娇也懒得再换"狂眉逆娇"的号，就索性玩起了"沈沈"。15级的小嫩芽可以去星棋原和浮世岛练级，前者位于魔渊境内，后者则属于两个阵营争斗中的地盘，虽然都能练级，但浮世岛所能拿到的经验和奖励要比星棋原高出许多，而其弱点也非常明显，在这里练级常常会遇到PK，难度和刺激性都高。

所谓PK，Player Killing，在游戏里便是玩家与玩家之间生与死的战争。

但对沈眉娇来说，这样的浮世岛正合她意。她眼也不眨地点了浮世岛。

浮世岛是一座浮在怒海之上的巨大岛屿，任务和怪物都是针对20级到25级的玩家设计的，沈眉娇向来喜欢越级挑战，因此15级来这里对她来说刚刚好。

可今天，读条刚结束，她就傻眼了。

眼前出现的是满屏幕跳来跳去的人和频道上闪到眼瞎的对话……

这真的是新手地图吗？

《修仙》游戏开放已经有四年时间了，大部分玩家都满级了，新手地图早就凋零寂寞，偌大的地图常常只有三四只小猫在奔跑，几时又有了这样拥挤到让她的电脑卡死的局面？

沈眉娇正纳闷着，忽然有人发来了组队请求，她想弄清楚到底发生了什么事，便进了组。

进去之后才发现这支队伍已经有二十来人，相当于一个中等战场的人数了。

[队伍]小号吊炸天："15级新人就敢来这里了？混分吗？快点踢掉！"

[系统]您已被移出队伍。

沈眉娇郁闷,那满屏晃来晃去的玩家,等级也不过25,居然嫌弃她的等级!最近她很少碰游戏,游戏又刚更新过,因此她完全不知道游戏的新内容,想了想,她便打开了热点界面。

热点界面之上不断闪过各色动态图,资料片的内容还没有曝光,活动已经出了一大波。

而其中最重大的活动是——全服启神陵。有小道消息传出,这个全服,已不单单是指一个服务器了,而是游戏里十二个大服务器的总和!早先就有小道消息传出《仙修》预备将所有的服务器都整合为一个巨服,让所有的玩家之间再没有服务器的阻隔。

事实怎样,飞象网络却一直没有明确公布。

神陵是最近更新后才开启的悬空地图,不限进入等级,但要完成最后任务才能登上,而这个任务,就要在这几个新手地图中寻找。这就是为什么新手地图玩家爆满的原因。

除此之外,游戏中的重大变革,就是出现了地图等级限制与随机任务。超过地图等级限制的玩家到低级图,等级会被强制降到当前地图的最高限制等级。比如沈眉娇现如今在的浮世岛,限制等级为25级,因此高于此等级的玩家到浮世岛,等级便会降为25级,而沈眉娇才15级,不会受到影响,也因此一眼就让人看出她是新人。

虽然这个地图等级限制暂时只在几个活动地图上实行,却也是颠覆了原有的游戏模式,沈眉娇看着看着眉蹙了起来。

还没等她品味到其中意思,眼角的余光忽然瞄到了界面右边闪过的画面。

墨铠金剑的修罗,白发青衣的鎏皇,还有……黑发红衣的……狂眉逆娇!

沈眉娇心一跳,把头凑近了显示器。

君无妄!凉骨天烬!还有她狂眉逆娇,怎么会被摆到了活动界面之上?

大神榜?

这是什么鬼东西?!

沈眉娇微微张了嘴,愕然不已。

[10]

为了配合这次漫画祭的活动,以及新资料片的宣传,飞象公司推出的重磅第二弹,就是举办了一个神级玩家排行榜与女神玩家排行榜,其中神级榜挑选这个竞技赛季每个服务器排行前十名的玩家,十二个服务器共一百二十名玩家,由所有玩家公投,最终挑选出三十六个人,也就是每服三个人。而这三十六个玩家,最后会受到飞象网络的邀请，参加在动漫祭上举办的现场竞技赛以及盛大的游戏嘉年华会。

所谓的竞技赛，就是玩家与玩家之间的公平对战，也是大神的最直接判定标准，胜者为王，这是最简单粗暴的方式。

狂眉逆娇上的，就是这个神级榜。

九霄云重服务器目前排在前三名的，分别是魔渊的君无妄，仙界的凉骨天烬，以及人人喊打的她——狂眉逆娇。

没想到过了这么久，她的名字还是和他们摆到了一起。那些投票给她的人，一定是想要现场报仇吧！

沈眉娇失眠了，第二天上班的时候两个巨大黑眼圈让她脸上的粉厚了一倍。

离下班还有三十分钟，沈眉娇接到老板命令，要求"加班"。趁着办公室里的人陆续下班的空当，她啃完了一个面包后才抱着电脑进了他的办公室，莫斓笙要求一定要在他身边玩游戏。

真是个奇怪的人。

总监的专属办公室，她并不是第一次进，但是每个新总监驾到的时候，都会按照自己的喜好或多或少装修一番，但莫斓笙的办公室，并没再费心，仍旧沿用前总监的装修，只是收拾得更整齐干净，看起来和他的人一样，精气神十足，又特别认真。

"坐呀！"莫斓笙发现她没坐，头也没抬地说了一声。

沈眉娇便发现，莫斓笙身边不远处已经放好一张椅子了。

和老板平坐？这不太好吧！沈眉娇默默走过去，想不动声色把椅子挪个位置。

"就坐那里！"莫斓笙仍旧没抬头。这个位置，他看得到她的画面。

沈眉娇只得住手，老板发话，椅子再烫她屁股也得下去。

"上游戏，练级。"莫斓笙说话像奸商倒金豆，倒两个都嫌多，而且要一个一个往外数了倒，倒完金豆他忽然看了下手腕，又道，"你饿吗？我叫小邓买点吃的回来！"

"不用了，我减肥，不吃晚饭。"沈眉娇一边上游戏，一边摇头随便扯着理由，她只想早点满足老板的需求，然后下班。

"你以前玩过游戏吗？"莫斓笙只挑了挑眉，眼神仍集中在电脑上。

"上大学的时候玩过一点吧。"沈眉娇随口答着，趁着游戏读条的时间望向他的电脑。

屏幕上是宽阔的青绿草原，其间星罗棋布着大大小小数百座石丘，天宇之上半丝浮云也无，沈眉娇一眼就认出，那是魔渊南部的星棋原，而总监的人物"归河"正在打一只20级的迷哀象。

他的侧脸看起来有些绷紧，唇线没有一丝上扬的弧度，眼神并没有因为她的进来而有一丝松动，如果没有看到他的电脑屏幕，沈眉娇会以为他在工作。

但显然，他不是。

迷哀象并不难打，就是皮粗肉厚，不难解决，但画面上的归河却显得不太利索。迷哀象虽然攻击性不强，但是使用技能"激冲"，半秒内就能冲到玩家身后，归河的不利索正源于此。

游戏的即时攻击有面向要求，尤其近战类职业，大部分技能都必须面对敌人才能释放出来。归河每次转向迷哀象，都显得笨重。这是典型的新手才会出现的问题。

沈眉娇不自觉看向莫斓笙的手。

他的手修长白皙，是双适合游戏的手。

左手握鼠标，右手点键盘。

沈眉娇有些惊讶，再仔细一看，他用的键盘也和普通键盘不同，键位几乎是相反的，鼠标被接在了左边，他覆在键盘上的右手覆盖了几乎所有的重要快捷键，而左手微曲着握着鼠标。

左撇子？！

不，不对！归河的人物面向，和新人毫无意识的动作是不一样的。

一般来说，鼠标控制方向，快捷键控制技能。

而他，他的手……

"你的人物挂了！"莫斓笙的声音与上班时一般无二，只不过这次他转过了头看她。他的眼神沉寂，像波澜消匿的地平线，不管是清晨还是傍晚，都会被阳光染成倾城之色。

他的话，应该是旭日之初的色彩吧。

沈眉娇收回了眼神，她的游戏画面读条不知何时已经完成，15级的沈沈正躺在浮世岛东部的棘鲸谷里，那是她昨晚下线的地方。

如今浮世岛的玩家数量骤增，两个阵营都在抢任务，竞争比从前激烈了数倍，而沈沈现在就处在一场争斗的中心。

在沈沈的身边，站着个不知何时刷出来的NPC，即游戏里的非玩家角色。那是个十八九岁的绿衣小姑娘，此刻正满脸警惕地望着将她围得水泄不通的众多玩家。那些玩家明显分为了两派，一个是仙界的玩家，一个是魔渊的玩家。仙界的那群玩家约有十来人，看脑门上的显示，大多都是同门派的，而魔渊这边的玩家，则是五花八门的显示，应该是零散玩家的组队。

[当前频道]清城飞火："抢任务还有理了？"

[当前频道]雪逍遥："呵呵，不抢难道还请你让不成？"

[当前频道]花流离："好笑，现在被个新人给占去了，谁也拿不到，高兴了吧。"

……

沈眉娇看着画面不语，任由沈沈就这么躺尸在众人的环绕中，心里却想到了刚更新的游戏内容，其中有一项就叫作——

随机任务？！

沈眉娇脑中刚闪过这个词，便忽然听到莫斓笙的声音。

"我过来帮你！"

"别过来！"沈眉娇一声疾喝，冰冷镜片下透出的淡淡锐利让莫斓笙微微一惊。

她暂时忘记了她的身份，被狂眉逆娇的灵魂附体了。

然而，太晚了。

莫斓笙已经用了寻踪定位符，那是瞬间就能飞到指定好友身边的道具。不知何时，莫斓笙已经加了她为好友。

他这是过来找死么？！

沈眉娇在心里叹口气，然后对上莫斓笙探寻的眼神，立刻换上无辜的笑："莫总，这边怪太多，我们打不过的，我还准备过去找你，你就过来了！"

"他们不是怪，是玩家！这些红色名字的不是我们常打的怪，是敌对阵营的玩家。"莫斓笙望着她的屏幕说道，他指的自然是魔渊的玩家。他的人物才落在她尸体旁，便被不知哪里飞来的攻击打倒在地。

看着莫斓笙认真的模样，沈眉娇后脑一抽。

"是吗？我都没发现呢！"她惊呼一声，捂紧了嘴。她可没忘，她如今是15级的小新人，而领导的面子，是要顾及的。

"现在知道也不晚。"莫斓笙重重点下头。

"嗯！"沈眉娇也重重点下头。

她满脑袋如今只剩两个字：精分！

两个人一起躺尸在两队玩家的围绕中，不慌不忙地现场交流起来。而站在他们尸体旁边的两队人，已经就任务的归属问题，厮斗了起来。

随机任务，便是随机地点、随机人物、随机事件、随机触发条件，所有的一切都是无迹可寻的，而官方并没有就此做出详细的解释。但据已发生的随机任务来看，这些随机任务都具备唯一性，那就是，不可重复接，并且不论失败或者成功，任务都不会再刷出来。

而这些随机任务，一环扣一环，都与新资料片有关。

因此，才叫玩家争破头。

沈眉娇的运气说不上来是好还是坏，因为沈沈接到的这个随机任务的触发条件是——第一个接触到任务NPC的玩家。在她上线之前，两队玩家为了争这个任务已经在NPC的任务范围之外打半天了，她倒好，一上线直接站在了NPC的身边。

这就叫狗屎运！

沈眉娇很快就在自己的聊天窗里找到了被各种对话刷过去的系统提示，鹅黄色的文字提示着她接到了一个随机任务，而她的私聊频道上已经刷出了一大堆的信息。

[私聊频道]清城飞火对你说："任务卖给我们，多少钱你开价！"

[私聊频道]四月对你说："朋友，我是炼狱门的人，你加我们帮会吧，我们带你升级加任务，任务物品共享，怎样？"

……

都是诸如此类的信息，看情况，现在的随机任务炙手可热。

随机任务不能更换接任务的人，但组队之后任务可以共享为团队任务，当然相对的任务的难度也会因玩家数量实力而有所波动。至于敌对阵营之间，虽然有厮斗，但组队还是允许的，所谓朋友或者敌人，有时也只是利益关系的直接表现罢了。因此清城飞火打算用钱打动她，而四月和她同为魔渊的玩家，自然是卖人情换任务。

不过可惜，这两者沈眉娇都不需要。

"莫总，我接了一个随机任务。"沈眉娇一边说着一边自顾自打开了任务面板。

绿灵儿的愿望——浮世岛之秘？

任务看起来并不难，就是带着这个叫"绿灵儿"的NPC去寻找她失踪多年的父亲。根据任务说明，绿灵儿的父亲在百多年前不知何故忽然失去了踪迹，抛下了妻女，绿灵儿成年之后便踏上了寻找父亲的路途，在浮世岛之上因为无意间得知了浮世岛主的秘密而陷入危机，这个任务便是要求玩家帮绿灵儿解除危机，并护送她到达红隐山。

"随机任务？第一个到达绿灵儿身边的玩家会被她当成救命之人，所以你才能接到这个任务吧！"

沈眉娇正全心研究着这随机任务，冷不丁耳朵边有声音响起，她吓了一跳，下意识地转过了头。莫斓笙的侧脸近在咫尺，他双手插在裤袋里，弯了腰低着头站在她的身边，望着她的显示屏。从沈眉娇的视线角度看去，正巧可以看到他微挑的眉眼与一小排密长的睫毛，掩盖着专注而认真的眼神。

虽然他的形容并不专业，但他一眼就看出了这个任务的关键所在。

"嗯。"沈眉娇收回了眼神，将注意力放到了显示屏上。

"红隐山有她父亲的行踪？这个任务只是前置吧？"莫斓笙伸手指向任务说明的某段文字。一般来说，大型的任务不是一蹴而就的，都要完成一系列的连环任务才能接到最终任务，而前面的这些任务便统称为前置任务。

沈眉娇眼光扫过，忽然看到了他掌心之中一段纵横左右且难看的伤痕。

那伤痕刺目无比，让沈眉娇微微失了神。

他很快收回了手，眼神仍旧注视在任务之上，像个发现新玩具的孩子，有些兴奋和好奇。

"应该是吧，我没做过随机任务。"沈眉娇回神，她并没说假话，随机任务她从没做过。

"接下去要去红隐山么？那是25级的副本。"莫斓笙继续推测着，颇有些指点江山的味道。他的猜测很正确，如果身边是个真正的新人，大概会被他的气息掳获。

可惜他遇上了沈眉娇。

沈眉娇只能"呵呵"一笑，干巴巴地说道："好像是，可是这等级的精英副本我们还下不了吧。"

"精英副本？！"莫斓笙眉一挑，低下头看了看秘书三号。

沈眉娇心一跳，赶紧打开了地图，手点着鼠标指向某处，道："看这里，这就是红隐山副本的入口，显示为精英五人副本。"

所谓副本，俗称"私房"，是一个仅供个人与其队友共同探险，队伍以外的玩家无法进入的独立区域，一般来说副本里的收获会较多，相对的危险也就更大。

而精英副本在难度上当然是要凌驾于普通副本之上的，这个红隐山便是精英级别的副本，且限制了队伍的人数，不能超过五个人。

"咦，原来还可以这样利用地图，小沈你知道得挺多！"莫斓笙凑近了电脑，像发现新大陆似的笑了，嘴角一翘，顺便拍了拍沈眉娇的肩头以示鼓励。

他手压在她肩头，厚实温暖，让沈眉娇忍不住在心里暗叹。

老板，是你知道得太少了吧，这是再基础不过的认知啊！他果然是个新得不能再新的玩家。

"精英五人副本，等级要求25级，装备综合评分到达A级后才有可能通关的副本，难度系数略高，对操作有要求，不太容易啊！"莫斓笙忽然像背教科书似的解释了一大段出来，满脸斟酌的表情。

能说出这样的话，他事先肯定做过些功课。真是个勤奋的老板，她要不要劝他找个代练啥的帮忙刷呢？沈眉娇有些犹豫了。

精英副本对目前的他们而言当然是有难度的，由于更新之后改了设定，进入这几张地图的玩家等级强制在地图等级的最大范围以内，因此进入副本的玩家等级不可能超过25级，而相对的，高级玩家身上的装备也会依照系统评分而强制降到当前等级的同等标准，这两点直接导致无法凭借等级和装备碾压，顶多就是满级玩家有技能和些许的装备优势，除此之外，都一样要实打实地过副本。

别说什么技术操作，他们凑满五个人都有难度。

"莫总，要不找些人帮忙？我听说可以花点钱找人帮忙练级打怪啥的。"沈眉娇暗示着。

"不好，这样失去游戏的乐趣了。"莫斓笙拒绝得很干脆，他已经被人带满级过一次，结果就是不会放技能外加装备也穿错，被鄙视得很彻底，所以他才想着重新练个号，一点点体验。

沈眉娇一噎。

游戏乐趣之类的话，也就真正的新人会说了吧。

不知怎的，她忽然想起自己那个小徒弟，不知道是不是也这样认为的。

"我们还是先把当前任务做完再考虑副本问题吧。"沈眉娇想了想忽道，"现在旁边这么多人，护送任务恐怕也不容易。"

"这任务有时间限制，得二十四小时内完成，否则任务失败。要不找点人组队吧。"莫斓笙看着屏上两个人的尸体沉默了片刻方回答。

"好。"沈眉娇点点头，除了找人组队，似乎也没有更好的办法了。

组队，她多少年没和人组过队了！

"我来找，你等会。"莫斓笙直起身，回到自己的电脑前。

沈眉娇只觉得身边的空气一冷，压迫感全消，显示器的幽光下，她看到他眼中有两小簇火焰，不由低头偷偷一笑，新人就是新人，游戏积极性都特别高，不像她，已经把游戏玩成一潭死水了。

趁着他找人组队的时间，沈眉娇查看着周围的情势。虽然找她的玩家很多，但她一点都没有要和他们组队的兴趣，她只是陪玩罢了，没必要自己去搅和这些，因此没吭声，这些就交给莫斓笙自己搞定吧。

没多久，她的画面上忽然弹出了一个对话框，邀请她加入"一妄成劫"组队。

"加'一妄成劫'。"莫斓笙声音传来。

沈眉娇正拿着鼠标戳人头看装备玩，也没仔细看，猜测着大概是莫斓笙不知道从哪里找的野队吧，便点了确认。

[系统]恭喜您加入门派"一妄成劫"。

[帮会]恭喜玩家"沈沈"加入门派。

[帮会]君君小安："鼓掌，鲜花，欢迎新人！欢迎欢迎！"

[帮会]包子："新人报三围！快快！"

[帮会]归河："我朋友。"

……

沈眉娇一愣,她看错眼了,那不是组队邀请,而是进帮派的邀请。

[帮会]君君小安:"哈哈,自我介绍一下,我是帮主噢,大家可以叫我安安!我一定会把我们帮会发扬光大的,超过本服第一大宗!"

[帮会]包子:"醒醒!"

[帮会]肉狗狗:"帮主是不是萌妹子,求放照!"

[帮会]落日:"帮主棒棒哒!"

[帮会]蔷薇:"发扬光大!"

……

沈眉娇默默端起了手边的水杯。

君君小安这个名字,看起来有些熟悉,但她想不起来在哪里见过了,游戏里被她灭过的人不计其数,沈眉娇不可能记全这些人。

[帮会]君君小安:"你们不知道吧,我可是狂眉逆娇的徒孙!我师父是狂眉的徒弟笙歌惊鸿!你们快膜拜本女王吧!"

"噗!"沈眉娇刚喝完水,一抬眼看到这行字,那口水便哗的一声喷到了电脑屏幕之上。

她……她都有徒孙了?!她自己怎么不知道?!

莫斓笙也有些诧异地盯着屏幕上飞跑的黄色帮会字体。

[帮会]菊花教主:"啊,狂眉大人是我的偶像啊,偶像!"

[帮会]君君小安:"哈!哈!哈!也是我的偶像,我要不惜一切代价让她在神榜之上胜出,然后我就能见到她本人了,一定超级有气场!"

[帮会]君君小安:"我这还有上次狂眉女神在巨石谷1对N的PK视频,过会就发到论坛上,你们记得给她投票哟!"

沈眉娇端着杯子就石化在电脑前了。

呵,呵呵,呵呵呵……

"莫总,你哪儿找来的这些朋友?"沈眉娇真是太好奇了。

"之前练级时认识的,人挺好。"莫斓笙有些无语。

君君小安是他在之前巨石谷大清洗中认识的玩家,因为看了狂眉逆娇的操作,而将她当成了女神,并且拜了他的笙歌惊鸿为师。当时莫斓笙看见对方也是个新人,想着新人不容易,便收下了他,没想到这人这么八卦。

[帮会]君君小安:"新来的两个新人,不如拜我为师吧,以后你们可就是狂眉大人的徒孙了哟!我要成立一个狂眉逆娇亲卫队,大家一起加入吧!"

[门派]沈沈:"不要!"

[门派]归河:"不!"

沈眉娇一口气都堵到喉咙来了,和莫斓笙的话一前一后几乎同发出。

这年头，狂眉逆娇都成偶像了？！
已经没有什么是不可能的了！

[11]
  周六的清晨，格外静谧，沈眉娇起了个大早。对她而言，周末是可有可无的日子，甚至还有些让她讨厌，因为长时间待在家里总让她寂寞。
  她一个人生活已经两年了。
  时间尚早，沈眉娇开了电脑，准备在网上打发这一天剩余的无趣时光。
  昨晚加班陪莫斓笙玩游戏，上小号玩了一晚上，总算在君君小安和几个帮会成员的带领下，将绿灵儿护送到了红隐山下，他们约定今天晚上七点再来带她练级。这个随机任务果然如他们所猜测的一般，后续要进入红隐山副本，而这副本得25级才下得了，沈沈还差点。
  上"沈沈"练级倒是没什么，反正莫斓笙说了，晚上7点到9点这两小时若是上"沈沈"号，都可以算加班，只不过，她一想起那组队的队伍名字，就觉得整个人都不太好了。
  狂眉逆娇亲卫队！
  沈眉娇打了个哆嗦，才点开了游戏。
  最近真是够诡异的，先是终忘上线，然后是狂眉逆娇登上了神级榜，再加上这莫名其妙跑出来的粉丝，她都快忘记自己的狂眉逆娇是个作风狠辣却又低调寡言的人物了。
  就这么想着，她登上了"狂眉逆娇"的账号。
  狂眉逆娇仍旧站在云海之巅上，红衣黑发像是被固定的形象般，衬着远空的宽广辽阔，仿佛活了一般，不再只是服务器里的一组数据。
  终忘已经不在了，云海上只有她一个人。
  沈眉娇不自觉地松了一口气，她暗骂自己一声："厌包。"手却点开地图，跑去了星棋原。
  游戏更新的内容，除了神陵、地图等级限制、神榜以及随机任务之外，还有一个，就是收集异魂。地图怪、NPC、副本、玩家，都是获取异魂的途径。
  而关于异魂的作用，只有一句简单的说明——"命源之物，逆空裂隙的修补，接引上界之灵。"
  除此外并没有更具体的解释了，不像随机任务那样目标明确，也不能累积来换装备或者重要物品，因此专门来收集的玩家并不多，大部分只是在做任务、副本或者PK等日常活动中顺便收集。
  不过，飞象网络宣传里把它当成了重要活动之一，那肯定是大有用处的。

收割人命顺便收集物品什么的，最适合沈眉娇了。

如今星棋原、妖兽岭等几个地图玩家最多了，而早晨单练的玩家较多，被她这种变态得手的概率可大了。沈眉娇扫地图扫得愉快，落单的敌对玩家被她惹得发怒了，转眼就集合起来组了一支散人队追着她打，任务都不做了。

[私聊频道]笙歌惊鸿对你说："在吗？"

嫩黄的字一晃而过。

沈眉娇挑挑眉，这人这么早就在线？

看到他，她就想起昨天叫嚣着狂眉逆娇徒孙的人……

[私聊频道]笙歌惊鸿对你说："在？"

沈眉娇决定不再理会这个徒弟，省得他又给她找来一些徒子徒孙，那可真要建宗立派了。

[私聊频道]笙歌惊鸿对你说："？？"

[私聊频道]笙歌惊鸿对你说："？？"

网络那头的莫斓笙对于狂眉逆娇的无动于衷有些奇怪，他看了地图。师徒关系的玩家在地图上都可以看到代表对方的蓝点，狂眉逆娇的点一直在动，并不是离线的状态。

他便猜测着，是不是她当前频道上的信息太多而令她错过了他的信息。

所以，这种时候，他应该使用那件道具吗？

[世界频道]笙歌惊鸿："师父，在吗？"

沈眉娇看着跑马灯似的在屏幕正上方来回掠过的红色字体，郁闷起来。

上一次他的世界发言，替她惹来了终忘，这一次还来？！

沈眉娇怒！

[私聊频道]你对笙歌惊鸿说："在。"

[私聊频道]笙歌惊鸿对你说："哦。"

莫斓笙以最快的速度发了一个字出去。

沈眉娇不知道他的想法，却被那个"哦"字堵了心，她以为他火急火燎地找她能有什么事，结果他就回了一个字！

聊天之中，比"呵呵"更加高冷，莫过于一"哦"终结。

[私聊频道]笙歌惊鸿对你说："上歪歪。"

沈眉娇二话没说登上了歪歪，笙歌惊鸿早已待在了先前她建好的房间里了。

对他而言，用声音表达才是最快速最直接的方式。

"你以后不要再给我发世界频道了！"沈眉娇一声冷叱，手指一通狂按，狂眉逆娇对面的玩家应声而倒。

"对不起。"平和的声音通过音箱传出来，添了一抹神秘与慵懒。

沈眉娇没认出来，甚至没觉得熟悉，就像她的声音落到莫斓笙的耳中，娇柔刁蛮，被臆造出的形象和他的秘书三号没有一丝相似。

"不需要道歉。"沈眉娇仍旧冷着声音，刀子一样锋利。

狂眉逆娇在星棋原上飞奔着，寻找着下一个下手的目标。

"我说的是终忘。"莫斓笙不紧不慢地继续开口，"不知道你们之间有矛盾，把他带到你的面前。抱歉。"

他没再叫出"师兄"之类的称呼来。终忘教了他不少游戏操作与常识，又带他下副本，让他专心练级。他看得出来对方是诚心教他，毫无敷衍之意，包括那些装备，虽然这些装备花光了他在游戏里所有的积蓄，但若没有终忘帮忙，他那些游戏钱币，连半套都凑不齐。他觉得终忘是个不错的人，又挂着师兄的头衔，没有人会嫌朋友多，不是吗？这是游戏不是现实，不需要将人心往黑暗的方向去揣测，所以，莫斓笙那时并没太多想法，顺心而为罢了。

可昨天的情况，傻子也看出来帅父和师兄之间浓浓的八卦味了。

沈眉娇沉默了，手速不自觉就加快了，不管是怪还是人，只要是红名就冲上去一通狂揍。

"你们私下的交情跟我无关，你也不必道歉，我只是不想见到他。"沈眉娇一边说话一边揍人，刚刚击倒一个玩家，冷不丁屏幕之上闪过了一行文字。

[系统公告]恭喜您完成星棋原新成就——天纵魔星，累积的黑暗屠戮值达到5000点，一小时内击败玩家数量达到标准，并在目前排行榜上最高！自动获取随机任务——大逃亡。接下去的半小时内，您将成为全地图攻击目标，第一位成功击败您的玩家可获得紫色物品"陨星秘宝"，同样地，您若成功在半小时内不被击倒，可获得紫色宝物"魂杀"。计时即时开始，下线时间不计入该时间内，并且在此期间不可进副本、帮会领地，不可换地图，不可接受私聊频道。

[12]

在她接到这则系统通知时，围剿她的全服公告也刺眼地闪起。

沈眉娇傻眼。这是什么鬼东西，随机任务？！

游戏公司这是换了任务设计吧，这样也行？！真是个"大惊喜"！

沈眉娇心里暴吼着，手上的技能却没丝毫犹豫，立刻收了梦魇兽，进入隐身状态。

"怎么了？天纵魔星？"莫斓笙也看到那则公告了。

"你别过来当累赘！管好你自己就可以了！"沈眉娇音调忽然转高，语气却还是平静的。

莫斓笙忽然间接不上话。她说他是累赘……

不过五分钟，狂眉逆娇就已经陷入了四面楚歌的境地。打开地图，她便发现地图上黑压压一大片的小圆点，正从四面八方朝着她涌过来。

地图上面有显示，隐身技能没用，她只能逃！

解除了隐身状态，加速符，加速药水，再加上梦魇兽的速度，她飞速地朝着人最少的方向掠去。星棋原的地势平缓，很少有可以藏身之处，她只能不断换方向飞。

但很快地，四周的玩家聚拢，将她围在了中间。

沈眉娇咬咬牙，既然无处可避，那至少得选择一个不会腹背受敌的地方。看了看地图，她选择了最近的冰风壁。

冰风壁是巨大的冰壁，冰壁之后是个副本，入口在另一侧，因此玩家无法从那一头过来，她飞到冰壁之下隐了身，这样她便只需要注意自己的正前方。

玩家们黑压压一片涌上来，她的隐身术很快就被人解除。

而来找她的玩家们已经相互厮斗起来，因为只有第一个击倒她的玩家才能拿到奖励。在场很多人都是同公会的，能让公会集体出动，证明这个奖励物品肯定很重要。也正因此，来的玩家争先恐后地扑上来，有的玩家还没接近她就被后面的玩家给打趴下了。

她从来都不是坐以待毙的人，此刻双手在键盘之上快速翻飞，技能一个接着一个放着，靠近她的人在她的攻击下也讨不到好。而一大帮的"奶妈"站在人群之后，看不是自己队伍抢到的，便不断给她刷着治疗。

这样一来，她纵然无法以一敌众，但是……想死也不是那么容易。

[当前频道]君君小安："女神别怕，我们来帮你了！"

[当前频道]君君小安："狂眉逆娇亲卫队！誓死护卫女神！"

……

沈眉娇打得正欢，忽看到刷屏似的文字，整个人都凌乱了，她这是……造福过苍生吗？

君君小安带着十来个玩家，冲到了她的左前方，开始攻击所有靠近的人。沈眉娇有了一丝喘息的时间。

只不过，很快地，一波大队伍从后面碾压了上来，这些玩家开启了无差别攻击模式，只要是围在沈眉娇前面的玩家都被击倒，瞬间就逼近了狂眉逆娇。

她看到，他们的头上，红艳艳的字——无妄天宗。君无妄的名字夹杂在其中，一眼就让她看到了，居然是他亲自带队。

[当前频道]君无妄："清场，不想死的滚！"

第一宗门的出现，魔渊第一大神的驾到，让剩余的玩家都起了怯心，与无妄天宗为敌的人，恐怕以后游戏都不能好好玩了。因为这样的念头，小帮会和散玩们有些束手，而无妄天宗的人则瞬间杀到了狂眉逆娇的正前方。

狂眉逆娇举起手中的血红冰刺，对着君无妄闪起。

情势却是瞬息万变。

左侧又有一大队玩家赶到，他们以最快的速度冲到了狂眉逆娇身边，与君君小安等人站到了一起。

是"悬命纵天"，仙界第一大帮会，属于凉骨天烬的！

两大帮会的激情碰撞，已经好久没有出现了，所有玩家都自觉退到了不远处，这场战斗已经不属于他们了。

他们以为，这该是一场抢怪大战，然而……

[当前频道]凉骨天烬："狂眉逆娇是我的人，与她为敌便是与我为敌！"

说话的人和这句话的内容都像是一枚深水鱼雷，没入水中之后溅起了滔天巨浪。

原来，不是抢怪！

[当前频道]凉骨天烬："师父，我来救你！"

此语一出，周围的玩家更是醉了。若是他没有说前面那句话，大家可能以为他只是发错了频道，但显然他没有。那么，狂眉逆娇是他的师父！

这真是……九霄云重服务器有史以来最重磅的八卦了。凉骨天烬可是一直单身，从无情史的纯情大神哪！

莫斓笙混了狂眉逆娇亲卫队的人群中，不知为何，心中忽然沸腾起来，那是股他无法理解的心情，还伴着一抹无力，复杂并难以言喻。

原来，这就是游戏的世界？

被围在人群中的清瘦人影，虽然单薄却还是充满力量，让他默默攥紧了拳头。

沈眉娇却已无暇顾及这些，她看到了自己的私聊频道上刷出来的一段话。

[私聊频道]凉骨天烬对你说："如果我真的还给你完整的世界，你会原谅我吗？"

这是凉骨天烬第一次，在公开的场合，如此高调地宣布与她之间的关系，而在这之前，她的记忆中只有终忘，凉骨天烬再强大，也只是她敌对的陌生人，哪怕她知道了终忘是凉骨天烬的小号，哪怕最后终忘背叛……噢不，没有背叛，他从来就不属于她，他的出现只是为了游戏里那些虚幻的荣耀。

她不认识凉骨天烬，她认识的人，叫终忘。

原谅？还是不原谅？

当然无法原谅！

不过不是他。

无法被原谅的人，是她自己。

因为，逝去的人永远都回不来了。

她与薛锋扬，这辈子注定只能各自在陌路上前行。

第二章
故人再现 尊者挑战
—— 九霄长歌

[1]

五月的阳光透过薄薄的亚麻窗帘，落在四周深棕色的木书柜上，地上则是一片斑驳的光影。雨季才刚刚结束，这个城市便已一步踏入了初夏，毫无过渡。

莫斓笙坐在书桌之后，享受着难得的周末清晨。

这个清晨，并不宁静。

他望着电脑屏幕上被重重围困的身影，握紧了鼠标。

什么都做不了，他帮不到她。

莫斓笙不知道自己为什么会有这些莫名其妙的想法，他和狂眉逆娇，只不过是陌生得不能再陌生的两个人，甚至连一起游戏的时间，都没有多少。

忽然间，他的左手手掌上传来一阵涩涩的疼，像从骨头里酸出来似的，他的头一偏，脸色没变，只将手一松，从鼠标上提了起来。

那只手，手掌宽厚，手指修长匀称，手背白皙，绷紧之后指头微微翘起，指尖上的指甲贴着肉剪到了头，看上去十分干净，但此刻却微微颤抖着。

莫斓笙忍不住用右手按住了左手。

就这么一恍神的功夫，游戏里已经打得翻天覆地了。

"喂！"音箱里忽然传出清脆的声音来，"你死了没？没死吱一声。"

她的声调没什么变化，还是那种高高在上的嚣张，有着不为所动的冷静，游戏里头的八卦似乎对她毫无影响。

"在。"莫斓笙低低地应了一声。

"帮个忙。杀我！"

杀她？！

[2]

莫斓笙的双手瞬间就放开，各自回到了键盘和鼠标上面。

"为什么？"他不解。看情势帮她的玩家和杀她的人如今差不多势均力敌，要保命也不是完全没可能的事。

"没工夫解释，这次就当便宜你了。"沈眉娇已经在人群的外围看到笙歌惊鸿的身影，虽然换了一身装备，但他那不太自然的动作还是让她很快认出，"听着，你把屏幕画面调大，面向我，目标锁定我的宠物梦魇兽。你知道梦魇兽吗？"

　　沈眉娇说得非常快，在得到他肯定的答复后马上继续接道："嗯，等到你发现目标变成我的时候，马上对我放技能——'画地为牢'加'修罗绝'，另外你自己的增益法术上满。其他的不用管了。"

　　画地为牢和修罗绝都是魂剑的技能，前者可以将对手定在自己周边半径五码的范围内，在技能释放阶段，中了此技能的玩家无法脱离这个范围，而外面的玩家也无法进入，是肉盾拯救队友的终极技能，时间只有两秒；而后者是修罗最强大的攻击技能，蓄满血气值后攻击则可以翻三倍，如果配上强大的武器与高超的技术，在竞技场上那是可以秒掉对手的技能。

　　"嗯，准备好了。"莫斓笙回答得很快，也不再问原因。

　　他的声音不大，但让人信任。

　　沈眉娇心一定，嘴角上便浮出一丝浅浅的嘲笑。

　　这是一个无解的局，1对多的超人在游戏里是不存在的，而游戏公司设计出这样的任务，为的也是让"陨星秘宝"这个任务物品出现。对于他们来说这件东西肯定很重要，重要到让君无妄亲自来找她，而凉骨天烬……

　　凉骨天烬的人如他的名字一样。

　　他怎会为了她与天下为敌？简直可笑。以最近任务离奇的程度来看，他大概是接了什么重要任务才兴师动众来这里。

　　不管哪个，都与她无关。她的生或死，只有她自己可以决定。

　　沈眉娇看着屏幕上打成一片的仙魔两界，轻轻一哼。

　　"呵，愚蠢的人类。"

　　话还未落，她就放出自己的梦魇兽，让它朝着笙歌惊鸿掠去，而她自己则就地施了"缩地成寸"的技能，冲到了人群之中。

　　外围的玩家一见她冲出来，都不禁一喜，将目标锁定了她，技能冲着她放过去。沈眉娇手没停，对着离她最近的玩家一通砍，在那些玩家倒地之时，她的血量也呼啦啦降到了百分之五左右。

　　地上的治愈法圈不断交错浮起，无数纯白的花朵飞落到她身上，治疗们卖力地给她加着血，但仍旧赶不上她被围攻所减少的血。

　　这简直就是一场大恶战，沈眉娇看着自己头像下的BUFF（增益魔法）和DEBUFF（减益魔法）小图标，已经有长长的三大行，心里吐槽着，手指却利落地在倒数时刻点下了某个技能。

灾替。

梦魇兽的终极护身技能，可以与自己的主人交换位置，并让所有目标锁定主人的玩家在瞬间改变目标为梦魇兽。

一瞬间，狂眉逆娇变了位置。

莫斓笙按照她的意思将画面拉近了不少，原来在他面前不断对着他挥爪挠痒的梦魇兽忽然消失，占据了显示屏三分之一大小的丑陋怪兽的脸，忽然就变成了娇艳的容颜，黑发红衣的颜色像要砸进眼底一样，鲜明刺目，狂眉逆娇像一株红色珊瑚般站在笙歌惊鸿的身前。

看起来，就像在拥抱一样。

"动手！"冰凉的声音传来，凌厉如箭。

莫斓笙早已准备好了，瞬间点下"画地为牢"，金色的光芒从笙歌惊鸿的脚下绽开，浅浅的光将他们两个人都笼罩在其中，外面的攻击通通在光罩外消失了踪影。

想灭她和想救她的人都围了上来，屏幕上全是让人眼花缭乱的名字，好在莫斓笙将画面拉近了，因此此刻他眼里只剩下红衣黑发的狂眉逆娇而已。

一道血光扬天而起，巨大的黑字划地而过，如焦黑的剑痕。

修罗绝，绝命、绝魂、绝仙。

笙歌惊鸿的剑从狂眉逆娇的胸前穿透。

狂眉逆娇血条瞬间全空，倒地。

[3]

沈眉娇从键盘上收回了手，终于安心地喝了一口水，这一击果然如她料想的一样，以莫斓笙目前的装备水平，用这个技能大概只能打掉她百分之五到百分之十的血量。

公告即刻响起。

[系统公告]玩家"笙歌惊鸿"击灭魔星"狂眉逆娇"，获得"命星"称号，并获得任务物品"陨星秘宝"，祝贺"笙歌惊鸿"玩家。

"喂，谢了，算我欠你一个人情。"沈眉娇的声音忽然间变得愉快起来。

"不谢。"莫斓笙心情也好了起来，虽然笙歌惊鸿已被别的玩家围殴至死。

听他说得平静，沈眉娇却有些歉疚起来，这么一来，她倒是抽出来了，只可怜这个新人接下的游戏会玩得非常艰难，君无妄和凉骨天烬都不会放过他。她想了想，便道："陨星秘宝是大型任务的物品，你一个散人拿着用处不大，倒是可以卖点人民币……"

"没这必要，我不缺钱。这东西我寄回去给你吧。"莫斓笙没等她说完就打断了。

沈眉娇被那句"我不缺钱"闹得心塞了一下。以那物品重要的程度，拿出去卖掉也能顶得上一个普通工薪阶层半个月到一个月的薪水了，他倒在这里装大气，跟钱过不去，果然是新人吗？

"哦，那就算了，也不必寄给我了。不过你帮了我，估计会被人盯上，这样吧，我用这东西替你做场交易，省得你游戏不得安宁。"沈眉娇也没要那物品，沉吟了片刻又续道。

"嗯，听你的。"他声音仍旧平缓地回答她。

从开始的杀她，再到现在的交易，他一直毫无条件地信任她，这让沈眉娇有些小小的感动。她也没开再口，只是迅速在键盘上敲出一大行字来，音箱里传出一阵"噼里啪啦"的敲击声。

[世界频道]狂眉逆娇："君无妄，如果想要陨星秘宝，就给我徒弟当保镖。什么时候他的装备分数达到一万分以上，陨星秘宝就是你的了。"

这话才刚刚发出来，群众又是一大片哗然，情节还能这样神转折？她这是在给徒弟找靠山啊，但怎么找到君无妄身上去了？

他刚刚还要灭她啊！

果然，朋友或者敌人什么的，在游戏里不过是一秒天堂一秒地狱的转变。

[世界频道]君无妄："徒弟，你怎么这么见外？你的徒弟，不就是我的徒孙！说什么带不带的，当年我怎么教你，现在就怎么教他，嗯？这样可以了吧？"

那意思就是，他接受了这个交易。

沈眉娇满意地站起身来，准备去上个厕所，岂料君无妄又刷了一条信息出来。

[世界频道]君无妄："唉，说起来我的徒孙真挺多的，凉骨天烬你是不是也要叫我一声师祖？"

群众再次感叹剧情的跌宕起伏。

这年头，知道……或者说记得君无妄曾是狂眉逆娇师父的人，已经很少了。刚刚还打得难舍难分的人，一转眼就成了同个师门的人了。

[世界频道]小八八的小卦卦："你们师徒孙三代能不能私底下商量去！"

[世界频道]小卦卦的小八八："收陨星秘宝，陨星秘宝，陨星秘宝。"

……

沈眉娇也有些意外，他竟然重提此事，但这疑惑瞬间就被她想明白了，他想恶心凉骨天烬而已。

凉骨天烬一直没在世界频道上开口，见狂眉逆娇和笙歌惊鸿都一起挂了，话也没留一句就抽身走人，不知道在想些什么。倒是他的帮众和粉丝们，还有些无关紧要的人士在世界频道上口水大战起来，恨不得搅得天翻地覆才够劲。

想来这出师祖要灭师父，大徒弟要救师父，结果小徒弟却违抗大师兄杀了师父，最后得到师祖庇佑的戏……明天又会成为论坛的热帖了。

沈眉娇和莫斓笙一前一后点了回城复活，满屏的喧嚣才终于平静下来，网络那头的莫斓笙轻轻嘘了一口气，起身离开了桌子。

坐得太久了，他要去上个厕所。

沈眉娇被君无妄打了岔，彻底把上厕所的事给忘了，她翻了翻包裹，便看到自己包裹里躺着的头饰。那对巨大的兔耳朵，是狂眉逆娇逃命不成功的奖励，除了装饰之外还有一个功能就是——变身兔子。

这就是她娱乐大众的奖励？

沈眉娇点了下预览，整个人都不好了。

红衣如血，黑发如夜，然后脑袋上插了对硕大无比的粉嫩兔耳朵。

画风不对啊！

沈眉娇当机立断把这东西寄给了小号沈沈，反正这东西是任务的安慰奖，不会有人知道。

那一边，笙歌惊鸿的兜里，也安静地躺着一件物品。

捕兔哨。

咦，什么奇怪的东西闯进来了？

沈眉娇迫不及待地下了线，打开官网。

这一场突如其来的大逃亡，让她和两个大神一起又出现在众人眼前。官网的大神榜里，她的人物底下是一大帮骂娘的，骂祖宗八代的，但票数上升的趋势却一直没减弱过。

再一看前面的凉骨天烬和君无妄，沈眉娇一时间烦躁不已，便叉掉了网站。

"你在烦什么？"音箱笙歌惊鸿的声音传来。

沈眉娇才意识到歪歪一直挂着。他的声音宁静安稳，让沈眉娇有一瞬间想将心里的黑暗告诉他，但她还是回了神。

"烦？我不烦。"沈眉娇违心地说着。

他是怎么感觉到她心烦的？她从刚才到现在可都没说过话。

"不烦就好。"他没追问，只是低低说着，"别把杯子砸坏了。"

沈眉娇一愕，然后望向桌上的杯子，杯里的水已经溅得桌上到处是，想来她烦躁的时候怒砸杯子，发出的声音让他给听到了。

这什么耳朵，这么好使？

"你会来参加七月的动漫祭吗？"他忽然问道。

"什么？"沈眉娇一时没理解他在问什么。

"我是说，你在大神榜上已经排到了前三名，到时候会受游戏公司邀请来动漫祭吗？"他解释道。

"不会！"沈眉娇一口就拒绝了。

"我……"

"啊——我的内衣——"

笙歌惊鸿的话还没结束，忽然就传出了女人的惊声尖叫，刺得沈眉娇眉头一皱。

内衣？！

真是充满联想的名词。

沈眉娇及时制止了脑海中浮现的粉色画面，想不到看起来老实的徒弟如此奔放，她咳嗽了一下，马上开口："不说了，我下了，就这样。"

她说走就走，没有半丝犹豫，立刻便关掉了歪歪。

[4]

游戏一玩就是半天时间，下午沈眉娇便没碰电脑，睡了一个长午觉之后，换了衣服出门，上街觅食外加回公司"加班"。

公司加班要打卡，她的"加班"虽是老板"金口大开"，但她为了以后好办事，还是乖乖回了公司。原来定了七点上线与莫大人会和，只是还没等她坐定，就接到莫斓笙电话说是晚上有事上不了，要她自己练级去。

沈眉娇乐得自在，沈沈的号才17级，离红隐山的要求还差8级，上线就被君君小安组进队里，说是要带她练级。

君君小安几个人散发出无限的热情，倒让沈眉娇有些不自在了。不管是现实还是网络，她都习惯了一个人，突如其来的热情总叫人无所适从，好在一路打打闹闹，他们带得开心，她便也随之轻松起来。君君小安他们不会给她诸多要求，也不催促，只是随性地玩着乐着，叫她感觉不到一丝被人带的战战兢兢，最无趣的练级好像变成了一场网络世界的野餐会，她没有任何压力，也不用担心因为带她练级而浪费了他们的时间，因为他们玩得也很开心。

升级的银光一通狂闪，沈沈终于到了25级。

沈眉娇真心跟他们道了谢，然后下线回家。

到家的时候，还没到九点，楼道里的灯昏沉沉地亮着，她垂着头边掏钥匙边爬楼。

"嘤嘤嘤。"轻轻的啜泣声冷不丁传到她耳里。

沈眉娇吓一跳，抬了头看去。

昏暗的光线下一个不明生物正蜷着腿蹲在她家的门外，大约是听到钥匙的响动，缓缓地直起了身子。

沈眉娇大惊失色，向后退了一步，然后揉了揉眼睛。

对，她没看错。

一个小姑娘正死死盯着她看。深蓝色的蓬蓬裙，湖蓝色的直发垂到了屁股上，再加上一张粉白的脸庞，怎么看怎么惊悚。

有那么一瞬间，沈眉娇以为自己穿越到了动漫里面，可再仔细看去，四周的景物和她家门外一般无二，那么……

是二次元人物穿越到了三次元？

事实证明，这并不是一场穿越。

"嘤嘤，嘤嘤，他们都不理我！"小姑娘揉着眼睛，可怜兮兮地跟在沈眉娇屁股后面，发出鸟叫一样让人脖子发梗的声音来，"我，我小叔叔不管我，我只好找表姐，表姐去外地弄鱼塘，就让我找你了。"

说话间她还打了一个嗝。

"你表姐？"沈眉娇皱了皱眉，问道。

"我娴表姐，她说你是个最温柔最善良的人，肯定会……收留……我的……"小姑娘的声音到了后面，因为沈眉娇脸上越来越明显的怒气而渐渐小了下去。

沈眉娇眼睛盯着她，然后掏出手机，一个未接来电和一个未读短信显示在屏幕之上。短信倒是写得简单——"哟，软萌表妹一个，望亲暂时代为照看！"

她回拨过去，那头只传来"不在服务区"的提示。

这个表姐，只有杜夜娴才会做出这种类似托孤的事，之前是奇葩徒弟，现在又来个小表妹！

"进来吧。"沈眉娇深吸了一口气，打开了自家的门。这大晚上的，她也不可能把小姑娘给扫到大街上去。

那小姑娘如获大赦般跳了起来，一面拎着大包小包的东西跟进去，一面吸着鼻子大声说着："谢谢姐姐，我叫Alice噢，姐姐你呢？"

爱丽丝？！沈眉娇瞪大了眼睛，闷闷地报上大名："沈眉娇。"

沈眉娇的家并不大，八十平方的两房一厅，很陈旧的装修，打扫得却非常干净，东西归置得井井有条，当然这也可以归结为她并不怎么在家里开火，不沾油烟的屋子总是比较干净些。

"那边是厨房，渴了有水，饿了有泡面，自便。那里是厕所，有需求也请自便。东西先放地上，我去给你找套铺盖。"沈眉娇的手左右一指，人则头也不回地进了房间。

等到她抱着毯子枕头等物出来的时候，小姑娘已经坐在了角落的琴凳上，正缓缓伸出手……

那是一架盖着红色格子布的钢琴，布上没有一丝皱褶，四角拉得齐整。

"别碰它。"沈眉娇的声音带着前所未有的冰冷。

爱丽丝手一缩。

"娇娇姐，你也弹钢琴？"爱丽丝大眼一眨，乖乖地从琴凳上站了起来，并把凳子塞回了原处。那钢琴上的盖布铺得整齐，也没有落半丝灰尘，看起来应该是常常掀开的吧。

"以前学过。"沈眉娇把手里的东西一股脑儿扔在了沙发上。

"跟我小叔叔一样呢。我小叔叔以前可是特牛的钢琴天才，可惜后来……"爱丽丝有些遗憾地抿抿嘴唇没往下说，她跑到了沈眉娇身边，忽然一惊一乍地又开了口，"啊，我小叔叔单身，娇娇姐你也单身吧，改天我介绍你们俩认识一下？他可是个帅哥噢，虽然现在不弹琴了，但你们还是可以找到共同语言的。"

沈眉娇看了她一眼，虽然化了浓妆，但看起来也没比自己小多少岁，她的叔叔……

该有多大岁数？！

"你先睡沙发吧，想睡房间的话就等有空自己把空的那间打扫打扫，再把草席洗了晾晒下。"沈眉娇指了指空的房间，也没问她要住多久，她这小家收留个把人睡觉啥的是没什么问题，但是其他一切生活所需她是不会多管的，没那精力。

爱丽丝瞪大了眼看着沙发。睡沙发……自己打扫房间、洗草席什么的……她没做过啊！

再看沈眉娇，她已经转了身。

"对了，别再……动钢琴。"沈眉娇进房前停了停，忽然间又说了一句话。

[5]

连着几天沈眉娇都在加班忙正事，这天好不容易早早完成了工作，想准点下班，却被莫斓笙及时叫住了。

要"加班"！

沈眉娇只能捧着电脑敲了门，踱进了他的办公室。

天还未黑，阳光柔和地洒进来，整个房间都像是沐浴在阳光之中，莫斓笙坐在办公桌后，聚精会神地盯着电脑屏幕，眼神明亮有力。

真是个很努力的人。

"坐吧。我叫小邓打包晚饭了，你喜欢的那家牛肉面可以吧？"莫斓笙头也没抬就开了口。

他怎么知道来的人一定是她？

"莫总怎么知道是我？"沈眉娇这么想着，便问出口来。

"呵呵，你脚步的节奏，缓而有力。"莫斓笙这次抬起头来，眼里有些笑意，"怎样，牛肉面可以吗？还是你想吃别的？"

"牛肉面就可以了，谢谢。"沈眉娇忙道，一面还在想着莫斓笙的话。

她的脚步声？莫大人好耳力！

莫斓笙仍旧笑笑，道了声："坐吧。"就又低了头去。

沈眉娇放好电脑，驾轻就熟地上了游戏。

[帮会频道]君君小安："小沈子上线了啊！"

[帮会频道]包子："你们终于来了。"

……

帮会里的人一通乱叫，只换来沈眉娇言简意赅的一句"大家好"，就没有下文了。

沈眉娇从很早以前就不怎么和别的玩家在游戏里聊天了，她习惯了一个人游戏。

名为"狂眉逆娇亲卫队"的组队邀请弹了出来，沈眉娇进了队伍，才发现人已经到齐了，就连莫斓笙不知何时也关掉了文档，进了游戏。

她转头看去，莫斓笙拉松了领带，解开了衬衫领口的扣子，轻松惬意的模样，只有眼神仍旧专注认真，发出明亮的光华。

[队伍频道]君君小安："啊啊啊，小沈子你好可爱！"

沈沈正顶着大兔子耳朵站在红隐山入口处的一片花海里，旁边站着君君小安，君君是个玄灵妖医女号，穿一身浅蓝衣裙，捏了张萝莉脸庞，和沈沈两个人就像花海里长出的萝莉姐妹花。

[队伍频道]包子："别犯花痴。"

[队伍频道]死神的镰刀："我迷路了，谁来拉我一下！"

[队伍频道]沈沈："我去吧。"

沈眉娇实在受不了君君小安在她身边蹦蹦跳跳，又是放爱心又是亲亲的动作，赶紧跑去了入口外的集合石拉人。

没多久，人就到齐了。君君小安是妖医，主治疗；菊花教主是幻幡士，主攻击；包子是血手，和狂眉逆娇一样，主攻击。因为莫斓笙的装备太差，包子便在这一趟副本中暂时代替魂剑的位置做T（堆防御和血的英雄），带领队友在前方扛住怪物攻击，而莫斓笙和沈眉娇，当然是打酱油的。

五个人都十分轻松，带着平常在家里切白菜一样的心情，在队伍频道里嘻嘻哈哈地朝前冲去。确切点来说是三个人，因为沈眉娇和莫斓笙几乎不开口，沈眉娇偶尔还发个笑脸，回个"呵呵"啥的，莫斓笙除了"哦"之外，没有更多的话了。

沈眉娇终于找到比狂眉逆娇更高冷的人了。

十五分钟以后。

团灭！

画面上死得透透的五个人，躺在红隐山的溪流中，像随时会被冲走变浮尸似的。

"你们这些愚蠢的人类，竟然敢进红隐山寻死！"小怪的脸上写满嘲讽！

又五分钟，灭。

三分钟，灭。

灭，灭灭，灭灭灭！

墙上的钟，已经走到八点了，整整一个小时，他们连终极怪物的毛都还没摸着！

沈眉娇就快抓狂了。看来，碾压式的打法，不适合他们！不不，别说碾压了，这就是一群自不量力者的被碾压之战。

她在进红隐山之前，心里毫无压力。就算她和莫斓笙的等级和装备差一些，但君君小安三人可是装备分数到达10000分以上的玩家，她最坏的设想也就是耗费点时间，团灭，那是她想都没想过的事。

但按现在这情况来看，他们极有可能要灭一晚上。

"小沈，告诉他们，慢点来。换我来拉怪好了。一波怪有五只，我拉三只，你控制一只，包子控制一只，再集中打魔手圣王。君君小安主要加好我！"莫斓笙开了口，声音毫无波澜，听不出一丝厌倦和烦躁。

这样的平静稍稍安抚了她心中的烦躁。

"嗯！"沈眉娇应了一声，点开了队伍频道，按领导的意思打下了一大段话，心里则暗忖起来。

几天不见，莫大人大长进了啊，连拉怪、控制，先打治疗怪都知道了？他说的那些，都是过这个副本最原始的方法，是当初刚开服时新人们在没有任何装备与等级支持的情况下，琢磨出来的通关办法。

三只怪的话，莫斓笙的归河拉起来，还是可以应付的。

"小沈，别沮丧，打起精神。"莫斓笙看到了沈眉娇脸上明晃晃的郁闷，出声安慰道，"打副本就是这样的，习惯了就好。我们这是在开荒。"

……

沈眉娇不知道要回答什么。

莫大人，这种习惯不好啊。

沈沈的媚骨属于半攻击半控制的辅助类职业，其中有一个技能是魅惑天下，可以让对手陷入迷惑状态，但只要对手受到攻击，这个状态便会自动解除。

沈眉娇自然一听就懂，但君君小安三个人却不明白，一时间队伍里冒出了一堆的问题来。

"小沈，叫包子把右边的怪迷惑了。"

"小沈，魔手圣王发大范围治愈术前，叫君君把它沉默了，没及时沉默的话要包子打断他的施咒。"

"君君问，魔手什么时候放大范围治愈，他看不出来。"

"放大治愈前它脚下会起光圈，看仔细点就行了。"

沈眉娇一面专心控制着怪，一面代替莫斓笙打字指挥着众人，双手在键盘上飞一样地按着。

"小沈，叫君君给我上个妖灵咒。"

在游戏里，莫大人也是把她当专职秘书在用啊！沈眉娇满心都是泪。

但不管如何，慢虽然慢了点，但五个人倒是渐渐往里深入了。

[队伍频道]君君小安："归河哥哥真棒！"

[队伍频道]包子："马屁！"

[队伍频道]菊花教主："我觉得自己牛气了啊！"

花海一过便是红枫谷，终极怪物就在红枫谷的尽头，几个人在莫斓笙有条不紊的指挥下渐入佳境，心情也激荡起来。

只不过，理论有时是赶不上实际变化的。

一个不小心，菊花教主的法术打到了包子控制的小怪身上，小怪脱离控制，直奔教主而去。这时候需要莫斓笙回身去把怪物拉回来，以防止小怪伤害队伍里的其他成员。

但归河却没有及时回头，而是站在原地转了一个圈。

她从刚刚就一直觉得归河的站位和面向都有点问题，他不管是走路还是打怪都尽力保持着某个固定的方向，而需要换位和换方向时动作就显得非常僵硬，常常用疾冲的技能来锁定怪物。

沈眉娇有些奇怪，侧头一看，忽然间就明白了。

莫斓笙的两只手，都放在键盘上，他抛弃了鼠标，两只手都用来按技能，而怪物方向改变的时候，他的手会很笨拙地按"WASD"键来改变方向或者用按位的技能。

她脑中闪过他掌心那一道可怕的伤痕。

心跟着紧缩了一下。

"小心！"莫斓笙忽然叫了一声。

教主为了躲避小怪的追杀，原地放了一个冰冻的范围咒术，这下可好，被沈沈迷惑的怪也被打醒了。

队伍瞬间乱了起来。

[6]

天色已暗，办公室里的灯光敞亮，照着不知疲倦的两个人。

莫斓笙的侧脸专注认真。

有一瞬间，沈眉娇恍惚看见好多年前的自己，简单而纯粹，游戏对她而言，是另一个世界里热血沸腾的梦想。

虚幻和现实的界线，她还分得不这么清楚，狂眉逆娇曾经是人见人爱、花见花开的团队之星，也曾经拥有过好多好多战友，熬夜研究攻略和技能，副本开荒死个烂透也还能拍拍手再站起来，笑得没心没肺的模样，和现在的他们，没有什么区别。

沈眉娇鼻头忽有些酸，她深深地吸了一口气。

那样简单的动作，那些并不复杂的操作，还有完整的副本攻略，他一定是在私下做了很多的功课，为此不知付出了多少的时间。

虽然并不完美，但是他尽力了。

"莫总，不用管我，你安心扛怪就是。"

[队伍频道]沈沈："君君小安，全力加好归河，不必管其他人。"

她的声音和她在组队里的信息，几乎同时发出。

好快的速度。

这并不是莫斓笙的意见，他有些惊讶，转头看了看沈眉娇，她正盯着电脑屏幕，嘴角是抹不慌不忙的浅笑。

因为菊花教主的失误，导致两个怪提前解了控制，这两只怪一只冲着他，一只冲着沈沈而去，本来莫斓笙准备回身去拉住怪物，但沈眉娇的话却让他停下了回身的动作。

她的声音里，有让人莫名信任的东西。不知怎的，和想象中的某个人物有了一丝重合。

[组队频道]君君小安："没问题！"

[组队频道]沈沈："包子，你的CD（技能冷却时间）快好了，马上控制教主那只怪！教主，把怪拉到包子身边，别打怪，也别冲到前面怪堆里，快。"

沈眉娇边打字边躲避着追她的怪物，让沈沈朝后退去，后方是已经被清干净的地方，没有新怪物。她拉着追她的怪跑了一大段路，好在媚骨这职业几乎都是控制类的技能，虽然能长时间迷惑怪的技能尚在CD之中，但别的控制技能一个接着一个扔出来，时间掐得刚刚好，总算等到包子成功把怪控制下来。

她绕了一圈，又把怪带了回来，他们几个人已经把治疗怪打死了。

沈眉娇便带着怪跑到莫斓笙旁边。

"莫总，把这怪拉走。"她说着。

"嗯！"莫斓笙应了一声，拉过了这只怪，眼睛却不自觉地看了一眼沈眉娇。

她把怪拉到了他正前方的位置，是巧合吗？

正前方，他就不需要改变方向。

局势总算被控制下来了，没多久，这一波小怪有惊无险地被消灭了。沈眉娇轻轻嘘了一口气，发现自己的手心已经有些微汗。

打个25级的精英小副本，怎么比她以前下四十人团队的副本还刺激，她果然是太久没下副本了。

[组队频道]菊花教主："吓尿了啊！副本怎么这么难打！"

[组队频道]包子："你个灭团之星啊！"

[组队频道]君君小安："啊啊，归河哥哥和小沈子真是好厉害！我给你们帮会长老的位置啊，以后你们就是我们会的精英成员了，哇哈哈哈哈！"

[组队频道]沈沈："呵呵。"

见难关已过，沈眉娇长嘘了一口气，马上就要见到副本终极怪物了，不过这个副本终极怪物要比小怪好打一些，除了最后狂暴状态下会放无差别攻击的大技能外，并没什么特别的，适当的时候逃离攻击范围就可以了。

莫斓笙再度接过了指挥的大权，沈眉娇则继续秘书的工作，最终在菊花教主牺牲掉的情况下，把这个终极怪物给打了下来。

队伍里一片欢声。

[组队频道]君君小安："耶！好开心！"

[组队频道]包子："教主都要被爆烂了，死了这么多次。"

[组队频道]菊花教主："求回魂啊！君君宝贝儿……"

……

终极怪物掉落了一件魂剑的武器和加法术攻击的饰品，正好是归河和沈沈当前可以用的，除此之外，还有一件任务物品，正是绿灵儿寻父任务的东西，直接就落到沈沈的包裹里。

沈眉娇却没空细看，她坐了许久，发觉膀胱都要爆炸了。

"莫总，我去下洗手间。"沈眉娇一面说着，一面推开椅子站起来。

一抬头，便撞见莫斓笙明亮的眼眸。

那眼底，有些探寻的意味，还有些莫名的温柔。

"莫总？怎么了？"沈眉娇心一颤，小心翼翼地问道。

莫非她表现得太过火了？没有让莫大人过足队长的瘾，他不高兴了？

"没什么，谢谢你。"莫斓笙什么也没问，只是微微摊开自己的手掌，而后又合上。

谢谢她的贴心，也谢谢她突然的主动。

虽然不知道什么原因，但莫斓笙一直觉得这个秘书三号玩游戏是非常被动的，甚至常常让他错觉，她是屈于他的"淫"威才勉强游戏。她从来都没主动游戏过，也没提过半句哪怕是抱怨的话，只是跟着他的脚步，走一步是一步。

其实她并不是他想象中的，对游戏一无所知的人吧。

"莫总客气了，这都是工作啊。"沈眉娇客套着，也顾不上莫斓笙的眼神，快步走向外面，丝毫没有发现自己这番话落在莫斓笙耳中，就成了另一个意思。

拿人钱财，与人消灾。

莫斓笙摸摸鼻子，忽然笑了，这游戏玩久了，人都变得古香古色了。

沈眉娇解放完一身轻松，脚步也畅快了不少，推门而入的时候，嗅到了一阵牛肉味。

"啊！面！"沈眉娇看着放在小茶几上的两份牛肉面和一大盘卤味，不禁叫出声来。

面已经成了冷面疙瘩了。

她饿了！

莫斓笙这才记起来，先前叫邓麦启买的面，估计他送来的时候见他们两人玩得认真，便没敢打扰，就放在了茶几上，毕竟从前他在工作状态的时候，是不允许人打扰的。

"算了，出去吃吧，又耽误你吃饭了！"莫斓笙从桌后走了出来，歉意地笑着。

"没事没事，这卤味冷了其实也挺好吃的，公司有微波炉，要不我把面拿去热下，凑合凑合。"沈眉娇没好意思说自己其实饿坏了，不想撑到外面了。

莫斓笙长腿一迈，几步就走到了沙发边来。

"微波食品不健康……"

他话还没说完，忽然间整个房间灯一暗。

停电了？！

莫斓笙脚步还没停，突如其来的黑暗让沙发的边角成了视线死角，他一个不注意，就撞到了沙发边的方形铁艺花几上。

"唔！"他一声闷哼，弯下了腰。

撞到的地方，不太好说啊！

"莫总，你没事吧？"沈眉娇吓了一跳，就着房间里笔记本电脑微弱的光芒，她只看到老板似乎很难过的模样，便想过去扶他。

谁想她走得急，脚下又一团黑，不知怎的绊到了茶几脚，整个人重心不稳就往下倒。

她的头，正对着花几的尖角，这要是磕下去，后果不堪设想。

沈眉娇连惊叫的时间都没有。

忽然间一只手从黑暗里伸出来，牢牢揽住了她的腰，重重一扯。

然后……

然后她和老板抱作一团滚到了沙发上。

[7]

偌大的办公室，一片沉寂。

沈眉娇大气都不敢出一下，莫斓笙的手卡在她腰上，她上半身趴在了他的胸前，头则靠到了他脖弯里，那距离近得只要她一转头唇就能凑到他脸上。

她不敢转头，心脏忽然不可遏制地狂跳起来。

"唔。"莫斓笙又发出了一声闷哼，他想救她的本意是好的，但这结果就惊悚了一点。

那位置有点儿疼，但又不好摸。莫斓笙非常郁闷，温香软玉虽好，却也不是每个男人都能享受的艳福，可问题是，他被压着没法起来。

"莫总，您没事吧？"沈眉娇的声音在黑暗里带着莫名其妙的沙哑，连她自己听了都吓一跳，赶紧闭嘴，手哆嗦着要撑起自己。

"没事！"那声音有了些咬牙切齿的味道，疼的。

沈眉娇听出不对劲来，但沙发狭小，她的一只手卡在了里侧，找不到施力点，最后只能咬咬牙撑在了莫斓笙的胸前，灼人的温度传来，沈眉娇几乎要被烧成渣渣。

"您忍着，我马上就起来。"她撑起了半身。

"叭！"灯忽然亮了。

满室的光芒刺得两个人眼睛都同时一闭，沈眉娇的动作一停，两秒后再张眼时，眼神正巧落进莫斓笙的眼眸中，一上一下对视，仿佛时间静止了一样。

如此近距离观察他，只怕全公司她是头一个。他鼻尖挺立，嘴形如同菱角，一双眼眸明亮清澈……

好吧，原谅她的形容词匮乏，实在找不到合适的词语。

那双眼眸清清楚楚地印出了她的模样。

像个疯子！

沈眉娇顿时杂念全消。

"莫总，楼下的保安以为大厦没人了，把电闸给关了，你没……沈秘书！"邓麦启一面推开门一面说着，然后石化成雕像。

还好，来的是邓麦启，这人出名的嘴紧！

沈眉娇佩服自己在这种时刻还能如此冷静地考虑这个问题。

下一秒。

"邓助，老板真的在啊？他……啊！"保安拎着手电筒从邓麦启身后钻出头来。

绝望！

沈眉娇在半秒内弹了起来。

"小邓，你先送小沈回去吧！"莫斓笙从沙发上直起身来，眼神幽幽暗暗，看不出想法。

要死，老板怒了？！

莫斓笙不轻易发火，但每次发火都雷厉风行，有次有人想要借泡咖啡的机会勾引莫斓笙，结果是被赶出了办公室，从此再不敢靠近他。她可好，直接趴到了他身上，看来是时候准备跳槽了。

"不用了，莫总，我自己回去吧。"沈眉娇收了收心，平静地开口。

"小邓，送她回去！"莫斓笙态度不似以往的温和，多少带了些强硬。

"沈秘书，走吧。"邓麦启知道他的脾性，收起了惊讶，点点头道。

莫斓笙的强硬让人无法拒绝，沈眉娇也不愿意在这种小事上争执，便匆匆退了游戏，连告别也没和君君小安等人说一句，很快收拾好东西，出了办公室。

以至于她到最后都没有看到自己拿到的任务物品。

待办公室的大门一关，莫斓笙才再度弓身趴在了沙发上。

哎，他能有什么想法？！

他疼得都一背冷汗了！

[8]

夜风凉冷，有着抚平躁动的效果，沈眉娇将车窗开了老大，整张脸被风吹得冰冷，才渐渐将那些烫意吹散。

后视镜里邓麦启不时地抬起头，审视一般地看着她。

沈眉娇知道今晚过后，自己在他们眼里会被打下某种标记，但事已至此也没什么好解释的了，越描越黑的事情她又不是没经历过。

头发被吹得凌乱不堪，她索性扯掉了发圈，伸手捋顺了头发。

邓麦启再从后视镜里看她的时候，正对上了她镜片之后凉冷的眼神，像夜风一样让人为之一醒。

和白天的她不太一样。

那眼神一闪而过,她又将头转到了一侧,看向窗外。

每个人大概都有两面,一面示之于人,一面暗藏于心。

沈眉娇也如此,偶尔她心里那个狂眉逆娇才会跑出来,像穿越一样。

回到家,家里黑漆漆一片,爱丽丝前几天总算收拾好了屋子,于是这几天都是躲在那小屋里不知道倒腾什么,看样子是准备长住。

沈眉娇早出晚归,很少与她碰上面,小女孩看起来像是生活很优渥的模样,最初几天把她家折腾得天翻地覆,被沈眉娇毫不留情面地一通臭骂。

好在,她虽然任性娇贵,底子却是好的,慢慢也上手了。

她掏出手机,又看了一眼杜夜娴发来的信息。

"她跟我舅妈吵架才偷跑出来的,又怕小叔把她拎回家才一个人来找我。我这不是没在那嘛,拜托你帮我照看一下啦。这孩子就是娇惯了些,心却是不错,你就当成自己的妹妹替我教育,家里把她经济来源断了,我打了一些钱到你支付宝里,就当是她的生活费,不过你别告诉她。我舅妈说了,让她在外面吃点苦头也好,他们这些家长没教育好,烦劳你帮个忙收拾这个麻烦鬼了。"

沈眉娇默不作声地收了手机,有家人疼爱的孩子,叫她嫉妒得眼泪都要出来了。

而她一无所有。

开了电脑,她没进游戏,却打开了歪歪。太过寂寞的时候,她会随便找个歪歪频道进去,听一群人在里面鬼吼鬼叫地唱歌,让整个房间都充满这种喧闹,假装自己并不孤单。

歪歪界面之上,她随手建的那个房间名后面,显示着人数为一。

谁会一个人在里面?

她点了进去。

笙歌惊鸿的名字孤零零地挂在里面。

"你怎么在这里?"沈眉娇戴好麦咕哝了一声,手里拿着楼下刚买的三明治正吃着。

那边显然没料到她会突然间上线,只听到音箱里传来一阵沙沙声,大概是他在寻找话筒。

沈眉娇脑海里浮出一个大男人笨手笨脚满桌面找东西的画面,不由一笑,整个晚上的郁闷几乎消散。

很早以前,她就强迫自己学会开心,学会遗忘。

"在这等你。"他的声音好一会儿才传来。

声音里带着让人平静的温和,像多年的老朋友。

"在玩游戏？"沈眉娇一面说着，一面打开了原本不准备玩的游戏。

"嗯。"他应了一声。

"怎样，这么久不见，你见人就嘲讽的属性有没有变化？"沈眉娇调侃着进了游戏。

许久没上狂眉逆娇的号，一大波的信几乎要挤爆她的邮箱。

世界频道忽然闪过一条信息。

[系统公告]玩家我本为尊于道玠山成功击败玩家竞技榜第七大狂人狂九，手段了得！

沈眉娇匆匆一扫，并未留意。

"你来试下不就知道了。"他有些开心。

沈眉娇没有回答他，因为狂眉逆娇收到了君无妄第一时间发来的信息。

[私聊频道]君无妄对你说："快过来把你徒弟领走，爷不和你交易了！"

沈眉娇一个不小心竟笑出声来。

"笑什么？"音箱那头的声音带着浓浓的疑问。

"你把君无妄怎么了？"她问他。

"他要带我下古苍山副本，说是攒装备，不过下了一周了还没通关。"他很是无辜地回答她。

古苍山副本是满级后的精英五人副本，一周一次，掉落的装备是比较好的散件，副本对队员操作有要求，但手慢不是问题，问题是这笙歌惊鸿怎么不上游戏，要上了游戏也顶多玩半小时，半小时还不够冲到终极怪物面前！

照这样的速度下去，只怕新资料片开了，君无妄都拿不到那件陨星秘宝。

[私聊频道]你对君无妄说："可以。你自己发世界信息跟他说。"

君无妄是个爱面子的人，打脸的事他不愿意做。

[私聊频道]君无妄对你说："你行！"

沈眉娇没再回她，世界频道之上又有一条公告闪过。

[系统公告]玩家我本为尊于谢王陵前成功击败玩家竞技榜第八大狂人绿墨留歌，手段了得！

她一眼扫过，不以为意。

"你是想走PVE还是PVP？"沈眉娇在歪歪里问道，她脑补了君无妄郁闷的脸，不由自主地声音里就带了笑意。

"有什么区别？"笙歌惊鸿不解。

"PVE主要就是和怪打，下下副本、做做任务什么的；PVP主要是和玩家打，偏竞技多点。相对而言前者花的时间和精力多，绑在帮会里，不够自由，后者有充足的自由性，但是考验你的操作，手慢的话会被屠成狗！"既然他想了解，沈眉娇就详详细细地解说起来。

游戏的怪物难，但是再难也有既定的技能和行动模式以及路线，队友们磨合一番增加默契，熟悉一下终极怪物，肯花时间精力进去总能通关，玩的是合作，体验的是团队精神。PVP就不太一样了，敌手是人不是电脑，没有固定的模式可寻，每次面对的玩家，操作不同、职业不同，情况不同，所需要做出的反应便不一样，《仙修》游戏在PVP这块做了大改动，重操作轻装备，也就是在对手是玩家的情况下，装备好坏的差距不明显，主要看的还是个人操作，难度和刺激性都增大许多。

玩的就是心跳。

笙歌惊鸿听得很认真。

"我时间不多，下副本参加帮会活动是不可能的。"笙歌惊鸿只沉默了一小会便开了口，"不如你教我PVP。"

沈眉娇没有回答，她又看到同一个名字闪过屏幕。

[系统公告]玩家我本为尊于青坞坊成功击败玩家竞技榜第六大狂人淡极始入魂，手段了得！

只上线半小时不到，沈眉娇就连续三次看到这个名字出现在世界频道之上。

会刷出世界公告的情况，只有处在向竞技排行榜前三十名玩家挑战的模式之下，不管哪一方得胜都会刷出公告来。挑战模式不限制场地，但限制了人数，只能够一对一挑战，没什么实质奖励，但公告全服的殊荣已经可以弥补这一缺失，当挑战的对手排行越高时，这一荣誉就越大。

我本为尊这四个字，从没人听过。

而他今晚挑战的人，全是排行前十的人。这些人为了维护自己的荣誉，在挑战模式之下必定会火力全开，他能连挑三人，足以证明他的能力不简单了。

"我本为尊？"笙歌惊鸿先一步发出了疑惑的声音。

"你认识这人？"沈眉娇问他。

"不认识。但他这两天找过我！"笙歌惊鸿沉吟了一下才开口，"确切来说，是找你。"

"找我？"沈眉娇挑眉。

"嗯，他和我打了好几场，就为了问你何时上线。"笙歌惊鸿声音平静，仿佛在游戏里被灭是一件切菜般习以为常的事。

想玩PVP，先要习惯被虐。

心态不错。

沈眉娇笑笑，而后拧了眉。她不认识我本为尊，他突然间找她，莫非……

[私聊频道]你对君无妄说:"我本为尊是不是想挑战你?"

君无妄的回复来得出乎意料的快。

[私聊频道]君无妄对你说:"是。我没同意,让他赢了排行榜上其他人再说。没想到他真的一一去挑战,并且都赢了。从前天开始他已经连赢十五人了。"

前天?和找她是同一天,这个人并不是针对君无妄来的。

沈眉娇便觉得脑袋里有什么东西渐渐串在了一起。

还没等她理出头绪来,忽然间一条全服公告再度闪过。

[系统公告]天地不仁,以万物为刍狗。众生艰辛,仙路坎坷,九十九位大修以无上法力为祭,于星棋原之上打开上界仙门,欲渡下界众生,然天道难测,九十九位大修被天劫打落,望众修寻齐大修,再开仙门,求得飞升之所。

[系统公告]玩家凉骨天烬完成大型历史任务前置系列——仙门引,《仙修》世界十二个服务器将同时开启资料片《飞升篇》最后阶段,九十九个NPC散落仙界魔渊十山八界六十四洞,十二服合并,千万玩家共聚一会,群英会聚,从明日起服务器更新维护四十八小时,之后《仙修》正式进入《飞升篇》前奏,具体内容可上官网查询。

原来这资料片开启前最后的任务,就是集齐九十九个NPC,能召唤神龙啊?

沈眉娇看着闪过的公告,忘记了上一秒还在纠结我本为尊的事。

新的资料片降临,《仙修》已不再是她熟悉的世界。

而这个全新的世界,不属于她了。

"学PVP也需要时间的。每天晚上十点,在这里等我!"沈眉娇忽然开了口,没有延续上面的话题。

听着笙歌惊鸿的声音,沈眉娇会莫名想到莫斓笙,认真的表情、专注的眼神、笨拙的动作,还有布满伤痕的掌心,那样的努力,仿佛从前的自己。

也罢,在离开这个游戏之前,最后再教一个徒弟,作为她四年多游戏生涯最后的句点,让一切都回到最初。

[9]

两天的维护期之后,《仙修》的新资料片《飞升篇》终于彻底揭开了面纱。

十二服合一、全新旅程、由零开始,这是新资料片要带给所有玩家的全新体验,但在飞升开启之前,所有的玩家还需要完成包括全服启神陵在内的一系列前置任务,任务的完成程度,将决定着各个服务器在新的大服中的地位,以及新资料片的开启程度。

这是个既要相互合作,又相互竞争的年代。

沈眉娇今天很早就到了公司,趁着这点空档,看了看《仙修》的官网。

大神榜上的票数已经刷了不知道多少轮，狂眉逆娇的票数早已跌到了第八，但随着新活动的出台，刷票竟然出人意料地出现了暂时的停滞。

前期的造势结束，关于神级排行榜的活动完全明朗。当前每个服务器票数前三名的玩家将代表本服务器所有玩家参加在动漫祭上的竞技赛，这场竞技赛将直接与游戏新资料片的任务挂钩。

沈眉娇看着官网上的介绍皱了皱眉，这是要全服大乱斗的意思啊！

除开一些个人的物质奖励外，在竞技赛上获得胜利的玩家所代表的那组服务器玩家，可以获得一个全服任务，完成这个任务后将获得最终超S级的NPC，在这场声势浩大的大合并活动中得到别的服务器所无法拥有的优势。此外，此服务器玩家还可得到为期一个月的攻击防御加成，以及新城冠名的荣耀。

总之，这是一场关乎原服所有玩家利益的评选活动，因此想出风头的刷票行为暂时停止了，这样的竞技赛，需要的是技术骄人的玩家。

窸窸窣窣的说话声与笑声从大办公室外传来，有人来上班了。沈眉娇手轻轻一点，关掉了网页。

大神什么的，全服什么的，很早以前就与她无关了。

有人风风火火地推门进来。

"沈秘书，今天莫总所有的行程取消。飞象网络的副总裁早上十点左右要过来，你快点安排一下会议室，通知所有企划总监以及相关人员，把和飞象网络合作的方案资料准备好。另外午饭你也安排一下！"邓麦启说到一半扫了她一眼，才又开口，"莫总点名要你全程陪同。"

他的声音像鞭炮一样，"噼里啪啦"劈头盖脸就落下来，丝毫没给人喘气的机会，沈眉娇一句话也插不上。

安排酒店饭局、陪老板出席，这一向是外联秘书的事，怎么落到她头上了？

"外联秘书今天请假了。"邓麦启转身之时才又解释了一句，看她的眼神有些意味深长。

这大概就是两天前那一幕所造成的不良影响了，不过好在不知莫斓笙用了什么办法，保安并没有把八卦往外传，而邓麦启是无缝的蚌，更不可能传八卦，所以她安全了。

"我知道了，会准备好的。"沈眉娇推了推眼镜，利落地回答他。

邓麦启这才放心地离开。

八点半上班，十点对方到公司，这中间就剩一个半小时的时间，沈眉娇立刻就行动起来。疯狂忙碌了一个多小时，连上厕所的时候都不忘打电话，她总算在飞象副总裁到来前搞定了一切，还安排了一个小小的欢迎会。

十点十分的时候，邓麦启打来电话说莫斓笙和飞象网络的副总裁张哲东五分钟后一起到公司。沈眉娇通知了几个企划总监一起到楼下大堂处等待，前台处和行政处的几个漂亮小姑娘也站在大门两边迎接。没几分钟，便有五辆商务车一一停在了大门口，车上逐一下来几个人。

走在最前面的，正是莫斓笙与张哲东。

张哲东三十五岁，作为国内最大的网络公司副总裁，毫无疑问这是一个十分年轻的男人。莫斓笙站在他的身边，说笑着朝大堂走来，其他人都跟在他们身后。

沈眉娇远远看了看，他们身后跟了四个人，应该是飞象网络的人。

"莫总好。张总，您好，欢迎您来到星创天下。"沈眉娇扬起笑脸马上迎了上去，先与莫斓笙打了招呼，才向张哲东问好。

莫斓笙挂着浅浅的笑容朝她点点头。

沈眉娇在今天之前，并没做过这些工作，心里有些忐忑，这会看到莫斓笙带着鼓励的眼神，她的心才稍安，继续开口："我是莫总的秘书小沈。"

她说得简洁干脆，没有什么花哨的开场白和恭维。张哲东看着她笑了笑，伸出手："你好。"

沈眉娇伸出手与他轻轻一握便松开，又开口将旁边的几位总监一一介绍给了张哲东。

介绍完了星创天下的人，张哲东身后的四个人便走上前来，其中一个男人开了口。

"你好，我是张总的助理小李，很高兴能来贵公司交流。这位是我们的策划总监陈总。"小李笑着介绍着飞象网络的人。

"您好！"沈眉娇一个个地与他们握手寒暄着，直至……

"这位是我们的品牌推广薛经理，也是这次与贵公司合作项目的主要负责人。"

"薛总，您……"沈眉娇声音突然断线，她的手，僵到了半空，被对方握住。

那只手干净整洁，掌心温暖，指尖却微凉，重重地握住了她的手。

她有些呆愣地看着从那几个人身后最后走出的男人，忽然陷入一种梦境般的感觉中。

莫斓笙看见自己的秘书忽然间失了魂般呆呆看着陌生的男人，完全失去平日干练的模样，不由皱了皱眉，他就站在她旁边，便随意地伸手拍了拍沈眉娇的肩，想要提醒她。

谁知，沈眉娇身体却一晃，肩头不住颤抖着，莫斓笙按在她肩上的手便再也没办法抬起来，他怕自己一抬起，她就会那么倒下去。

"站在这里说话多不方便，我们上去吧。"莫斓笙笑着开口，替她遮掩着失态，眼睛却不由自主地多打量了对面的男人几下。

虽然这个男人长得不错，但她也不需要看得人都呆了吧。

莫斓笙有些不高兴，按在她肩头的手便加了几分力。

沈眉娇只觉肩头被人抓得生疼，整个人便从失魄的状态中清醒过来，才惊觉自己背上冷汗已生。她迅速抽回了手，不再看对面的男人，而是后退了一小步，然而脚有些虚软，她便踉跄了一小下，差点朝前摔去。

肩上的手忽然间扶住了她的腰，那力道大得很，因此扶得很稳。

"你怎么了？"莫斓笙有些不悦地低声开口。

"抱歉，我……突然有些低血糖。"沈眉娇没有心思考虑腰上的手还有莫大人与她的距离，她胡乱找了一个借口，身侧的手握成拳头，指甲陷进肉里，几乎要掐出血来。

"减肥没吃饭？"莫斓笙嘴皮子轻轻动着，脸却朝着飞象网络的几个人笑着。

"嗯。"沈眉娇借着手心那点疼稳了心神，很快便稳稳地迈开了脚步，走到几个人前头，笑着引众人进电梯。

莫斓笙的掌心一空，他看了旁边的男人一眼。

这男人，二十七八的年纪，长得很不错，脸型方正，眉骨清晰，显得一双眼眸特别深邃迷人，此刻正盯着沈眉娇的背影不放。那眼里，有刀刃般的锋芒。这并不是一个会隐忍的男人，他看起来有着恰到好处的张扬，吸引着别人的目光。

莫斓笙思索着。

他好像姓薛，是飞象网络才来一个月的新员工，据说是国外名校毕业的海龟，才回国没多久，很得张哲东的赏识。

叫什么来着，对了，叫薛锋扬。

是的，薛锋扬。

沈眉娇在最前方走着，背过众人的脸，笑容倏然全失。

[10]

突如其来的相遇，叫人无所适从，人生似乎永远充满惊吓，像一出永不完结的惊悚片。

薛锋扬，终忘，凉骨天烬。

她几乎已经忘了他的模样，可还是不够彻底，不是么？

偶尔，她还是会记起那一天的情形，像韩剧般的开场。

沈眉娇只见过薛锋扬一次。那个时候，他还只是她的小徒弟终忘。

那是两年前的冬天，据说是五十年不遇的一个冷冬，从来不下雪的S城，竟然在十二月底早早地下了一场落地即化的雪，让人抬起头就能看见满天像蒲公英一样细细的白绒毛雪。

他那会还在国外读研，趁着圣诞节的假期回国，因要在A城转机，便索性多待了一天，希望能见她。

她站在大学城咖啡屋外等他，冷得不停地搓手跳脚，觉得人都要冻傻了，忽然有人在她身后叫她。

"师父。"声音不大，却并不低哑，清亮得如玉石掷地。

然后一只温热的手掌轻轻抚上她的头，扫去了雪水，顺便揉了揉她的发。那声音像电流一样划过心头，让她整颗心都化了。她转过身，身后的人便伸出手，笑着握住了她僵在胸前握成团的冰爪子。

她还记得，那时的薛锋扬，眉目飞扬，有着醉人的眼神和笑容，像这场雪停后的第一道阳光，温暖了她整个冬天。

而后，便是无尽地狱。

"你还好吧。"秘书林书俏的声音打断了沈眉娇的回忆。

沈眉娇苦笑了一下，那么明显的失态，莫斓笙一定看得分明，好不容易老板亲自交代了事情让她做，她却没办好，莫斓笙虽然没说，心里肯定是失望的，果然招待了午饭之后，下午的会议就换成林书俏记录。

"老毛病，坐坐就好，没事。"沈眉娇坐在茶水间的沙发里，佝偻着背，手肘顶着胃，直到看见林书俏递来的热水壶后，她才意识到自己手里的杯子早就空了。

午饭时她魂不守舍，几乎没动筷，现在胃里空落落地收缩着。

"好好休息一下。"林书俏给她倒好水后，就捧着泡好的茶回了会议室，茶水间又安静下来。

已经办砸的事不能回头，只能更用功来弥补了。沈眉娇强打起精神，一整个下午都专注在工作上面，不去想薛锋扬为什么会来S城工作，又为何会重逢。等她忙完手头的事，已经下班有一段时间了，沈眉娇便收拾了东西，打卡下班。

走到大堂的时候，沈眉娇远远地就看见坐在大堂沙发上的薛锋扬。

她皱了眉头，会议结束后有安排饭局，他怎么还在这里？

疑问归疑问，但沈眉娇不想见他，转身就回了办公室。办公室里的人走得差不多了，沈眉娇坐回原位，拿手托着有点沉的脑袋，想了片刻之后，决定上游戏。

上的是沈沈号。

可爱的沈沈还站在红隐山副本入口处，头歪着，脑袋上的大兔耳颤巍巍动着，天真无邪的模样惹人爱。沈眉娇忍不住多打量了几眼，才想起来自己这下要去交绿灵儿的任务。

红隐山的副本过后，她都没仔细看过拿到的任务物品。

任务物品是一本书——《仙尘录》。点开物品说明，里面只有寥寥几字：一本残缺不全的仙法古籍。看得出来此书十分强大，但因其只有半部而无法修炼，其作者不详。

绿灵儿此刻正站在红隐村前的路口等待着。沈眉娇过去把任务一交，画面便一转，出现了任务情节。

一身绿衣的绿灵儿接过那本《仙尘录》，只翻阅了几页，便不可遏止地哭得蹲在了地上，并将那书紧紧拥在胸前。

"这是……这是我阿爹的笔迹，他……他在哪里呢？呜呜……"NPC的声音是事先配好的，清脆却悲伤，她啜泣哽咽地说着，"我从来没有见过我阿爹，从小就被族里人笑，他们说我阿爹是族里的叛徒，偷走了族里的宝贝，差点让全族人遭遇灭顶之灾，所以他们恨我和阿娘，连走在路上他们都要朝我身上扔石头，骂我是'小叛徒'。但我阿娘说我阿爹是个英雄！救了全族人的命。我不知道应该相信谁。族里的人又开始生怪病，他们怪我爹，要绑了阿娘火祭，我要快点找到阿爹回去救阿娘，他是英雄，可他到底在哪里？"

沈眉娇听着便有些恍惚，她也没有父亲。

她父亲很早就过世了，她连面也没有见过，家里关于他的照片不多，只有几张泛黄的黑白照片，里面是个清瘦的男人，面目有些模糊。她对父亲一词毫无概念，她母亲告诉她，父亲是个顶天立地的好男人，只可惜死得早。

沈眉娇虽然没有见过父亲，但对照片上的男人，还是有些许想象和敬仰的。在日子艰难的时刻，她不止一次地想，如果父亲在，也许母亲不需要那样强势，一个人扮演父母两种角色，而他们也会幸福很多。

画面上的情景很快就过去了，屏幕上弹出了一个选项。

"沈沈姐姐，你觉得我父亲是个英雄吗？"

沈眉娇没什么犹豫地选择了"是"。

"嗯，我也觉得他是个英雄！"绿灵儿显得特别高兴，虽然声音还有点哽咽，"这本书的笔迹是我阿爹的，我相信他还活着，我一定要找回他去救我阿娘。他现在肯定进入了仙界，但是沈沈姐姐，你说我们接下来要去哪里呢？"

屏幕上又弹出了选项来，三选一：

"去坠星崖见无崖子，此乃仙界最博古通今的大能，他必能认出这本古籍的来历，也许能寻到你父亲的踪影一二。"

"去凤凰谷找流光仙子吧，她是火眼圣祖的情妇，兴许知道些什么也说不准。"

"先回你族里看看，找个机会将你阿娘救出来再寻你阿爹。"

沈眉娇看傻了。从来任务都是NPC给线索，到她这里怎么要她来做选择了？而每一个选择所造成的影响都是不同的，沈眉娇头有些疼起来。

莫澜笙结束饭局，从外面回来的时候，就看到沈眉娇歪在电脑前面，屏幕的光芒照出她纠结的脸蛋。

"怎么了？"莫澜笙问道，他腿长，没迈几步就走到她身边来。

"啊，莫总您怎么回来了？"沈眉娇吓了一跳，站了起来。

站得近了，莫澜笙便更清楚地看到她的模样。大概是因为办公室里没有其他人，她把绑得死紧的马尾揪掉，柔软的长发披了满肩，被她的爪子拨得有些乱，眼镜扔在桌上，露出一张有些苍白的脸，眉心间一小片红印，估计是她揉眉头太用力造成的。

怪可怜的模样。

"回来看看。"莫澜笙心里想着，眼光就从她身上移到了电脑上，想看看她在纠结什么。

她的电脑上，打开的是《仙修》官网的资料库，关于整个游戏背景与进程故事的那一栏，整屏整屏的文字，看得人眼花。《仙修》的游戏背景设计得非常宏大详细，各个种族的发展与整个世界的发展，随便拿一个出来就能写成一本小说，难怪她眼花。

"绿灵儿的任务要求我做出选择，但我不知道该选哪一项才好，就到上面看看有没有什么线索。"沈眉娇鼠标一点，把游戏画面露了出来，想让莫大人也看看那个任务。

她想从游戏的背景里找找关于这个任务的线索，但看了半天，除了眼花缭乱之外一无所获。

莫澜笙嫌弯腰看得太累，索性从隔壁位置拉过来一张椅子，靠着沈眉娇的椅子坐了下来，伸手拿过了她的鼠标，嘴里说着："想不到你会主动加班，不容易啊。"

他说的加班，指的自然是游戏。

沈眉娇在他的大手盖下来的时候，缩回了按在鼠标上的手，但手背仍是不可避免地从他的掌心擦过。

他的手温热宽厚，掌上有些粗糙，仿佛是些伤痕。

她不禁多看了两眼，那是他的右手，难道他左右手都有伤？

"选这个吧。"莫澜笙翻了几页，忽然转到游戏界面，指了中间的选项上。

不等沈眉娇问，他已经开始解释起来："我怀疑这个任务与迦澜王有关。"

沈眉娇一时之间没想起迦澜王是何人，等到莫澜笙又转到资料页面后，她才恍然记起。

NPC迦澜王是《仙修》世界里为数不多的几个传奇人物之一，关于他的故事可以写出厚厚一本书来，但这个NPC从未在游戏里面出现过，一直都只是传说里的人，所以没有人会想起他来。

她惊讶不已，如果被莫澜笙料中，那这迦澜王必是要寻找的九十九名游戏人物之一，而且绝对是超S级别。迎接《飞升篇》的大型任务便是寻找九十九个NPC，这些NPC是有级别区别的，最差的是A级，最牛的是超S级，根据这些级别的不同，所获得的奖励便不同，当然难度也不一样。

而绿灵儿给出的三个选项必会导致三种不同的结果，他怎么能肯定一定选中间项，又如何肯定与迦澜王有关？

沈眉娇想问原因，转过头，却看见近在咫尺的莫澜笙。

他微倾了身子在桌上按着鼠标，和沈眉娇靠得很近，近得沈眉娇感觉右脸已经有些烫起来，下意识地往旁边侧去，以便让出更多空间给他。他见空间大了些，毫无自觉地又往前靠了靠，而沈眉娇已经让不出更多的空间来了。

狭小的办公隔断里，温度似乎一下子就上升了，沈眉娇有些热。

沈眉娇收敛了心思，细细看着那几页故事。

[11]

这迦澜王来历不详，并不是中原人士，他凭一人之力在短短的百年时间里问鼎天道，修得无上仙法，打开了龙潭穴，又建立了迦澜城，在数十年前的仙魔大战中，领着龙族数千精英，阻止了一场浩劫，而后却忽然失踪了，剩下迦澜城在风雨之中飘摇。

"第一，迦澜王是个绿眸的异族人，和绿灵儿一样；第二，迦澜王初入修仙世界时，曾是红隐山火眼圣祖的徒弟；第三，这个流光仙子除了是火眼圣祖的情人外，还曾和迦澜王有过一小段感情纠葛；第四，上古仙族碧灵族每逢百年便有一劫，需要镇族法宝烈阳鼎方能渡劫，否则族人便会受到大灾，而这烈阳鼎百年前失踪了，据说是被一族人盗走的，而这碧灵族崇拜火神，你说绿灵儿的母亲要火祭对吧，所以我猜，如果选择三，任务是往碧灵族发展，选择一的话，任务会往这本古籍仙法之上走，而只有二，直接指向绿灵儿的父亲，也就极有可能是迦澜王。"莫澜笙一口气将自己的想法说了出来。

沈眉娇瞠目结舌地看着莫澜笙，这脑洞会不会……大了点？但他的分析合情合理，都是根据游戏资料整合后得出的结论，只不过这么多分散的资料，他是怎么揉到一起的？

要知道每一个资料都是散落在各个不同的篇章中，记忆力稍差一点都不行，还要结合起来分析……

"厉害！"沈眉娇难得地露出了真正佩服的眼神来。

莫斓笙失笑，把手从鼠标上挪开，做了个"请"的动作。

沈眉娇忽然心中一阵激荡，仿佛两年前的自己又回来了一样，热血沸腾地活着。

她点下了选择二，一阵光芒从沈沈身上绽放出来，系统提示她接到了新的任务——流光仙子的过去。

莫斓笙把头凑到了沈眉娇头旁，很认真地看着。沈眉娇一点开任务面板，就看到鲜艳夺目的紫色。根据等级不同，任务也分成了好几级，其中紫色字体的任务已经是传奇级别的任务了，离最终橙色传说任务只差了一级，这一跳，绿灵儿的任务直接从绿色精英跳到了紫色传奇，就算不和迦澜王有关，也已经是极为稀有的了。

"耶！"沈眉娇很高兴地轻轻吼了一声，转头，撞到了莫斓笙的额头。

莫斓笙摸了摸额头，笑着离远一点。不知为何，看她满脸郁闷化成真心实意的笑容，他心中也有些说不出的高兴。

"加油。"他伸出手，不自觉地揉了揉她的头。

唔，头发细细滑滑摸起来很舒服，还有些淡淡的清香散出来，钻入鼻间。

这时候的他们，并不知道，他们选择了一条奖励最丰厚却也最艰难的路。

"莫总，白天的事，很抱歉。"沈眉娇一愣。

"白天的事，我不会怪你，你也不必一直放在心上。但是，不要有下一次。"听她说起白天的事，莫斓笙的笑便收了一些，换上了公事化的神色，"公事和私事要分开，不要把私人感情带到工作上来，好吗？"

他的语气并不重，但沈眉娇却感觉到一股压力由上而下包裹过来，她敛了敛心神，点点头，郑重开口："我知道，不会再有下次了。"

是的，下次再见，她不会再逃避，一如当年，她从疗养院里出来的时候。

"你跟薛锋扬认识？"莫斓笙没再责备什么，神色又一转，轻松地问道。

"嗯。"沈眉娇点点头，没有意识到两个人的距离已经很近很近。

"是你的前男友？"莫斓笙像个老朋友似的开口问道。

"不算……差了一点点。"沈眉娇摇摇头，老实回答他。

"好了，你该回家了。楼下大堂已经没人了，我刚刚回来的时候遇到薛锋扬，已经打发他回去了。"莫斓笙站了起来，拍拍她的肩，没再问下去。

沈眉娇先是诧异而后失笑。

自己真的表现得这么明显吗？

"谢谢莫总。"她真心道谢。

"快回吧，时间不早了，小邓在楼下，我让他先送你回去。"莫斓笙拿出手机来，一边拨着号码一边开口，"大晚上的，夜……"

"夜路难行，女孩子不要一个人回去。我懂的。"沈眉娇笑着替他接了下去。

莫斓笙一愣，看着她也笑了，那笑容，暖人心肺。

沈眉娇心情忽然间便不再纠结了。

[12]

日子有条不紊地过着，关于薛锋扬的回忆在被短暂地掀开后又再度关了起来，沈眉娇的心情渐渐平静下来。她没再排斥陪莫斓笙玩游戏这件事，事实上和他一起游戏是件挺开心的事，他总能让她心中的浮躁不安渐渐沉潜下去。

她开始主动上沈沈这个号，不把它当成加班的话，沈眉娇倒也体会出一些不同的滋味来。就如她曾经自嘲过的，两年的时间游戏已经改变了许多，而她的狂眉逆娇仍旧停在原地。这个年代已经不属于狂眉了，新资料片开启后，这个她玩了四年的游戏，将彻彻底底地告别过去，有了崭新的开始，而沈眉娇正在通过沈沈这个号，重新认识这个世界。

沈沈接的随机任务"流光仙子的过去"，需要她等级到达45级才可以开启，在这之前去找流光仙子，是接不到任何任务的。

因此，打怪、升级、做任务、组队、下副本……她开始认真练级。

每天晚上十点，她都会上一会狂眉逆娇的号，和小徒弟笙歌惊鸿在歪歪里相会，比如今晚。

她把笙歌惊鸿拉到了比武场上单独教导。比武场是替喜欢切磋技术的玩家准备的独立竞技场，需要花钱才能使用，付费后只限制十名玩家进入，且需要经过付费者允许。

"我说过，剑弓魂影之后，马上向后三连跳，你动作太慢了！"沈眉娇在歪歪里的声音，有些严厉。

平心而论，笙歌惊鸿的学习速度很快，所有技能的优点劣势没多久就能够随口说出了，比她这个师父反应还要快上许多。沈眉娇佩服他的记忆力，但是他的手速永远跟不上他的反应，这就成了天大的悲剧。

《仙修》是个考验操作的游戏，并不只是像树桩一样站着发动技能就可以的，技能与技能之间，技能与动作之间，可以组合出充满个人风格的连续技。沈眉娇最高的纪录，是五秒内用十个连续技能，每个连续技包含二到五个技能与动作按键，等于她每秒要按六到七个键位，而笙歌惊鸿，他连一个连续技能都用得勉强。

音箱那头没有声音传出，画面上的笙歌惊鸿已经从地上爬了起来。因为君无妄的关系，他的装备已经鸟枪换炮了，一身金色铠甲，绽放出龙鳞般的光泽，背上是柄漆黑的鬼面剑，剑柄之上是一张苍白的人脸，为他整个人添了些许神秘，如果不动作，光在那儿站着他倒也能唬唬人了。

"行了，今天的教学到这里结束，你自己去练练吧。如果有时间，找不同的职业来试手，你不只要熟悉自己的技能，最好能熟悉对手的技能。下一阶段，我会带你了解每个职业的特点。"沈眉娇叹了口气，放柔了声音。

当初君无妄教她PK时，曾经让她把所有的职业都练过一遍，按他的话来说，不了解对手的技能，就算你的手速度再快，也无法战胜真正的高手，因为你看不穿对方。

知己知彼，方能百战百胜。

君无妄说得一点也没错。

"嗯。"音箱那头的笙歌惊鸿答应得很干脆。

沈眉娇也就没说什么，让狂眉逆娇回了城，把仓库里的东西整了整，准备给沈沈寄点有用的装备、宝石之类的，还有些先前打到的异魂。随着《飞升篇》的明朗，先前还不确定的物品，都浮出了水面，比如这个异魂，是用来修补被那九十九个NPC打开的仙门破损处的物品，狂眉逆娇基本和任务无缘了，这些东西留着也无用。

清了仓库，又去拍卖行里挑挑拣拣了一番，虽然都是琐碎的事，也用掉了沈眉娇半个小时。

歪歪里一直没有人说话，房间里安静无比，直到有人密她。

[私聊频道]君君小安对你说："女神，快去救我师父！"

[私聊频道]君君小安对你说："我师父被人堵在鬼牙山了，他不让我们帮忙，女神，只有你可以救他了啊！"

[私聊频道]君君小安对你说："这几天他一直在被人杀啊，嘤嘤嘤，女神快出手！"

聊天频道中忽然闪过几行信息，是虽然以狂眉逆娇粉丝自诩，却从来没有正面跟她说过话，也是笙歌惊鸿不知道从哪里收到的徒弟，她的徒孙——君君小安。

沈眉娇皱了皱眉头，笙歌惊鸿如今有无妄天宗做靠山，凉骨天烬那边也没追究上次抢任务物品的事，虽然他还顶着她徒弟的名头，但服务器里并没什么人敢对他怎样，就算有，也只是普通的PK而已，君君小安从没用这种事来烦过她。

而现在，笙歌惊鸿大概是遇到什么麻烦事了。

这念头才从脑中闪过，又见一条消息跳出来。

[私聊频道]君无妄对你说："不来鬼牙山看热闹？你徒弟快被人虐成蜂窝了。你还真沉得住气，又把世界频道屏蔽了？"

不只君君小安，就连君无妄也找来了。

"怎么回事？"沈眉娇直接在歪歪里问了出来，一面将世界频道的屏蔽取消了。

还不等笙歌惊鸿回答，她就看到铺天盖地的信息。

[世界频道]我本为尊："狂眉逆娇，我知道你在，快滚出来跟本大爷单挑！"

[世界频道]我本为尊："你要是不出来，我就把你徒弟屠成狗！不过他跟狗也没差别了，四只爪一起用也打不赢我！"

[世界频道]我本为尊："徒弟是这么个废物，我看你这师父也没差别！"

[世界频道]我本为尊："狂眉逆娇，徒有虚名罢了！竞技排名，都是找人代打的吧？"

……

刷屏似的大红色字体，刺眼无比，血一样闯入她眼中。

我本为尊？这人是这段时间九重云霄服务器很出名的人，他不断挑战竞技赛排行榜上的玩家，据说从无一场败绩。这人十分嚣张，只要不接他的挑战，必定在世界频道和论坛上把人家骂得狗血淋头，也不怕被报复，行事无比狂妄。沈眉娇之前已经收到过好几次他的挑战，但她从没放在眼里。

她这人别扭，虽然以PVP为主，但别人越是想和她打，她就越不想让对方如意，更何况最近她也没怎么上狂眉逆娇这号。

没想到，对方竟然憋出病来，找上了笙歌惊鸿，还在世界频道里叫嚣。

"没什么。"笙歌惊鸿的声音随之传来，仍旧平静得毫无波澜，"我知道你一向不理会这些事，所以没告诉你。你不用理会。"

虽然她问得并不具体，但他还是马上明白了她的意思。

沈眉娇没吭声，换了以前，她当然不会理会，但现在不同了，她是把他当作徒弟来看待，既然是她认定的徒弟，再手慢也只可以由她出手教训，其他人没资格动手！

而且，这人明显是冲着她来的。

这么想着，她不声不响地飞到了鬼牙山，悄悄地隐了身。

鬼牙山说是山，其实只是个悬崖，崖上没什么遮挡，有一大片空旷的沙地，此刻已经挤满了玩家。

沙地的中间，是被我本为尊不断击倒在地的笙歌惊鸿，他一直没发言，每一次被击败在地上之后，都会从最近的复活点复活恢复，再跑过来，继续被杀。

没有人帮他。因为是针对狂眉逆娇，所以君无妄不会出手帮他，其他玩家也只是看热闹，丝毫没有出手的意思；而君君小安几个人，则被笙歌惊鸿给拦住了。

当她狂眉逆娇的徒弟，果然是件惨不忍睹的事。

"你怎么不走？"沈眉娇握紧了鼠标，声音里带上了她自己都没察觉的血腥气息。

"你来了？"笙歌惊鸿立刻意识到她的到来，他的声音才落，就又一次被对方挂倒在地。

"你走吧,剩下的事交给我。"沈眉娇出声。

"不要!"他的声音坚定。

沈眉娇挑眉,都被打成这样了,还嘴硬,难不成还在乎什么男性尊严之类的东西?

"你知道吗?第一次和他打的时候,我只能撑五秒,但我现在可以和他打二十秒不倒。我不怕失败,我怕的是失败了之后没有站起来的力气,所以,你不用担心!"音箱那头传出的声音还是很平静,但那平静之后,却藏着一丝撩动人心的热血,"你教我的,知己知彼,我在寻找能够打败他的机会。我不会丢你的脸的!让我打败他,比你亲自出手好,不是吗?师父!"

沈眉娇的心,蓦然间为之一震。

她一直以来,就缺少倒地之后再站起的勇气,哪怕已经从疗养院出来,有些桎梏也依旧存于心间,让她永远都无法做回从前的沈眉娇。

即便是重生,她也找不回力量。

笙歌惊鸿这一句"我不怕失败,我怕的是失败了之后没有站起来的力气",直刺入心。

沈眉娇身体里已经冻结的血液,仿佛又有了燃烧的勇气。

"随你!"沈眉娇别扭地开口。

"呵呵。"笙歌惊鸿难得地发出了笑声,听得出来,很轻松的声音,他并没有负担。

复活,恢复,冲上去,他相信自己可以越来越好,哪怕他的手不再如从前。

沈眉娇咬着嘴唇在屏幕前看着。

[世界频道]凉骨天烬:"我本为尊吗?我接受你的挑战,到青裕关来找我吧!"

忽然间一条信息从世界频道飞过。

竟然是凉骨天烬!

[世界频道]我本为尊:"哈哈哈,凉骨天烬,我马上来!"

[世界频道]我本为尊:"笙歌惊鸿,老子先放你一马,告诉狂眉逆娇,要当缩头乌龟最好就当一辈子吧!"

比起狂眉逆娇,凉骨天烬的地位自然更高,我本为尊立刻停手去了青裕关,而整个服务器的玩家都因为凉骨天烬的出手而沸腾了。

青裕关的玩家转眼间消失得干干净净,只剩下笙歌惊鸿和隐着身的狂眉逆娇。

"跑得真快!"笙歌惊鸿笑着说。

"下次再发生这样的事,告诉我!"沈眉娇却没有笑,她解除了狂眉逆娇的隐身，走到他身边坐下。

"你不是不想管这些事吗？"他放柔了声音。

沈眉娇没回答他，沉默了片刻，忽然道："一日为师，终身为师！笙歌，以后我会护着你的。护到我离开为止。"

就像两年前，她护着终忘那样。

音箱里很久没有声音传来，终于得到她的认可，他应该高兴，但他却忽然间失语。

因为她说，要离开。

系统公告忽又闪起，刺眼万分。

[系统公告]玩家我本为尊于青裕关成功击杀玩家竞技榜第一大狂人凉骨天烬，手段了得！

[世界频道]我本为尊："哈哈哈哈哈，凉骨天烬，也不过如此！"

这一次，整个服务器都震惊了，就连君无妄也坐不住了。

[私聊频道]君无妄对你说："喂，这是真的假的？"

他问沈眉娇，可沈眉娇要问谁去？

她自己也陷入了惊诧之中，那可是全服第一的凉骨天烬，就这样被人打败了……

这个我本为尊，到底什么来头？

第三章

第一陨落 狂眉再现

——九霄长歌

[1]

第二天,论坛上的帖子就铺天盖地地发出来了。

九霄云重服务器的玩家诧异极了,凉骨天烬占据了大神第一名那么长一段时间,居然说败就败了。

这下子,竞技榜上十名以内的玩家,除了君无妄与狂眉逆娇之外,全部被我本为尊给打败了。这我本为尊只是个默默无名的玩家,在这之前从来没有人认识他,在这之后异军突出,牛叉万分。有人在论坛上扒他的底,扒来扒去,也只扒出些鸡毛蒜皮的来历。

这个号,估计是这人花钱买来的。

沈眉娇看着屏幕上我本为尊与凉骨天烬的挑战视频,不得不说,我本为尊确实是个实力强悍的对手,这段视频非常精彩,但是……总有种说不上来的违和感。

她和凉骨天烬打过竞技场,又与他有一段师徒情分,对于他的操作她是非常熟悉的。凉骨天烬看着是个温凉的人,可实际上他比任何一个人都要狠辣,所以他的招式也从来不会拖泥带水。我本为尊虽然操作很好,但也没有好到能让凉骨天烬改变风格,变得犹豫的地步。

唯一的可能是……

凉骨天烬没有尽全力,他是故意的!

沈眉娇被自己这一闪而过的念头一惊,不由地又仔仔细细从头看了一遍视频。

这一次,她终于可以确定,凉骨天烬的确是故意输的。他的大部分技能都延迟了半秒左右才发出,并没压着CD释放,而在高手对战中,这一点点的小问题就足够让他输了。

沈眉娇陷入沉思。

我本为尊手段这么高,没理由之前一直默默无闻,如果他是买来的号,那么这个人极有可能是别的服务器的玩家。

但凉骨天烬又是为什么要输呢?

合服,又是因为合服吗?和两年前一样,都是合服!

沈眉娇把笔记本电脑一盖,不看了。短暂的休息时间过去,她要收起心思干活了。

今天是星创公司的十周年庆,因为这段时间很辛苦,因此莫斓笙大笔一挥,批准了晚上的周年晚宴,希望能让所有员工都好好放松一番。

公司们的同事当然开心了,可却忙坏了行政部的姑娘们,连带着沈眉娇也被借过去帮忙。晚宴订在鸿越大酒店,行政部搞了个自助酒会,沈眉娇一早就赶过来盯布置。莫斓笙批了大钱,因此要办得风风光光的才不会给老板丢脸面,她不敢怠慢。

傍晚的时候布置就搞定了,沈眉娇收了电脑,拎了身侧的纸袋进了厕所。时间太赶,她来不及回家准备,便将就着换了预备好的衣服,梳了头化了淡妆,再出来的时候已是明媚娇艳的模样了。

时间渐渐晚去,夜色染遍天空,宴会厅里灯光清晰如昼,钢琴台上有人缓缓弹奏着动人乐曲,来参加晚宴的人慢慢多了起来,一时之间觥筹交错。沈眉娇拿了小碟装了些填肚子的东西坐在角落里慢条斯理地吃着,一面看着厅里来往的人。

除了星创的员工之外,莫斓笙还邀请了许多生意上的客户,厅里的人忙着应酬,忙着客套,各自围着自己的小圈子转着,低声聊着,十分热闹。

没多久,莫斓笙到场,司仪上台,所有人都围了过来。

"有请莫总和程婉仪女士为我们跳第一支舞。"司仪甜美地说着。

程婉仪是星创公司的大客户,一早就定下由莫斓笙与她做开场。

沈眉娇早放下了食物,这会正站在舞台边上待命,一会还有节目,她是秘书,不能走开。钢琴声浅浅柔柔地奏着,是肖邦的《降E大调小夜曲》,大厅的灯光早已调暗,只剩下一道明亮的光芒打在厅中跳舞的人身上。

莫斓笙眉目温和,嘴角轻翘,笑得愉悦优雅,比那束光芒还耀眼。沈眉娇离得近,看着他挺拔的背影有些发怔,不知在想什么。

一曲未终,便有人陆续邀请了舞伴走到厅中跟着跳起来。

沈眉娇的视线被挡,便垂了头,冷不丁一个声音在她耳边响起。

"嗨!"

简单的一个字,落在耳里却好像有千斤重似的。

沈眉娇抬头,毫无意外地看见了薛锋扬。

薛锋扬是飞象与星创业务的对接人,肯定是在被邀请的行列,邀请帖是她写的,也是她亲手寄出的,她告诉自己,不能逃避!

上一次见面,她落荒而逃,这次存着雪耻的决心,伤口腐烂得太久,总要直视后再剜去败肉,方能愈合,她这辈子还是要彻底忘记这个人才好。

哪怕伤痕再大,总好过不断腐烂,直至心败。

"薛先生，你好！"她生硬地开口，手心里攥着一团细汗，其实她并没有自己想象的那样释怀。

"你还在为两年前的事生气？"薛锋扬的声音低哑慵懒，每句话都像是未了结的故事，带着点余音未完的勾人气息，配着他这张明锐飞扬的英俊脸庞，像首缓缓奏起的钢琴曲，澎湃的音符都深藏其间。

沈眉娇没开口，转了头看厅中翩然起舞的人们。

"气了两年还没气够么？"他声音里有些笑意，有些宠溺，像是哄着生气的小女友，"没想到会在这样的情况下遇到你，看来我们和当初在游戏里一样有缘分。"

缘分？

是孽缘吧。

沈眉娇讥讽似的看着他一笑。

"你有了新徒弟，就不想要我这个旧徒弟了，嗯？"薛锋扬尾音一抬，充满锐气的眼眸顿时有了些委屈的光芒。

沈眉娇看着他小可怜似的神色，恍惚间又想起当年带着这个徒弟游戏的画面，偶尔他也像这样无赖似的撒个娇，像是吃定了她似的。

他以为只是一场游戏，过了哄哄就好，可对她而言，却是天堂地狱的悬殊。

已经回不到过去了。

他就像是她生命里一首未完的旋律，奏到高潮却弦断指残，再无法延续下面的音符。

"别说了。"沈眉娇终于开口，客套而生疏，"你知道这是游戏，那就无所谓缘分。我要去准备一会抽奖用的道具，你自便，我失陪了。"

薛锋扬皱了皱眉头，眼里闪过些黯色，伸手拦住了她。

"可以陪我跳支舞吗？"他开口。

"抱歉，不可以。你找别人吧。"沈眉娇没停止脚步，一面走着，一面想推开他的手臂。

薛锋扬却忽然手臂一紧，沈眉娇没有推开他的手，反而让他抓住了她的手。

"两年前的事，我道歉！"薛锋扬怕她再跑开，手上不由自主地加大了力气，"但那只是游戏里的一场错误，难道在现实里就真的那么无法原谅吗？我以为两年的时间，足够化开这些矛盾。"

沈眉娇挣了挣，发现没有办法挣开他的手，反而半个身子都被他环着，周围人多，她又不便大声斥责，便只能停了挣扎，冷冷开口："放开我！"

"我是为了你回S市的，我不想放！"薛锋扬在她耳边说着，温热的气息掠过她的耳郭，令沈眉娇一阵颤抖。

两年的时间，他就没有忘记过，那短暂却美好的日子，温柔的她、飞扬的她、站在他身前奋不顾身的她，还有那场细如蒲公英的雪花下，搓着双手跳着脚等他的她。

他给了她两年多的时间去释怀，直到他看到她又开始收徒弟，用心教导，一如当年对他那样，他以为她已经不再介意，毕竟那只是游戏里的小小背叛，他甘愿放下所有回来找她。

她比两年前要成熟一些，没有了小心翼翼惹人疼爱的模样，多了些看不透的棱角，却仍旧让他放不下，甚至……更加难舍。

沈眉娇深呼吸了一下，按下心头躁动不安的气息，努力维持着平静的声音开口："先放开手，好吗？"

"陪我跳支舞！"他又恢复了先前小小的无赖，用的却是不容拒绝的口吻。

"我……"沈眉娇不着痕迹地抽了抽手，还是被他抓得死紧，她气急，低声吼道，谁知话没说完，却被另一只手抓了过去。

"小薛，我想邀请我的秘书跳支舞！"开口的人，是不知何时已经结束第一支舞的莫斓笙。

他站在沈眉娇身边，脸上虽然还笑着，眼神却不再和善，像护雏的母鸡似的，将沈眉娇拉到了自己身侧。

其实，他早就看到了沈眉娇和薛锋扬的纠缠。

他的秘书三号，今天没绑马尾，头发仍是绾到脑后，松松地很随意的模样，绵软的发丝看似凌乱地散在额边和耳边，眼镜拿了下来，露出一双圆亮的眼眸，脸颊有些小肉，下巴却仍是漂亮的瓜子尖，没有白天的精明干练，多了些萝莉般的可爱，再加上她穿了简单的修身洋装，越发显得腰肢纤细，脖颈洁白，除了可爱，还有些小风情。

这也是清秀漂亮的姑娘，难怪有男人想追求。

莫斓笙不知怎的，忽然就有种自家秘书初长成的感觉，看着她的眼神不自觉就温柔了三分。

莫斓笙开了口，薛锋扬自然无法再纠缠，他只是笑笑，摊开了手掌做了个"请"的姿势。

沈眉娇此刻十分感谢莫大人的救场，迫不及待就主动把手塞到了莫斓笙的手心里，低低说了声："快走。"

莫斓笙握了握掌中有些颤抖的手，不动声色地朝薛锋扬颔了颔首，转身带她离开。

沈眉娇紧紧跟在他身侧，却在与薛锋扬擦肩而过的时候，听到了他轻柔的声音。

"师父，你说的，我答应你！"

她说什么了?

沈眉娇跟着莫斓笙进了舞池,莫斓笙的温暖如缓缓流动的海水,有着让人沉溺的魔力,钢琴的声音宛如月华铺洒,直到一曲终了,她都没有想起自己曾经说过什么。

薛锋扬站在人群之外望着,唇微动,忽然说了一句话。

"让我摧毁你拥有的一切,也许我会考虑原谅你!"

游戏里,她曾经对他说过的。

那么,就让他用一切来换她吧。

[2]

周年庆的晚宴上,沈眉娇拿到了本部门的最佳员工奖,这稍稍安抚了她焦躁的心。宣布获奖的那一刻她有些惊讶,因为她没收到任何风声。

"去吧,实至名归。"莫斓笙在后面推她上台。

看模样,他是早就知道了。也是,他是老板,所有的得奖名单都要他最终签字才算数。沈眉娇看着莫斓笙的笑脸,心情忽然开朗起来,没有什么比工作得到老板肯定更来得有成就的事了。

而且,还有奖金领不是!沈眉娇的阴霾一下散得精光,容光焕发地领了奖回家。

薛锋扬,似乎已经越来越无法影响到她了。

回家已经挺晚了,家里被人打扫得很干净,桌上还留了字条,清秀的笔迹写着"锅里有糖水",没署名,不过她家里只有爱丽丝,除了她没有别人。

其实这小姑娘并不像表现出来的那样娇贵,有些随遇而安的脾性,而且借住的觉悟非常高,不仅没有吵到沈眉娇,反而帮她做了不少家务,倒让沈眉娇有些不好意思了,不仅没像杜夜娴说的照顾到爱丽丝,反而是人家小女孩在照顾她。

看爱丽丝整天宅在家里不知道做啥的模样,沈眉娇便一面想着索性趁明天周末带她出门逛逛,一面又开了电脑。

第二天是周末,不用上班,她也就不想早睡。

开了游戏,她上的是沈沈的号。这几天她一直都在练级,为了绿灵儿的任务做准备。练级对于她来说是简单又无聊的事,不过有帮会里的几个玩家陪着说笑打闹,倒显得不那么单调,仿佛回到了初进游戏时那样。

[帮会频道]君君小安:"小沈子来了啊!你们公婆俩真是步调一致,归河也刚上。走走,我带你们练级去。"

[帮会频道]包子:"40级了?快能做任务了啊!加油练。"

沈眉娇脑上黑线就下来了,看了看好友栏,莫斓笙真的在。

[帮会频道]沈沈:"我和归河只是朋友。"

[帮会频道]菊花教主："朋友分很多种，包子也是我朋友哟！"

[帮会频道]包子："滚！"

[帮会频道]君君小安："帮花你都敢想？"

[帮会频道]菊花教主："……"

[帮会频道]沈沈："我们练级去吧！"

沈眉娇赶紧换话题，要不然他们能抬杠一晚上。

几个活宝总算消停下来，组上队，莫斓笙虽然一直没吭声，但是进队的速度却很快。沈眉娇想起了他的手。

他掌心的伤痕，硌人得很，在握着她手的时候像是横在掌心的刀刃，那么当初的伤口该有多深多可怕，沈眉娇想想就觉得疼。

40级可以在仙风城练级，沈眉娇便站在城门口等他们过来，忽然间，一道黑影闪过。

沈眉娇眼尖地看到对方头上的血红的名字，她很快地往旁边一闪，在她站立的位置就有一团毒雾散开。

有人要杀她！

而且还是个满级的玩家。

沈眉娇只能逃。等级差太多，没什么好打的，可惜这仙风城是中立城，里面的NPC是不管玩家间的PK的，她无法躲进城。

对方见她要走，毫无放过的意思，目标锁定不放，一个大招砸在她身边，沈沈直接被秒杀。见杀了她，对方仍旧没走，守在她的尸体旁边。这人并不是专挑小号杀的玩家，而是盯上了她。

沈眉娇看着他头挂着的名号，是个不认识的玩家，倒是他的帮会——刹血盟，是他们服里还算有名的帮会。不过沈沈是小号，没有惹过仇家，怎么会有人专门盯上她呢？

还没等她想出所以然来，帮会频道里便刷出一长串的信息来，所有在线的一妄成劫成员，都在不同的地方被人击杀。看起来，那番屠杀并不是针对她一个人，而是针对整个帮会。刹血盟向一妄成劫开了帮战。

[帮会频道]玩家君君小安于天清山被玩家拾参号击杀。

[帮会频道]玩家包子于天清山被玩家拾参号击杀。

[帮会频道]玩家归河于焰狮岭被玩家爸爸的吻击杀。

……

帮会频道里面嚎叫连天，怒骂一片，互通信息之后发现都是被同一个帮派的人杀的，正是刹血盟。

[世界频道]我本为尊:"叫狂眉出来,不然就天天屠得你们不能游戏!"

[世界频道]君君小安:"女神岂是你疯狗一样叫叫就会来的?"

[世界频道]我本为尊:"自己的人都护不了,就只会像缩头乌龟一样躲着,垃圾!"

是我本为尊干的!

沈眉娇没有立刻复活,而是躺在地板上,看着世界、帮会频道乱成一片,她的心里像有火在烧似的。

我本为尊明明已经打败了排名第一的凉骨天烬,为什么还要不依不饶地找上她?甚至不惜找了别的帮派来打一妄成劫的玩家。天知道,狂眉逆娇和一妄成劫根本没有半点联系啊!只不过他们自己挂了个亲卫队的名头。

帮会频道上的被击杀信息仍在不断地传来,不管世界频道上骂成什么模样,追杀仍在继续,帮会里的玩家被逼得出不了城,甚至有些躲到了帮会领地中去,或者直接下线,受不了的玩家甚至退了帮。

[帮会频道]君君小安:"打就打,怕什么?不就是帮战吗?都到天清山集合一起打!"

[帮会频道]包子:"小沈子、归河,你们都先下吧。没满级被杀要掉经验的,这些事留给我们解决就行了。"

沈眉娇没回答,她眼里只有不断闪过的击杀信息,君君小安、菊花教主、包子、归河等一群人不断复活了,然后死去,成片的血字从屏上滚过。

她只和他们下过几次副本,练过几天级,感情不深,她不需要理会他们的!

如果,她还是那个狂眉逆娇的话!

她的血早就凉了!

可为什么,心脏还会狂跳不息?沈眉娇狠狠咬了嘴唇,握着鼠标的手松了紧,紧了松,最终没有说半句话就起身去取了笔记本电脑,准备上狂眉逆娇的号。

等她用狂眉这个号登进了游戏,却发现世界频道上闹哄哄的,大家都跑去了鬼牙山。

就她跑开的这一小会时间里,笙歌惊鸿上线了,在战我本为尊。

[世界频道]笙歌惊鸿:"我代表不了狂眉,但如果我赢了,请你不要再对一妄成劫的人出手,如果我输,我就离开游戏。"

沈眉娇翻到了笙歌惊鸿在世界频道上的信息,这也是我本为尊同意他的挑战,并暂时停止追杀的原因。一时之间,她有口气梗在胸口,怒得疼了起来。

鬼牙山是他们上一次PK的地方,这一次他们竟然还挑了这地方,看世界频道上闹哄哄的信息,应该是笙歌惊鸿找上了我本为尊。

沈眉娇密了笙歌惊鸿，他却没有回复，她便回了头，把沈沈号复活了飞去鬼牙山。

鬼牙山已经围了一堆玩家，大家都在等着笙歌惊鸿雪耻又或者是自取其辱。一妄成劫帮会的人也都在，包括归河，他们在当前频道上给他加油。

笙歌惊鸿和我本为尊对面而立，很快就各自点开技能。笙歌惊鸿的操作比起我本为尊的确差得太远，他被对手逼得步步后退，血条狂降。我本为尊似乎是想炫耀他的技术一般，连续技能一波波放出来，笙歌惊鸿方向转得生硬，只能不停用着保命与控制的技能，勉强支撑。

大家都有些失望，以为这是一场必输的PK，笙歌惊鸿像一只被老鹰狩猎的兔子，被逼得团团转，但他毫无放弃之意。已经有玩家忍不住在当前频道替他加油起来。

可这些仍旧救不了他。

很快，笙歌惊鸿的血条见底，我本为尊飞身纵起，朝着他扑去，想用最后一招把他结束。所有人都等待着这毫无惊喜的结局，可谁料到，意外却出现了。

笙歌惊鸿在最后一刻，朝旁边一闪，我本为尊的飞扑顿时落空，人却已冲了出去，笙歌惊鸿的背后，是鬼牙山高耸的悬崖，从这里摔下去，必死无疑。

我本为尊一急，立刻想要跳回，笙歌惊鸿却已站到了崖边，掐着时间放了技能"鬼剑啸八方"，这是会把周围敌人震开的技能。我本为尊被他弹开，又落到悬崖之外。这次他想用浮空术，这技能是所有玩家都能学到的，防止意外坠崖摔死的轻功，笙歌惊鸿仿佛猜到他的想法般，从崖上跃起，朝他放了一招"剑鬼咒"，那是会让人晕三秒的技能。我本为尊在半空中被晕，无计可施，就这么摔到了悬崖之下，死了。

这大概是有史以来，最憋屈的死法了。

沈眉娇忍不住笑了出来。

世界频道上忽然一片寂静，直到系统提示我本为尊挑战失败，才猛然间沸腾起来。大概是因为我本为尊最近太嚣张的缘故，这一次大多数玩家竟然都站到了笙歌惊鸿这边，恭喜起他来。

我本为尊大怒。

[世界频道]我本为尊："这是个意外，你取巧，太无耻了！"

[世界频道]我本为尊："我不接受这个结果！你给我等着！"

[世界频道]小欢欢："哟，有人输了不想认。"

[世界频道]君君小安："师父好厉害！！不像有的人输了就会叫。"

[世界频道]我本为尊："卑鄙的伎俩！我不会放过你们的！"

[世界频道]我本为尊："一妄成劫是吗？给我杀到他们不敢上线！"

丢了脸面的我本为尊重新回到了鬼牙山上，狂怒之下直接攻向了笙歌惊鸿。

一道血红的影子忽然窜出来，巨大的梦魇兽从地底冲出。

狂眉逆娇驾到。

[世界频道]狂眉逆娇："卑鄙？取巧？难道你跟人PK不考虑四周地形吗？我徒弟三次故意被你推到崖边你没注意吗？你的三个解控技能全部被他骗出都在技能冷却中，你没发现吗？他等的就是你飞起来的那个连续技，你也没看出来吗？你看不出来这是陷阱那是你蠢，但千万别以为人人都和你一样蠢。"

[世界频道]狂眉逆娇："别找太多借口，输就是输了！你真这么想打，我如你所愿就是！"

[世界频道]狂眉逆娇："不过跟我打是有条件的，你要是输了，就报出你的服务器名称，然后哪里来的滚回哪里去，别把九霄云重的人当傻子！"

[世界频道]狂眉逆娇："我要是输了，和我徒弟一样，我从此离开游戏。你敢么？"

沈眉娇坐在电脑前，飞速打着字，整个世界仿佛随之冷静下来一般。

我本为尊的那个"好"字，隔了好几秒才打出来。

这样嚣张的话语，从狂眉逆娇嘴里说出来，丝毫没有违和感。

她说九霄云重的时候，那口吻几乎要让人疯狂。很多被她杀过的玩家都在那一刻暂时平息了对她的仇恨。

他们忽然意识过来，是啊，要合服了呢！每个服务器的玩家都开始蠢蠢欲动了，为了大服合一之后的地位，所有势力都要开始战斗了吧。

而他们，他们都是九霄云重的人！

在这一点上面，狂眉逆娇和他们没有区别。

战斗很快开始，也很快就结束了，五分钟之后，世界频道之上刷过新的系统信息。

[系统公告]玩家我本为尊挑战狂眉逆娇失败，玩家狂眉逆娇成功捍卫了自己的荣耀。

满世界的玩家都沸腾不已，难得一致地没有骂狂眉逆娇，而将她当成了英雄。

连排行榜第一的凉骨天烬都打不赢的人，狂眉逆娇却胜过了，那岂不是证明，狂眉逆娇是九霄云重里最强大的人？

沈眉娇本人却没有一丝一毫的喜悦。

因为她从我本为尊的口中得到了一个信息。

我本为尊之所以紧咬着她不放，只因为凉骨天烬的一句话。

[3]

一大清早,客厅里就传出一阵响声,沈眉娇迷迷糊糊睁开眼,看了看时间,才七点半。她凌晨五点才算睡着,这会被吵醒,脑袋跟灌了一桶水泥似的,太阳穴突突直跳。

她灰沉着脸爬下床,想看看外面在吵什么,一打开房间的门,却被眼前的景象吓了一跳。

沙发上凌乱地扔着几条裙子,茶几上摆满了化妆品,书桌上丢着粉色波点内衣,长袜落在电脑上面,电脑椅上是顶假发……

一瞬间沈眉娇以为自己到了奸杀案现场。

"娇娇姐,你醒了啊!快来帮我看下,穿哪套衣服好看?"爱丽丝蹦蹦跳跳地跑到沈眉娇身边,挽起她的手,"你说我穿哪件漂亮?还有内衣要不要垫垫,听说男人都是视觉动物。"

沈眉娇被这现场弄得睡意全无。

"你这是要干什么?"她转头狠狠盯着爱丽丝。

"打扮啊!我要穿得漂漂亮亮的,替堂姐报仇,去晃瞎狗男人的眼!"爱丽丝仰起头,义愤填膺地说着。

"什么?"沈眉娇发现自己无法理解她的思维了。

弄了半天,爱丽丝才算把事情交代清楚。她这是要替杜夜娴参加网友聚会,去见劈腿的渣男,想弄成女神惊艳登场,让渣男后悔。

渣男自然就是游戏里的沉弦断水。沉弦是《仙修》游戏在歪歪的频道主持人之一,本身还是个网络歌手,爱丽丝虽然没玩游戏,但酷爱动漫的她是个音控,也爱泡歪歪,很早就通过杜夜娴认识了沉弦,也加进了他们的私人频道,在里面混得不错,对于沉弦和杜夜娴的事知道得一清二楚。

前几天频道里安排了线下见面会,沉弦也会去,爱丽丝就打算去教训渣男了。

沈眉娇看着小姑娘脸上黑重的眼线,死白的粉,还有一头粉红色假发……

这不是去当女神,是去吓人。

"他们见过阿娴的照片。"沈眉娇想打消她的念头。

"不怕,我和堂姐长得挺像,他们也就见过照片。"爱丽丝放开手,又冲到了沙发边上挑衣服。

杜夜娴虽然是《仙修》里的女神,但也就放出过一些照片,在歪歪里吭过几声,真人倒是没人见过,而这年头什么都能造假,歪歪里有变声器,上视频可以找人替,于是黑她的人也多了去,所以这两年下来,当初被她惊艳的男人都渐渐转投他人怀抱,毕竟照片再漂亮也比不上真正的女人实在。

不过沉弦断水和杜夜娴之间兜兜转转，关系也颇复杂，这两年杜夜娴再怎么在游戏里找男人，最终都要扯到他身上，大概这男人就是她命里的克星。

"阿娴知道这事了吗？"沈眉娇又问她。

爱丽丝一边拿起件水手服放在身上比了比，然后又放下，一边头也不抬地回答着："知道！我跟她说了，她让我别给她丢人，必须震慑全场！"

这的确是杜夜娴的作风！

"别挑了。穿这些衣服当不了女神！"沈眉娇看着五颜六色的裙子有点头疼，她想着反正今天本来就准备带她出门逛逛，干脆就直接上街买吧。

主意一定，沈眉娇便没犹豫，洗漱完毕就抓着她出了门。

最终没买成衣服，爱丽丝想扮演白富美，沈眉娇掂量了一下，把她拉到二手店里，给租了一套高大上的名牌衣服和包包，又把她拖到沙龙里，洗掉满脸的油彩，换了干净简单的生活妆，再整了整发型，一个标准的白富美就出现了。

做秘书的，偶尔也要帮老板应付女人，所以她处理起来一点也不困难。

现在的爱丽丝看起来舒服多了，果然和杜夜娴有几分相似，标准的美人胚子，踩着高跟微仰了头往那一站，高冷的气息就迎面扑来，谁敢说她不是个名媛千金？

装扮妥当，爱丽丝却底气不足，硬要拖着沈眉娇同去。

虐渣男什么的，其实想想也挺爽的，沈眉娇一时兴起，也想看让杜夜娴抓狂的沉弦断水惊艳后悔的模样，便陪着爱丽丝疯去了。

聚会的地方是S城有名的会所——雍穆会，非会员不得入内的地方，沈眉娇只听过从未来过。

到的时候是下午两点，爱丽丝找服务生报了个名字，便有人躬身过来，领着她们上了二楼。雍穆会的装修不显华丽，但一砖一石、一木一景都精心设计过，用的也是上好的材料，偏中式古典的风格，却没有沉重的气息，淡淡的原木色泽暖到心里，幽淡的香气从回廊角落的精致铜熏炉中飘出来，让人忍不住细细嗅着。

果然是高档的地方。沈眉娇一面跟在爱丽丝身后，一面不动声色地打量着。

雍穆会的二楼有个露天花园，布置得很雅致，藤编的长沙发，同风格的茶几，从半空垂下的纱幔，让这里充满了另一种浪漫气息。他们的聚会地点就选在了这里。

远远的，沈眉娇就看到几个人坐在茶几四周，正在聊天，不知道谈到什么，几个人发出一阵哄笑。纱幔被吹开，沈眉娇一眼就看到了熟悉的脸庞。

薛锋扬正斜倚着沙发靠手，看着众人懒懒地笑着。

凉骨天烬和沉弦断水都是九霄云重里仙界阵营的玩家，他们认识一点也不奇怪。

沈眉娇转头想走，爱丽丝却一把抓住了她，"蹬蹬"两步，扯她冲了上去。

"Hello，我是闲云夜月！"甜甜的声音响起，冲散了爱丽丝刻意营造出的高冷。

　　花园里的人同时一愣，视线扫来。

　　沈眉娇就看见薛锋扬的眼神明显一怔，还没等他反应，跪在蒲团上正泡茶的女人抬头望向了薛锋扬身边的男人，问道："断水，她是闲云？"

　　她眼里有些嫉妒的色彩，爱丽丝的确是个很漂亮的姑娘，就连旁边坐着的其他男人都露出了惊艳的神色。

　　薛锋扬身边的男人已直起身来，沈眉娇这时才注意到他，不消说，这人便是沉弦断水了。他长得简直可以用"美"来形容，右耳上的银耳钉发出夺目的光芒。

　　"你是月？"他笑着开口，声音很动听。

　　沈眉娇一见他眼里的促狭，就知道，他已经识破爱丽丝了，她极力无视着薛锋扬的目光，扯了扯爱丽丝的手臂，想让她回头。

　　"我是。"爱丽丝骄傲地抬了抬下巴，毫无意识地抽走了手，甜甜的声音再出现，"你是沉弦断水？这是莲佛？眼光不怎样嘛。"

　　"你说什么？"泡茶的女人柳眉一蹙，暗暗克制了怒气，只抬高了语调。

　　"哦？！"沉弦断水露出了捉弄人的笑来，"我觉得挺好的，阿佛又漂亮又聪明，学历又高，哪个男人要是娶了她那才是幸福。"

　　"哼！学历再高又怎样？现在你们坐的这个地方，都是我家的产业呢！"爱丽丝小下巴又一翘，不屑一顾地说着，表明自己白富美的身份。

　　沈眉娇冷汗频下，开始觉得自己跟她来是个无比错误的决定，这牛吹得没有边了啊！

　　为避免牛皮被戳破，沈眉娇立刻站到她身边，沉了脸冷冷开口："以为他品味有多好，也不过尔尔。我们还是先回去吧，别跟无谓的人浪费时间。"

　　小姑奶奶，求你快回吧。沈眉娇脸上和嘴上虽然仍撑着爱丽丝的脸面，装出高冷的模样来，心里却是另一番想法，看这模样，沉弦断水应该是认得杜夜娴的，牛皮太容易被戳破，还是赶紧把爱丽丝哄走吧。

　　这情况下，她再无法顾及薛锋扬的目光了。

　　"这位是……"沉弦断水的目光移到沈眉娇脸上。

　　"我……"沈眉娇刚开口说了一个字，就被打断了。

　　"她是我小叔叔的女朋友，我们莫家未来的三儿媳，这雍穆会未来的女主人。"爱丽丝说话像放鞭炮，拦都拦不住，脸上挂了一副"怎么样，你们震颤了吧"的表情。

　　沈眉娇嘴角一抽，眼角的余光忽然瞄到薛锋扬眼里如刀光般绽出的光芒，心头陡然一颤。

"哦?"沉弦断水一挑眉,露出思索的表情来。

"你说是就是吗?"莲佛开了口,她脸上的表情有些精彩。

雍穆会的莫家啊,那可S城出名的富贵人家。

"刚好,雍穆会的老板来了。"沉弦断水忽然一笑,看着沈眉娇的身后开了口,"老莫,快过来,你侄女和媳妇在这里!"

沈眉娇身体一僵,就看到爱丽丝的表情石化,她硬了头皮转头,跟着众人的视线一起看去。

在她身后不远的地方,不知何时站了个男人。

这男人,她认识。

莫斓笙!

天!谁来给她挖个地洞让她跳进去啊!

沈眉娇整个人都不好了。

[4]

这世界上最尴尬的事,莫过于在吹牛的时候,遇到了那头牛。

沈眉娇虽然不是吹牛的人,但她的脸也变得滚烫起来,莫斓笙姓莫,她早该想到的。星创公司隶属铭远集团,而铭远集团是莫家的产业,可想而知,莫斓笙比以前来的总监都牛。

"小……小……小叔叔……"爱丽丝已经傻眼了,声音也跟着结巴起来,高冷的白富美转眼变成了小可怜。

莫斓笙双手插在裤袋里,从后面走上来。他今天打扮得很轻松,薄针织上衣加黑长裤,比穿西装时看上去要瘦一些,不过更显腰直腿长,年轻了不少。他远远走来,就像电视里出来的明星,穿花过影,每一步都能踏在人心之上。

和他一比,沉弦断水的"美貌"顿时减了三分,变得不那么醒目了。

沈眉娇瞧他板着脸敛眉肃目的模样,心里七上八下的,也就根本没顾得上爱丽丝说的话,跟被点了哑穴似的,一声也吭不出来。

莫斓笙虽然表情凝重,但看着自家秘书那副恨不得掘地三尺要把自己埋掉的样子,其实心里有些想笑的,不过再一看旁边的爱丽丝,他的表情就又严肃了三分。没想到偶尔来次雍穆会,他倒还有了特别的收获。

"莫家瑶,你还知道我这个小叔叔?"他没理沉弦断水的话,径直走到爱丽丝身边,沉了声说道。

"小……小叔叔,我当然记得你了,你是我最亲爱的小叔叔呀。"爱丽丝大概怎么也没想到难得来雍穆会一趟,就能撞上莫斓笙,好在她脑袋转得快,眼珠子一动,伸手就挽了莫斓笙，身体粘了上去，可怜兮兮地说着。

"真是莫家的人啊！"这声音虽小，但还是落到每个人耳中。

莲佛说出了众人的心声。

沈眉娇也一样的惊讶。住了这么多天，她都不知道自己和老板的侄女同在一个屋檐下，更不知道原来爱丽丝是个不折不扣的真白富美。不过现在不是惊讶的时候，她的脸，还没丢完呢。

这种时刻，还是脚底抹油比较好吧。

"莫……"沈眉娇刚想说话。

"我还没说你，她不懂事，你怎么也跟着胡闹！"莫斓笙揉了揉爱丽丝的头，打断了沈眉娇的话，没让她把那句"莫总"给叫出来。

他的声音虽然低沉严肃，但里面却没多少怒气，沈眉娇知道，他真发怒的时候，那声音能冷出冰来，因此她定定心，咬咬唇，抬了头，却忽然看见莫斓笙眼里的笑意。

那眼眸如墨染般迷人，眼角微微勾起，释放出的笑意如同墨色勾勒出的春光十里，看一眼就让人心驰神往，酥酥麻麻。

仿佛被电击过似的，沈眉娇有些傻眼。

"老莫，什么时候请我们喝喜酒啊！"沉弦断水嘻嘻笑着开口，视线在沈眉娇脸上打着转。

"总有机会喝到的！"莫斓笙对着他边笑边说。爱丽丝的话，他没有承认却也没否认，算是保全了沈眉娇的面子，毕竟话是从自己侄女嘴里说出来的。他护犊，外人面前怎样也要维护一下自家人，有账回去慢慢算清就是，而沈眉娇，勉强算半个家人好了。

"你们认识？"爱丽丝听着两人间熟稔的口吻，不由出声问道。

"我们是高中老同学。"莫斓笙看了陷入恍惚的秘书一眼，回答道。

"噢，原来是Uncle啊！"爱丽丝冲沉弦断水神气活现地一笑，重重地咬在"uncle"的音上。

莫斓笙的同学，可不就是她的叔叔！

其实几人年纪差不了多少，不过是因为莫斓笙辈分比爱丽丝大了点，于是沉弦断水平白无故地就被"uncle"了。

"噗。"沉弦断水身边就有朋友笑出声来。

"好了，别打扰uncle们喝茶，我们先走吧！"沈眉娇总算回过神，她脸皮就算厚成城墙，也不愿意在这种情况下假扮莫大人他媳妇了，不过心里虽然虚着，脸也烧着，但嘴皮上可没客气几分。

如果杜夜娴知道沉弦断水变成了爱丽丝的叔叔，指不定得笑晕过去，也算是替她出了一小口恶气吧。沈眉娇在心里叹了叹，杜夜娴和沉弦断水这笔旧账估计永远也算不清了。

莫斓笙又瞄了一眼沈眉娇，没有面对他的时候，沈眉娇收起了那副万年不变的秘书模样，张牙舞爪虚张声势的模样，颇为有趣。

"行了，你们玩吧，我带她们走了。今天这摊算我账上，你们玩得开心。"莫斓笙笑了笑，也没等他们回答，便转了身，转过身后发现沈眉娇还有些愣愣的，忍不住压低了声音在她耳边说了句："还不走？媳妇儿！"

沈眉娇的脸一下子就像打翻了红色颜料的调色盘般精彩起来，莫斓笙就想逗逗她，看她这模样他就莫名地开心，便哈哈一笑，迈步走了出去。爱丽丝看得心里一乐，脸上就笑成一朵花儿，赶紧拉着沈眉娇跟上去。

想象中震慑全场的画面并没出现，整件事变得荒唐可笑起来，沈眉娇已经没心情再去考虑其他了，她默不作声地跟着莫斓笙到了大堂。

外面的阳光刺眼，沈眉娇走到了大堂之外，这会莫斓笙去地库取车，今天邓助理休假，他是自己开车过来的，爱丽丝去了洗手间，她一个人等着他们。

莫斓笙没有斥责什么，甚至连一丝愤怒都没有表现出来，但沈眉娇就是莫名地不安着，不知道自家老板心里在想些什么。

"娇娇！"熟悉的声音从沈眉娇背后传来，她转过头，是跟着她追来的薛锋扬。

刚才薛锋扬一声都没吭过，但眼神却已经如燎原之火般烧开来，声音也没有初见时的温柔，带了些许压迫式的力量，就像从前在游戏里遇到对手时那样。

她之于他，也不过就是一场游戏。

沈眉娇已渐渐冷静下来，见他靠近，不由后退了一小步，淡淡说了声："是你，有事吗？"

"你和莫斓笙在一起？"薛锋扬见到她的退缩，瞳孔一缩，心有些紧疼，便上前一步逼近了她。

沈眉娇看了一眼雍穆会的大堂，爱丽丝还没出来。

"这和你没有关系。"沈眉娇便转了身，看着不远处车来车往的马路。

"是吗？"薛锋扬目光灼灼，那抹飞扬撕开了温柔的假象，"无所谓，我追出来只是想告诉你，就算你们真的在一起，哪怕今天你是莫太太，我都一定会争取。"

如果这是两年前，沈眉娇一定会感动得哭出来，可两年后他再说这话，只能证明她沈眉娇成了他新的游戏。

"随便你！"沈眉娇忽然冷冷一笑，转头直视他，"我问你，你为什么要和我本为尊说那样的话？"

不和他纠缠感情话题最好的办法，就是用别的话题压过他。

那一天晚上沈眉娇和我本为尊挑战结束之后，我本为尊就告诉她了，之所以他会不惜一切代价要挑战她，是因为凉骨天烬告诉他——

"狂眉逆娇是我师父，我这个第一，是她给的，你想知道我们服的实力，得先战胜她！"

所以，我本为尊才那样不依不饶地缠着她。

沈眉娇很想知道薛锋扬这么说的原因。

薛锋扬看见她不再逃避的直视，嘲弄的笑与冷然的眼，已不再是他记忆里羞涩温暖的小姑娘，带了点游戏里狂眉逆娇的味道。岁月在她身上留下的伤痕化成了锐利的棱角，伤了自己也刺了别人，他忽然就想把她揉进怀里好好暖暖。

"娇娇……"他喃喃着，伸出手。

沈眉娇没有听到答案，却看见他灼人的眼神，还没开口，便已被他拥住，醇厚的香气入鼻，沈眉娇心里一颤，想逃离他的范围，便猛然往后退了几步。

身后，是雍穆会门口的台阶。

她的脚踩空，整个人就往下摔。

莫斓笙开着车到达门口的时候，就看到惊悚的一幕。

薛锋扬抱着沈眉娇一起从十几级的台阶之上，滚了下来。

[5]

天色已经渐渐黑去，医院里的灯光冰冷冷地亮着，四周都是苍白的模样。莫斓笙将沈眉娇和薛锋扬送到医院之后并没有马上离开，打发了爱丽丝回去后便去外面买了吃的。

医院急诊室外的等待椅上，沈眉娇拢着双腿坐着，双手交握成拳放在膝上，背微弯着，面无表情地看着正前方的墙壁。

急诊室的布帘紧紧拉着，偶尔传出一些不完整的声音来，来来往往的医护人员和病人家属神色匆匆，脚步急切，让人莫名地焦躁恐惧起来。

薛锋扬就在她身后的急诊室里。

莫斓笙从外面进来时就看到她仍旧保持着这样的姿势，一动不动。

"桂圆红枣茶、三明治！"他把暖饮杯和三明治一起递到她面前，在她拒绝之前通通塞进了她手里。

沈眉娇伤得不重，手臂和腿上擦破了皮，上了药贴了纱布，很狼狈的模样，倒是眼镜给摔碎了，把脸颊刮出了一道口子，此时贴着OK绷，整张脸庞和医院的墙壁一样白，眼眶里有些水雾，不知是受了惊吓还是因为担心，看着又可怜又委屈。

"谢谢你，莫总。"掌心里是暖饮杯的温热，和着桂圆与红枣的香气一起传到心里，让她回了神，"天晚了，我自己在这里就可以了，你先回去吧。今天真是麻烦你了。"

她开了口，声音沙沙的。

"别客气，我今晚没什么事，再陪陪你。"莫斓笙看她的模样，莫名就挪不开脚步，索性在她身边坐了下来，"别担心，小薛伤得也不重。"

沈眉娇抬起头看他，缓缓开了口："莫总，我看起来，是很担心的模样吗？"

这问题让莫斓笙一愣，她眼神有些疲惫，还有些恐惧。

"我不担心，只有些害怕这地方而已。"沈眉娇又把头低下去，她想起了两年前那个夜晚，她曾经在这里待了整夜，最终面对的是她母亲的尸体。

莫斓笙看了一眼四周的景象，送进急诊室的都是情况紧急的病人，他能理解那种来自于死亡的恐惧。

"小沈还是一个人吧？有想过找个对象吗？"莫斓笙感觉到了她的恐惧，便岔开话题，"其实薛锋扬是个不错的小伙子，海归，家庭条件不错，能力也好，挺聪明的，就是人有些张扬，不过年轻人有些棱角也是好事。你们以前有什么过不去的坎，找个机会好好聊聊？"

薛锋扬为了救她，不惜和她一起从台阶上滚下来，否则现在在急诊室里的人，就是她沈眉娇了。

沈眉娇听他说得老成，好像他已经四五十岁似的，忍不住翘了翘嘴角，道："莫总……"

"非工作时段，叫我老莫吧。"莫斓笙挥了挥手，打断了她。

老莫？！

沈眉娇看着不过二十七八的领导，他的面容英俊温柔，顶多也就是踩着青春的尾巴，怎么就老了？

"我是家里幺子，父母的老来子，所以我和我的外甥女、侄女年纪没差多少，以前上学的时候，我同学老是会听到她们叫我'叔叔''舅舅'，所以就开玩笑叫我'老莫'了。"莫斓笙一边解释着，一边看到她眼里释放出的浅浅笑意。

她的笑很轻，像羽毛一样随时会飞走般，和工作时招牌式的笑容不同。

"老莫……"沈眉娇脑补了一下他上学时被爱丽丝叫"叔叔"的情景，确实有些好笑，不由顺着他叫出来，而后接着问道，"你是不是觉得我和薛锋扬之间有什么很深刻的爱恨情仇？"

看起来很像。

莫斓笙只是想着，沈眉娇却没有等他回答，自顾自继续说着。

"其实,在上次相遇之前,我和他只见过一次,你相信吗?"沈眉娇喝了一口手中的桂圆红枣汤,暖甜的感觉弥漫上来,叫她长嘘出一口气,她想不到自己会在这样的地方这样的情景下,起了和领导倾诉的念头,大概是莫斓笙太让人安稳了。

"我和他之间,既没有什么感人至深的爱,更没有什么纠结的恨。"沈眉娇缓缓地说着,"其实我不是第一次玩游戏,对不起,我瞒了你。两年多以前,薛锋扬是我游戏里的徒弟,他很可爱也很聪明,带给我一段很愉快的时光,一起副本、一起任务、一起下竞技场、一起躲避仇人……"

沈眉娇是在碎月筑里捡到这个徒弟的。那时候他正在挖药,却被她和另一帮人的PK给卷了进去,后来不知怎的,就赖上了她,拜了她为师。他会给她寄很多的药草、乱七八糟的石头、低等的装备,作为新人,他把他能得到的所有好东西都寄给了她……

信任大概就是那样一点点地增加着。她还记得,有次他为了救她,不惜得罪敌对势力的大帮派,弄得对方上天入地地追他,他在副本里躲了三天,和她一起把那副本刷得烂透……

他过生日的时候,她在歪歪里给他弹生日歌;万圣节时,他陪她刷了通宵南瓜怪,只为拿一个骨马坐骑……

一桩桩、一件件,没什么大不了的故事,只是细枝末节的感动,即便是现在回忆起来,也仍是满满的快乐。

"我加他进了帮会,让他和我一起参与帮会事务,我以为我们会一直这么开心下去,驰骋江湖、荣耀与共什么的,想想就让人热血沸腾吧。"沈眉娇继续说着,"我就见过他一次,那年的圣诞前夕,他回国在这转机,顺道跟我见了一次而已。"

她说得简单,莫斓笙听得认真。

"后来,资料片开启,合服,大任务开始,我们帮会和合服对象里最大的势力战得不可开交,却忽然惨败。原来他根本不是什么新人,而是那个势力的玩家,为了在合服后取得新服的势力地位,建了小号来我们这里找情报,我是倒霉刚好遇上了他!并且最后还把所有的布置都告诉给他。"沈眉娇自嘲地笑笑,想起最后的背叛。

其实她和薛锋扬本不在一个服务器,当时她的服务器是"九霄梦",而薛锋扬在"云重裂", 两年前新资料片开启的时候,就已经有过一次合服,合服的消息早早就传出来了,两个服务器将在资料片开启的同时合并为"九霄云重"。

作为云重裂最强大的仙界帮会"悬命纵天"的老大,薛锋扬很早就开始考虑合服后在新服的势力夺取,加上资料片开启时的大型任务逐鹿星外陨仙场,两大阵营所有帮会共战,他便建了小号进入九霄梦,认识了当时的狂眉逆娇,最后进入"无妄天宗",从她这里得到了战场之上无妄天宗的主要布置情报。

那场战，开始得十分激烈，最终他们却一败涂地。

合服成功，他成了英雄，而她却成了叛徒。

君无妄失望的声音，整个魔渊玩家的谴责，通通都落到她头上，他们说是她把消息卖给了凉骨天烬。

事实上，也的确是因为她！

"大战的结局自然是我们惨败。我成了背叛帮会，背叛同伴的人，后来就离开了游戏。"沈眉娇说着，眼里没什么波澜起伏，"其实这样的欺骗，在网络世界里天天上演，你去论坛上随便一找，都能翻出无数的八卦来，根本微不足道。"

"所以，我不知道他为什么回来，又为什么表现出那样的深情？"沈眉娇一口气喝完了剩下的桂圆红枣茶，手指一曲，将那杯子捏成一团，起身将它扔进了垃圾桶，才又回身坐在莫斓笙身边。

当年他能为了游戏里的虚荣，将她置于绝地，两年后回来的他，又能有多爱她呢？

他只是将她当成了他新的游戏，不惜一切想要夺取罢了。

无谓爱情！

虽然她说得简单，但莫斓笙却看到，从她脸上渐渐浮上来刀光剑影般的神色，让她整个人显得锐利起来。

他以前没有发现，她生了一对英气的眉，微弯的弧度，刀锋般的眉尾，让她清秀恬静的脸庞，莫名生动了起来。

"别皱眉，眉锋如刀，你一皱就伤到自己了。"莫斓笙一边说着，一边做了个让自己都意外的动作，他抬了手，用食指肚轻轻地抚过了她的眉，"薛锋扬不好，不要就是。天下好男人多的是，我认识好几个，改天帮你介绍一个。"

沈眉娇感受到额上那火一样的指温，仿佛能将心头的悲伤褶皱熨帖平整，她怔怔地望向莫斓笙，他眼里的温柔似要滴出水来似的，黑亮的瞳孔里只印出她一个人来。

她的脸，随着他指尖的温度烫了起来；她的心，也跟着狂跳不歇。

"薛锋扬的家属在哪里？"护士爽利的声音响起，急诊室的布帘随之拉开。

坐在轮椅上的薛锋扬，一眼就看到了布帘外的莫斓笙和沈眉娇，他不由地蹙紧了眉头，眼神如剑般望向莫斓笙。

"我们是他朋友。"莫斓笙收了手，站起身来回答。

沈眉娇只觉眉间一冷，心却还狂跳不已，全身上下都有种浸到四十度温泉水里时的感觉。

有些想逃，却又忍不住想要更多的滋味。

"他没什么大碍，伤口都处理好了。不过因为撞到头，需要留院观察一天，你们谁去替他把手续办一下吧。"护士将薛锋扬推了出来。

　　薛锋扬脑袋缝了几针，额前贴着纱布，因为滚下台阶的时候他护着沈眉娇，所以手臂和腿上都是黑紫的瘀伤，左小腿上更是缠着厚厚的纱布，那里扯开一道口子，也缝了不少针。

　　但他不觉伤口疼，因为此时红了脸的沈眉娇刺得他眼睛和心口一起生疼。

　　她大概没有发现自己的模样，就像初见他时那样动人。

　　莫斓笙去替薛锋扬办手续，沈眉娇便推着他去病房，一路上，他们都没开口。

　　"你好好休息，我明天再来看你。"沈眉娇将薛锋扬扶到床上，给他打了水，让他简单洗了洗脸，又把水壶灌满，倒了一杯水放桌上凉着，再把被子替他盖好，才提出辞别。

　　转身之际，薛锋扬忽然抓住了她的手。

　　他的手，凉得很。

　　"你是不是爱上莫斓笙了？"他的声音在安静的病房里显得格外清晰。

　　"爱"这个字，让沈眉娇心脏紧缩起来，脑海里铺天盖地涌来的，就是莫斓笙的眼神，眉间似乎又燃起他指尖的温度。

　　也许，是爱上了吧！

　　"是。"沈眉娇抽回了手。

　　她声音干脆得没有一丝犹豫，一如当年。

　　爱得干脆。

　　沈眉娇没转头，抓了包径直往外面走去，才靠近门口，便看到门外微垂了头的莫斓笙。

　　他，听见了？

　　"手续办好了，我送你回去。"他抬头，笑容如常。

[6]

　　沈眉娇做了个梦，她梦见她结婚了。

　　新郎很帅，长得和莫斓笙一样，他们站在海风轻拂的沙滩上，相拥而吻，他的唇很温暖，有桂圆红枣的甜香，沈眉娇正没羞没臊地品尝着，忽然间头上白纱被人扯飞，有个声音响起。

　　"她是我的，想得到她，就打败我！"

　　她转头，是穿着金色长袍的凉骨天烬，长了一张薛锋扬的脸，正对他们举起剑。

　　她正想逃，却发现凉骨天烬把新郎扯过去，拿剑对准了他。

　　情节销魂得不忍直视……

沈眉娇尖叫着醒了过来，满头的汗，脸上红潮未褪，满眼惊愕地打量着四周。

这是她的房间。

昨晚是莫斓笙送她回家的，关于"爱"，两个人都极有默契地三缄其口。

也许他没听见吧，或者为了成全她的面子，他故作不知。沈眉娇可不想去追究他心里真正的想法，她就连自己为何会脱口而出说"爱"他，都没弄明白。

爱丽丝不在家里，空荡荡的屋子只有她一个人。今天是周末，她无处可去，又不愿去想没有答案的问题，便开了电脑，进了游戏，又挂上了歪歪。

进的是狂眉逆娇的号。

好几天没见笙歌惊鸿了，沈眉娇忽然有些怀念这个徒弟风吹雨打都不变的声调。

巧得很，笙歌惊鸿也正安安静静地待在歪歪里。

"Hello，早上好。"沈眉娇先出声打了招呼。

歪歪里没有声音传出来，整个房间仍旧是寂静无垠。

沈眉娇等了一小会，发现仍旧没有声音传来，游戏里面的笙歌惊鸿站在喧嚣的魔境都城里，一动不动，正处在半离线的状态。

她忽然发现，她上了狂眉的号，除了教这个徒弟，已经找不到想做的事了。

沈眉娇扯下耳麦，离开电脑，走到客厅角落，站在了钢琴前面。

她手一动，钢琴上罩着的红色格子布便缓缓落下。

这钢琴，她弹了十几年，几乎要与她的生命融为一体，却最终被她遗弃了。

网络那一头的莫斓笙，是被音箱里传出的钢琴声吵醒的。

在这之前，他一面挂在游戏和歪歪里等狂眉逆娇，一面写方案，熬到凌晨五点，终于撑不住伏在小沙发扶手上睡着了。

钢琴声从音箱里传出来，还带着些许嘈杂的环境音，那不是录制好的乐曲，而是现场弹的。莫斓笙有瞬间的迷失，熟悉的曲子在寂静的书房里盘旋，是他参加全国钢琴大赛青年组时所弹奏的曲子，拉赫马尼诺夫的《第三钢琴协奏曲》。正是这首曲子，这场比赛，让他成了极负盛名的钢琴天才，也让他成功迈进了他梦寐以求的殿堂。

曲子弹到激昂之处，音符如同骤雨般响起，比起他当年，不遑多让，只是那曲子里，传达出来的，却是和他当年完全不同的心境。

当年的他，少年意气，雄心万丈，弹出的曲子，充满激情与梦想，哪怕是最忧伤的段落，也像是狂风暴雨过后终现碧空静海，无边无垠。

而她指尖奏出的乐曲，却是风雨沉寂的江湖，有些峥嵘铿锵，在刀光剑影之后渐渐萧瑟。

她的心里，埋了一个无法驰骋的江湖。

这琴声，让他的心跟着一起疼起来。

等莫斓笙意识到，这曲子是透过歪歪传出，并出自狂眉逆娇之手时，曲子已经奏到了尾声，他冲到书桌边上，伸手拉过话筒，刚要说话。

琴声已歇，狂眉逆娇退了歪歪和游戏。

莫斓笙看着游戏里消失的身影，心中忽然一阵紧缩。

能够这样打动他的人，已经不多了。

他忽然很想见她。

网络无形，但也许只有这样的无形，才能让人毫无掩饰地释放灵魂，而她的灵魂动人心魄。

沈眉娇深深呼了一口气，感觉自己心里的气随着这曲子抒散了不少，也不管笙歌惊鸿有没在线，便退了游戏。

[7]

游戏退出后，会出现游戏的广告宣传页面。

她在这页面之上，又看到了自己。

金龙围绕的神级排行榜上，红衣黑发的狂眉逆娇，不知何时被顶到了前面。

她点了图片链接，打开了官网上的活动界面。

神级榜的投票活动，已经彻底结束了。

沈眉娇看到的是结果而不再是投票过程了，狂眉逆娇作为九霄云重排行第三的大神，正式获得进入七月份在动漫祭上开展的竞技赛事的资格。

而促成这个结果的，正是之前她与我本为尊的那一场挑战。论坛上，有人将她与我本为尊的竞技视频放了上去，配上她说的话，精心制作了一个完整的视频，别说是其他玩家，就连她自己，几乎都要因为这视频而热血沸腾了。

当然前提是，主角不是她。

因为这场竞技以及凉骨天烬的失败，所以狂眉的操作在短时间内被推到了某个高度，再加上有些人刻意地宣传，其中包括君无妄的中立、凉骨天烬的推荐还有君君小安不遗余力的推销，狂眉逆娇成功登上了这个榜单的第三名，而前两名仍旧是凉骨天烬和君无妄。

网络里的人，记忆都是短暂的，再不堪的故事，都有可能在下一秒改写剧本，叛徒变成英雄。

何况狂眉逆娇的故事已经过了两年。

不会有人记得她的背叛，就像没人记得她曾经的好一样。

沈眉娇看着自己人物底下那一长串叫好的评论，不由自主地笑了，想不到自己有一天还能看到狂眉逆娇变成英雄。

这笑容,有些自嘲。

如果薛锋扬所谓的"一切"就是指将游戏里的这些虚荣还给她,那么,他也太小看她沈眉娇,也太小看他自己了。

沈眉娇一把叉掉了官网。

就算她排到前三又怎样,最终游戏公司还要与他们一一联系后才能确定能出赛的玩家,不想参赛的玩家,机会将会顺延给下一名次的玩家。

看来这段时间,她不能再上狂眉逆娇这个角色了。

还是玩玩沈沈吧。沈眉娇一面想着,一面又登上了另一个账号。

莫斓笙帮了她许多,这个沈沈就算是她的回报。

再度登上游戏,熟悉的画面不一样的人物,带给她的也是不同的心情。沈沈的等级已经到了45级,可以开始继续做绿灵儿的任务了。

归河不在线,帮会只有小猫两三只,沈眉娇操纵着沈沈去找流光仙子。

流光仙子就站在凤凰谷的遥焰河边上,穿了一身白纱裙,芙蓉粉面之上不见半丝笑容。

沈沈跑到了她的身边,点了任务。这一次和前几次不同,并没有出现嫌弃她等级太低的提示,而是整个画面突然一暗,绿灵儿忽然出现在了她身边。

等绿灵儿将缘由与流光仙子一说,沈眉娇就看到流光仙子冷漠的脸上忽然狰狞起来。

"你说什么?你说你是他的……他的女儿?"流光仙子看着绿灵儿冷冷道,"他竟然已经有女儿了……哈哈哈……"

音箱里传来尖锐的笑声,刺得沈眉娇耳朵难受。

"哈哈,你娘是谁?他是和哪个贱人生的你?说!说出来让我杀了你们!"流光仙子漆黑的眼眸忽然红光一过,周身便刮开一阵狂风。

沈眉娇就看到流光仙子头上的名字渐渐由绿色变成了红色。

她心一沉。任务对白才一半,这就要开打了不成?

一念闪过,她即刻操纵着沈沈后退了一段距离,指尖点在了几个保命技能之上,只等一个不好便立刻逃走。

不过,她并没有这个机会。

"啊——"绿灵儿一声尖叫,已被流光仙子的青索缠住。

沈眉娇立刻后退,可流光仙子手中青索却更快一步,如蛇一般将沈沈也缠了个结实。

系统的提示跟着出现:流光仙子狂性大发,将你与绿儿一齐抓到了清玄宫里。

沈眉娇就看到画面一黑，再亮起来的时候，已经是在一片雪白的冰殿之中，绿灵儿倒在了她身边。

她忙打开了任务说明。

"什么鬼？"她看着那任务脱口而出。

原来只是紫色的个人任务，忽然间变成了紫色的帮会任务。

任务要求是，全帮派的玩家一齐救她与绿灵儿逃出清玄宫，并驱除流光仙子的心魔。

任务限时，七十二小时。

沈眉娇想起了君君小安、包子等人的技术……

前景不容乐观啊。

沈眉娇此时无比后悔自己一时脑热，一个人跑去找流光仙子交任务。

屏幕之上，一片雪白的冰殿中，绿灵儿正垂头丧气地坐在宫殿的角落里，而沈沈则站在冰殿的入口，一身雪白衣裙的她，几乎要与这宫殿融为一体了。

殿门口，站着两个守卫者，皆是满级精英水准，再往外面，则是一片密密麻麻的红名怪物，沈眉娇一眼望去，那些红名仿佛没有尽头似的。

就算她是超级大神，拿这种局面也毫无办法，更何况她如今只是个45级的小玩家。

[帮会频道]沈沈："有人在吗？"

这种时刻，沈眉娇只能开口求救。

字才打出去，归河就好像心有灵犀似的，突然上线了。

隔了一夜再见到他，沈眉娇心头忽然一跳，昨天晚上自己那大言不惭的情景又一下撞入脑海中。

虽然只是游戏里的角色，但沈眉娇仍旧想起了病房门口温暖的笑脸。

她的脸有些发烫起来。

帮会里面没有人理她，沈眉娇看着寂静的帮会频道，又有些失落起来。

[私聊频道]归河对你说："你怎么在那地方？"

没失落多久，莫斓笙的信息就发了过来。沈眉娇有些感动，他能这么快发现她的异状，证明他在上线的第一时间就点看她的具体位置了。

不知怎的，她有些窃喜的感觉，游戏在眼里也显得可爱起来。

[私聊频道]你对归河说："我被流光仙子抓到冰殿里了。"

沈眉娇便开始敲字，要把前因后果敲出来，还没敲到两个字，手机就响了。

是莫斓笙打来的。

她忘记了，他从来都不打字。

"喂。"

沈眉娇接起电话，那头就传来莫斓笙沉静的声音，听起来有些耳熟，但沈眉娇并没有多想，她只觉得脸越加烫起来，声音莫名的比平时更加柔软动听起来，像能掐出水的蜜桃似的。

莫斓笙听完她的话，并没有立刻回答，沉默了两秒之后才开口："不要担心，我先过去看下情况好了，你别挂电话。"

"好。"沈眉娇便一手把手机压在耳边，一手操纵着沈沈在冰殿里四处乱逛。

冰殿刚刚被她逛了一大圈，除了出口之外，她并没发现任何奇怪的地方，现在她又不死心地准备再逛一次。

"清玄宫进不去了！"许久的沉默以后，手机里忽然传来了莫斓笙的声音。

"什么？"沈眉娇的声调因为疑惑而高了些许。

清玄宫原本只是40到55级地图扶苏岭的一个开放地点，分为内外两殿，外殿是全开放的任务地点，而内殿却只是一处华美的存在，从前只是风景党或者情侣拍照留影的地方，里面并没有怪物与NPC等，是个可以任意进入的地方。

可忽然间，却不能进去了。莫斓笙在进入内殿的瞬间，人物被弹了出来，系统提示他"任务副本中，非任务相关玩家，不得进入"。

但他仍旧依稀可见清玄宫的内殿中，那成片的怪物。

"是因为我这个任务的关系？"沈眉娇很快就意识到了问题的关键所在。

这个任务，能把整个地点的状态改变，那就证明这个任务重要到与游戏背景发展的过程息息相关。事实上，因为随机任务的开启，这种新的任务模式也渐渐清晰起来，并且颠覆了以往的任务模式，一个小小的随机任务，到最后会因为不同的选择和不同的过程，演变成好几种不同的结果，所有的结果都可能影响到最终整个游戏的结局。

有别于以往任务与游戏分开的模式，这些随机任务不再有固定的结局可选，也没有痕迹可寻，更加无法重复接取，让玩家参与性大大地提高，仿佛融入这个仙修的世界一般，参与到整个游戏进程之中，让人为之疯狂起来。

已经有不少的玩家在论坛上表示，接到了这样的任务，而沈眉娇接到这个任务，已经算是晚了。

晚归晚，但还是让沈眉娇激动了一下。

新鲜的血液，总让人兴奋。

"你刚刚说是帮会任务，可是我这边并没有显示，你再看下任务说明。"莫斓笙并没急着附和沈眉娇的疑问，而是斟酌着问她。

沈眉娇打开任务面板，果然在左下角看到了一个小小的"共享到帮会"的点击条。

她尝试着点击,可惜仍旧没用。

"需要帮主在线的情况才能共享。"沈眉娇看着屏幕上弹出的提示,开口道。

君君小安不在线。

"交给我吧,你先别管这些。等君君小安上线了,再组队过去看看。"莫斓笙的声音再度传来,"你下午是不是还要去医院?要帮忙吗?"

沈眉娇的心情,因为这个问题,忽然又是一落。

薛锋扬还待在医院。

不管起因如何,他是因为她受的伤,她不过去看看,心里也过意不去。

"嗯。"沈眉娇情绪低落地应了一声,把手机换了一边耳朵才又道,"我自己可以搞定。"

听着她仿佛从鼻子里哼出来的"嗯"字,手机那头的莫斓笙脑补了一下她的表情,忽有些好笑,不由自主地取笑道:"瞧你这不情不愿的模样,只是个男人又不是头猛虎。如果需要,我可以再帮你客串一把,让他彻底死心。反正我也客串过两次了,是不是,媳妇儿?"

沈眉娇一下子被他的话给噎着了。

他说"媳妇儿"的时候,尾音卷卷的,像是叫家里的宠物般,格外的好听,让人的心都要飞起来似的。

但他说,客串过两次……

他把昨晚病房门口,她的"爱",也当成了一场客串。

沈眉娇的心情忽然又跌下来。

"别开玩笑了,莫总。我把我的游戏账号密码发给你,如果君君小安上线,你可以上我的号共享任务。我下午估计都不能上游戏了。"沈眉娇闷闷地说着,没等他回应,马上又转了话题,"那个……爱丽丝……"

"就让她在你那儿先住着吧,省得老说我们这些长辈不给她自由。"莫斓笙的口气有些无奈。

"嗯。"沈眉娇没再说什么,便和莫斓笙匆匆话别,挂了电话。

[8]

时间已经不早了,她下了游戏,关了电脑,便要往医院去。

医院办理出院手续都在十二点以前,她再拖下去,薛锋扬都要出院了。

拎着半路上买的水果篮,沈眉娇进了医院。蓝白的墙面,消毒水的味道,怎么样都无法让人愉悦起来,形容枯槁的病人,总让她心里有些恐慌,沈眉娇的脚步不由得快了一些。

病房里却空空的，一个人也没有。

莫非已经出院了？

沈眉娇满心疑问，心里却有种松口气的感觉，她的下意识还是不愿意见到薛锋扬。

"你在这里干吗？"忽然有清脆声音传来。

沈眉娇转头，身后是个苹果脸蛋的小护士，她推了辆分药车，正站在病房门口看着沈眉娇。

"不好意思，这床的病人呢？是不是出院了？"沈眉娇将果篮放到了床头桌上，松着手臂问道。

小护士上上下下地打量了她几眼，才有些不乐意地回答道："去照脑CT了，昨晚到今天早上，吐了几次，有些脑震荡的迹象。"

沈眉娇心里一惊，刚要继续问她，小护士已经自顾自地责怪起她来了。

"我说你这女朋友怎么当的？放着男朋友一个人待在医院都不理会的吗？你不怕他有什么意外？看他怪可怜的，做脑CT还要一瘸一拐地自己过去，整晚折腾也没个人陪着。"

小护士脸色不太好，就差没直接开口怪沈眉娇不珍惜这么个高大英俊的男朋友了。

"我不是……"沈眉娇想解释，却被人截断。

"这不怪她，她有自己的事要处理。小陈，谢谢你了。"薛锋扬的身影出现在了病房门口，脚步一瘸一拐地走进来，原本满脸的倦容在看到她的那一刻化作了满满的笑意。

"谢什么？你又不领情！"小护士"哼"了一声，从车里拿了药塞在了沈眉娇手里，"拿好了，他的药！好好照顾他！"

分了药，小护士便推了车离开病房，房间一下子静下来。

薛锋扬踱到床边坐下，在看到床头桌上放着的果篮时，忽然有些伤感起来。

他以为，她会给他煮个粥、煲个汤什么的带过来，但她却拎了个果篮。

果篮，那要多疏远的关系，才会送这样的礼物来。

她是真的真的，将他当作了普通朋友，不，或许连普通朋友也不如。

"你……我给你倒杯水，先吃药吧。"沈眉娇一时间不知道要说些什么，便想着找些事做。

薛锋扬看着她在房间里找水杯、倒水、试水温，然后和药一起，递到了他面前。

她对他，生疏得像陌生人。

他找不到当年带他练级，笑得没心没肺的女孩子了。

几颗药丸和水吞下，虽然有糖衣包着，但薛锋扬仍旧觉得苦。药一下肚，胃就开始空落落地疼起来，他从昨晚到今天早上，都没有吃过东西，她却连一声问候都没有。

"这几天估计我没办法出院了。"薛锋扬一面艰难地上床，一面故作轻松地开了口。

沈眉娇见他不利索的动作，全然没有了从前神采飞扬的模样，苍白的脸和凌乱的发，让人不由自主地心软，便一步上前，扶了他的手。

柔软的发丝垂到薛锋扬面前，让他鼻头有些痒，淡淡的香气传来，叫他想抓一把在手心把玩。

"我在这里没有亲人和朋友，你能不能……这几天都来看看我？"尽管很想，但薛锋扬还是忍住了手，只是委屈地说着。

她就像一只长满尖刺却内里柔软的刺猬，他抓得越紧越急，她的反弹就越大，他想他也许应该换个方式。

在他的字典里，没有"失败"这两个字。

他想要她，就要尽一切可能去得到！

"知道了，这几天我都会来看你的。"沈眉娇扶他躺好后立刻就收回了手。

"谢谢，我有些饿，能不能帮我弄点吃的？"薛锋扬笑了笑，毫不客气地说道。

她把距离拉得有多远，他就要把这距离一点点缩短掉。

"行。"沈眉娇干脆利落地答应了。

这一答应，让她接下来几天，都不好过起来。

薛锋扬挑嘴。

医院的、小吃店的所有食物，沈眉娇能买到，他都能挑出缺点来，然后就用委屈的眼神盯着沈眉娇。

这让沈眉娇觉得自己花了一百块钱买回来的食物是给猪吃的。

他想吃她煮的东西。

沈眉娇有点崩溃。

第四章
线上共行 线下纠结
九霄长歌

[1]

沈眉娇的厨艺很差。

从前她娘活着的时候,一日三餐就没让她操过心,后来她娘过世了,沈眉娇一个人生活,除了偶尔煮个泡面烧个水,轻易是不开火的。

薛锋扬给她出了一道难题。

看着他不愿意吃外卖饿得胃疼的模样,沈眉娇又有些于心不忍,就想煮个粥。

上网查了最简单的食谱,她便躲进厨房折腾起来。

等到爱丽丝被砰砰作响的声音吵醒,走出房门时,餐桌上已经摆了一碗看不出模样的粥了。

"你醒了?"沈眉娇正穿着围裙从厨房出来,手里还端了一大锅白糊糊的粥。

爱丽丝不太习惯这么家居化的娇姐,不由呆愣愣地开口:"娇娇姐,你这是在干吗?"

"来来,我煮了粥,你也来吃点吧。"沈眉娇一边招呼着,一边把粥往保温壶里倒。她请了一会假,准备把粥送去医院后再去上班。

爱丽丝走到桌边,用勺子一扒拉,看着那粗成拇指的肉丝和快结成块的粥,顿时怀念起高冷范的沈眉娇来。

"娇娇姐,你这是……"她一点尝的兴趣都没有。

沈眉娇盖好保温壶,把围裙一摘,随口回道:"有个朋友病了,煮些粥去探病。"

"男朋友?心上人?"爱丽丝眼珠子一转,充满好奇地盯着沈眉娇。

"普通朋友!"沈眉娇拎了保温壶就准备出门。

"唉,好咸,咸咸咸!"爱丽丝舀了一勺粥就碰了碰嘴唇,然后一声哀号,"娇娇姐,你这样可不行,这粥……太难吃啊!我认识一个厨艺高超的人,要不我带你去找他学学?"

爱丽丝的内心独白是:这都要给人家煮粥了还朋友,看普通朋友哪用得着亲自下厨的。不行,她得帮帮小叔叔。

"真这么难吃？"沈眉娇皱了皱眉。

她心里的想法是：难吃成这样，薛锋扬只怕会挑剔得她这辈子都不想下厨了，还是……找人指点一下吧。

于是，沈眉娇点了头，多请了两小时假，由原来的两小时改成了半天。

等被爱丽丝拉到"高人"的住处时，沈眉娇才傻眼。

爱丽丝说的"高人"，是她的大老板，莫斓笙大人。

"小叔叔！我想死你了！"爱丽丝几乎是扑过去，一把抱住了莫斓笙，连开口打招呼的机会都没给他。

沈眉娇想回头走已来不及。

她给公司的请假理由是"去医院处理伤口"，但现在她却处理到老板家里来了！

莫斓笙把爱丽丝的爪子一根根扒下来后，才看到明显陷入痴傻尴尬状态的秘书三号，不由失声笑道："快点进来。"

爱丽丝一早已经给他打过电话了，也说过情况，莫斓笙已经猜到沈眉娇是煮给薛锋扬的，便也没问什么。

沈眉娇只能跟着爱丽丝进了门。

莫斓笙的房子是套一百平左右的复式楼，和沈眉娇想象中男人的单身公寓不一样，并不是以灰黑为主的现代简约风格，而是原木色的温暖简洁风，和雍穆会有些像，但又没那么古典。

沈眉娇站在高高的客厅里有些局促地望着，沙发上的衣服，茶几上的杂志、咖啡杯什么的，归纳得虽然并不整齐，却有生活的味道，四周很干净，显然常常打扫。

这应该是个居家的好男人。

"你在发什么呆？"莫斓笙的声音传来。

沈眉娇猛然醒来，脸一下烧起来，她想得有点多了！

莫斓笙靠着厨房门，双手环胸地看着手足无措的沈眉娇，她这副模样，好像进了龙潭虎穴似的！

"莫总，对不起，我是不是打扰到你了？"沈眉娇尴尬地开口，爱丽丝在进屋后两分钟就借口有事跑了，整个屋里现在只剩下他们两个人。

她有些歉疚，莫斓笙一身T恤和运动裤的家居打扮，发丝有些微乱，黑眼圈有点明显，这大周一他居然没去公司，她便猜他必然是熬夜工作，所以才待在家里补眠，没想到，被她给骚扰了。

越这么想着，她越心虚。

"穿上吧！既然已经打扰了，就别道歉了！"莫斓笙挥手扔了一件围裙给她。

沈眉娇只好挽了袖子，穿上围裙。

既来之，则安之。

穿好围裙后，她才发现，莫斓笙也已经穿好围裙了，和她身上这件是同款！

沈眉娇脸又烧了，她又想远了。

这男人穿围裙的模样，怎么比上班时还有型……

莫斓笙家的厨房很大，装备很齐全，内嵌式的大烤箱，整齐的备餐台，还有各种器皿，看得出来下了功夫，冰箱一打开，里面塞满了食材，看得沈眉娇不由瞪大了眼。

因为沈眉娇想煮最简单的皮蛋瘦肉粥，所以莫斓笙就挑了块瘦肉出来。

"莫总……"沈眉娇觉得不好意思，上门求教自己却连食材都没带。

"老莫！"莫斓笙觉得那个"总"字刺耳，头也不抬地开口。

"老莫，你怎么会做菜的？"沈眉娇觉得有些神奇，很少见到莫斓笙这样的男人，家世好，工作好，居然还出得厅堂入得厨房，这哪个女人嫁给他，简直是几辈子修来的福气。

"兴趣而已。"莫斓笙简单回答着，一面又递了几样食材给她，然后才直起身来指挥沈眉娇开工。

他爱好美食，从前在国外的时候，被异域食物折腾得死去活来，家里再有钱也不可能成天给他空运热乎的中国菜过去，他就索性自己动手了。动手后才发现"吃"这门学问很深，加上国外生活枯燥，于是除了练琴，他便研究食谱，一来二去就练就了不错的手艺，称不上高手，但做出来的菜也滋味美好。

沈眉娇按他说的把肉洗好，用刀切块再剁碎。因她要自己煮，所以莫斓笙只是指点一二，她刀工差，切不成丝，只好剁成细末。

莫斓笙站她身后打鸡蛋，一抬眼忽然间望见沈眉娇的背影。

为了动作利索，她把小外套给脱了，这会只穿了件丝质衬衫，厨房窗户外的灿烂阳光从侧面打过来，将那衬衫给照得有些透明，隐约的腰部线条，弯成漂亮的弧度，被围裙的腰带一扎，愈加纤秀起来，甚至可以看到背脊中间那延伸的微U脊槽，让人见了，不由自主地心猿意马起来。

"剁好了！"沈眉娇高兴地叫了一声，兴致勃勃地问着，"然后要做什么？老莫……老莫？"

身后没有声音。

沈眉娇转过头，却看见莫斓笙黝眼的眼眸里，暧昧不明的光芒。

心，开始猛烈地跳动起来。

那跳动的力量，和初见薛锋扬时带着小心翼翼的惊喜是不一样的，有种重生后充满生命力的美好。

沈眉娇以为自己不会轻易再爱了，不过这一刻，她发现自己真的爱上这个男人了，因为那股力量传遍四肢，带着让人愉悦的气息，像夏日的大雨，洗去了她心头曾经腐朽的一切。

纵然只是单恋，她想自己能拥有这样的感情，也足够了。

因为，他让她有新生的动力。

"抱歉！"莫斓笙收回了目光，声音喑哑地道歉。

"啊？"沈眉娇不知道他在为什么道歉，不过她心有些乱，嘴上也就胡乱说着，"没事的。"

莫斓笙一噎。

她知道他在看她？还知道他在乱想？

他的老脸都要红了。

刚才，她转头那一瞬间，他脑海里闪过的，却是清冷的声音和那段萧瑟的琴曲。

他动心了，对象不是眼前的女人，而是网络里那个虚无的形象，所以才会在面对别的女人的时候，想到的却是她。

狂眉逆娇。

[2]

这一天因为有莫斓笙的帮忙而变得非常顺利，薛锋扬没有再挑剔她带去的食物，晚上她又难得的没加班，早早去医院看了薛锋扬，得知他明天就可以出院的消息，沈眉娇心上的石头总算是放了下来，回家的时候虽然已经星光闪烁，心情却格外的舒畅。

晚饭是白天在莫斓笙家多煮的粥，加热后吃起来还是很美味，沈眉娇就想起在医院的时候薛锋扬对粥的评价。

"汤浓味美，稠而不粘，谁要能娶到你，那是大福气。"

她想了想，忽然失笑。

按他说的，要娶的人，是莫斓笙，不是她沈眉娇。

莫斓笙要知道自己因为一锅粥就变成薛锋扬嘴里的好媳妇，恐怕脸色会不太好呢。

洗漱完以后，她便打算上游戏。

这两天事多，沈眉娇没进游戏，看到游戏弹出的界面，她才忽然记起还有一个大任务等着她去完成。

流光仙子的任务限时七十二小时，到现在都过去近三天了，算算，只剩下不到十小时的时间了。

时间已经不够了。

看着游戏一点一点加载满的读条槽，沈眉娇只觉得有些遗憾可惜，却没有太多的感觉，如今的《仙修》，在她心中的地位早就不像从前了，那个充满梦想、承载她灵魂的世界，已经被她渐渐抛开。

从她决定放弃狂眉逆娇的那一刻开始，她就知道自己已经回到现实了。

读条到头，画面明晰起来。

沈眉娇就看到自己和绿灵儿站在冰殿的角落里，而原本空荡荡的冰殿中，正光芒四绽。

四周影影绰绰的全是晃动的玩家，满屏的蓝色名字和鲜红的怪名，沈眉娇看得眼花缭乱。聊天栏里不断滚动着带着团队前缀的聊天信息。

十个人以上的大型队伍，才能称得上团队。

而这满屏乱跳的玩家，何止十个人，随便扫一眼，就已经超过二十人了。

再仔细一看，这些玩家头上都挂着相同的名字。

无妄天宗？！

沈眉娇眼睛微眯，三天没上游戏，谁能来跟她解释一下发生了什么事么？

手机这时候忽然响了。

莫斓笙的电话非常及时。

"是你上的沈沈的号？"莫斓笙有些心不在焉地说话。

"是我上的，这是发生了什么事？"沈眉娇在玩家群里并没有看到归河的影子，她猜测着是莫斓笙上了她的号来做这个任务，"我把你顶下来了？要不要我马上退？"

"不用，你上了就你来吧，注意别让绿灵儿死了。"莫斓笙的声音比平时来得急切些，显然手上还在做着别的事情。

沈眉娇一看画面，绿灵儿正跟在自己的身边，血量仍旧是满的，她便安心了。

在场都是满级的玩家，她一个45级小号做不了什么事，唯一能做的就是盯牢了绿灵儿，躲在大能的羽翼下舒舒服服地做新人。

"这几天你忙，我就没有叫你。你不在的时候，我用你的号把任务共享了，并且也组织过帮会里的人去救过你们，不过，我们帮会实力不够，所以没有成功。"莫斓笙在电话里跟她解释起这几天发生的事情，"清玄宫里的怪物和终极怪物实力太强，所以君君小安后来找了外援。"

外援就是无妄天宗。

沈眉娇的眉有些皱起，怎么最近老和他们扯上联系？

"关于任务的详情，我等会再和你解释，现在我们已经打到最后了，你尽量别靠近中心，还有，绿灵儿不能死，她一死，这任务会重置，我们就要从头打起，你多注意下。"莫斓笙和她简单解释完，便挂了电话。

沈眉娇把目标锁定了绿灵儿，然后视角转动一番，把冰殿上的情况看了个遍。

直到视角转到天上，她才发现，在冰殿的正上空，赫然是飞在众人头上的流光仙子。她的手中是一束束的红光，射入四周的冰壁中，而地上则不断地钻出被她召唤来的魔灵。

魔灵源源不绝，殿上的玩家陷入苦战中。

如果一直这么下去，这战根本打不完。

沈眉娇看着场上这阵势，心里沉潜的火焰忽然有些跳动，她抓着鼠标在画面上晃动着，忽然间鼠标在晃至某处时变成了对敌的小剑状态，她脑中一念闪过。

再动动鼠标，鼠标改变状态的地方，正是某处红线与冰壁相交的地方。

沈眉娇点选了最近的那处地方，发了最基础的攻击过去，一个"-130"从那里飘了出来。

果然……

[团队频道]沈沈："来两个人，跟我打墙壁。"

[团队频道]沈沈："你们看不见，只有我能看见，那里是流光的阵眼所在。"

沈眉娇没有任何犹豫地冲向最近的交接点，用尽全力打起来，绿灵儿一步不离地跟在她的身后。

她猜测着，这个任务设计为阵眼只有绿灵儿能看得到，而绿灵儿只跟她在一起，所以就等于变相地让她知道了这个阵眼所在，但之前因为都是莫斓笙上的沈沈号，他的手不方便，因此很少调整视角，无法看到这些红线，就算他偶然间点到这个地方，发现不对劲之处，可由于经验的关系以及阵眼太多，所以短时间内根本无法看出问题所在。

看来她注定没办法当一个小新人了。

[团队频道]啡啡："闭嘴！团战之中闲杂人等不要瞎指挥。"

[团队频道]沈沈被禁言。

无妄天宗的人根本不相信她。

沈眉娇的信息无法再发出去，她怒。

[帮会频道]沈沈："君君，你们跟着我打阵眼，快！"

[帮会频道]沈沈："别问我原因，相信我。"

天空中的红线已经隐约有变金的趋势，是大技能将要爆发的迹象。

虽然无妄天宗的玩家来了很多，但是一妄成劫的玩家们还是组了一只小队伍参与其中。

[帮会频道]君君小安:"没问题!"

[帮会频道]君君小安:"居然禁你言,没事,我们挺你!"

[帮会频道]包子:"我们队去支援你,说吧,打哪里?"

沈眉娇嘴角露出一丝笑容来。

[帮会频道]沈沈:"到我身边来,打我要打的地方。"

[帮会频道]菊花教主:"如你所愿。"

……

包子那小队一共有十个人,很快就来到了沈眉娇身边,帮她一起打阵眼。

可是他们打得太晚了,速度仍旧跟不上红光变色的速度,沈眉娇有些焦急。

[帮会频道]沈沈:"十点钟方向,有没有办法再去几个人打下,来不及了。"

[帮会频道]君君小安:"没问题,交给我。"

君君小安回答得很快,没几秒,沈眉娇就看到又有一小队玩家脱离了主战场,按她所说的跑到了十点钟方向,果然寻到了另一处阵眼。

沈眉娇算了算时间,两队一起打,果然快了许多,应该赶得及在大技能放出前,把所有阵眼清除掉。

[团队频道]君无妄:"怎么回事?这么多人脱离了?"

因为少了两只小队,主战场上的压力变大了,作为队长的君无妄不得不出声。

[团队频道]啡啡:"那个新人胡乱指挥,我禁言也没用,她估计是在帮会频道里叫人了。"

君无妄的团队一般会设置一个副队长,队长主要负责指挥,副队长则控制队伍的秩序,每个小队还另外设有小队长,以保证整个队伍都能完全听从指挥。

但今天,队伍里不只有他们帮会的成员。

沈眉娇可没空理会他们,场上的阵眼还剩下最后三个,她正带着绿灵儿赶往下一处,忽然间,画面一阵颤动。

"我要杀了你们,和那个人一起,都去死吧!哈哈哈哈!"天空中的流光仙子忽然间抓狂了。

她从半空中降下,四周的玩家心里一阵欣喜,围了上去。只是还不等他们高兴多久,一道血色光芒忽然射向绿灵儿和沈沈的位置。

沈眉娇心里道一声"不好",连出声的时间都没有,那血光已经到了面前。

如果绿灵儿挂了,所有人都要从头打起。

但她发现得太晚,已来不及逃开。

忽然间地上一个金色光圈在她脚边展开,将所有的攻击都挡在了外面。

沈眉娇看见她那个寡言少语的小徒弟笙歌惊鸿,站在了她的面前,放了一个"画地为牢"。

就像那天于茫茫人海之中将她拉离时那样，把她救了出来。

她几乎已经认不出他了，金光流离的铠甲，墨光闪耀的玉冠，以及手中那柄巨大的鬼剑。

沈眉娇忽然有种我家徒弟初长成的感慨。

感慨并没持续很久，流光仙子不放过绿灵儿，绿灵儿跟着沈沈，因此沈眉娇只能不断地逃开，好在沈沈的职业媚骨，攻击力不是最高，但控制和逃命的技能却是最多的，最危险的时刻被笙歌惊鸿救了下来，沈眉娇很快就逃开了，再加上几个治疗跟紧了她们，要死也是件不容易的事。

最后一处阵眼被包子几人打破，冰殿之上再没有多余的怪冒出来，只剩下一个流光仙子。没了小怪的干扰，这场战就好打得多了，虽然流光的攻击力很强大，但很快也就败在了他们的剑下。

随着流光仙子的倒地，冰殿上的所有怪都消失得很彻底，一下子便恢复了最初的平静。

但团队里却吵开了。

[团队频道]啡啡："差点害得我们从头打起，还好意思说！"

原来在沈眉娇要求君君小安帮助之后，无妄天宗的副队长就已经在私下里找了君君小安，结果一言不合，啡啡吵到了团队公开频道里，闹得所有人都看到了。

[团队频道]包子："谁让你们不相信我们！如果没有小沈沈，这任务打一百次也过不了。"

[团队频道]啡啡："既然是一个团队，就要听从指挥，就算有什么发现，也要跟指挥先沟通。"

[团队频道]菊花教主："指挥？什么指挥？我们只是请你们做外援而已，当时可没说由你们来指挥！"

[团队频道]啡啡："外援？我以为是你们没实力才要我们出手的？现在过河拆桥？"

[团队频道]君君小安："别吵了，打也打完了，答应的好处我已经给君无妄了，有什么可吵的，散了吧。"

沈眉娇倒是想出声道歉，苦于还在禁言状态，说不了话。平心而论，啡啡的做法并没错，团队之中最忌讳有人瞎指挥，乱了整个团队的步调。她以前在无妄天宗时，所处的位置，就和啡啡一样，是无妄天宗最精锐的一支团队的副队长，在她之上，只有一个君无妄。

今时早已不同往日。

[团队频道]君无妄:"君君小安,你觉得这个任务再走下去,凭你们的力量,能完成?"

君无妄终于出声了。

沈眉娇却只注意到帮会出现的信息。

归河上线了。

这么久才上线,莫斓笙是出了什么事吗?

[3]

莫斓笙倒是没出事,他只是上了笙歌惊鸿的号,所以腾不出手来再上归河这个小号。

他上线后的第一件事,就是给沈眉娇发了两个字——"任务"。

沈眉娇可没忘记任务的事,这阵仗闹得到么大,起因就是这个任务。

莫斓笙能够给她发信息,那肯定是没什么事了,大概就是掉线网坏之类的原因吧,沈眉娇也没去问,一手按着键盘上的行走键,一手拿起水杯往嘴里灌水。

电脑画面之上,沈沈带着绿灵儿踱步到了流光仙子身边。

流光仙子已经倒在了地上,狂暴之后的她已是发散眼红,谪仙的姿态不见,只剩下狼狈的模样。

沈眉娇的鼠标才刚刚点到了流光仙子,就看到沈沈身后的绿灵儿脱离了跟随状态,自顾自走上前去。

整个画面忽然一变,进入了剧情阶段。

团队频道忽然安静了下来,这个剧情竟然是所有人可见的。

接下去便是两人之间的一段对话。

原来这流光仙子在多年之前,曾与绿灵儿之父有过一段缘分,她本是被火眼圣祖抓来的炉鼎,而绿灵儿之父则为了得到火眼的宝物黑瞳珠而拜到了火眼门下,成了他的使唤弟子。机缘巧合之下,流光仙子救过绿灵儿之父一次,从此以后,二人结缘,因火眼的暴虐,他们很快结为同盟。那本《仙尘录》便是由绿灵儿之父所撰写的秘籍,另外半部,留在了流光仙子身上。

结盟期间,流光仙子渐渐爱上绿灵儿之父,只可惜神女有心,襄王无意。

后来绿灵儿之父为寻大道,求她帮忙,一起盗走了火眼的黑瞳珠,可惜他逃走了,流光仙子却被捉回,从此日夜受火眼折磨,直至今日。她不停地等着心中的人来救她脱离苦海,可最后等来的却是他的女儿,叫她怎能不恨,怎能不狂?

流光仙子的故事到这里虽然明确了,但是绿灵儿之父是否是迦澜王,却仍旧没有定论。

而这个任务的延续和流光仙子的结局，最终又交由玩家来决定，也就是沈眉娇。

沈眉娇看着画面上弹出的三个选项陷入沉思。

选项之一为"这流光仙子也是个可怜人，不如和绿灵儿一起救下她吧"；

选项之二为"虽然流光仙子是个可怜人，但作孽太多，救不得，不如不要理会"；

选项之三为"杀了流光仙子，死亡也是一种解脱"。

绿灵儿还站在沈沈的身边，脸上是悲悯的神情，不断地流着泪哭道："救救她吧，沈沈姐姐！"

流光仙子却断断续续地说着："快，快杀了我！"

按常理判断，大部分玩家肯定选的都是救下流光仙子，可沈眉娇却犹豫了。这任务从一开始就不像正常任务那样，每一次的选择都会导致不同的结果，哪一条线会与迦澜王有关，并不好判断。

由于这个任务的剧情和选项是团队可见的，因此在场的玩家见到她犹豫，不禁又开始急起来。

[团队频道]啡啡："选救她！"

[团队频道]啡啡："？？？"

[团队频道]一骑绝尘："怎么了？快选啊！这还有什么犹豫的！"

[团队频道]君君小安："吵什么？这是沈沈的任务，她自己会选，跟你们没有关系，指手画脚算什么！"

[团队频道]凯蒂猫儿："哟，这口气可大了！我们是看她太蠢了，好言提个醒而已！"

……

沈眉娇脑袋有点大，PK她在行，但是说到任务，她就真心不够给力了。从以前开始，她就不怎么爱做任务，嫌麻烦，再加上很长一段时间混迹于PVP的世界，她更有些跟不上了。

虽然说救下流光仙子应该是最正常的选择，但沈眉娇的直觉就是不对，她不愿意选择这一条线，再加上无妄天宗玩家说的话，更是惹起了她心里的火，她就愈加不想选这项了。

莫斓笙的电话再一次拯救了她。

"喂，老莫！快告诉我，选哪项？"沈眉娇接了电话，想也没想地就开口问了。

电话那头的莫斓笙听得一笑，他都没开口，她就知道他的来意了？

"杀了流光仙子吧。"莫斓笙的声音从手机里传来，正遂了沈眉娇的意，她就想选这个。

"嗯。"沈眉娇也没问他原因，按了鼠标就点下了"杀了她"的选项。

"故事背景里，流光仙子因为背叛了火眼，而被他下了控魂术，其实肉身早已死去，在这里的只是她的魂魄，日夜受折磨，死亡对她来说是种解脱。选择救她，接下去的线肯定是和火眼有关，之前的红隐副本打的只是火眼的分身，这个终极怪物也还没正式出现，我猜这个选项会开启新副本，也是个不错的选择。如果选择不管她，线索会断，我们又会转到绿灵儿的族人那里去。只有这个杀了流光仙子，彻底解脱她，看似与迦澜毫无关系，但却千丝万缕，所以，我们赌一把。"莫斓笙的声音没有停止，虽然她没问，但他仍旧给她解释着。

他说"我们"！

沈眉娇听着就莫名地开心。

而游戏里，沈眉娇的选择又引发了一轮口水战，一妄成劫的伙伴们自然是站在她这边的，而无妄天宗的同志们则把她骂个半死，好在口水战并没有进行太久，他们终于看到了选择的结果。

"她的肉身已死，只剩魂魄在这里煎熬。绿灵儿，活着对她来说才是惩罚，死亡是种解脱。"沈沈的话出现在了剧情之中。

因为沈眉娇的选择，流光仙子腐朽的身躯终于在众人的目光下被沈沈一招击溃，而在那崩溃的魂魄中，忽然间聚出了一个透明的人影，与流光仙子的模样一般无二。

"谢谢你，将我从这魂魄的桎梏中解救出来。你们要找的人，当年曾说过，要去天之巅，去往天之巅的路，藏在无上剑场、怒海恶龙宫与醉梦小筑中。我希望有朝一日，若你们能找到他，请替我告诉他，我一直一直，爱着他！"

流光仙子的人影，在她的话中一点点地消散，最终消失。

沈眉娇就看到任务面板上的任务说明一改，颜色一变，成了橙色的传奇任务。

团队里面忽然一阵寂静。

任务的颜色代表着沈眉娇的选择是正确的。

[团队频道]鱼乐乐："我没看错吧，我怎么也接到任务了？"

[团队频道]君无妄："没看错，我们都接到了。"

君无妄终于不再沉默了，他的画面上也弹出了任务面板，提示着他已经接到了这个任务，不过区别就在于，他接到的只是协助任务。

沈眉娇并没想到这个决定会带来这样的结果，无上剑场、怒海恶龙宫和醉梦小筑，那是当前游戏版本中，最难打的三个团队副本，凭借一妄成劫的力量，根本都摸不到边。

本来这个任务结束，无妄天宗与他们便没了关系，但现在，一妄成劫和无妄天宗，被这个任务绑到了一起。

如此一来，无妄天宗的人不乐意了，团队里又吵开了来。

任务要做，但是两个帮会一起，总需要以一方为主，从实力上来说，无妄天宗的强大毋庸置疑，以他们为主导也很正常，但君君小安不乐意。

[团队频道]君君小安："任务是我们接到的，自然要听我们的！"

[团队频道]啡啡："好笑，就凭你们吗？那三大副本你们就算进得去也不知道怎么出来！"

[团队频道]包子："你怎么知道我们进不了？"

[团队频道]一骑绝尘："乌合之众！"

[团队频道]君无妄："够了！君君小安，既然任务已经把在场的人都绑在一起，就意味着这个任务势必要一起进行。你们的实力不够这是事实，而一妄成劫当初也是我天宗的分会，我只是见你当时踌躇满志想要自己发展，才让你把这个分会脱离出去，可是你自己看看你把这个15级的帮会弄成什么模样？一次像样的副本都没有组织过！"

《仙修》里的帮会也有等级之分，15级虽然离满级20级还有一段距离，但也已是相当高的等级了，而目前最高级的帮派，也就18级。要知道帮会升级比个人升级难上百倍，需要的人力物力十分巨大，单靠目前帮里这些玩家的数量，根本不足以建出一个15级的帮会来。

沈眉娇一早就觉得一妄成劫这个帮会的等级高得离奇，现在知道原因了。

君君小安被说得哑口无言。

沈眉娇有些惊讶，她虽然猜到君君小安和君无妄之间的关系必然不简单，但却没想到连帮会，原来都属于君无妄。

[团队频道]君无妄："这样好了，你也别说我不给你机会，你帮会里能叫上的人都在这里了吧？你自己挑，从我这团队里任意挑一个人跟你们的人单挑，只要你们能赢一场，我就让你们来主导这个任务！"

君无妄的话，够狂妄，他对自己和自己的人有足够的自信，当初是这样，过了两年，依旧是这样。

比PK，一妄成劫的玩家的确都不是他们的对手。

但这样的狂妄，让沈眉娇心头忽有些火渐渐燃烧起来。

帮会频道里忽然出现了君君小安的信息。

[帮会频道]君君小安："各位，对不起了！其实他是我哥哥。从小到大他都比我优秀，现实里这样，游戏里也这样。当初我进游戏唯一的目标就是想超越他，可惜，我连这个帮会都是从他手里拿来的，以为自己可以好好发展强大，可惜我没用。这个帮会，我会还给他。"

[帮会频道]君君小安:"但是沈沈,任务是你接的,要不要与他们合作,你自己决定。只要你不愿意,就算帮会没有了,我也会挺你到底。"

[帮会频道]君君小安:"是我对不起大家,没管好这个帮会。"

[帮会频道]包子:"你在说什么?我们是因为你才待在这里的,这个帮会不行,就再建一个,沮丧什么?"

[帮会频道]菊花教主:"你们厌什么,打都没打,就说这种话?"

[帮会频道]君君小安:"真打了,只会让你们出丑而已,何必呢!现在只是我一个人出丑,就够了。"

[帮会频道]包子:"你个猪头!!"

……

君君小安并没有直接回答君无妄,而是在帮会频道里先开了口。

[团队频道]君无妄:"怎么了?说不出来了?从小到大你都是这样!我以为你有多大的能耐,口口声声要超过我,结果却是连一个人都找不到吗?"

君无妄已经没什么耐性了。

沈眉娇看着君君小安的话,沉默了一会,才终于打下了一段话来。

[帮会频道]沈沈:"小安,既然任务在我身上,那就让我来和他们赌吧。"

[帮会频道]沈沈:"我不想听他们的,所以就算你归还了帮会,他们为了这个任务还是会天涯海角地追杀我!那么不如,赌一把!小安,你说的,你会挺我到底!"

沈眉娇的心忽然坚定起来:我,沈眉娇,无惧与任何人为敌!从以前,到现在,没有变过!

[帮会频道]君君小安:"好!听你的!"

沈眉娇忽然笑了。

[团队频道]沈沈:"Hello,任务在我身上,你们要不要问问我这个当事人的意见呢?"

[团队频道]沈沈:"要单挑是吧,那我来接吧!不如这样,你们随便挑三个人出来跟我单挑,要是你们输了,就得帮我们做这个任务哟!"

沈眉娇的手速很快,她的信息没有人插得进去。禁言已经解除,她总算可以在团队里发言了。

[团队频道]啡啡:"你好大的口气啊!45级的新人,你不要脸,我还怕别人说我们以大欺小。"

[团队频道]沈沈:"原来你们要脸啊?要脸就最好了,给我七天时间,我升到满级跟你们打呀,这样就不算以小欺大了。好不好呢?姐姐!"

啡啡被这一声"姐姐"给噎住了。

[团队频道]君无妄:"这是你们商量的结果?"

[团队频道]君君小安:"是,任务是沈沈的,我说什么都不算。交给她决定了。"

[团队频道]君无妄:"好,我给你七天时间!也不必挑来挑去,七天后你满级,啡啡和你打!都是女生,最公平了。不过,如果你输了,我要你加到我帮会,这个任务所有利益无条件归我们!"

原来君无妄拿的只是协助任务,要的也不过是任务的指挥权,但现在,他想要整个任务。

君无妄虽一向自大,但也精明,所以他挑了啡啡来打,防的就是沈沈真是什么大神的小号。啡啡已是无妄天宗里操作数一数二的玩家了。

他这又要脸面又要好处的脾气,沈眉娇太了解了,不过跟谁打对她来说没差别。她沈眉娇还没在PVP之上怕过人!

[团队频道]沈沈:"好呀!但如果我们赢了,你们要无条件帮我们完成这个任务,并且以后这个帮会永远属于小安,别再提分会不分会,OK?"

[团队频道]君无妄:"可以!"

[团队频道]沈沈:"那么,七天后见!"

七天后见!

[4]

七天练到满级,对沈眉娇来说并不是什么难事,再加上有君君小安他们的帮助,因此她没有任何压力。

而现实里薛锋扬终于出院,再也烦不到她了,因此沈眉娇今天的心情格外的好。

可是这样的心情只维持了不到半天,薛锋扬又出现了。

作为飞象网络与星创公司合作事项的主要负责人之一,因为动漫展的时间越来越接近,薛锋扬又伤了脚,进出不方便,因此飞象网络便索性让他留在星创公司一段时间,以便各项目的正常运行。

所以,未来的一段时间里,沈眉娇和薛锋扬会天天见面。

"前两天脚伤了,可以找个人协助我一把吗?"薛锋扬挂着拐杖站在莫斓笙的办公室里,笑着对莫斓笙开了口。

沈眉娇正在给他们倒水,听到这话后背的汗毛都要竖起来了。他的脑袋是没事了,可是脚上的伤还是没好。

莫斓笙看了沈眉娇的背影一眼,也笑着开口:"小薛你伤了脚还顾着工作,可敬。这样吧,我叫小邓来帮帮你。"

薛锋扬摇了摇头，道："莫总，邓助理是你的左右手，就不麻烦他了，要不让沈秘书来帮帮我？"

沈眉娇把水端到了他们面前放好，没有开口说什么。

莫斓笙却看到她握着杯的手有些颤抖，便开了口替她拒绝："沈秘书手上的工作比较多，我另外安排一个人来帮你吧。"

"莫总，我就只是找个人来帮忙倒倒水，取取文件而已，不会很忙的。还是莫总你不舍得？我忘记了，你们是情侣！"薛锋扬挑眉开口。

咄咄逼人的态度，这是他一贯的作风。

莫斓笙被他逼得眼神一凛，原本温和的神色顿时化成剑一样的锐色，正要开口，却被沈眉娇的声音打断。

"我和莫总只是上司下属的关系，没有其他的。"沈眉娇适时开了口，眉色平静，"莫总，薛经理的事不多，我想我能应付得来，交给我吧。"

这段感情，她总不能每一次都让莫斓笙替她出头，作为一个老板兼朋友，他已经帮过她很多次了。这些事，只有她自己才能令其彻底了结。

她终于抬了眼，对上薛锋扬的目光。

那眼里，没有怯懦，莫斓笙就想起了昨天晚上游戏里的她，像不知天高地厚、昂首挺胸勇往直前的小母鸡。

莫斓笙莫名就觉得气不顺了，他明明要找借口帮她拒绝，她可好，自己先撇得干净，再一头撞上去。

"那就麻烦你了，沈秘书。"薛锋扬很高兴。

"不客气。"沈眉娇回他一个公事化的笑容，"没别的事，我先出去安排薛经理暂时的办公室了。"

她想她要找个时间，同薛锋扬彻底地谈一次。

办公室的门被她轻轻带上，整个办公室里只剩下莫斓笙和薛锋扬两个人。

"莫总，非常感谢你之前的帮忙。而我也看得出来，你在帮她遮掩。"薛锋扬看着沈眉娇离开的方向，缓缓开了口，"我知道之前我伤害过她一次，但那只是在游戏里，相信我，我不会再伤她一次，我会给她最好的生活，也会好好照顾她。不会有人比我更了解她，我适合她，她也适合我，所以我相信，她还爱着我！"

正是这一次彻底的相逢，薛锋扬忽然发现自己有多想念那些美好的时光，只是一场网络世界的伤害，他相信自己可以将这伤害抹去。

"既然你都看出来我在替她掩饰，和我说这些有什么意义，你应该对她说。"莫斓笙并没留意到自己的声音冷了起来，握着鼠标的手也开始用力。

"莫总是她尊敬的人，所以我希望能得到你的祝福，而我也想向你证明，我会好好照顾她。"薛锋扬朝着他很诚恳地躬了躬身，像个在向国王行礼的骑士。

什么鬼？！明明一样大的年纪，莫斓笙觉得自己辈分忽然升了许多。而薛锋扬看沈眉娇那赤裸裸的眼神，让他非常的不高兴。

再加上这番话，更是火上浇油。

就像是一封战书。

但他没有身份接下这战书，一来他不是沈眉娇的男人，二来他不爱她。

"是吗？沈秘书是个优秀的人才，我觉得她配得上更好的男人。"莫斓笙收了温和的笑，眼里的光芒像刀子一样扎人，"而且工作时间谈情说爱，违反了办公室守则，我希望小薛别让行政难办。"

"呵呵，我不会让她难办的。"薛锋扬说的却是沈眉娇。

莫斓笙觉得心头一噎，有股气出不来，便挥挥手让他出去了。

在外面的沈眉娇并不知道莫大人办公室这一番对话，她只是想着不能再麻烦莫斓笙，必须尽快解决这件事情。

而薛锋扬找她的次数，虽然多了一点点，但也都与工作有关，沈眉娇自然不能拒绝。

对她来说，能与薛锋扬像个普通人一样的相处，就够了。

忘记一个人最好的证明，就是他在她的心里再也掀不起任何波澜，只是一个普通的相识的人，就够了。

不管天涯海角会不会再相逢，他都影响不了她。

沈眉娇正在努力做到这点，不逃避，迎头直上。

莫斓笙隔着玻璃就看到沈眉娇在外面走来走去，一会拿文件，一会倒水……

这些动作落到他眼里，自然都和薛锋扬画上了等号。

想起之前她为了替薛锋扬煮粥都求到他家里来，这态度怎么想都不对劲，她就这么迫不及待地，要和薛锋扬联系起来？

他的气不顺，所以沈眉娇给他送文件来的时候，没从他眼里看到熟悉的温和。

"莫总，这是一会儿开会要用的文件。"沈眉娇说得小心翼翼，因为莫斓笙生气的情况很少出现。

"企划一部的计划催了吗？下午的会议安排好没？晚上的饭局安排妥当了吗？"莫斓笙一手按在那摞文件上，抬起头盯着沈眉娇。

沈眉娇被他的问题问得一滞。

除了第一项，后两项工作并不是安排给她处理的。

莫斓笙这是怎么了？

"已经催过一部了，说是过半小时就提上来；下午的会议林秘书已经通知下去了；晚上的饭局，邓助不是说取消了？"沈眉娇虽然不知道莫斓笙为什么跟吃了火药似的，但好在她对整个秘书办的工作情况一直都是了解的。

"还要半小时？我现在马上就要，你去企划一部跑一趟。"莫斓笙也不知道为什么自己的气不顺，他很少这样乱发脾气过，但好像这脾气像被点燃的大火，有点无法控制了。

"马上就要吗？薛经理那边……"沈眉娇只沉吟了一小下，就马上被莫斓笙打断了。

"沈秘书，你到底是谁的秘书？"莫斓笙听到"薛"这个字，眼里的火又腾地上来，一向温和的声音里夹着嘲讽，"你的工作自有秘书办安排，我不想再看到你自作主张，OK？"

"抱歉，我……"沈眉娇这下再笨也知道，自己刚刚一厢情愿接受了薛锋扬的要求，这惹怒了莫大人。

"要谈恋爱，下班以后再谈！上班时间请做好本分。"莫斓笙没有放过她。

这次沈眉娇皱了皱眉。

她，什么时候，和薛锋扬谈恋爱了？

"我知道了，莫总。没事的话我先出去了。"沈眉娇声音忽有些冷起来。

一大早见了薛锋扬本来就心中烦躁，她还在想着要怎样和薛锋扬把话说开，这莫斓笙没来由的一通脾气，又将她和薛锋扬给扯到了一起，她就更加郁闷了。

他们就真的这么想把她和薛锋扬给凑在一起？

沈眉娇心里有些气，这气不能对着老板发作，便也懒得解释，转头就走了。

莫斓笙就看到自己这个一向顺从听话的秘书，头也不回地转身而去。

反了天了！

不就是一个男人吗？

莫斓笙的火更旺了。

对于沈眉娇，他总有一种自己人的感觉。在他看来，挺好的一个姑娘，再怎样也轮不到薛锋扬那小子来染指！

天下男人千千万，他会让她知道，这世上不是只有薛锋扬一个好男人的。

莫斓笙拿出了手机，咬牙切齿地打了一通电话。

于是才刚下班，沈眉娇就被爱丽丝拉到了雍穆会里。

相亲！

沈眉娇并不排斥相亲，相反地，她觉得相亲对于交际圈不够大的人来说是最好的交友途径。买卖不成仁义在，做不成夫妻，当不成恋人，就多交个朋友吧，谁也没损失什么。沈眉娇想得开，所以公司里有些老员工要给她介绍男朋友的时候，她都承他们的情，大大方方去见上一见。

但这一次，真的诡异。

因为这场相亲，是莫斓笙安排的。

[5]

如果沈眉娇早知道惹怒莫斓笙的下场，就是迎接一场又一场的相亲会，她肯定会谨言慎行的。

一连五天，她都没有落空。

她就连找薛锋扬谈的机会，都没有！

沈眉娇跟着爱丽丝进入雍穆会时，就开始忍不住腹诽了。远远的，她就看见一个男人坐在桌边，一见到沈眉娇和爱丽丝过来，他就站了起来，露出温柔的笑脸，很绅士地替她们拉开了座椅。

"娇娇姐，这位是孙华晔，孙医生。省立医院的妇科圣手，年轻的主任医师。"爱丽丝站在桌边，很认真地介绍着，"孙叔叔，这位就是沈眉娇，星创的总裁秘书，既漂亮又能干！"

沈眉娇听着爱丽丝的介绍在心里长叹，又是姐姐又是叔叔，这辈分乱得她都快不知道要怎么称呼对方了。

看着对方的年纪和身份，她就知道相亲是莫斓笙下的指令，一连五天，她都在和这些精英男人们相亲。

最初她见莫斓笙连爱丽丝这个不靠谱的小侄女都搬出来了，沈眉娇虽然不清楚他在打算什么，但看得出来老板是好意，爱丽丝也真心替她着想，就答应了。

吃个饭，认识个朋友，填补一下夜晚的空白，兴许有缘真能遇上个入眼的男人，救她脱离苦海，单身狗的日子过久了，她也想求点温暖，能让她摆脱过去，忘记……莫斓笙。

因此沈眉娇自我安慰着，并没有拒绝爱丽丝的好意。

谁知道，他们能连着安排五天！

好在今晚这位妇科圣手看起来风度很好，笑容更是灿烂，说起话来幽默有加，这顿饭沈眉娇吃得倒挺开心。

爱丽丝陪着他们聊了一小会儿之后，便借故离开了这里，朝着另一个方向走去。

"怎么样，他们处得如何？"莫斓笙坐在雍穆会专属的雅间里，一边泡着茶，一边看掀起竹帘进来的爱丽丝问道。

爱丽丝径直走到他对面，盘腿坐下，毫不客气地端起茶杯一口饮下。

"很好！"她答得干脆。

莫斓笙皱了皱眉。

这几天他琢磨来琢磨去，给沈眉娇物色了好几个男人，个个都是绩优股，要么商界精英，要么业界奇才，每次让爱丽丝介绍给沈眉娇，她回来后都只有两个字汇报给他。

很好！

"是怎么个好法？"莫斓笙对她敷衍的说法很不满。

爱丽丝瞄了他一眼，慢条斯理地开口："他们两人很合拍，一个幽默帅气，一个大方温柔，我估计娇姐挺满意的，你是没看见她笑得可开心了。两个人还十分有默契，爱吃的东西都一模一样……"

爱丽丝叽里呱啦说了一通，莫斓笙不知不觉却皱了眉头。

不知为何，在听到了爱丽丝的话之后，莫斓笙却有种放不下心的感觉。他虽然替沈眉娇介绍了好些男人，但私心里好像又不希望她这么快就定下来，这是种难以言喻的感觉。

他心里不痛快，这不痛快表现在了他的脸上。

"有这么好？"他迟疑地问道。她明明就不是会和陌生人交心的人。

爱丽丝忽然"砰"的一声把茶杯放在了桌上，开始吐槽："小叔叔，娇姐姐是你的秘书吧？她当秘书那一套，接人待物，什么时候不让人如沐春风了？能不好吗？这前前后后五次相亲，哪次不好了？每次都是相谈甚欢，你要我跟你说什么？或者说，你想听到什么？"

莫斓笙很难得地被小侄女给呛到词穷，他觉得自己似乎对沈眉娇太上心了，但忍了又忍，还是没忍住问出来："既然都好，怎么没有一桩成的？我给她介绍的这些男人，可个个都优秀。"

"小叔叔，我不是说了，她是拿自己当秘书在应酬客户，如果每桩都要成，那她可以和每个客户都谈一场恋爱了。"爱丽丝说着，拿手指着心口，很认真地看着莫斓笙，"我算看出来了，她人是来了，亲也相了，就是这里不在。"

心，不在？

莫斓笙看着爱丽丝手指的地方，不由一怔。

她的心，莫非真在薛锋扬身上？

"小叔叔，你这么在意娇姐姐，为什么不考虑自己亲自出马？"爱丽丝忽然凑过身去，一脸的坏笑，"男未婚，女未嫁，其实你俩挺合适的！"

莫斓笙轻轻拍了一下她的头，道："瞎说什么！我和她只是朋友。"

"朋友啊……"爱丽丝意味深长地一叹，缩回头，继续不怀好意地说着，"我瞧着娇姐姐好像，有点喜欢你！每次我提起你，她都听得特别认真，回应得也特别真心。她真心笑的时候，和当秘书时的笑容，可不一样，小叔叔，你难道没发现？"

真心的笑……

莫斓笙想起那天在他家厨房时，她阳光下的容颜，笑容恬淡，只是微微勾起的弧度，便有着幸福满足的沉淀，让人不由自主跟着喜悦起来。

还有那一天病房门口，她说"爱"，那声音虽不大却透着倔强坚定，踏实得叫他的心陪着一起跳动不已。

"小叔叔！"爱丽丝忽然大声一叫，"想什么呢？这么入神？还说不是喜欢她？"

莫斓笙收回了思绪，垂了眼，端起茶杯轻轻一啜，道："只是朋友，没有别的！"

"唉，神女有心，襄王无意。可惜了。"爱丽丝失望地眨了眨眼，忽然又想起什么来，眼一亮，大声问道，"你不喜欢娇姐姐，这么多年也没个女朋友，是不是有心上人了？快老实交代！"

莫斓笙看着杯里的茶水，清透碧绿的茶汤里照出他的脸庞，渐渐却化作黑发红衣的女人，张狂地站在云巅，叫他徒弟。

那茶忽然生出一股涩意来。

她已经好久都没有上游戏来了。

网络的世界，和现实不一样，一个人若要离开，便会消失得彻彻底底，不留半点痕迹。

一把年纪了，居然为了一个不知道名字和模样的女人神伤，若是传出去，只怕要被朋友们笑死，莫斓笙自嘲地笑笑。

但是不见，他就不会死心，总挂在歪歪里面，想着那个人会再上线，再给他弹一次《第三钢琴协奏曲》。

"嗯，不算吧，有个想见却一直没机会见到的人。"他这次没有再否定爱丽丝的话，抬起脸，眼神清明，"所以我和小沈，真的只是朋友。"

真的，只是朋友。

沈眉娇站在竹帘的外面，握紧了手中的手机，深深地吸了几口气，才强迫自己压下心头泛起的一圈又一圈苦涩。

待到心绪平复，她才隔着帘子叫了一声："爱丽丝。"

里面的人一惊。

沈眉娇也不管其他，挺直腰背掀了帘子就走了进去，脸上挂了明晃晃的笑容，没有丝毫悲伤。

莫斓笙坐在正中间，见她进来便抬起眼，与她的眼神对个正着。

那双眼眸很平静,没有一丝意外,却叫他的心微微一疼。

"你的手机落在椅子上了!"她扬了扬手中的手机。

爱丽丝心虚地叫了一声"娇姐姐,谢谢"才上前拿过了手机。

"客气什么!好了,我先出去了,孙医生还在外面等我。你个小迷糊,下次再丢三落四的可没人替你送回来了。"沈眉娇揉揉她的头,声音是前所未有的温柔。

"嗯,我知道了。"爱丽丝在她眼前就像只小羊羔一样温顺。

沈眉娇转身离去,才走到竹帘前,忽然又转过头来,对着爱丽丝道:"对了,明天别再安排相亲了。"

"怎么了?你不满意这些对象吗?"莫斓笙皱皱眉头,见她一直没跟他说话,忍不住出了声。

沈眉娇嫣然一笑,摇头道:"明天晚上,约好了八点和无妄天宗的人单挑。"

言罢,掀帘离开。

从头到尾,她都没正面和莫斓笙说过半句话。

莫斓笙忽然胸闷。

她这是,生气了?

[6]

第二天下班的时候,爱丽丝果然没再来找沈眉娇。

沈眉娇松了一口气。

她虽然不排斥相亲,但连续五天的相亲也实在叫人吃不消。

沈眉娇瞪着电脑上的画面笑笑,画面上的沈沈一个人站在尸洞中,被四周灰扑扑的岩石一衬,格外白皙。

总裁办公室里早就走得只剩下沈眉娇一个人,虽然是沈沈和无妄天宗的人PK的日子,但莫斓笙一反常态的沉默,没有再要求她"加班",就连只言片语都没有跟她提过,和前几次的意兴盎然比起来,他的态度就像这办公室一样,到点就突然冷清起来。

沈眉娇心里有些微疼。

莫斓笙这么火急火燎地给她安排相亲,应该是察觉到了她逐渐清晰的感情,而那原本泾渭分明的界线,不知何时开始在她心里已渐渐变得模糊起来。

她就这么烫手么?

烫得叫人恨不得立刻扔掉?

莫斓笙就连归河的号都不上了,而原本的他,曾经十分期待这一场PK。

[帮会频道]君君小安:"小沈沈,今晚看你的了。"

[帮会频道]包子:"小沈沈,加油噢。"
[帮会频道]菊花教主:"咦?归河没来?"
[帮会频道]沈沈:"是啊,今天他有事,估计来不及上来了。谢谢你们!"
沈眉娇笑着打下一行字。
[帮会频道]菊花教主:"太棒了,那今晚我来当你的护花使者!"
[帮会频道]包子:"你省省吧,谁护谁还不知道呢。"
[帮会频道]君君小安:"小沈沈加油,等打完这战,我给你放凤影天下,到时候我们一块留影纪念。"

凤影天下是《仙修》世界里最华丽的一款烟花,被奸商们炒得贼贵,君君小安不提输赢只说要放,沈眉娇心里也明白,这一战在他们眼里胜算很低,但他们不想给她压力。

不论输赢,战了就是胜利。

沈眉娇看着咋咋呼呼的帮会频道,心口忽然有些热起来。

此刻的沈沈,脚下踏着一层光圈,笑脸如花,那光圈是满级的象征。七天时间,中间还有两天是周末,足够她把沈沈练到满级。

只不过,沈沈虽然是满级的,但身上的装备却还很差,尽管君君小安他们已经竭尽全力帮忙,但收集到的也只是一些商人们在卖的装备,比起副本掉落和竞技场声望换取的那些装备,仍旧差得很远。

不过好在,这游戏里的竞技,重操作轻装备,所以虽然有些影响,但沈眉娇并不担心。趁着还有些时间,她调整了快捷栏的技能位置,研究了一下技能的配合使用,该上的宝石上满,该点的熟练度点满……

她在做着最后的准备。

如果莫澜笙在的话,他大概会叫她研究啡啡的竞技视频,再好好制定一个战术,以策万全。

虽然在操作之上他帮不了她什么忙,但是他记忆力好,脑袋转得快,又很努力,愿意下功夫,理论结合实际,会得出最佳的结论,足以逆转结局,这从他和我本为尊那一场战斗上就可以看得出来。

他的个性里,有她最缺少的那一部分。

不知何时开始,这些已让她产生了一丝丝依赖,可惜,却已经走到尽头。

想不到有一天,狂眉逆娇也会在游戏里依赖一个人,沈眉娇自己都觉得有些想笑,笑起来的眼神却有些悲伤。

四周一片寂静,时间悄然逝去,八点一到,沈眉娇便赶到了魔武台。

魔武台是个巨大高耸的石台,四周是高耸的石壁,中间是个空旷的广场,是公平竞技的好地方。

她来的时候,四周已经站满了玩家,大部分是无妄天宗的玩家,还有些不熟悉的人,只有一小部分才是她帮会的朋友。

[私聊频道]笙歌惊鸿对你说:"加油!"

沈眉娇忽然在不断刷过的成片对话里,看到了一声"加油",她放眼一望,笙歌惊鸿站在无妄天宗的玩家之中,装备光鲜,已不是初见时的小菜鸟了。只用一眼,她就知道他这身装备分数,必然超过了当初她和君无妄交易时说定的分数,但笙歌惊鸿仍旧没有离开无妄天宗,并且最近几次都跟着君无妄的团队活动,这证明,他在无妄天宗里已经渐渐有了些地位。

她没有回答他,心里却有些欣慰,小徒弟也有成长的一天,并且还这么快!

[当前频道]君无妄:"别吵了,时间已经到了,如果都准备好了就开始吧。"

[当前频道]啡啡:"我OK了。"

[当前频道]沈沈:"我也好了。"

[当前频道]君无妄:"闲杂人都退到旁边,你们开始吧。"

随着君无妄的一句话,广场之上只剩了沈沈和啡啡两个人,一柄象征竞技的旗帜从天而降,插在了两人中间。

沈眉娇的屏幕上出现了倒计时。

十秒一过,战斗就开启。

啡啡的职业是幻幡,属于法师类,攻击力强大,但是防御力比较低,最好速战速决;而沈沈是媚骨,攻击和防御力都普普通通,但控制技能多,适合打持久战。

两个职业都是远程,没办法靠距离来打。

沈眉娇全神贯注在屏幕之上,暂时抛开了所有杂念。

啡啡的操作确实值得君无妄信任,她每一个技能、每一步都走得很踏实,也并没因为沈沈是个新人而有所小看,当然也绝对不会手下留情。

简单的藤野四蔓用来降低沈沈的速度,再跟上精准的单体御剑咒,银亮的剑光直奔着沈沈而去,紧接着整个人跃起,抽空放出化魔魂,三技组合为连续技能。

沈沈的装备太差,这三个组合技能落在身上,都快能秒掉她了。沈眉娇绝不能让这技能打在身上。她手指飞一般地在键盘上点着,被藤缠住的沈沈顿时化为一个草人落下,在众人眼前失了踪影。

这是媚骨的救命技能,没想到这么快她就释放了。

众人倒没多少惊诧,菜鸟在惊慌的时候想做的就是逃跑,很正常的反应。

沈沈的身影很快就再度出现,这一次她站在了离啡啡很远的地方,卡了一个刚刚好的距离。媚骨的最远技能距离为25码,但法师是24码。

虽然只是数秒的时间，但沈眉娇可以做很多，比如打出两个瞬发减血技能，并且释放第一个控制技能——魅惑。

啡啡很快反应过来，解惑再攻击，但因为卡了一点距离，她的群体技能范围覆盖不到沈沈，她只能一边放单体技能，一边靠近沈沈，几个组合技能连续用出来，动作快到让人眼花缭乱。

相反，沈沈的攻击并不强烈，也没放什么组合技能，但她的跑位速度与角度却十分精准，啡啡的单体攻击很难打中她。

时间缓缓流走，沈沈的血量和啡啡的血量降得都差不多，看起来是势均力敌的局面，但明眼人却知道，啡啡正在被沈沈牵着鼻子走。

这样的打法，别说是菜鸟，就是一个PK老手，都未必能打出来。

围观的群众都噤了声，收起了那些轻视的心，认真看着她们的竞技。啡啡已经是无妄天宗里手法数一数二的玩家了，但这个沈沈一出来就和她打个难解难分，如果算上装备的差距，实际上沈沈的操作已经是领先了。

整个办公室里都响着键盘有节奏的敲击声，沈眉娇打得非常认真，因此并没有看到大办公室的玻璃外，缓缓走过的薛锋扬。

他今天加班，想来茶水间里冲杯咖啡，结果却隔着玻璃看到了她。

过了两年，他以为自己不会再在她脸上看到这样的眼神，认真、热血！

他知道，她终有一天会回来。

"娇娇。"他推门而入，轻轻叫了一声。

沈眉娇斗得正酣，忽然听到熟悉的声音，转头一看，薛锋扬不知何时已经站到了她的桌前。

她的手忽然一滞，画面上的沈沈便没躲开啡啡的一记狠招，血量直接跌得只剩下三分之一。

沈眉娇冷冷瞪了他一眼，迅速收回了心神，但局势已然逆转。

[7]

[当前频道]兔兔："啡啡姐加油！"

[当前频道]温暖的叶："啡啡加油！"

……

当前频道上，无妄天宗的玩家已经不管不顾地开口加油起来。

因为只差一点点，沈沈就要输了。

"为什么不用你的组合技能？要打败她并不困难。"薛锋扬捧着咖啡杯踱到她的身后，看到她的画面小小吃了一惊，但很快便恢复了平常。

吃惊是因为，他没有想到她竟然在玩小号。

但不管怎样，她终于露出旧日张牙舞爪的模样，已经够了。

沈眉娇没有理会他，她迅速退离啡啡身边，在周边丢了一个妖灵沼泽，这是个减速技能，啡啡不敢踩，必定要从另一头绕过来。

因为血量降得太低，再用先前的磨蹭打法容易吃亏，沈眉娇想着改变战术，但狂眉逆娇的组合技能她是不能用出来的，那是狂眉当年竞技赛上的成名技能，一用出来，很容易就让人联系在一起，她不希望沈沈这个号再和狂眉扯上半点关系，所以不能用。

不过，薛锋扬的话提醒了她。

狂眉的职业是近战，她或者可以考虑用近战的打法。

沈眉娇脑中忽然闪过一个大胆的想法，很快地，便付诸了行动。

啡啡从侧面绕过了妖灵沼泽，很快就靠了过来，但她没有想到的是，这一次沈沈并没有卡那个小小的距离差，反而是迎面而上，以非常快的速度躲避着啡啡的攻击，没几秒就闪到了啡啡身后。

因为媚骨是远程，惯性思维之下，没有人会想到沈眉娇把沈沈当近战来打。

这样一来，啡啡被迫转换方向，否则她的技能打不着沈沈。

但她的速度比不上沈眉娇。

媚骨的攻击技能大多是持续减伤效果，读条时间要么是瞬发要么很短，沈眉娇根本就不放需要时间施放的大伤害技能，所以啡啡跟不上她的速度。

情急之下，啡啡开始施放范围法术，巨大的绿色光圈在她脚下一圈圈地绽开。这是幻幡的大法术地缚雷灵咒，攻击由地面向上蔓延，伤害很大，但是读条需要三秒，并且需要持续引导。

此时想逃，已经晚了。

[当前频道]一骑绝尘："蠢材，自己送上门来找死。"

[当前频道]包子："小沈沈，加油！"

……

群众的反应很激烈，虽然一骑绝尘的话里带着鄙视，但多少也含了些惋惜之意，而一妄成劫的玩家就更不用说了，自然是心都悬到了喉咙口来。

沈眉娇没想到要逃，她算了下啡啡身上的减伤技能，用了个打断施法的技能，逼得啡啡中断了读条，让她有时间将最后一个减伤技能扔出去，而后，她便纵身而起。

对，她向上飞了起来。

《仙修》中的动作技能，是有向上飞起的一项，但要完成起来困难度比较大，需要方向键和鼠标的双重配合，而且飞起之后控制方向就难上加难了，很少有人可以完成这样的动作。

所以，群众都眼睁睁地看着沈沈姿态优雅地向上飞起，飞了二十来码之后，却忽然转了方向，改为面朝下的姿势缓缓落下，正对着地上的啡啡。

她本就在啡啡的视线死角，所以啡啡根本就无法看到她在哪里，亦完全来不及应变。

啡啡只能看出自己中了对方的减伤技能之后，又连续中了几个看起来应该是组合技的招式，她想着对方应该是打算用最后的爆发将她秒掉。此刻啡啡心里早就收起了骄傲之心，这是她打这么久的竞技场以来，所遇到过的最强悍的对手了，不过她认真计算了一下，自己的大招必然会先她一步放出来，应该还是会赢的。

地上的光圈猛然间大绽，而沈沈手中一道黑光闪过。

的确如啡啡所料，沈眉娇要用最后的技能秒掉啡啡。媚骨技能中有个"焚灭"，能瞬间让对手身上所有的持续减伤效果同时爆发，但凭这个还不够烧掉啡啡剩余的血量，所以她在半空用了组合技能。

巧妙的组合，会让这个爆发效果打出三倍的伤害。

地缚雷灵咒虽然成功放出，但沈沈人在半空，受到的波及并不像在地上那样强烈，所以她血量掉得很缓慢。

地上的啡啡忽然一声轻呼，空血倒了下去。

所有人便看着半空中的沈沈落地，竞技的旗帜消失，系统弹出这场PK最终的结果。

沈沈胜。

围观的人并未回神，频道里一片寂静，就连贺彩的声音都不见。

飞空换方向再加上凌空组合技能，这岂是普通玩家能做到的，当前服务器里，还没有哪个人做到过。

沈眉娇的手从键盘之上收回时，都在微微颤抖着。

"这个动作……"薛锋扬的声音再次传来，那是透着兴奋和回忆的语气。

"是，这个是当初和你一起研究的动作。"沈眉娇轻轻嘘出一口气，她并没有否认。

这本来是个双人动作。当年，薛锋扬还是终忘之时，她为了和这个徒弟一起征战竞技，便与他一起研究了飞空的动作，但可惜还没等到他们俩纵横江湖成就侠侣威名，终忘已摇身一变，成了大神凉骨天烬。

这个动作，她再也没能找到人配合完成。

最后，她将之改成了一个人的飞空技巧，却束之高阁，即使在竞技决赛中，她都没有用过。

"娇娇……"薛锋扬看着她侧脸上寂寥的神色,心里的疼便渐渐泛开,不由自主地叫着她的名字,想伸手出去抱紧她,融化她满脸的冰霜,可最终却不敌她眼里的锋锐光芒,只把手掌按在了她肩头。

"我不用这个动作,是因为我不能忘记你。而现在,我用这个技能,那是因为……"沈眉娇没有推开他的手,而是转过脸,直直望进了他的眼底。

他总是神采飞扬的眼眸里,忽然有些浅浅的悲伤和怯意,仿佛已经意识到了她要说的话一般。

"我用这个技能,是因为我已经忘记你了。"沈眉娇顿了一顿,才说完这句话。

话才结束,她便感觉到肩头上这只手,加重了力量。

"薛锋扬,我们不可能再回到过去了,再纠结过去没有任何意义,你今生于我而言,就只是一个似曾相识的普通过客,别无其他。"沈眉娇说这句话,像是放下了这两年来一直藏在心里的桎梏,整颗心忽然松开,虽然夹杂着些许酸涩,但……酸爽无比!

薛锋扬却因为这一句话,眼里忽然绽放出无边痛意。

最初他迷恋着当年她的微笑和陪伴,再相逢之时,他本着满腔战意想要收服这个女人,可如今他才忽然意识到这个女人已经在他心中建起了牢不可破的城堡。

他宁愿她说她恨他,怨他,也不希望被遗忘。

那些灿烂的青春和热血的岁月,怎能说忘就忘?

"不可能!我不相信!"薛锋扬手一用力,就把沈眉娇整个人抱到了怀里,双手紧紧地圈住了她。

沈眉娇比不过他的力气,挣扎了一下却发现动弹不得。

"薛锋扬,你可知道当年那一场闹剧,改变的不只是我的游戏轨迹,还有我的整个人生。"沈眉娇的声音冷静得出奇。

不,应该是冷漠。

话既然已经开场,便没有半途谢幕的可能。沈眉娇不想再拖了。

"不管任何事,我都可以弥补。"薛锋扬在她耳边低声说着。

"当年……"沈眉娇才要开口,却发现忽然之间办公室的灯全亮了起来。

薛锋扬不由自主松了手臂,沈眉娇便趁势推开了他。

"抱歉,妨碍到你们了?"莫斓笙沉着脸站在了门口,脸上全是风雨交加的气象。

他本来确实不想再和沈眉娇太过靠近,所以下午才去了展厅视察,回来的路上,他坐在车里又用笙歌惊鸿的号看了她的整场PK,心口莫名地沸腾着,便让小邓将车折返,开回了公司。

下班的时候她没有走，估计一直在等他，所以现在必定仍在公司。

谁知他兴冲冲赶回来，想要给她祝贺，看到的却是黑暗之中拥抱的人影。

简直让人出奇地愤怒。

"这里是办公室，你们注意一下形象！"莫斓笙发现没人开口，沈眉娇连一个解释都不说，胸口就像埋了包炸药似的，声音沉得像雷雨之前阴云密布的天空。

莫斓笙工作态度严肃，但私下对员工却很温和，很少发脾气，但那脾气急起来时也是让人招架不住的，更何况这一次他的脾气里，还透出了几分孩子气。

"莫总，对不起，和娇娇无关，是我太冲动。"薛锋扬眼角一挑，维护起沈眉娇来。

那一声"娇娇"落到莫斓笙耳中又是说不出的气人。

沈眉娇却没理他们两人，一屁股坐到了桌前，"啪"的一声合上了笔记本电脑，塞进了包里，再将桌上的零碎东西通通收进包，然后拎了包起身，朝着门口走去。

"莫总，你要我做的事，我完成了，没别的事，我先下班了。"她走到莫斓笙面前，仰头看着他说道。

她眼里带着任性倔强，脸蛋微红，看起来比一板一眼的秘书形象要生动不少。

莫斓笙一怔，沈眉娇却已经越过他出了门。

没几步，她又回头，道："你们俩记得关灯！"

语毕，莫斓笙就眼睁睁看着自己这个秘书扬长而去！

薛锋扬忽然一声轻笑，替莫斓笙解惑："其实，她一直都是这样的。"

莫斓笙就格外厌恶起薛锋扬的笑脸来。

好像他和沈眉娇有多熟似的！

"小薛，记得关灯！"莫斓笙冷着脸吩咐，也转了身，一边走一边拿出手机。

"喂，小邓，小沈出去了，你先替我送她回去吧，一个女孩子半夜三更的，太不安全。"莫斓笙说着说着一顿，不知手机那头的邓助说了啥，惹得他脸色一变，声音硬了起来，"不用了，我自己回去吧。"

邓麦启只是好心建议他可以和沈秘书一起回，反正顺路。

这提议倒是不错，但那只温顺的猫被踩了尾巴，炸毛得像只母老虎，莫斓笙有些不知如何面对。

再加上，他也还气着！

第五章

狂妄告白 风云忽起

九霄长歌

[1]

第二天天气预报预测是个大台风天，眼下天空却呈现了异样的平静，一丝风都没有，所有人都以为这台风会与城市擦肩而过的时候，风却一点点强大起来。

气象台预报台风会在傍晚六点左右登陆，因此星创提早了一小时下班。

沈眉娇忙着赶一份会议记录，忘记了时间，等到回神，办公室里已经没人了，透过巨大的玻璃窗，可以看见外面整片大地都已经陷入了风雨飘摇的状态。

天空彻底地黑了下来，广告牌被风吹得摇摇欲坠，马路上的车也少了许多。

沈眉娇也就熄了回家的心，坐回原位继续加班，不知不觉便到了八点半，她才伸了伸懒腰，关了文档，开了游戏。

上的是沈沈的号。

她去泡了杯咖啡，拆了盒饼干，回来就看到沈沈的人物已经出现在画面上了。

沈沈还站在魔武台上，四周却已经没有人了。

[帮会频道]君君小安："小沈沈，你终于上来了！快快，快进团队。"

沈眉娇才想起上次和啡啡比完之后，一声没吭就下了，也不知道后来怎么样了？君君小安这火急火燎的，不知为了何事。

他的信息才发过来，团队申请就跟着过来了。

她便加了进去。

才刚刚加进去，便看到四十个人的团队里，已经组得满满当当，是无妄天宗的队伍。沈眉娇这辈子就没想过自己会再进君无妄的队伍，此时看着整个团队里的人，熟悉和陌生的名字交叠，让她忽然惊觉时间已经过去好久了。

[帮会频道]包子："小沈沈，你昨天赢了比赛，所以君无妄答应协助我们完成任务，现在在商量如何做这个任务。"

[帮会频道]菊花教主："他们给我们两个选择，一是借人给我们，但不保证能过；二是两会结成联盟，他们会全力助我们过这个任务，但我们也必须在资料片任务的最后时刻站在他们这边。"

看来君无妄也看出这个任务的特殊来，他还是没准备放弃这个任务啊。沈眉娇稍稍思忖，便打下了一行字。

　　[帮会频道]沈沈："其实君无妄说得没错，我们帮会实力太差，没人没装备没技术，这个任务很难过。"

　　那可是当前游戏里最难的三大副本，就算是无妄天宗，都开荒了好久才打通，哪有那么容易打得过的，何况还涉及一个橙色传奇任务。

　　[帮会频道]沈沈："小安，你想发展这个帮会吗？还是说只想当个轻松休闲的帮会会长？"

　　[帮会频道]君君小安："我想超越君无妄。"

　　[帮会频道]沈沈："那就是，想发展。在游戏里想成就一个大帮会，你要牺牲很多东西，你愿意么？"

　　[帮会频道]君君小安："我愿意。"

　　[帮会频道]沈沈："好，那我帮你。我们选择第二个，但是我有附加要求。"

　　[帮会频道]君君小安："你和我师父说的一模一样。"

　　……

　　[团队频道]沈沈："君无妄在吗？"

　　[团队频道]君无妄："在。怎样，你们商量好了？"

　　在一群人中间，沈眉娇忽然发现自己又变成了与君无妄对话的唯一人。

　　[团队频道]沈沈："你说得没错，我们帮会实力不够，这个任务太难了，我们不得不借助你们的力量。我们同意你提的第二个建议，但是我有附加要求。"

　　[团队频道]君无妄："哦？"

　　[团队频道]沈沈："我要你们帮助我们帮会成长。就算是只是作为盟友，你也不会希望你的盟友太过差劲，都是魔渊的玩家，我们强上一分，就意味着整个魔渊强上一分，在今后的仙魔对抗中也就多一分胜算，是双赢的局面。"

　　[团队频道]君无妄："我觉得他们有你就够了。"

　　[团队频道]沈沈："不敢居大，发展一个帮会并非一人之力可完成，收帮众、集帮会贡献点、收集物资，还有后期的帮会成员分配、占领地、组织副本、完成大任务等等，都需要完整的布置。我想向你们借势，尤其在副本这块，如果你们愿意带我们通过几大副本，我想我们收人的时候底气会足一些。"

　　[团队频道]君无妄："看来君君小安的运气实在不错，居然可以找到你！"

　　[团队频道]沈沈："多谢夸奖。我可以当你同意了吗？"

　　[团队频道]君无妄："你说的，都是魔渊又是盟友，如何不同意，我还可以借你们一个人，帮你们统筹全局。"

　　[团队频道]沈沈："谁？"

[团队频道]君无妄:"笙歌惊鸿,你们会长的师父,狂眉逆娇的徒弟!"

沈眉娇有些诧异地挑了挑眉,能让君无妄这样摆上面来说的人,肯定是不会打脸的人,她没想到的是自己的小徒弟如今竟然已经成长到可以独当一面了。

帮会频道里很快就出现笙歌惊鸿进入帮会的信息,沈沈也跟着众人打欢迎的信息,一句话还没打完,便收到了君无妄的私聊信息。

[私聊频道]君无妄对你说:"沈沈,在?有没有兴趣加入无妄天宗?"

[私聊频道]君无妄对你说:"你别误会,我是指这个任务结束以后。我需要一个更大的平台,如果可以,我想和你组队打竞技赛。"

沈眉娇看着君无妄发来的信息

[私聊频道]你对君无妄说:"操作好的人很多,不是非我不可。"

沈沈和啡啡那一战虽然精彩,但她占了一个"奇"字,把媚骨当成近战,打乱了啡啡的节奏,如果再来这么一次,她不见得会如此幸运地胜利。

[私聊频道]君无妄对你说:"不是非你不可,但你很像我一个故人。我很希望和她再合作一次,不过可惜,没有机会了。"

故人……君无妄用的是"她"字……

沈眉娇的心头忽然一震,眼眶就有些酸热起来。

她知道,君无妄说的这个故人,是狂眉逆娇。当年,她与君无妄一直都是竞技场上共同进退的队友,在她离开无妄天宗之时,她与君无妄及终忘才刚刚建好当年竞技赛季的三人队伍,可惜没等到开赛,这支队伍就解散了。

她还记得,那支队伍叫作——共战仙途。

现在想来,她似乎还能触摸得到当初沸腾的血液里灼人的温度。

手机的声音忽然间惊醒了她。

沈眉娇接了电话,那头传来的是爱丽丝哭泣的声音。

"娇姐姐,你……你什么时候回来?我一个人在家里,好怕!这里好黑啊……"

沈眉娇皱紧了眉头,这孩子不是说今天要待在她的小工作室里和朋友通宵赶几套漫展秀服吗,怎么会回家了?

爱丽丝这段时间虽然借住在她家,但并没有闲着,和自己的朋友在外面租了一间小屋当工作室,说要发展她的兴趣爱好。沈眉娇去看过一次,工作室虽小,但五脏俱全,像模像样的。

年轻人有点爱好和追求,是件好事。爱丽丝喜欢设计、热爱动漫,心心念念着想发展国产动漫产业,沈眉娇也在网上看过她画的连载,觉得灵气十足,难得她自己也愿意为梦想努力,沈眉娇就没说什么了。

只是可惜,她父母反对,想送她出国深造,因此爱丽丝才"离家出走"。当然,这些是杜夜娴后来才告诉她的。

"啊——"手机那边忽然传来了一声尖叫,还伴随着一阵尖锐的玻璃破碎声,"血……流血了……"

沈眉娇给吓了一大跳,爱丽丝一惊一乍地又说不出个所以然来,她就更急了。

"我马上回来,你老实待着。"沈眉娇沉了声音叮嘱了一句,便断了通话。

[团队频道]沈沈:"抱歉,家里有急事,我要马上回去。有事以后再商量。"

[团队频道]沈沈已经离开。

[2]

网络那一头的莫斓笙望着画面上的提示,眉头几乎都要拢到一起去。

已经九点多,外头还在狂风大作,而她却说要回家?!

他都已经通知让公司提早一小时下班,可她却还待在公司……

除了星创大厦,莫斓笙想不出她有什么其他地方可以去,他站到窗边一看,屋外的大树被吹得东摇西摆,呼呼的风声隐隐约约地传来,光看着就让人心都提了起来。

莫斓笙感觉焦灼不已。

沉思了三秒之后,他终于长腿一迈,拿了钥匙和伞,出了门。

等他开着车到星创大厦时,隔得老远,就看到了马路边上的沈眉娇。

沈眉娇正撑着把被风吹得就快只剩下骨架的洋伞,在街边拦着计程车。这个时间点本就不好拦车,再加上又是台风天,车就更少了,沈眉娇站了足足二十分钟,也没拦到车。

她急得要跳脚。

莫斓笙看着她站在风里的模样就觉得有些惊心动魄,没多想,便把车停到了她旁边。

"上车!"他开了车门,不得不用比平时大一倍的嗓门吼着,才能让自己的声音不被风吹散。

沈眉娇见到是他不由一愣,因为着急也没多想便收伞踏上了他的车。

车里暖融融的,有淡淡的香味,和雍穆会里的一样,让人莫名地安心。随着关上车门,狂风骤雨都被拦在了车外,再也侵袭不到她,沈眉娇恍惚之间觉得自己终于有了归所。

"不是已经通知下去,提早一小时下班吗?你怎么还留在公司?这大风大雨的,一个女孩子,有多危险你知道吗?"莫斓笙一边开车,一边开骂。

"莫斓笙。"沈眉娇叫他的名字。

那声音清脆动人,有些任性的味道。

"去六一路。"沈眉娇捋了捋被雨水打湿的头发,报了个地名。

莫斓笙才忽然发现自己骂了一大串,却没问她到底要去哪里,他有些尴尬,便没再说她,从扶手箱里拿了盒纸巾丢到她身上。

"擦擦,别感冒。"

"哦。"沈眉娇淡淡应了声。

莫斓笙转头看了她一眼,这一转头,才发现沈眉娇也正看他,眼眸晶亮,嘴边有笑,很调皮的模样。

他的心头微动,赶紧转过头,认真开车。

台风天路不堵,很快就到了她家,停好车沈眉娇伞也不撑便往家里跑,莫斓笙只能跟上。

沈眉娇家在一个老旧社区里,线路老化,一遇台风天就会停电,因此现在整个社区一片漆黑,而她家肯定也停电了。

"你宝贝小侄女在家里吓到了,好像受伤了。"沈眉娇一边掏钥匙开门一边说着。

莫斓笙脸一沉,还没开口,里面已经冲出一个人影,抱住了沈眉娇。

"娇姐姐,呜呜呜,你终于回来了!我好想你啊,这里太黑了,呜呜呜,好吓人!"爱丽丝赖在沈眉娇的手边撒娇啜泣着,忽然发现她身后还跟了一个人,声调一变,"咦?小叔叔,你也来了?"

莫斓笙心里颇不是滋味,这前后差距略大了一些吧。

"不是说受伤了?"他沉声问道。

"啊,是啊,我的手。"爱丽丝缓缓伸了一根手指头出来,上面已经贴了张叮当猫的创可贴。

弄了半天,原来是爱丽丝把东西落在家里了,便把活带回来赶,却遇上台风停电,满屋漆黑,之后大风刮碎了玻璃窗,她去查看时被玻璃割到了手。爱丽丝从小怕黑加怕血,于是便一发不可收拾起来。

沈眉娇见人无大碍,便松了口气,用眼瞪了瞪莫斓笙,不让他再说话。

每个人都有恐惧的东西,哪怕这些东西在别人眼里有多微不足道,爱丽丝并不是矫情的孩子,所以沈眉娇相信她的恐惧源自内心。

好不容易她把爱丽丝哄回屋睡下,又保证自己在外面绝不离开,家里才算是安静了下来。

轻轻掩上房门,沈眉娇出来就看到莫斓笙站在窗边。

老旧的对开式窗户已经缺了一大片玻璃,风从其间灌入,发出啸响。

莫斓笙正从里面伸出手去,想把窗户敲进来关紧。

沈眉娇知道自己家这窗户有些锈了，平时是关不拢的，所以才会被风吹开，刮碎了玻璃，而且窗户的合页老化了，稍一用力整扇窗户就会往下沉。

往下沉……

沈眉娇忽然心生不祥，她看到路灯照射下，窗框上好几片尖锐的玻璃泛着森冷的光，其中一个尖角就对准了莫斓笙的手臂。

"别碰窗户！"沈眉娇叫了一声，人已经飞跑过去了。

那窗户果然"砰"的一声，歪沉下来。

"唔！"

黑暗中，闷哼的声音响起。

沈眉娇替他接下了那窗户，残碎的玻璃，刺入掌中。

[3]

"你上来干什么？"莫斓笙吼了一声。

沈眉娇觉得耳朵快被他震聋了，他从来没用这么大的声音说过话，这肯定是急大了，声音都跟打雷似的。

看着她的手按在窗框上，血透过缝隙蔓延出来，莫斓笙觉得不只心，连眼睛都跟着一起疼起来了，但偏偏沈眉娇没吭一声，硬气得不像个女人。莫斓笙只能放慢了动作，找了个着手点，把窗户抬了抬，手一震，总算把窗户给彻底关上了。

"这窗户不牢固，要是歪下来那大玻璃该刺到你手臂上了。"沈眉娇已经把手给弄下来了，虽然她已经找了个玻璃碎最少的地方，但还是免不了被细小的玻璃片弄伤，此刻整个手掌一片狼藉。

莫斓笙看她若无其事地合拢了手指，气不打一处来，腿一迈，人就到了她身边，抓起了她的手腕，这一抓他才发现，沈眉娇整个人都在轻轻颤抖着。

她看也不看自己的伤口一眼，见到他抓起自己的手，反而把头给撇开了。

如果不是怕疼，那她也是怕血？

"走，跟我去医院！"莫斓笙一边猜测着，一边拉了她就要往外走。

"不要。"沈眉娇拒绝了，"爱丽丝还在里面，万一醒了会害怕。"

黑暗中只有屋外昏暗的光线，莫斓笙看不清她的脸庞，但那双眼睛却倔强得分明。

"她不会这么快醒的，而且她就是怕黑和怕血，不会有大问题的，你的手不能拖！"莫斓笙的态度也很强硬。

"我没事，刚刚只是些小碎片，割了个口子而已，我自己找药涂涂就行了。这么晚了，你该回去了。"沈眉娇用力抽回了手。她也有害怕，怕血，以及恐惧医院。

这一来，可惹怒了莫斓笙，他长这么大就没见过这么倔的女人，以前以为她是只小绵羊，没想到只是披了身羊皮而已。莫斓笙见说不通，二话没说，手脚一动，就把沈眉娇整个人给横抱了起来。

"我告诉你，今天你去也得去，不去也得去！"莫斓笙撂下狠话。能逼他说出这样的话，她沈眉娇绝对是空前第一人了。

沈眉娇自个儿也傻了，领导这是影帝上身了不成？

"放我下来。"沈眉娇这下连说话的声音都带着点颤抖了，她手上都是血，就不愿意往莫斓笙衣服上印，只能挥舞着四肢，整个身体却还缩在他胸前，滚热的温度传来，几乎要灼伤了她的心。

"别乱动！"莫斓笙抱着她，感觉自己就像抱着一只张牙舞爪的猫。

沈眉娇很轻，抱着的时候头正好能靠到他的脖弯里，不过她不愿意，就一直僵着脖子直挺挺地抬着头，那模样，像个孩子。

莫斓笙抱着沈眉娇快步走到了门边，忽然发现，他没有多余的手开门。

"开门！"莫斓笙只好豁出脸皮叫她开门。

沈眉娇一愣，忽然"扑哧"一声笑了。

老板的脸色，真是太微妙了。

她举起了双手，示威般地展示了下手中的伤口，表明了自己此时并不适合开门。

莫斓笙便杵在门口，进也不是，退也不是，放下沈眉娇吧，她一定得跑掉了，再抓就难了。

他脸色有些不佳，不知想到了什么，竟然一曲膝，把沈眉娇的屁股给搁在了自己大腿上，然后一手仍旧紧紧扶了她的腰，一手去玄关上拿钥匙。

这姿势，就像大人抱小孩喂饭似的。

沈眉娇的脸红了个彻底，手上的伤口反倒不那么疼了。

玄关有些远，莫斓笙够不着，这扎马步的方式，又寸步难移！

莫斓笙又给卡在半道上。

沈眉娇见了这情况，哪有不明白的道理，什么害羞、恐惧、疼痛，好像一下子全飞走了似的，漫天的笑意涌进胸腔。

"哈哈，哈哈哈……"她不可遏止地笑了起来，因为怕吵到爱丽丝，所以这笑又苦苦压抑着声音，最后发展为全身抖动，她撑不住，就不管不顾地拿手臂环了莫斓笙的脖子，埋头在他的脖弯里闷笑起来。

莫斓笙开头先是尴尬加生气，听到沈眉娇的笑，也觉得这情况太过搞笑，嘴角一弯却忍着没跟她一道笑出来。

脖弯里是她暖热的气息，撩得他从耳根子热到了全身，耳畔也都是她的笑声，低低闷闷却很畅快地笑，莫斓笙觉得整个人都要化掉了。

红衣黑发的女人忽一闪而过，面目已有些模糊了。

"行了，别闹了。我放你下来，不过你把伤口给我看看，如果太严重，咱们还得去医院，好吗？"这么一直抱着僵在那也不是办法，莫斓笙想了个折中的办法。

沈眉娇同意了。

莫斓笙就把她抱到了沙发上坐好，拿手机开了电筒照着她的手掌，仔细察看起来。

确实如沈眉娇所说的，伤得并不严重，流了点血，现在已经停住了，掌心上是一片深红的血块。

"医药箱在哪里？我给你消毒。"莫斓笙问了位置，取来了药箱，又点了蜡烛，开始认真地给她清理起伤口来，"一会觉得有异物要说，我怕有玻璃碴在里面。"

沈眉娇"嗯"了一声，就呆呆看他在烛火下的脸。

"你也怕血？"莫斓笙消完毒，开始包扎，见在这过程中，她一眼都不敢望自己的伤口，就联想到上次送她和薛锋扬去医院，她虽然一声没吭过，却也是惨白了脸的样子，不由开口问道。

"是。"沈眉娇很干脆地回答他。鲜红的血液，会让她想起铺满路面的，母亲的血，那是她这两年反反复复，无法逃避的噩梦。

"你上次去医院并没表现出来，也不像爱丽丝这样咋咋呼呼的，我以为你很勇敢。"莫斓笙感觉到她明显地颤抖了一下，便用手握住了她的手腕。

粗糙的感觉仿佛烙印似的，印在了她的手腕上，沈眉娇一下便想到了他掌心的伤痕。

那伤痕里，大概也有一段不堪回首的故事吧，不过他从来没遮掩过那些伤痕。

她喜欢这样的他，阳光、干净。

可是他已经有了一个，想见却见不到的人……

能让他如此上心，想必应该是个很优秀的女人。

"不想逃避这种恐惧，但有时，还是力不从心。"沈眉娇动了动手指，发现他包扎得非常专业，便笑着竖起大拇指夸他，顺便掩饰着心头浮起的酸涩，"包得太棒了，谢谢。"

"傻样。"莫斓笙拿药箱盖子轻轻敲了一下她的头，才又道，"这几天别碰水了，也别做重活。好好爱惜你的手，它们很棒！"

别像他一样，想爱惜已经太晚了。

"遵命，老板大人！"沈眉娇看出他眼里未说出口的遗憾，心口一疼，便笑着扯开了话题。

"你今晚待在公司，是不是又没吃饭了？"莫斓笙收了药箱，站起身来，忽然问她。

沈眉娇讪讪一笑，想说自己吃过了，却被莫斓笙的眼神给制止了。

"唉，别说了，又是咖啡和饼干？"莫斓笙还是了解她的。他边说着边迈步进了厨房，上上下下翻了一把，只找到了泡面、火腿以及一些奶酪等夹面包的东西。

好在，米桶里还有米。

莫斓笙摇摇头，从厨房里喊出话来："你休息一下吧，我给你煮个粥，很快。"

沈眉娇就看到厨房里烛火摇曳，高大的人影晃动着，传出一些细碎的响声来，给人莫名的温馨和安稳，她的眼眶就有些湿润起来。

将来，谁要是嫁给了他，只怕她会嫉妒得心都要碎了吧。

她想着想着，便有了睡意，淡淡的粥香传来，围绕着整个屋子，像母亲当年的手艺，暖融融的让她闭了眼。

莫斓笙从厨房里出来的时候，就看到沈眉娇已经在沙发上睡着了。

这一觉，香甜无梦。

[4]

台风过后，整个城市一片狼藉，细细密密的雨还在下着，搅得人心也跟着湿漉漉的。

沈眉娇坐在办公室里，手指不断地从桌上放着的一张表格上抚过。

她想起早晨从沙发上醒来的时候，满屋子弥漫的粥香，暖融融的挥之不散。她身上的毯子还是他亲手盖上的，在这个本该风雨交加的夜晚让她睡得莫名安宁。烛火间莫斓笙的身影似乎还在眼前晃动，他掌心的伤痕也仿佛烙在她的手臂上。

一切的景象，都像着了魔似的，不断重复出现。

这个男人太美好，已经让她舍不得放手。

但他并不属于她！他有他的等待，他说他们只是朋友。

沈眉娇垂下头，苦苦一笑，从笔桶里抽出了笔，很快速地在表格上写了起来。

他是她的陷阱，但她不想看着自己再一次深陷其间，原谅她还是太过懦弱。

填好了表格，沈眉娇站了起来，把脑中转个不停的景象都通通挥散，才迈向了莫斓笙的办公室。

莫斓笙今天的心情很好，一早上都处于莫名的亢奋状态，大脑里好像有个声音在不停地"哈哈"笑着，像极了沈眉娇的声音。

直到，沈眉娇进来，给他递了一张申请表。

整个办公室的温度忽然都降到了冰点。

那是一张调岗申请表。

"莫总,我考虑过了,我想调去企划部学做企划,并打算报考明年一月份的MBA联考,所以想多接触一下市场,希望莫总可以批准这份调岗申请,我一定会好好学,好好干,替公司创造更多的效益。"沈眉娇站在莫斓笙的办公桌前,语调平和地说着。

莫斓笙却从那平和里听出了她的倔强。

他的好心情彻底给毁了。

她就这么迫不及待地要从他这办公室里出去么?是为了薛锋扬?薛锋扬目前负责最多的事,就是和星创的企划部对接事项。

他忽然就想起前两天在大办公室里看到的,薛锋扬抱着她的那一幕。其实她不知道,很多时候,薛锋扬和她都有着丝丝缕缕说不清的默契,也只有在薛锋扬的面前,她才会露出最真实的那一面,竖起全身的尖刺防备这个男人。

这代表着,薛锋扬在她的心里,是一段无法磨灭的过往。

也许只有这个男人,才能真正令她从过去里走出来。

莫斓笙低垂了眼帘,看着纸上她清秀的笔迹,一语不发。

沈眉娇看着他越来越冷的态度,心有些忐忑起来。她自认为自己的申请并不过分,秘书办的编制本来就有些多,多她一个少她一个,她的存在与否,影响不了谁。

而调岗和考研,一直以来也都是她想做的事,如今只是计划稍稍提早了一点。

"动漫祭再有半个多月就开始了,这个节骨眼上事情比较多,过了动漫祭再说。"莫斓笙终于抬了眼,声音冷漠得就像个陌生人。

"嗯,好的。"沈眉娇点点头,"那我先出去了。"

就这样吧,求而不得,不如把该想的不该想的都一刀斩断。

离开莫斓笙的办公室,回到位置上,沈眉娇就看到有人在她桌上留了一份文件。

粗略一看,竟然是份《仙修》神级榜单玩家的联系名单,她毫无意外地在上面看到了"狂眉逆娇"的名字。

文件是企划部小杨送过来的,留了言要她转给莫斓笙。

沈眉娇便拨了小杨的内线。

"噢,那是莫总问我向飞象要来的,我也不清楚他要做什么!"小杨也是一头雾水。

沈眉娇便挂了电话,她有些纳闷,联系玩家的事,怎么样也轮不到莫斓笙亲自处理,他要这份名单做什么?

不过好在,这份名单上面只有玩家的游戏名和联系电话,出于隐私保护,并没有更详细的私人信息,而当年她留的手机号码,和如今工作用的并非同一个,所以,沈眉娇并不担心会和狂眉逆娇这四个字画上等号。

送了名单进去，莫斓笙的态度仍旧是冰冷冷的，沈眉娇不知道他在气什么，只能摸摸鼻子退了出来。

"午饭时间到了，一起吃饭？"薛锋扬站在办公室外截住了她。

沈眉娇一见是他，眉便皱了起来。她以为她已经跟他说得非常清楚了，怎么又找来了？

"别露出这样的表情，我有这么让你讨厌吗？"薛锋扬笑得有些涩，"我只是有事找你。赏脸陪我吃顿饭吧。"

"就在这里说吧。"沈眉娇没什么胃口，径直走到了自己位置上坐下。办公室里的人都已经出去吃饭了，只剩下她和薛锋扬两个人。

"你的手怎么了？"薛锋扬看到她搁在桌面上裹了纱布的手，不由伸出手想抓。

沈眉娇手一闪，没让他抓到。

"不小心弄伤了，没什么事。"她心情不好，语气就显得特别淡漠。

薛锋扬只能收回手，递给了她一小摞文件。

沈眉娇扫了一眼，又是神级榜玩家的名单！这是今天她第二次看到这份名单了。

"你没同意参加动漫祭上的竞技赛？"薛锋扬问道。

沈眉娇这才发现这名单和她交给莫斓笙的那份不太一样，应该是已经联系过这些玩家后的确认到场的名单，因为上面属于她的信息那一栏，空荡荡的什么也没写，而其他玩家都已经备注好了到达时间，不少人还是从外地专程赶过来的。

"我没兴趣。"沈眉娇把那名单还给薛锋扬，早先她确实接过飞象的客服打到她旧号码的电话，不过她已经明确地表示毫无兴趣了，所以这里面自然不会有她的信息。

"君无妄已确认会来。他说，他最想和你一起，共战仙途。"薛锋扬没有接过那名单，斜倚着桌子边缘说着。

沈眉娇有一刹那的恍神，想起了昨天君无妄和小号沈沈说的那番话，还有曾经那一段热血的岁月。

从最初君无妄带着她练级、做任务，她第一次喊他"师父"，到后来陪着他成立无妄天宗，所有的风雨他们都一路挺过来。

师姐离开他，好兄弟背叛他，帮会精英集体请辞，被三大帮会联合排挤……每一步，似乎都走得很困难，但她仍旧觉得那段岁月最为耀眼。

她和君无妄，是师徒，也是朋友，是兄弟，更是战友。

共战仙途，最初的最初，是他和君无妄的队伍。

薛锋扬看见她嘴角露出一丝熟稔的笑来，便知道她想起了什么。

"你们两个是死对头,他怎么会和你说这些?"沈眉娇忽然收了笑问他。

"给你看个东西。"薛锋扬不由分说地抢过了她的小鼠标,很快地打开了一个地址,放到了她面前。

那是《仙修》官网的论坛,是所有玩家的最大聚集地。

而薛锋扬给她看的,是论坛上的一个热帖。

沈眉娇看了一眼,眼神就变了。

薛锋扬站在她的身边,慢条斯理地开口:"就算我与他曾为死敌,如今也不得不做回朋友了。"

他赌她还是从前的狂眉逆娇,只要她还是狂眉逆娇,她就不会忘记他!

因为这一次面对的,是全服的敌人。

莫斓笙从办公室里出来时,就看到薛锋扬倚在沈眉娇的身边,挂着个满意的微笑,像是捉到猎物的鹰隼。

而沈眉娇,她先是露出浅浅的笑容,而后眼里露出凶狠的目光。

莫斓笙没有见过这样的沈眉娇,那眼里的凶光,似锋刃般锐利,即便隔着镜片也能让人心里一凉。

果然如薛锋扬所说的,没有人比他更了解沈眉娇了。

要化开沈眉娇的心结,也许只有薛锋扬才做得到。

虽然有些苦涩,莫斓笙却还是希望能看到一个真正开心的沈眉娇,而不是永远被悲伤掩埋的沈眉娇。

他看着办公室里的两个人,不由自主地攥紧了拳头。

[5]

快下班的时候,城市还在下着雨,即时新闻点开来一看,都是哪里田被淹了,哪里车给水泡了,城市的排水系统在这狂风暴雨的侵袭下显得十分渺小,积水与内涝的照片在微博上不断刷出来。

沈眉娇的事已忙完一茬,正拿手点着鼠标玩,她今天不想加班,却也不想出去踩水。

想着想着,她又莫名打开了《仙修》的官方论坛。

还是薛锋扬中午的时候点给她看的帖子,加粗的鲜红字眼写着——尔敢与我大天域誓死一战?

她点进去,这是个已经有近万条回复的超级热门帖,发帖的人,就叫"我本为尊"。

天域魔想,是《仙修》游戏里十二大服务器之一的名字,和沈眉娇所呆的九霄云重一样，都曾经是由两个大服合并而来的老服。

《仙修》十二大服中，有六组旧服，是由最早的几个大服合并的，还有六组历史稍浅一些的，是后来逐渐开放的。在人气方面，当以前六组服务器为最。

而这个我本为尊就来自天域魔想最大的一个帮会"尊者居"。

这张帖子，是尊者居向所有服务器的玩家发起的挑战，以动漫祭上的竞技赛为战场，输的一方要向赢的一方无条件归顺，若是同阵营则要成为尊者居的分会，若是敌对阵营则永世不得与他们为敌。能够去参加动漫祭竞技赛，全部都是各服最顶尖的玩家，背后站着的都是各个服务器数一数二的帮会。

以九霄云重服务器为例，君无妄代表了无妄天宗，而凉骨天烬则代表了悬命纵天，是九霄云重最强大的两组势力。如果他们同意了这个挑战，届时若是输了，就意味着整个九霄云重服务器最大势力的臣服，也代表着整个九霄云重服务器的失败。

纵观这整个帖子，发帖人的语气都十分的狂傲，像是笃定了自己必胜无疑似的，下面的回复有骂的、有挺的，各式各样叫人眼花缭乱，但敢迎战的，到目前为止，只有四组服务器。

迎战还是拒绝，是件很难抉择的事。迎战，若是输了，输掉的是整个服务器的荣耀；拒绝，便失了战意，失了一个大帮会引以为傲的威信。

沈眉娇没有意识到，自己正举着水杯放在唇边，却一口水也没喝进去。

从一些扒皮八卦帖上可以看出，这尊者居是近年来崛起的帮会之一，却在最短的时间内站到了天域魔想的最巅峰，并且整个天域魔想，都没有任何一个帮会能与之匹敌，其实力可想而知，所用的手段也必然很特殊。

他们从大服合并消息没正式传出之前就开始筹划了，先派人到各大服务器挑战，而后获得各服玩家的资料，现在心里肯定有底才敢说这样的大话，而其实只有三四个服务器敢接受挑战，对他们来说已经足够。只要他们能胜，这三四个服务器的最强实力加入他们，在大服之中他们就足够傲视群雄，既赢得实力，又赢得名声，真是一手好算盘！

沈眉娇虽一早猜到我本为尊是别的服务器的玩家，但没有想到，后面跟着的居然是这样的谋算。

难怪薛锋扬会说，他和君无妄，就算一辈子都是死敌，也要做一次朋友。

在他们的名字前，是帮会，在帮会名的前面，还有阵营，而阵营之上，则是整个服务器，而这是大服合并之前整个九霄玩家共有的最后的荣誉。

但这与她，何关？

沈眉娇露出个笑来，现在的她，该愁的应该是晚餐吃什么才对！

莫斓笙拉起玻璃房的窗帘，就看到沈眉娇嘴角这个带着嘲弄的笑容，心里忽然一揪，便想起她在薛锋扬面前时的那些表情，不管是生气还是冷漠，都是实打实的，他再难沉住气，便走到门边。

"沈秘书，你进来一下。"

不知何时下班的铃声已经响过，办公室里的人走得只剩下小猫两三只，沈眉娇有些诧异，莫斓笙已经很久没在下班时间找过她了，这公事化的口吻听着就让人心情低落。

想归想，沈眉娇还是关了浏览器，进了他办公室。

门被她"咚"的一声轻轻带上，沈眉娇站在了熟悉的办公室里。

莫斓笙这次坐在了小沙发上等她。

"坐。"他声音不大，却放了些领导的架子在里面。

沈眉娇看到他手上拿着自己早上交的调岗申请表，猜不透他要做什么，只能乖乖坐在了沙发另一侧。

莫斓笙将表格放在了茶几上，那纸张手抓的地方已经有些皱褶了，他捏得太紧。

"我考虑了一下，你的调岗申请，我批准了，你可以即刻调走！"莫斓笙尽量让自己用公事化的声音说出这番话来，话才完他就看到沈眉娇的眼神里有些惊诧，张开口想说些什么，他便挥了挥手截断了她的话，继续道，"最近企划关口事情很多，尤其和飞象网络对接那一块，到现在都还需要一个合适的人来负责，不如你先调到企划二部负责对接，一面工作一面学习吧，顺便薛锋扬那边少个助理，你暂时分点心给他帮帮忙吧。他是个人才，对于整个市场以及推广这块，都有很独到的见解，相信你可以从他身上学到不少东西。"

沈眉娇起先听着，还只是惊讶加上些许伤感，越听却越感觉出来，又是和飞象对接，又是给薛锋扬当助手，莫斓笙这是要把她往薛锋扬身边塞！

"莫总，我可以拒绝吗？"沈眉娇的眼神有些沉，看不出喜怒，就是一副下属对着上司的模样，却莫名地戳莫斓笙的眼球。

"给我一个合理的理由。私事以外的。"莫斓笙直视她的眼，她的眼从没像今天这样亮过，像有簇火焰在里面燃烧，他放缓了语气，让自己尽量的客观，尽量的成熟。

"没有，只有私人感情这个理由。"沈眉娇面色虽然仍旧如常，但语气渐渐硬了起来，她虽工作兢兢业业，处事也偏温润绵软，但是有些尖刺藏在云絮之下，哪天风一大把云絮刮跑了，就会露出倔强执拗来。

莫斓笙眼前忽然闪过，电脑里面红衣黑发的女人。他发现，每一次，只要沈眉娇将那层云絮剥除，他都会莫名其妙地将这两个人重叠。

他不是无法感觉到沈眉娇的意思，但他始终觉得自己在这样的情况下接受她，对她来说并不公平。他怕沈眉娇变成一个虚无的替身，怕她受伤，怕她连最后一点尖刺下所保护的勇敢都留不住。

她的眼神让莫斓笙心头有些钝钝的疼，他强迫自己冷静下来，拿出宛如长辈般的姿态，语重心长地开口："小沈，别任性，听我说……"

任性，已经有多久没有人开口说过她任性了。

上一个说她任性的人，是她母亲。

年年月月日日，不论她表现得再优秀，也总是被说成任性，后来她才知道，那个词其实是有人疼爱的孩子才拥有的。

母亲过世之后，即使她真的任性了，也没有人会再给她只言片语。

"我不会接受这个安排的。如果一定要这样，那我辞职。"沈眉娇的语气毫无转圜的余地，但眼眸里的水汽却渐渐漫上来，酸酸涩涩地绕着眼眶转。

既然他说任性，她就真的任性一次。

而哭泣的感觉，她已经很久没有尝试过了，泪水像她心里被焚烧殆尽的灰烬，埋在深处，流不出来。

莫斓笙措手不及，他没料到她会因为自己一句话而红了眼眶。冰冷倔强的脸庞，水汽弥漫的眼眸，即便是要哭，她也没有丝毫退缩可怜的模样，像剑一样让他的心生生疼起来。

"你看看你，凡事一涉及薛锋扬，就变成这副模样。你哭你笑你气你怒，你最真实的那一面，在他面前都呈现得毫无保留！"莫斓笙没有心软，他就是想让她知道，其实她的心里，还藏着薛锋扬，"一场事隔多年发生在虚拟世界的风波，怎么到了今时今日还让你如此执着不放？年少轻狂，有多少人曾为了些无谓的原因，做出无法理解的事情。但现在你们都成长了，这里是现实，没有金戈铁马，也没有江湖恩仇，你们只是浮生微尘而已。"

沈眉娇就只是看着他，那颗眼泪，始终倔强得没有掉下来。

莫斓笙一边说着，一边站起身，走到茶几另一侧拿了纸巾盒，抽了纸递到她的眼前。

"我不认为薛锋扬是最适合你的男人，我也曾经以为这世上好男人多得是，摆在你面前供你挑选，总能挑到一二，但爱丽丝说，虽然每一场相亲你都游刃有余，但你根本是当成公事在处理，你没有带心！"莫斓笙见她没接纸巾，索性弯了膝盖蹲到她面前，伸手将纸轻轻印在了她眼眶四周。

沈眉娇没动，任他动作。

"不要逃避了，我给你机会，是爱还是恨，最终还得你自己面对。小沈，我不是要撮合你们，我只是希望你能够看清你对他的恨，是因为爱还是因为固执，然后才能彻底遗忘，又或者，重新开始。"莫斓笙放柔了声音，却在说出"重新开始"这四个字的时候，自己的心陡然一缩。

沈眉娇忽然一笑，站了起来。

"莫斓笙，我发现有时候你也挺自以为是的。"沈眉娇毫不客气地开口，眉锋扬起，让她的脸平添了一道气势。

莫斓笙一怔，也跟着她站了起来。

怎么他费了这么半天的唇舌，她仍旧如一颗顽石？

"你知道多少我的事，你又知道我以前是个怎样的人？"沈眉娇的头因为他的站起而仰了起来，声音里有淡淡的嘲讽，"莫斓笙，我无法再和薛锋扬在一起，并不是因为我还恨着他，而是因为，我恨的人，是我自己。你要逼我面对的东西，不是我对他的爱或者恨，而是我母亲的死。因为游戏，因为薛锋扬，我害死了我的母亲！她就死在我面前，不足两米的地方。"

莫斓笙闻言心头剧震。

他以为只是一段再普通不过的游戏故事，岂料最终峰回路转，而游戏里的一切仅仅只是个小小的开场。

"对不起，我……"即便是莫斓笙见惯了大场面，也忽然间词穷起来，待看见沈眉娇眼里的眼泪终于落下，酸涩的滋味才突然席卷过来。

不是为了那滴眼泪，而是为了她此时此刻，嘴角边的笑。

冰凉微咸的眼泪落到唇上，带来一丝刺痒，沈眉娇忽然生出一丝不管不顾的疯狂来。

她是狂眉逆娇，她本就是个疯狂的人。

"还有，我不带心去见男人，不是因为我的心落在了薛锋扬身上，而是因为我的心……"沈眉娇说着一顿，缓缓伸出手去，转动了沙发背后百叶帘的拉杆，百叶帘"啪啦"一下尽数落下，将玻璃房里的一切都与外界隔绝开来，她才又缓缓开口。

莫斓笙只觉得这辈子心都没跳得如此之快，即便是当年站在国际比赛的舞台上，他的心也不曾这样快速跳动过。

既期待，又有些纠结。

"因为我的心，在你身上！"沈眉娇的唇微动，吐出的字轻缓无比，却异常清晰，还带着蛊惑之意。

因为莫斓笙比她高了一个头，沈眉娇不高兴自己一直仰视着他，便忽然一脚踏上了旁边的茶几，居高临下如女王般望着他，还伸手勾住了莫斓笙的领带，用力一扯，将他拉到自己身前。

这样大胆直接的告白，与沈眉娇一贯的形象背道而驰。莫斓笙心中除了震撼，就只剩下一个感觉。

这个女人，疯了！

但是，疯到了他心里。

"你听好了，莫斓笙，我爱你！你现在看到的这个沈眉娇，才是真正的沈眉娇！我爱了就是爱了，不躲不藏，我不像你，连一句爱或者不爱，都不敢说！"沈眉娇女王般俯视着莫斓笙，缓缓将脸凑了上去。

莫斓笙便清楚地看到，沈眉娇清秀的脸上，有飞扬的眉峰和张狂的眼神，清澈的瞳孔里是自己的倒影。

"去你的什么想见而无法见到的人，都给我见鬼去吧！老娘现在就站在你面前，见得到，摸得着，你要是和那个人还没有一腿，就告诉我，我好追myself！要是你真不爱我，你说了我即刻消失！"沈眉娇决定把自己的脸皮拿去糊城墙。

她梳着马尾，露着光洁的额头，鼻梁上是秀气斯文的眼镜，身上是件白衬衫，领口微开，此时面色酡红，霸气侧漏，看得莫斓笙一瞬间半个字也吐不出来，什么人都想不起来。

见他不开口，她又将他勾近了一些，闭了嘴，俯下脸，将唇狠狠地印到了莫斓笙的唇上。如果不爱，这一吻，便是诀别。她这辈子，都不会再出现在他面前。

他的唇温热如冬日清晨的暖粥，和她唇上的冰凉成了鲜明的对比。这是她的初吻，才刚刚落下，沈眉娇自己却打了个激灵，好像被电到了似的，唇上一哆嗦，除了温差，还没尝到什么滋味便想后退，可才离了一段小小的距离，腰上突然有双手将她圈紧，用力一压，她的唇便彻彻底底地贴在了莫斓笙唇上。

"你这个……"莫斓笙咕哝了一声，把她从茶几上抱了下来，转了半圈回身，将她压到了沙发之上，反客为主。

你以为他说的是"你这个磨人的小妖精"？

不不，他说的是……

"你这个疯女人！"

[6]

时值盛夏，办公室里已经开了很强的冷气，但此刻这屋里的温度却好像陡然上升的丹炉，沈眉娇和莫斓笙的额前，都起了细密的汗珠。

沈眉娇那虚张声势的吻，彻底唤醒了莫斓笙心头的猛虎。

从小到大，他都表现得温和沉敛，喜欢他的女人虽然多，却大都是递个情书送个巧克力，或者说句喜欢就脸红跑开的，何曾遇见沈眉娇这样看似正常，噢不，看似温柔如水，实际上却是团灼人火焰的女人。

莫斓笙将她压在沙发上,鼻尖轻触到她的鼻尖,麻麻痒痒的感觉爬满全身。

"你疯够了？"他开口,声音嘶哑撩人。

沈眉娇心头忽然起了些危机意识,不安地动了一下身体,可立刻迎来了更大的压力。

女王瞬间成了阶下囚,这滋味不舒服,她刚要开口,莫斓笙却没给她说话的机会,俯下脸,鼻尖从她脸颊扫过,实打实地吻上了她。

沈眉娇瞬间瞪大了眼。

唇间麻痒传来,搅得她心绪纷乱,什么东西都进不了脑袋。

这个吻,由轻至重,由缓到急,分步骤分层次,层层递进,步步紧逼。等沈眉娇耐不住窒息的感觉微一启唇,莫斓笙才更为大胆地品尝起来。

满室旖旎。

直到两个人都喘着粗气,莫斓笙才放过了她的唇,然而他眼里一小簇幽光,仍旧看得沈眉娇整个人都烫起来。

沈眉娇的双手抵在他的胸膛上,很艰难地挪动了一下,莫斓笙只觉胸前的手一动,再看她唇色鲜艳欲滴,耳根子一路红到脖颈,瞧起来像蛋糕一样诱人。

"脸红什么？女王陛下,你刚才的胆量哪里去了？"莫斓笙挑了眉,嘴角绽开一抹笑,终是收了那簇幽光,放开她站了起来。

这里可是办公室,她以为他会在这里吃了她不成？

沈眉娇只觉鼻间空气涌入,窒息感退去,但周身却是一冷,温暖的禁锢已然消失。

听了莫斓笙的话,她的脸又不可遏止地红了起来,手却一推眼镜,一整衬衫,轻轻地说：

"下班了,我回家。"

答非所问。

女王也有傲慢的时刻。

"你不想知道我的答案？"莫斓笙双手圈在胸前,饶有兴致地看着她。

沈眉娇一僵,厚实的脸皮像充气的城堡,早被那一吻给戳破,现在只剩了张薄外皮。

"你不是要追我？"莫斓笙继续逼问。

沈眉娇总算领会到"不作死就不会死"这话的真正含义。

"我饿了,再见！"

继续答非所问,外加走人。

"等等。"莫斓笙叫住了她。

沈眉娇回头，却见莫斓笙快步走到自己的办公桌前，合上了电脑，拿起了钥匙。

转身之即，他看到了咖啡杯下压着的那张《仙修》神榜玩家的名单。

红衣黑发的女人影像在脑中飘过，最终渐渐消散。罢了，终究只是一个幻象，也许他所喜欢的，只是自己心中勾勒出来的这个人物，而并非实物。

莫斓笙笑笑，伸手抽出那张纸一揉，将它扔入了纸篓。

身边有个疯婆子，他没有多余的心再想别的了。

"走吧，我送你回家。顺便给你机会追我！"莫斓笙快步走到沈眉娇身边，一把拉起她的手，朝外走去。

他掌心的温度透过她的指与掌传递到了心头，沈眉娇有些失神。

她是抱着必死的决心才疯狂这么一回的，可是结局似乎，出乎她的意料。

[7]

沈眉娇还是调岗了，莫斓笙亲自下的调令，把她调到了企划一部，做了企划一部老大的助理。

虽然仍旧无法避免与薛锋扬的接触，但相较之前，频率已经少了许多。沈眉娇开始了全新且陌生的忙碌，和秘书的工作不同，企划助理这个岗位，除了替领导处理必要的琐事之外，还要负责一部分物料收集分析、市场调查、创意文案之类的杂活。

大概是莫斓笙交代过的关系，企划一部的老大高明远倒用了些心提点她，加上沈眉娇之前做过总裁秘书的关系，跟下面的人都打过交道，她态度温和，所以人缘还不错，因此虽然新岗位加上新环境，上手有些难度，但她还是很快就进入了状态。

沈眉娇挺喜欢这份新的工作，有难度有挑战，虽然更累些但她做得开心。倒是总裁办那边，莫斓笙连着两天都有些不大痛快，虽然不到发脾气的地步，但沉沉的脸色仍旧让总裁办里仅剩的两个秘书都先后跑来跟她吐苦水。

日子在一天天地过着，动漫祭只剩下不到一周的时间就要开始了，整个星创的人都忙得恨不得个个人都能一分为三来用，沈眉娇也跟着忙疯，莫斓笙自然就更加抽不出时间，两个人虽然在同一幢大楼中，但见面的次数，却并不多。

相对的，游戏都上得少了。

今天沈眉娇照旧留下加班，正埋头在电脑上校对着明天一早就要送去打样的物料内容，桌面上的内线电话忽然响了。

"小沈，把你的电脑带上来。"莫斓笙的声音透出一股疲惫。

沈眉娇有些纳闷，只是还没等她开口，莫斓笙就已经把电话给挂了。

她闹不清楚莫斓笙要干什么，事实上自从她疯狂告白过后，莫斓笙和她之间就有些说不清道不明的暧昧。

等她拎着笔记本电脑敲开莫斓笙的办公室门，就看到莫斓笙正坐在沙发上，他闭着眼仰着头靠在沙发靠背上，伸直了长腿，脑袋上的发丝凌乱，领带被拉松，衬衫的领口微微敞开着，一副懒洋洋的颓废模样。

虽然看上去，这样的他要比平时帅气性感了不少，但沈眉娇仍是注意到了他眼下淡淡的青色，想来这几天忙坏了，他都有些吃不消。

这么想着，沈眉娇就有些心疼，轻手轻脚走到他身边，才放下电脑，沙发上的人就睁开了眼。

"你说你要追我，就是这么追的？"莫斓笙直起身来，开始数落她的罪状，"见面见不到，电话也不主动打，我告诉你小沈，你这么追求我，我是不会给你名分的！"

听他又提起那天的事，沈眉娇的厚脸皮都红了，办公室里一切如旧，发生过的事历历在目，她的心又有些不争气地快速跳起来。

"姐不在乎这种身外之物。"沈眉娇微抬了下巴，斜睨了他一眼。

"噢。"莫斓笙恍然大悟，"原来你在乎我的身体。"

沈眉娇给他说得一噎，忽然发现原来莫斓笙嘴皮上的功夫，也不简单。

"说吧，叫我上来什么事？"沈眉娇不接这个茬，一屁股坐在了他旁边。

"吃饭，玩游戏。最近有点累，想放松一下。"莫斓笙伸手按了按眉心，最近事情太多，他连续工作了几天，急需放松一下神经，免得绷坏了。

他就想见见她而已，见得久一点点。

沈眉娇扫了一眼办公室，游戏好理解，可是……"饭呢？"

"猴急什么，叫小邓去买了。"莫斓笙眯了下眼，眼角微微一挑，那模样活脱脱一个小娇羞。

猴急？！

沈眉娇瞪了他一眼，道："有加班费么？"

"我给你制造机会追我，你却管我问加班费？那我有没有媒人费？"莫斓笙见她眼角眉梢里欢喜的风情，不由自主伸手去牵她。

沈眉娇却站起身来，让他的手落了空。房间里铺了地毯，每天都有卫生阿姨来打扫，所以沈眉娇随意地盘腿坐在茶几前，打开了电脑。

"不是要游戏吗？你还坐着干吗？"

最近帮会里正在无妄天宗的帮助下，通刷几个大副本。笙歌惊鸿进帮之后，就开始协助君君小安管理整个帮会，收人、组织副本、制定物资分配什么的，他递交了一整套的方案上来，竟然比无妄天宗的那一套更严谨，沈眉娇便放了心，不过他似乎也没什么时间游戏，因此只是把任务分派下来，每个人负责一部分。

因为有无妄天宗的扶助，加上帮会等级本来就高，招起新成员来还算顺利，笙歌惊鸿还大肆招收新人、小号，让帮会组织高级玩家专门负责带他们，从中挖掘些操作好的玩家，而君君小安在笙歌惊鸿的帮助之下，正努力地学会当一个称职的帮会会长，休闲玩乐的时间被忙碌取代，他也渐渐收起了幼稚的那一面。

笙歌惊鸿，做了从前她在无妄天宗时做的事情，比她做得更好，虽然他的操作仍旧让人头疼，但是从无妄天宗到一妄成劫，他说的话却是人人都信服的。

沈眉娇很高兴自己的徒弟能走到今天，他让她明白了，原来在游戏里，操作和装备并不代表一切，想要玩好一个游戏有许多的方式。

"你在笑什么？"莫斓笙看着沈眉娇上扬的嘴角有些莫名其妙，便凑到她旁边，发现她正在看帮会成员。

"我在想最近帮会发展得挺好的，这笙歌惊鸿是个人才，这么短的时间里就能让帮会事务上了轨道，让君君小安跟换了个人似的，几场活动下来，帮会热络了不少，厉害啊。"沈眉娇表扬着。

莫斓笙微笑着，十分受用她的恭维，正想告诉她自己就是笙歌惊鸿。

"可惜就是，手慢了点。"沈眉娇忽然话锋一转。

莫斓笙的笑一僵，伸手按在了她头上把她头发揉个乱七八糟，道："在我面前，不要看别人。"

"别闹，君君小安在叫下副本了。"沈眉娇挥挥手拨开他的爪子。

莫斓笙看了一眼电脑，君君小安果然在召唤。

[帮会频道]君君小安："沈沈，归河，你们两公婆终于同时上线了？快点进组，下醉梦小筑，君无妄带队，快快快！"

她什么时候和他成了两公婆？！

沈眉娇有些郁闷。

这几天君无妄基本没空理会他们，就连自己帮会的事情都没怎么管，因为动漫祭的竞技赛马上要开场，他一心扑在了上面，正忙着练手。沈眉娇也好些天没上来，沈沈的号她交给了君君小安，如果要做任务就让他上她的号去下本。

因此今天难得她本尊上线，君无妄便卖她个面子，组团带他们杀去醉梦小筑副本，绿灵儿任务要打的三大副本之一。

沈眉娇和莫斓笙一起进了团队，因为两个人在一块，便由莫斓笙进了团队的歪歪房间听指挥。

等他们准备妥当，赶到醉梦小筑的副本门口时，便看到副本的门口站满了玩家，红蓝两种颜色的名字让人眼花缭乱起来。

仙魔阵营的两个不同团队，面对面地站在了副本门口，居然难得的，没有开打。

[当前频道]风长岚:"君无妄,听说你还不敢接尊者居的挑战?"

[当前频道]风长岚:"我可听说,凉骨天烬已经接受尊者居的赌约了,怎么,你还是没胆子接吗?"

沈眉娇混迹到人群中,看到当前频道上,闪过的名字,忽然一阵熟悉。

风长岚……

这不是当初把她师姐给拐跑的男人吗?

[8]

说起风长岚,当初也是个人物。

在九霄梦和云重裂两个服务器还没合并的时候,他曾是九霄梦服务器里仙界阵营最大的一个帮会的会长,风头盖过无数玩家。

那时候,君无妄还带着她和她师姐在漫漫仙修世界中做一伙快乐的休闲玩家。沈眉娇都已经记不清君无妄是什么时候爱上师姐的,她只记得公测后的半年,有一次烟火盛会,君无妄给她砸出了全服最贵最华丽的一枚烟花,而后这两个人就算是公开暧昧了,只不过师姐并没有正式答应君无妄的追求。

那个时候,君无妄真的很喜欢云无影,只要她开口,他愿意为她做任何事,像一个傻宅男似的,和现在如高岭之花般的君无妄,简直判若两人。

但不知从哪天起,云无影变了。她开始一反常态地总和君无妄吵架,不怎么和他们下副本,上线以后也不和他们一道,而是和风长岚组了队伍,开始下竞技场,追求装备和声望。

云无影并不是个追求装备的人,否则当初也不会陪着君无妄看一场又一场的烟火,翻越一座又一座的山,找出无数的隐藏任务,挖掘出数不尽的仙修趣事。

沈眉娇还记得,有一次云无影问她:"娇娇,如果你明知道这辈子和他不会有结果,还会不会给他虚无的假想?"

那时候沈眉娇以为云无影说的是网恋,怕的是两个城市间的距离,还曾劝过她,也与君无妄说过,可最终还没等两个人见着面,云无影便离了他们,嫁给了风长岚。

以魔渊玩家的身份,当上了仙界最大帮会的会长夫人,云无影也算得上是个传奇。

从那以后,君无妄便不再当一个闲云野鹤,开始建帮征战,而她狂眉逆娇成了他的左膀右臂。

云无影与风长岚在一起后两个月,就忽然从游戏里消失了踪迹,再也没回来过,而风长岚的帮主夫人却是一个接着一个的轮换着。他们说,是风长岚太花心,逼走了云无影,也有人说风长岚不愿意在现实里和云无影在一起,所以她伤心离开……

传说很多，但自那以后，君无妄就处处与风长岚为敌，誓要打败他，将之踩在脚下。

可是打败了又能如何？云无影都已经彻底消失了。

到今天，已近三年时光。

沈眉娇却知道，君无妄从没放下过那个传奇般的女子。

如果说狂眉逆娇是这九霄云重里的传说，那云无影则是这魔渊第一人心头的传说，而作为一个女人，她想她也更愿意成为一个男人心头的传说。

游戏里的爱情，绝大多数都撑不到现实，两个不同城市的距离摆在那里，谁也不愿意为了对方多走这一步。他们管那叫牺牲，既然是牺牲，就意味着他们觉得付出是一种伟大的委屈，而不是成全，成全自己的爱情。

这样的委屈，没人愿意接受，于是大部分的网恋总是无疾而终，他们输给的其实是自己，而不是爱情，更不是现实。

云无影虽然早早就离开了游戏，但风长岚仍在游戏里，继续当他的大神，但这两年因为君无妄不断打压的缘故，再加上合服之后悬命纵天的出现，风长岚的实力已经大不如前，帮会"长风啸歌"也已跌到了二流帮会排名，和君无妄与凉骨天烬不是同一个级别的人物了。

今天两个帮会在这副本之外又撞见，没有开打却展开口水战，沈眉娇也是挺诧异的。

[当前频道]君无妄："我想怎么做，不需要跟你这个手下败将交代。"

[当前频道]君无妄："风长岚，我看最近你是太闲了，这个月的帮会领地我不会再手下留情了。"

[当前频道]风长岚："哈哈，等你赢了那场竞技赛再说。"

[当前频道]风长岚："君无妄，她跟我说过，你是她的奇迹。怎么，如今你怕了不成？怕一手建立的帮会在你手上毁掉？"

这个她，指的自然是云无影。

许久没有听到云无影的名字，君无妄一时间竟没有回应。

[当前频道]一骑当尘："怕什么，谁怕了？我们天宗之人，怎么会怕一个小会？"

[当前频道]啡啡："不管老大做什么决定，我们上下兄弟都会全力挺他！怕这个字，从来没在我们帮会的字典上出现过。"

[当前频道]风长岚："是吗？有了荣耀，就怕失去；有了兄弟，就怕令他们失望。今天的君无妄，不就是当初的我?!"

[当前频道]风长岚："君无妄，如果你接了他们的赌约，并且赢了他们，我就相

信你是她口里的奇迹，我就告诉你，当初云无影离开你的原因，我就让你见她。"

说完这番话，风长岚便当先一人进了副本。

沈眉娇却在电脑前出了神。

云无影离开的原因？

莫非当年之事还别有隐情？

"你怎么了？"莫斓笙的手，抚上她紧握着鼠标的手，暖暖的温度透过来。

"没什么。"沈眉娇回了神。

莫斓笙见她不说，便也不问。

从那天起，只要她不愿意面对的事，不愿意说的话，他都不会再逼她。

"想不到，游戏里的狗血剧情，也挺多的。"莫斓笙有感而发，在她耳边叨了一句。

沈眉娇便笑了，很难想象，两个多月前，大老板还是个不知游戏为何物的人，如今都会感叹这些了。

"何尝不是呢？你以为网络很远很虚，其实它就是另一个现实罢了。"沈眉娇说着推了他一把，"别感慨了，进副本啦。"

游戏里面，君无妄已带着人进了醉梦小筑。

[8]

绿灵儿任务的这三大副本，难度太大，到目前为止，他们都还没有通过这三个副本中的任何一个。

醉梦小筑是三个副本中最小，却是最困难的一个，限制人数为25人团队，进去之后会分为三条线路，每一条线路都需要派一队人分别攻克，无法全团都走同一线路。因为分散了力量和指挥，所以对每一队玩家的要求都很高。

这个副本，是她转为PVP后才新出来的，沈眉娇没有下过。

副本里这三条路的尽头，都各有一个小终极怪物看守机关，只有三个机关都打开了，最终的门才会开放，玩家才会见到最后的终极怪物灵虚子。而这三条路一旦有玩家进入，三分钟后便会降下石门，进出不得，所以没有办法全团人一个个将关卡清除，只能分成三队。

因为副本太难，一妄成劫的玩家装备技术都不够，所以来得不多，除了沈沈之外，就只有君君小安和归河两个人进了团，被拆分在了三个队伍之中。

其中沈沈跟着的是啡啡带领的那支队伍，而归河在君无妄的队里，君君小安则被安排在了另一支队，分别从左中右三条路进去了。

[私聊频道]啡啡对你说："上一次在红隐山，是我太过自大了些，抱歉。"

沈眉娇正跟在队伍的中后段，朝前走着，忽然看到啡啡发来的私聊信息，她有些惊讶。

[私聊频道]你对啡啡说："别这么说，换了其他人处在你的位置，都是一样的处理方式。"

[私聊频道]啡啡对你说："你很强悍，我不该小看你。如果还有机会，我想再和你打一场。"

[私聊频道]你对啡啡说："侥幸罢了，一次输赢证明不了什么，单凭你能帮着君老大把这么大个帮会管理得紧紧有条，你就比我强太多了。"

平心而论，沈眉娇并不讨厌啡啡，这个妹子态度虽有些骄纵，但胜在够直接也够忠心，处事虽不够圆滑，但有板有眼却是十分公平的人，再加上，沈眉娇当年曾经坐过一样的位置，她比任何人都清楚这个位置的困难和麻烦，因此她对啡啡讨厌不起来，甚至还藏了些惺惺相惜的心情。

[私聊频道]啡啡对你说："是吗？可是他们都觉得我不如旧人好。"

旧人……

沈眉娇忽然有些沉默。

她不知道这个"旧人"指的是不是狂眉逆娇。

[私聊频道]啡啡对你说："算了，跟你说这些干什么。我相信总有一天可以超越她，我也相信再来一次，我肯定会赢了你。"

[私聊频道]你对啡啡说："一定会的。"

沈眉娇笑了，充满战意的妹子让她想起了曾经的岁月。

[私聊频道]啡啡对你说："你虽然操作不错，但装备太差了，这里伤害量大，一会离远点吧，否则被碰一下就要秒了，我可来不及救你！"

[私聊频道]你对啡啡说："我会躲在最后面的，多谢。"

沈眉娇打下这一行信息之后，啡啡便再没有新的信息过来，而随着她们这一小段的聊天时间，第一波的小怪已经稳稳要过了，他们即将迎来复杂的地形。

对，这个副本的难，不在小怪难打，而在于地形与机关难过，很多时候整个团队一晚上就耗在这机关上面了。

沈沈走的这条路，是三条路里还算好走的，名为离火之路。

离火之路上是一片高耸的石柱火海，底下是三丈业火，不要说掉下去会怎样，单说这些业火每隔三秒便会从地底喷发而上，只要被烧着一点，便要回路口石门处复活重来。

石柱共有九十九根，高矮不同，组成一个圆形。每一根石柱上的落脚之处很小，而玩家在上面站立若是超过三秒，柱子便会倾塌，这就逼得每个玩家从跳上石柱那一刻开始，就要计算好每一次飞跃的时间，掌握好每一次起跳的时机，否则不是掉下石柱摔死，就是被火烧死。

这对玩家的操作要求和经验要求都很高。

沈眉娇曾经看过一个关于这个副本的搞笑视频，某帮会为了过这一关，把所有石柱都给踩碎了却还没有通过一个人，结果就是整个副本废了，只能等下周的更新。

莫斓笙电脑里已经传出君无妄的声音，他正在歪歪解释他那条路的通过方法，熟悉的声音让沈眉娇又是一阵的恍惚。

紧接着就是另一条路的队长的声音，最后才是啡啡的声音。

啡啡先将跳法口述了一遍，之后又叮嘱道："大家都是老手了，不用我多说什么。沈沈、归河和小安，你们不需要有太大的心理压力，今天来只是带你们先看看，过不去没关系，但是回去之后最好研究一下跳法，我回头给你们发视频。在此其间如果你们三个人有什么问题，可以在歪歪里说话，特别是沈沈，你是任务关键人，有什么突发情况可以直接出声。"

按照常理，为了保证整个战斗的统一性，在歪歪的团队指挥房间中，除了队长与副队长之外，是没有人可以随意说话的。这次啡啡做了这样的调整，大概是吸取了上一次在红隐山副本里的教训。

"你们三个人，如果听到我的话，就在歪歪里说一声，让我知道你们那边没问题。"啡啡又接着道。

沈眉娇只是挂在歪歪里，她是笔记本电脑，并没有麦，无法开口说话，正想找个借口推托，那边莫斓笙已经说完把麦递到了她的嘴边。

"我OK了。"沈眉娇拿他没办法，只能简单说了一声。

只这一声，歪歪那头就传来了君无妄有些惊诧的声音。

"你……"君无妄吐了一个字，又没了下文。

沈眉娇心头一紧，她忘了，君无妄听过她的声音。

[私聊频道]君无妄对你说："你是谁？"

果然，君无妄很快发来了私聊信息。

"好了，开始吧！"啡啡的声音同时传来。她带头一跃而起，从火焰之间穿过，美丽得如同凤凰。

沈眉娇只能当作自己没有看见君无妄的信息。

她是谁？她都不知道该如何回答他。

[9]

无妄天宗的精英玩家果然是名不虚传，这样难度的动作，他们完成起来倒是不慌不忙。

虽然免不了失误，但每个人都在五次之内飞到了对岸。

先到达对岸的人已经赶到前方去清小怪，沈眉娇一个人跟在最后面，已经挂了五次，没有人催她，大家都知道这个石柱火海难过，当年也都是这么过来的，如今自然不会说什么。

沈眉娇自己也不急，她慢慢琢磨着，其实不是不能按啡啡说的办法飞过去，但她总觉得应该有个更好的方式。

她盯着那石柱看了半天，忽然飞身而起，朝着石柱的中间砸了一记攻击，那石柱果然如她所料的那样爆塌开来，石块飞了满天，沈眉娇指尖疾点，在半空中换了一个方向，让沈沈落到了其中一石块之上，足尖一点，再度跃起，点到了第二块石上。

这石柱爆塌的碎块，会四下飞散，有一部分是飞在了外围，外围并没有业火肆虐，只要好好控制这些碎块，便能在半空飞跃不停，和她之前的飞空动作，有异曲同工之妙。

待沈眉娇飞到了对岸，前面的人正巧清完一批怪，坐在地上恢复，见沈沈追了上来，倒都有些惊讶，很少见第一次下这个副本就能成功飞过去的人，不过少不代表没有，而且沈沈的操作他们也都见识过，所以只在小队里恭维了几声，也没太关注。

莫斓笙很久没说话，沈眉娇便趁着休息的机会，跑到了他身边。

归河也是他们队伍里的最后一名。

他走的那条路是荆棘之路，除了棘刺遍布之外，还藏着无数的陷阱，要过去比起离火之路难度还要大些。

莫斓笙的手不灵活，这么难的操作有些难为他了。

沈眉娇悄无声息地蹲在了他身边，看着他专注的模样，充满战意的眼神，手指虽然笨拙，但他在很努力地尝试着。

一不小心，画面上的归河便被棘藤缠绕，走了一半的路又要重新来过，他的脸上却没半天气馁的神色。

她忽然间柔情满腔，伸了手轻轻覆上了他握着鼠标的手。

"你过去了？"莫斓笙转了头看她，眼里有些笑意，反手一抓，拉她坐了下来，也不等她回答，便又道，"你看这里，这个角度，只要我对准了，就能够避开，另外你仔细听，每次只要陷阱出现，必然会有一个音效提早出现，捕捉好时机，避过是没有问题的。"

沈眉娇有些诧异，音效这种极其微小的差异，他竟然能发现？她不由再次望向莫斓笙，他的动作虽然笨，但眼里的自信，却比朝阳更耀眼。

她爱的，她欣赏的，就是这样的莫斓笙，永远不会放弃，永远都努力地做每件事。

手中的伤痕从来都不是他心中的桎梏，纵然不再是当年的天才，他也一样自信骄傲。

在他心里，有一个永远不落幕的舞台。

沈眉娇发现自己的心，只怕这辈子都要落在这个男人身上，不论来日怎样，她都会永远记得，这个男人所感动过她的每一件事。

"加油！"沈眉娇在他耳边轻轻一语，便回了自己的座位。

等所有人都过了第一关，时间也已过去两个多小时，一个晚上的时间不够通完这个副本，能带着沈沈、归河和君君小安走到这里，已经是意料之外了，君无妄和啡啡还算满意，便散了团。

莫澜笙只是借游戏来放松一下神经，因此团队一散，他就下了线，沈眉娇自然也跟着下了线。两个人都还有工作要处理，沈眉娇索性也不回企划部了，便在莫澜笙办公室里干起活来。

时间一点点流逝，等莫澜笙忙完一茬，抬起头才发现沈眉娇不知何时已经趴在茶几上睡着了。

莫澜笙有些心疼和歉疚，叫她上来是因为他想见她，但她上来了他却也没有更多的时间好好陪她，倒让她一个人趴在茶几上累得睡着。

看样子，他不仅不是一个好老板，也不是一个好情人。

莫澜笙这么想着，一边伸出手去触碰她的手。

大概是办公室空调太低的关系，那只搁在电脑旁边的小白爪子凉得不行，莫澜笙心里一紧，便赶紧伸了双臂，将沈眉娇抱起来。

这一抱，他又不想放了。

大概是因为温暖的缘故，沈眉娇咕哝了一声，并没有醒来，只是伸长了双臂环住了莫澜笙的脖子，再自动寻找了一个舒服的姿势，将脑袋搁在了他脖弯里。

她长发散下，落在他肩上颈上，像蒲公英一样轻软。

这副温驯又依赖的模样，让莫澜笙整颗心都要融化了，他再舍不得把她一个人放在沙发上，便自己坐到了沙发上，仍旧把她抱在手里，搁在膝上。

"妈妈……别走……我很想你……"被温暖缠绕的沈眉娇，一声呓语。

莫澜笙就记起，那一天沈眉娇说过的话。

"我害死了我的母亲……"

不知道这背后，有一段怎样的往事。

他伸手拨开她脸颊上的发丝，仔仔细细地看着，看着……

沈眉娇梦见了母亲。

她的母亲站在一团氤氲白雾之间，朝她笑得温柔，那种温柔是母女相依的十多年里，从未曾出现过的。

母亲朝她挥手。

她追上去，母亲却越来越远。

最终失了踪影。

沈眉娇睁开了眼，这是第一次，她梦中出现的母亲，不再是血肉模糊的样子，不再是愤怒苛责的样子。

母亲挥手的模样，就像是在与她告别。

她有些发怔，抬手想揉揉眉心，却发现自己的手被压住了，她这才彻底清醒过来，放眼望去，仍旧是莫斓笙的办公室，灯火未熄，窗外的天已微亮，却被满室明亮衬得黯淡，而她正半躺在沙发之上……

不，等等！

她转过头，对上了近在咫尺的莫斓笙的脸庞。

他的头侧着，倚在沙发扶手上，睡得香沉，眼帘如扇，看得她想伸指轻触，额前是几缕发丝凌乱地垂下，让工作时不苟言笑的他有了些孩子般的调皮气息。

沈眉娇觉得自己这个梦还没醒来，她盯着他看了许久才发现自己好像正躺在他的腿上，半身蜷在了他怀里，他的一只手臂搁在了沙发靠手上给她当了枕头，另一只手，正横放在她的腰间，压着她的手。

很近的距离，近到他的西装外套摊开来，就可以把两个人一起盖在里面。

沈眉娇的脸迅速烫了起来，心脏也跟着越跳越快，她动也不敢动，就怕惊醒了他。

他的怀抱温暖厚实，胸口随着他平缓的呼吸微微起伏着，她的手臂靠在上面，便能清楚地感觉到他胸膛的力量。

鼻间都是属于莫斓笙的气息，仿佛化成了她的空气般，他的鼻尖挺挺，嘴唇微抿，在沈眉娇眼前勾引着。

沈眉娇鬼使神差地抽出了手，拿手指轻轻按上了他的鼻尖，往下一压，他鼻子一扁，变成了滑稽的模样，沈眉娇翘了嘴角，却忍下了笑声。

她的手指继续下滑，落到他的唇角，往上一挑，莫斓笙顿时成了阴阳脸。

沈眉娇乐不可支。

莫斓笙此时眼睛猛然睁开，眼里幽幽的火苗烧得正旺，他嘴唇一动，张口就把她的手指咬在了口里。

"啊！"沈眉娇低低地叫了一声，立刻缩回了手。

搁在她腰上的手，忽然间加大了力量，莫斓笙的脸已渐渐逼近。

电光火石之间，沈眉娇推开了他，跳了起来。

她还没刷牙。

"快过来！"莫斓笙冲着她叫道，脸上的表情充满了总裁的狂霸之气。

"不要！"沈眉娇摇头，和他保持了一小段距离。

偶尔她还是要娇情一下。

"过来！"莫斓笙的声音有些咬牙切齿的味道。

"你过来！"沈眉娇想了想，换个方式欲拒还迎吧。

"你这个……"莫斓笙又想说她疯，他动了动手，最后还是换成了无奈的口吻，"快点过来……"

沈眉娇忽然走到他身边，蹲下身子，拿手在他小腿上捏了一把。

"嗷。"莫斓笙低声一叫。

是的，没错，他的手和脚，全都麻了。

都是因为沈眉娇！

第六章
终极竞技 全服之尊
九霄长歌

[1]

七月中旬，动漫祭正式开始。

在经过了一段疯狂的工作之后，星创上下终于迎来了最终的挑战，整个公司由上至下，几乎都驻扎到了展馆。

莫斓笙和沈眉娇亦不例外。

沈眉娇如今隶属的企划一部，负责的是整个场馆的统筹安排，所以她需要跑全场，这几天格外辛苦。

动漫祭的举办地点，在S市南边的国际展览城，是国内数一数二的大型展馆，共分了ABCD四个区，其中主展厅设在了A区，是开幕式与几个重大项目的展厅，其中就包括了飞象网络。

偌大的展会上，挤满了人，穿着华丽服饰的COSER（变装的人）游走在人群之中，时不时地被路人拉了拍照，音乐声从各展厅远远传出来，让人忽然有一种穿越到异次元的错觉。

沈眉娇正坐在B区工作台之后啃盒饭，她饿疯了，忙到下午一点半才抽了时间和同事轮换着去吃饭，这个时候，再油腻的快餐到她嘴里都成了珍馐美味。

只是那饭还没吃几口，她就接到了救场的电话。

原来是B区北角里发生了一场争吵，有人报上了沈眉娇的大名，所以在场的同事把她给叫了过去。等沈眉娇火急火燎地赶到那里，就看到一身嫩蓝色公主裙装的爱丽丝站在人群中间，紧紧地抓住了一个男生的手臂。

不用想，肯定是爱丽丝报了她的名字。

爱丽丝最近为了赚生活费，进了一间动漫公司打工，这几日她公司在展会上租了个小展位，因此她也日日来此报道。

沈眉娇一抚额，拨开人群，挤到了里面。

"怎么回事？"她问道。

"小沈，你来了。"同事见了她，就跟见到救星似的。

"娇姐姐。"爱丽丝也是面色一喜，朝沈眉娇挥手，手才一松，旁边那男生就要抽回手臂，她立刻收回手又紧紧地抓住他。

沈眉娇只是朝她点了一下头，却看向了自己的同事。

闹了半天，原来爱丽丝接了个私单，有个COSER跟她订了套《仙修》的媚骨职业套装，因为急，所以她紧赶慢赶才总算在约定的时间前赶完，因为那COSER是参加本次动漫祭上的COSPLAY（角色扮演）大赛，所以她们就约了在会展上交货。谁知道爱丽丝将衣服塞在袋里，扔在了她公司的展厅上，自己去了一趟厕所回来，就看到个穿深蓝T恤的男人，把那袋子给拎走了。

她追了大老远才总算抓住了这个男人，可袋子却不在眼前这男人身边。

这会午休时间结束，马上要到人流的高峰期，他们几个人堵在道上不成样子，沈眉娇把他们都带到了保安室里。

保安室里虽然开了空调，但仍旧闷热异常，几个人一挤进去，更是热得不行。

保安队长很烦躁，提议报警。

"我都说了我没拿！你们要报警就报吧，警察来了更好！"那男生又气又无奈地高声说着。

"没偷你干吗把你手机押给我？你不是做贼心虚是什么？"爱丽丝说着，一面扬了扬手里抓着的一部苹果手机。

嚄，还是最新版的那一款。

"我是赶时间，手机放你这，也不怕我跑掉，就算我跑了这手机也抵得上你那衣服的钱了吧。"男生大概急着想走，一直不断地看墙上的钟。

"呸。那衣服是我花了好几天时间赶出来的，答应了今天交货，现在交不了货，失了信誉，你一部破手机哪里抵得上！"爱丽丝丝毫没有放过他的意思。

众人的眼睛就都在那手机上转了好久。

沈眉娇打量了这男生几眼，这男生看上去和爱丽丝差不多年纪，面上一团孩子气，长得清秀干净，穿着蓝T和牛仔裤，空着双手，没有背任何包。

"别吵了。"沈眉娇挥挥手，然后才问向爱丽丝，"你拿多大的包装的？什么颜色？除了衣服之外还放了别的东西吗？"

爱丽丝想了想，才道："土豪金色的皮袋子，不大，我的衣服都差点塞不下，所以就没放别的东西了。"

"是不是那个G开头的牌子？"沈眉娇听完后就想起时常被爱丽丝当购物袋一样塞在沙发角落的包包，某日她收拾房间时扯出来一看，才发现那是个Gucci的包。

"是啊，就是那个。我妈送我的，我嫌太土俗向来不用，只是刚好拿它装衣服而已。"爱丽丝偏头想了想，回答道。

苹果六她说是破手机，Gucci她嫌土，果然有钱就是任性。

沈眉娇笑了笑，转头朝保安队长耳语了几句，保安队长便立刻走到一边打电话，她这才回头对着爱丽丝和那男生道："给我十五分钟时间，你们等会。"

不到十五分钟，就有保洁大婶拎来了一堆衣服。

"是不是这堆衣服？"保洁大婶的嗓门老大，才见门就叫了起来。

爱丽丝整个人蹦了起来，抢在众人前面夺过了那堆衣服，如获至宝似的叫了起来："对对对，就是这堆，谢谢谢谢！"

"好了，衣服找到了，误会解除，还不跟人家道歉。"沈眉娇拍了拍她的背，提醒道。

其实这事不难理解，爱丽丝拿个万把块钱的包包装衣服，人家要偷也肯定冲着那包，那贼翻遍了包以后，找不到别的财物，也不可能带着个塞得鼓鼓的包包招摇过市，肯定在路上就把里面的东西给丢掉了，他才能把包包收起来带出去。

因此沈眉娇就找了保安队长帮忙，叫人去附近的垃圾桶里看看，果然就找到了这些衣服。

爱丽丝嘴巴一扁，道歉的话才要出口。

那男生便瞪了她一眼，急匆匆地说道："免了，大小姐的道歉我受不起，下次眼睛看仔细点，白长了那么大一对眼睛了。我赶时间，走了。"

"你……只是找回了衣服，可不代表不是你拿的包！"爱丽丝一听就不乐意了。

那男生却没有理会她，朝着沈眉娇道了谢，便转身快步出了保安室。

爱丽丝正咬牙切齿地望着那男生的背影，忽然手机一响。

"糟了！"她只是看了看来电显示，便脸色一沉。

"娇姐姐，老板来电话，我得马上回展厅了，你有没有空？我约了买家在Ａ区交货，帮帮忙，帮我送过去下。"爱丽丝哀求地望向了沈眉娇。

送衣服不是什么麻烦事，沈眉娇想着自己还有点休息时间，就点了一下她的头，才接过那堆衣服。出了保安室，还没走两步，就听到有人叫她。

"姐姐。"

沈眉娇转身，发现竟是刚刚那男生。

"刚才真是多谢你。那个……能不能再麻烦你下，带我去Ａ区，我认不清楚路。"那男生对自己的"路痴"属性有些不好意思，笑得有些羞涩。

[2]

展馆很大，路也四通八达，一时半会分辨不清也很正常，沈眉娇咧嘴一笑，冲着人家这一声"姐姐"，她也得帮帮他。

"行了，我也正要去Ａ区，你跟着我吧。"沈眉娇爽快地同意了。

"太好了。"那男生高呼了一声,很自觉地替沈眉娇接走了那一堆衣服,"我帮你拿。"

"乖。"沈眉娇并不客气,不知怎的,她看着他总有种邻家小弟般的亲切。

"姐姐,我叫林君安,你叫我小安就好了。你呢?"小安报上自己的名字。

"沈眉娇。"

两人一路聊着,一路走着。从B区到A区要穿过一个偌大的广场,因为晚上有大型的COSPLAY活动,所以这会广场上已经搭起了舞台,日头虽毒人潮却也不见少。沈眉娇带着小安快步走到了A区里面,已是满头大汗,小安的后背更是湿了一大片。

他们进的是A区侧门,这里正对着A区里最大一个展馆的后方,此时已经站满了人,小安一进门起就开始东张西望地找人,也不和沈眉娇说话了。

沈眉娇只在前几天会展开始布置的时候来过几次,后面她就无暇再来了,如今展览开始,这个展馆里声色光影如梦似幻,恍如另一个世界。

《仙修》的世界。

四周一切都依照着《仙修》中最大的中立主城华曦城而布置的,利用了最新的3D全息技术,因此整个会场看上去,就像真的华曦一般,美轮美奂,远山近水,如同真实存在的一般,再加上无数的COSER穿着仙裙战甲,提着刀剑长箫等物,虽然明知是假的,但仍旧让沈眉娇有瞬间的失神,仿佛穿越到了那个熟悉的世界之中。

她从后台望出去,飞象网络的这个展馆正中,仿照着华曦城的论战台,也设置了一个大高台,是COSER表演和女神见面会以及大神榜竞技赛的舞台,舞台后方的巨大显示屏幕,此时放的是华曦城背景,到时候就会换成竞技赛的实时战况播放。

一切一切,看起来都十分隆重。

"哥。"小安忽然激动地叫了一句,来不及把衣服还给沈眉娇,就抱着一大堆东西跑向了人群某处。

"小安,我的衣服!"沈眉娇只能跟在他身后跑过去。

等到她跟过去,还没靠近,就看到角落里站着两个男人。

其中一个,正是莫斓笙。

另一个男人,沈眉娇并没见过,他和莫斓笙差不多高,眉目清俊,是个斯文帅气的男人,和林君安有着六七分相似,果然是兄弟。

"小沈?"莫斓笙一眼就看到了沈眉娇。

"你这是怎么了?"和莫斓笙站在一起的男人也开了口,问的却是小安。

沈眉娇两天没见着莫斓笙了,这会忽然间见到他,不由一愣,人却不由自主走到了他身边。这些天因为展会的事,两个人忙得半点空都没有,尤其是莫斓笙,公司、展馆以及几个合作方,几个地方轮着跑,此时虽然看着仍旧神采奕奕的模样,可沈眉娇却看得出来，他整个人都瘦了一圈。

这边沈眉娇还在心里心疼莫斓笙，那边小安已经把事情解释了一番。

"沈小姐，你好，我是林君平，谢谢你帮了我弟弟这个大忙。"林君平一面笑着开口，一面朝着小安的头重重按了下去。

林君平的声音，听在沈眉娇耳中，异常熟悉，但她想不起来自己在哪里见过他。

"林先生，你好，真抱歉我是不是打扰到你们说话了。"

"小沈，林先生是这次代表九霄云重服务器来参加竞技赛的玩家君无妄。"

沈眉娇和莫斓笙几乎是同时开的口，她在听到"君无妄"这三个字的时候，便出现了短暂的愕然表情。

她没有料到两人间的相逢竟是在这样的情况下。

林君平竟是君无妄，那就意味着，刚刚沈眉娇才认识的林君安，就是君君小安，这两兄弟和沈眉娇的缘分都挺深的。

君君小安，是林君安的人妖号吧，游戏里那个聒噪的小萝莉形象和眼前这个阳光的大男孩，一时之间让沈眉娇无法联系到一起去。

"沈小姐也是《仙修》的玩家？"林君平语带试探地问道，他觉得她的声音太耳熟了。

"算是吧。"沈眉娇按捺下心头翻涌而上的各种情绪，平和地回答他。

想不到她认识了君无妄这么久，他们的第一次见面，是在这样的情况下，沈眉娇一时间竟有些不知如何反应。网络世界的虚幻被真实替代，遥远的距离忽然间触手可及，反倒让人有了不真实的感觉。

好在，爱丽丝的电话解救了她的尴尬。电话是来催促她交货的，说买主已经在指定的地点等候多时，因此沈眉娇没时间耽搁，只能从小安手上抱回了衣服，匆匆离开。

林君平的视线便一直目送着她的背影消失，那模样看得莫斓笙心中有些不喜，便重重咳嗽了一声，林君平才回了神。

"你说你想见狂眉逆娇？"林君平问他，"你不是她徒弟吗？怎么来问我她的下落。"

"她很久没上线了，找不着人。我只是来看看她会不会参加这个竞技赛。"莫斓笙这一次，是以"笙歌惊鸿"的身份来和林君平见面的。

他想见见狂眉逆娇这个师父。对他而言，狂眉逆娇就像是活在传说里的人，带着些许传奇的色彩，让人仰望，他也只是仰望她的众多人中的一个，而那一夜那一首曲子，曾经掀开他心头多年没有再想起的梦想，他想见她，已不是因为喜欢或者爱，而只是那一份老友般的感情。

她给了他虚拟世界里最初的感动，而从网络到现实，能有多远呢？

再虚幻的世界，活在里面的人，也都是真实的。

他也仅仅是想远远看看她，确认安好，便已足够，不需要更多了。

因为他已经有了属于他的传说。

那个疯狂的女人，不是吗？

"也许，决赛那天她会出现吧，说不准。也许她现在就躲在那些玩家里面，谁知道呢？"林君平仍旧望着沈眉娇消失的方向，意有所指地感慨了一句，忽又问道，"恕我冒昧，刚刚那位沈小姐，是你的？"

"我女朋友。"莫斓笙的回答没有任何迟疑。

[3]

因为林君平的关系，莫斓笙忽然意识到，沈眉娇最近好像收获了不少男性关注度。

从薛锋扬到林君平，再加上给她安排的那些相亲对象，也有几个对沈眉娇产生了兴趣，来他这边探口风的，林林总总加起来，数量虽说不会多到让人惊讶，但也让莫大老板产生了危机意识。

仔细想想，沈眉娇虽然不是漂亮到让人一眼难忘的女人，但也是枚标准的清秀佳人，加上她待人处事，亲和力很强，极容易让男人产生"宜家宜室"这类的想法，眉目里又有些执拗倔强，让她的亲和中带了三分风骨，没有圆滑之感，反有些赤子之心，更让人记在脑里，慢慢就印到心上。

越想，沈眉娇就越加独一无二起来。

莫斓笙恨不得把沈眉娇拴到裤腰带上天天看着。

好在，如今沈眉娇还是他的员工，以权谋私什么的，他也不是第一次做了。这不是，他一道召令，又把沈眉娇叫上来"加班"。

这堂堂总裁办公室，都快成了约会圣地了。

但莫斓笙还是很不满，因为沈眉娇此刻正盘腿坐在茶几前，塞了满嘴的饭，眼神却全放在了电脑的显示器上。

沈眉娇在看的，是君无妄在动漫祭上的《仙修》竞技赛视频。

她遇到林君平的那一天，正举行竞技赛的抽签排号仪式，林君平的君无妄代表了九霄云重参加比赛的三个玩家，上台抽了号码。

九霄云重服务器，抽中了第七号。

这场竞技的初赛就安排在第二天，也就是今天下午，沈眉娇正在B区工作，没办法去现场看，因此只能回来看看视频过瘾。

虽然她没同意参加这场战斗，但到底还是遏止不住心底烧得发烫的火焰，趁着晚上和莫斓笙吃饭的时间来饱个眼福。

整个竞技赛，分三场举行，每一场的竞技内容都不一样，不是单纯的PVP赛。初赛用的是积分淘汰制，十二个服务器三十六个玩家，每个玩家各自在会仙岭占一块领地为起始据点，而在会仙岭的正中会有一座灵石山、一个清尘镇以及一个魔钢矿洞不断产出修仙所需的资源，这三十六个玩家需要到这三个地方夺取资源后放回自己的领地，除此之外，击灭其他玩家或者夺取对方领地及占领资源处等方式，都可以为玩家积累资源点数。

这场比赛为时一小时，以最终资源点数作为该玩家的积分，同服务器的三个玩家积分累积，排在前六名的服务器，则可以成功晋级下一场比赛。

九霄云重最后参赛的玩家除了凉骨天烬与君无妄外，还有一个则是排在第四名的叫剑嚣的玩家，因为狂眉逆娇的放弃，他自然而然就顶了上去。

初赛的竞技方式虽然特别，但沈眉娇倒不担心，君无妄和凉骨天烬的操作，她再清楚不过，因此最后的积分排名上，三十六个玩家，君无妄和凉骨天烬分别排到了第二和第五，剑嚣则为第十六，总分加起来排在了第三，仍旧稳妥晋级无碍。

唯一让人不痛快的是，天域魔想服务器排在第一位，尊者居的玩家在台下嚣张得不成样子，连带论坛上的那一帖赌约，又被炒得热翻天，看得人牙痒痒得不行。

此刻显示屏上的君无妄正在和一个玩家PK，沈眉娇久未如此近地看旧日师父的战场英姿，此时不禁看得入神，脸上都是燃烧的表情。

"啪！"

沈眉娇看得正嗨的时候，笔记本电脑被一只大掌重重阖了起来。

她抬头，对上了莫斓笙幽深的眼神。

那里面，有些怨气。

"饭，冷，了！"莫斓笙开了口，那一个字一个字，好像都是从嘴皮子里往外蹦出来似的。

沈眉娇赶紧扒拉了一口，然后推推他，开口道："饭冷了你也赶紧去吃呀！"

莫斓笙脸色一沉，他这难得抽了时间，找了借口把她叫上来吃饭，这人怎么就这么不识相呢？没挑明之前吧，她在他跟前战战兢兢的，事事以他为先，现在倒好，疯了一把整个人都豁出去似的，啥也不顾了，在他跟前眼睛还敢盯着别的男人直看，看得眼珠子都不转动。

想起昨天那林君平和沈眉娇见面时的场景，那气场怎么看怎么就不对劲，莫斓笙心中警铃大响，满心不顺。

沉沉的气息从他身上传出来，沈眉娇很快就意识到自己似乎说错了话，赶紧抛下了自己的勺子，把他的筷勺从对面取过来送到他手里。

"来来，坐这儿吃，你这两天都瘦了，多吃点啊。等展会过后，咱们去吃点好的进补进补吧，我做东！"沈眉娇见他没有接勺的意思，只好给他舀了一勺汤送到嘴边，补了两句好话，总算让他脸色好了点。

莫斓笙没有被人喂食的习惯，就着她的手喝了一勺汤，便把那勺子顺手给接了下来，正想给沈眉娇舀个鸡腿送过去，就看到沈眉娇的爪子又摸向了电脑。

"沈眉娇，你够了！"莫斓笙丢开勺子，一手揽上沈眉娇的腰肢，将她身体扳到了自己面前来。

冷白的灯光之下，沈眉娇的皮肤有种病态的白皙，衬得她眼眸里的那抹黑色愈加明亮，此时因为盛满了疑惑不解与惊讶而张得老大，再加上微张的唇与翘起的嘴角……

她大概不知道自己这副无辜的模样，会毁了一个男人引以为傲的自制力吧。

"你怎么了？"沈眉娇就看到他眼里有些火幽幽地燃烧起来，搁在腰上的手也像是烙铁似的烫起来，便小心翼翼地问道。

"沈眉娇，以后不许盯着别的男人直看！特别是薛锋扬和林君平！"莫斓笙收紧了手的力量，让她不得不靠到了自己胸前，仰了下巴看他。

也就这种时刻，他才会收了平时温柔沉敛的气息，眼里有些任性霸道的光芒。

沈眉娇盯着他看了半晌，忽然"扑哧"一声笑了。

"我知道了，你这是……"沈眉娇忽然伸手，在他下巴下轻轻一挑，也一样霸道地开口，"吃醋了？"

莫斓笙被她识破心思，却毫不在乎，他抓住了沈眉娇在他下巴来回摩挲的手，却没有将之驱逐出境，而是贴到了自己脸上。

"沈同志，以后看我就可以了！知道了吗？"莫斓笙郑重其事地开口要求。

那手摩挲得他的脸很痒，痒得他想转头一口咬下去，这念头才闪过，脸颊上却忽然传来一阵疼。

沈女王改摸为掐，在他脸上轻掐了一把，很快就收回了手。

"莫同志，那你呢？"沈眉娇可还记着他说过的，那个想见而见不到的人。两个人各吃一回醋，这算是平局了。

莫斓笙瞧着她脸上小人得志的笑容，便猜到她心里在想什么了，不由重重地把她按到了胸口上，恶狠狠地开口："你在瞎想什么？"

衬衫之下是厚实的胸膛，温热的气息涌入她的身体，还有那擂鼓似的心跳声，一下一下，特别真实，听得沈眉娇整个人都随之要沸腾起来。

可不能再这样了，这简直就是恶魔的诱惑啊！

"你想什么我就想什么呀！"沈眉娇果断推开了他。

莫斓笙怀抱一空，有些不是滋味，沈眉娇却换了一副口吻开口。

"别闹了，跟你说个正事儿。"沈眉娇改了个方向，倚着莫斓笙坐了下来，"我看这两天展馆里《仙修》的玩家人数，有点超出预计了。因为是整个服务器的赛事，很多玩家都自发组成了各服的加油团，我怕到了决赛那天，人数只会多不会少，你要不要再加派点人手，做好安防工作，舞台那也再加固一下。我担心到时候因为人多，出个什么意外就不好了。你看呢？"

莫斓笙面露思忖之色。这几天他虽然不是长时间待在展馆，但开过两三次会议，每次会上都有人激情满满地汇报说这次展览人气特别旺，尤其是飞象网络这边，出奇的旺。就连飞象的老板，和他吃饭的时候也赞过一次，看来真如沈眉娇所言，人气太旺了一些。

"嗯，我略有耳闻，明天我跟主办方开会时商量下，安全方面加强一下。人手不太够，到时候可能会调其他部门的同事过来帮忙。"莫斓笙点了点头，听取了沈眉娇的意见。

沈眉娇便松了一小口气，这几天她看A区那边人流涌动，到处都是举着牌来支持女神和大神的玩家，比起往年要多了不少人，心里就有些担心，这毕竟是莫斓笙第一次承接这么大的项目，万一出了意外，影响是很大的，她可不想看他再瘦下去了。

一想到瘦这个字，沈眉娇忽然回了神。

茶几上的饭菜早就冷了，可是他们两人都还没吃上几口，尤其是莫斓笙，光顾着看她，怕是牙缝都没塞满。

"莫斓笙，起来。"她叫他名字。

莫斓笙不明所以，却还是乖乖站了起来。

"别加班了，陪我出去吃点东西吧。"沈女王很严肃地开了口，"身体是革命的本钱，你要再瘦下去，本钱可就没有了。"

莫斓笙笑了。

他找她来，本来就不是为了加班。

[4]

沈眉娇的意见获得了认同，很快主办方就做出新的安排，增加了在A区的安防人员，而星创亦调了人手过去协助，沈眉娇正是其中之一。

展会开始后的第四天，是《仙修》竞技赛的复赛。

星创替《仙修》策划的活动，是女神秀和大神竞技赛间隔开来，每天都上演不同的戏码，天天热闹不停歇，再穿插着官方办的COSPLAY展，整个展会期间日日都不落空。最后一天是安排了竞技赛的决赛，且还将会有新的神秘明星代言人到场，为这场展会画上圆满句号。

一切都安排得十分紧凑，除了主展之外，没有哪个展馆能和飞象网络相提并论。飞象的老板到目前为止都很满意会展的布置，这几天又抓了莫斓笙谈新的合作项目，莫斓笙就更没什么时间来会场了。

活动安排得虽好，却苦了底下的工作人员。

沈眉娇自打从B区调过来以后，就日日忙不停歇，A区人比B区多了几倍，工作量自然就上去了。

这会是午饭时间，沈眉娇却只能咬着三明治，在飞象的展馆里边走边找人。

那天因为误会，小安将手机抵在了爱丽丝手里，误会解除后，他走得急，也忘了拿回手机，爱丽丝并不认识他，便只能求沈眉娇帮忙，看能不能在展馆里碰到小安。

于是沈眉娇就出现在了这里。

今天下午是复赛，林君平和林君安两兄弟肯定都会到会场来。

她才想着，就看到个疑似君小安——林君安的影子从眼前一晃而过。

小安走得很快，方向是大舞台后面的角落，沈眉娇想叫住他，声音却被展馆里的音乐声给盖住，便只好快步跟了上去。

舞台后面的音乐声小了许多，沈眉娇才走到拐角的地方，就听到小安的声音传了过来。

"哥，你真的同意那赌约了？"小安有些激动，声音拔高了不少。

"是。"林君平回答得很干脆。

"太棒了，我就知道你不会屈服于他们的淫威！"小安高呼起来。

赌约？！沈眉娇有点诧异，心里便猜他们在说的，必定是我本为尊在论坛上对各服务器大帮会下的挑战书了。九霄云重服务器这边，凉骨天烬和剑嚣都已经接受了这份战书，只剩下君无妄，不管他人如何挑衅，一直一直都没有任何表示。

如今他接受得这么突然，只怕和先前风长岚说的那番话脱不了关系。

"这游戏里，重要的人都不在了。当初我建这无妄天宗之时，想要为之努力的目标，一个一个，都离开了。到现在，四年了，输赢不再重要。"林君平的声音很静，静得不像曾在歪歪里叱咤风云的那个人。

沈眉娇心头忽然一酸，她听懂了君无妄的话里那些萧瑟之音。这男人，已不是当年那个笑傲江湖的少年，也不是后来狂妄的魔渊第一人。

岁月无情，再锋锐的刀刃都渐渐失去了光芒，比如她，比如君无妄。

或者这也叫作——成长。

可是她还是怀念四年前带着她与云无影驰骋江湖、纵横山川的君无妄，还有那个带着整个魔渊玩家上天入地追杀她的锐不可当的君无妄……

他曾说过，建这个帮会，是想让云无影知道他也可以笑傲群英，并不比风长岚差上一分半毫；他还说过，有了这个强大的帮会，他的徒弟就有了靠山，以后出去哪怕是横着走也没人敢欺负；还有还有，还有他的那些兄弟，那些荣耀，都有了归宿。

可现在，云无影已经离开，狂眉逆娇与他反目成仇，而旧日的兄弟，因为各自的生活A的A，走的走，他最初希望成就的一切，都失去了。

四年，现实眨眼就过的时间，于网游而言，却是一段足够谱写历史的漫长时光，而大家，最终都在这岁月里磨成了不同的模样。

沈眉娇鼻头有些酸，她吸了吸鼻子，克制了心头泛起的酸楚，眨掉了眼里小小的水花，从拐角处走了出去。

"Hello！"她打了个招呼。

林家两兄弟便都朝她看过来。

"啊，美女姐姐，你怎么在这？"小安看到她很高兴。

"来找你还手机的。前两天你不是把手机抵给我朋友了，她忘记还你了，叫我拿过来。我没有你的联系方式，就在这边碰碰运气。刚才在展馆里看到你了，就追了过来。是不是打扰你们说话了？"沈眉娇笑笑，把手机递给了小安。

"哟，这大小姐居然还记得要还手机啊！"小安怪声怪气地讽刺了一声，便收下了手机。

"沈小姐？"林君平忽然出了声。

沈眉娇正对着小安笑，听到林君平叫她，便疑惑地望向他。

林君平正审视着她。

"怎么了？"沈眉娇不解。

"没什么，你的声音很像一个故人。"林君平朝她一笑。

"我的荣幸。"沈眉娇与他相视而笑。

"今天下午是复赛，如果有空，记得来看看。"林君平说着一顿，才又道，"我替我弟弟谢谢你的帮忙，等比赛结束，我请你吃个饭，不知道你方便吗？"

"好！等你赢了这场战斗，记得请我吃饭！"沈眉娇朝着他竖了竖大拇指，"好了，我要回去工作了，你们加油！"

说着，她转了身。

他始终没有说出，那个故人是谁。

[5]

下午的复赛内容，和初赛大不相同。六组服务器，不再以个人为单位，而是按服务器组了六支三人队伍，在冰凤原上，进行最直接的3对3PK赛。每一场战斗中，都会有一朵冰凤花，以半小时为计，在时间结束之前，最终抢到冰凤花的队伍或者将对手全部击灭的队伍胜出。

在这场复赛中，要从六组服务器里，挑出最后三组，参加最后一天的竞技决赛。

事关全服荣耀与帮会存亡，每个人都铆足了劲。

沈眉娇站在了大舞台的左侧，负责的是入口处的礼品兑换，正好能一眼就看到右侧硕大的显示屏上激烈的战况。

九霄云重抽中的对手，是六号的北荒仙家，安排在了第二场，紧随其后的第三场，就是天域魔想与江山凰火。

在十二组服务器之中，九霄云重、天域魔想与江山凰火，是实力最强的三组服务器。江山凰火的三个玩家，是该服里排行前三的高手，此次奔着冠军而来，是夺冠的热门之一，他们也在论坛上接受了尊者居的挑战，而这一次在复赛中就与尊者居的人直接对上了，这让这场战斗的精彩程度，提高了许多。

而相比之下，九霄云重的对手北荒仙家实力稍弱一些，便不那么引人注目了。

但不管如何，精彩度还是很高的。

君无妄和凉骨天烬这两个一向针锋相对的家伙一上去，别的不说，先惹来了一大堆女粉丝的尖叫，因为人长得太帅了，尤其在一群玩游戏的宅男里，简直就是男神一样的存在，不少女玩家甚至想要为了这两人转服到九霄云重来。

沈眉娇在台下看得直笑。

正式战斗开始，冰凤原很大，两队人若想一上去就面对面开打也不容易，动作快一点的队伍，甚至可以赶在正面迎击之前抢走冰凤花，然后逃给对方看，北荒仙家用的就是这个战术。反正只要能坚持半小时，并持有冰凤花，就能算胜利，至于用何种方式得胜，武取或是智取，同样都能证明自己的实力。

北荒仙家的队员操作技术虽然稍弱，但整体的配合度却相当的高，看得出来花了不少的工夫来磨合，取长补短，三个玩家互相配合，展示出来的操作不容小觑。君无妄和凉骨天烬两个眼高于顶的人在这上面吃了个大亏，不愿意互相配合，差点让对方抢走了冰凤花。

好在还有个剑嚣当万金油，安抚了一下这两尊神的脾气，才总算让他们短暂合作了一把，将冰凤花给抢了回来，并尽数击败了北荒仙家服务器的玩家。

台下又是一大通玩家粉丝的尖叫，叫得沈眉娇不得不捂住了耳朵。

君君小安带领着十来个同是来自九霄云重的玩家组成的啦啦队，举着加油的彩牌，扯着横幅，在台下使命地加油着，一见他们赢了便都簇拥到了舞台边上迎接他们下台。

一时间舞台前挤满了人，沈眉娇怕太拥堵，忙叫了身边几个安保人员一起过去，帮忙疏导人群。

薛锋扬还站在舞台边上，见了沈眉娇并不意外，朝她一笑，动了动嘴唇，好像在说："我知道，你一定会来。"

沈眉娇没理会，只是拉过了小安。

"小安，你带好这些人，别太激动了。舞台旁边有高度差，这么多人一拥而上容易出现危险，你作为带队的人，要照顾好他们，守秩序。整个活动结束之后，官方会安排玩家见面会，在外面的广场上，到时候就可以好好和你们的大神见面了，别急这一时半会的。"沈眉娇仔细叮嘱着他。

也不知为啥，一遇上沈眉娇，林君安就有种自己要乖乖听话的错觉，这会便干脆地点点头答应道："好。"

说着，他扯开嗓子，把这群玩家给渐渐带回了原来位置。

又是一通尖叫声和掌声响起。

天域魔想和江山凰火的玩家上场了。天域来的三个神榜玩家，全是尊者居的人，可想而知，这尊者居在天域服务器的势力有多庞大。这三个人看上去，年纪和气质都截然不同，最大的一个大约二十五六岁，方额高鼻，颇有些混血儿的味道，一直都在微微笑着，看着很温柔；最小的一个，只有十八九岁，很年轻的面庞，眼中的光芒锐气十足，毫无遮掩，嚣张的气息扑面而来；最后一个看着最老实，圆脸厚耳垂，有些胖，很宅男的样子，看不出什么特别来。

主持人介绍着，第一个男人的游戏名为"尊者之心"，是尊者居的会长，那胖子的游戏名为"尊者之躯"，而那个少年则叫"尊者之狂"。

沈眉娇在台下仔仔细细地打量着他们。

很快他们就各自在位置前坐定，登陆了自己的账号，舞台后侧的大显示屏景色一换，冰凤原东南两面的角落里，就都出现了一队人。

江山凰火的实力也着实强悍，一开始就直奔着尊者居的人而去，根本就不在乎那冰凤花，他们的目标就是尊者居的三个人。

这场竞技，也关乎江山凰火这三个玩家背后的势力以及整个服务器的荣耀，因为他们也接受了尊者居的挑战书。

硬碰硬的结果就是，双方都没人去争夺那朵冰凤花，而是在冰凤原上展开了一场PK较量。

场下的观众，就连加油的声音都没发出，大家都看得入了神。而沈眉娇自己，也把注意力放在了大屏之上，不得不说，这是长久以来，她看过的，最精彩的一场战斗。

这场战斗持续了二十分钟。

江山凰火的玩家施展了一个连续组合技能，将尊者居的人逼到了冰山之下，而后前面两个玩家为盾，最后一个玩家释放裂地之术的大技能，将尊者居的三个人都笼罩在了攻击之下，他们这是想通过牺牲两个人的方式，一举将对方三人秒杀。

几乎没有遗漏的战术，可惜……

屏幕之上那个叫尊者之躯的玩家突然之间飞跃而起。

沈眉娇腾地从椅子上站了起来，眼睛直直地盯着大屏。

尊者之躯飞起之后，一样释放了大型攻击技能，将扔在地上的江山凰火众人都笼在其中，一次全灭。

沈眉娇只觉得自己的手，在微微颤着。

尊者之躯所用的飞跃技能，与沈眉娇当日用沈沈击败啡啡所用的组合技能，一模一样，而用这个组合技的尊者之躯，正是那个其貌不扬的胖子。

突然，一阵喝声从人群之中发出。

"你们输了，哈哈哈哈！"尊者居那个少年挑眉长笑着站了起来，朝着江山凰火的人说道，声音从舞台上传到了下面。

这嚣张的话语在人群中又引发了一轮骚动，江山凰火服务器的玩家到场也不少，当下就有人骂了出来，和尊者所在的天域魔想服务器玩家起了一点小摩擦。

安保人员赶紧上前将人群区隔开来。

那少年却似乎还不过瘾，走到了舞台正前方，对着舞台下的某处，比了个拇指朝下的手势。

沈眉娇顺着那方向望去，那方向的人群后面，站着林君平和薛锋扬两个人。

[6]

白天里的激烈战斗，埋在人心里余音未歇，夜风并不能吹散那股蠢蠢欲动的战意。

沈眉娇一下班就回家了，莫斓笙今天晚上有事并没找她，她就早早地洗漱完窝到电脑前面。

电脑屏幕之上，显示的是《仙修》的官方网站。

她在官网的战斗视频里，找到了沈沈与啡啡的这段PK视频，点击率高得吓人，有人在论坛上特地为此开了一个帖，如今成了高居论坛首页的热帖之一。

不知道是哪个人录下来并放到网站上的，还给这段视频配了段文字，大意便是九霄云重一个小小的新人都有这样的操作技术，何惧外人的挑战，要像这视频里的新人一样，置诸死地而后生。更有人将沈沈喻为足以取代狂眉逆娇的第二代人妖王者，而狂眉逆娇是整个服务器里唯一一个打败我本为尊的人。

那段文字是冲着尊者居的人而写的，虽然并未直接点名，但所有人都心里有数。

发帖的人并没有真实署名，但沈眉娇猜测应该是无妄天宗主战派玩家所发，当初君无妄一直没有接下尊者居的挑战，帮会中的玩家便分成了两派，其中一派就是比较激进的主战派。

再加上后来沈沈所在的一妄成劫帮会与无妄天宗结成盟友，在他人眼中，这帖子就也有了挑衅的味道。

所以尊者居才会选择在下午的复赛上，用这样的方式来打无妄天宗的脸。

就像这帖子最新的一个回复所说的那样：你们认为多么牛的技术，在我们看来只是信手拈来、不值一提的东西。

非常狂妄的回复，自然是出自尊者居玩家的手笔。

沈眉娇不由自主攥紧了鼠标，半晌之后，她登上了狂眉逆娇的号。

她心里有把火，如果不发泄出去她会被闷死。

读条过后，狂眉逆娇还站在上次下线的地方，红衣黑发，颜色醒目。沈眉娇却忽然间不知道要做什么，杀人她没有兴趣，去竞技场PK她找不到合适的对手，不管做什么都是孤零零的模样。

她看着熟悉的人物便有些出神。

屏幕之上一个组队邀请突然弹了出来。

沈眉娇一看，竟是君无妄发来的邀请，她没多想便进了队伍，才发现队伍里，还有一个人。

凉骨天烬。

……

一天的时间很快就过去了，飞象网络举办的《仙修》女神秀圆满结束，玩家迎来了最后一天的神榜竞技决赛。

沈眉娇仍旧站在大舞台的前方，注视着一切。

决赛安排在早上举行，下午是颁奖礼和闭幕式，因此一大早整个展馆就挤满了人。担心玩家们太过激动，后台被严密地区隔开来。

剩下的三组服务器，分别是九霄云重、风岭猿啸与天域魔想。

决赛的竞技战，采用了通关加PVP的模式，其中有一关必须要有三个人，才可以通过。

三组服务器里，风岭猿啸的实力是最弱的，因此没有什么悬念，在与九霄云重和天域魔想的竞技中，风岭猿啸都落败了，最终的决战，便落在了九霄云重和天域魔想之上。

决战开始有半小时的休息时间，沈眉娇站在舞台前方等着比赛开始，最后十分钟的时候，台上的主持人开始说话，先报了天域魔想服务器队员的名字，尊者居的三个玩家便在一阵阵的欢呼声先亮相了。

在林君平和薛锋扬上台之前，主持人会先小采访一下尊者居的玩家，活跃气氛。

沈眉娇正看着激动的人群，手机忽然响了。

"沈姐，后台这边出事了。"留在后台的同事给她打了电话。

因为沈眉娇是莫斓笙亲自点名调到A区协助的人，所以有什么急事发生，都会有人知会她一声。

沈眉娇眉头大皱，叮嘱了身边的同事几句，便快步跑到了后台。

后台很乱，几个人围在供休憩的小沙发旁边团团站着，不知出了何事。

"他的手伤得很重，恐怕没办法比赛了。"一个声音传出来。

手伤了？谁的手？

沈眉娇心一沉，忙走上前去，拨开了围在旁边的人。

"出了什么事？"她问道。

人群分开，沈眉娇便看到最里面抱着手坐在沙发上的剑嚣，他皱着眉，额上细汗遍布，显然在强忍着疼痛。林君平面色沉冷地坐在他旁边，替他抬着肘，薛锋扬则站在前面，嘴唇此刻紧紧抿着，另外还有两个工作人员蹲在地上，手里拿着医药箱，正拿着棉棒沾了消毒药水处理伤口。

剑嚣的手腕，已经紫红肿胀，手指关节之上也有多处摩擦见血，伤得颇重。

一个工作人员见到沈眉娇出现，便跑到她身边，附耳说了几句话。沈眉娇这才了解，原来刚刚在后台，尊者居的那个少年尊者之狂出言挑衅，剑嚣一时间没能忍住动了手，谁知那少年闪得快，剑嚣一拳砸到了他身后的墙上，没有教训对方，反而把自己的手给弄伤了。

瞧这样子，这场决赛恐怕剑嚣是没办法参加了。

"对不起，都是我一时冲动。"剑嚣转过头，满脸愧疚地望了望林君平和薛锋扬。

"别说了，不怪你。"林君平脸色虽冷，口气却还算冷静地安慰着他。

沈眉娇却看得出来，林君平心情怕是低到冰点了，眼神一直看着剑嚣的手臂，一眼都没望过其他人，倒是薛锋扬，给了她一个微笑，眼里有些期望，却到底没有说什么话。

"小陈，安排个人送他去医院吧，伤成这样，不能耽搁。"沈眉娇沉吟了一下，开了口。

小陈就是刚刚打电话给她的同事，她点点头，马上掏了手机走到一旁找人帮忙，沈眉娇便把注意力放到了林君平和薛锋扬身上。

"你们有没有替补的选手，可以顶上他的位置？比赛马上就开始了。"

沈眉娇的话音才落，就听到外面音响里传来主持人的声音：

"有请九霄云重的三位神榜玩家……"

"没有替补的。"薛锋扬转头看她，眼里的光芒更加炽热了一些。

那眼神里的期盼有抹逼迫的意味，沈眉娇不高兴，看向了林君平。

"嗯，我们没安排替补，因为后几名的玩家都不是S城人，不可能为了一个替补的位置千里迢迢过来。在S城的人，现在去联系也来不及了。"林君平解释着，声音显得有些疲惫。

这场竞技，除了有3对3的PK较量之外，还设置了系统屏障，必须三个人合力，才能够通过，现在少了一个人，他们过不了前面的关卡，根本就没机会跟尊者居的人打，还谈何取胜。

"有请九霄云重的三位神榜玩家……"

主持人的声音再度传来，隐约间，还有观众欢呼的声音。

沈眉娇却心头一动。

"外面肯定有很多九霄云重的玩家，叫小安马上找个顶上，三个人总好过两个人。我找人和主持人说下，拖个五六分钟没问题。"沈眉娇说着，一掌按在了林君平的肩头，"听我说，这一战输也罢赢也罢，但绝对没有不战而败的道理。我出去了，你们快点找人！"

林君平没有抬头看她，眼中却闪过一道锋芒。

她大概忘了，那句话，是他从前跟她说过的。

薛锋扬的眼里，却有些失望。

沈眉娇话毕已转了身，转身后的她，神色却没了先前说话时的平静。

她也知道，薛锋扬在期待什么，林君平又希望些什么，可是狂眉逆娇早已是全服公敌般的存在了，当初她选择回到游戏，拾起旧号，并不是因为她对旧事仍有留恋，而是这个号会让她永远地记住曾经犯过的错，所以她不介意与所有人为敌，却绝不再愿意站上神台，因为她就是个有罪之人。

那个任性妄为的沈眉娇，在两年前的车祸里，已经死了。

[7]

离开后台，沈眉娇很快找礼仪小姐上台，和主持人耳语了一句，主持人便找了一个理由圆了场。

时间的流逝如细蚁啃噬人心，沈眉娇看着台下的小安握着手机脸色变了又变，然后整个九霄云重服务器的玩家群像炸开锅似的沸腾起来，五分钟之后，总算有一个玩家站到了他们的前面。

沈眉娇心定了定，就听到主持人又开始催促九霄云重的选手上场。

这一次，薛锋扬和林君平先后从后台走了出来。

"嗯？怎么只有两个人？"还没等主持人开口，尊者居的会长尊者之心先一步，笑吟吟地开了口。

"我们一个队员刚刚伤到手了，所以我们准备换替补上场。"薛锋扬上前解释道，他们每个人衣服上都装了微型麦，用以在现场接受访问，因此说的每一句话，都清清楚楚地传到了底下玩家耳中。

"伤了手？哈哈哈，是伤了手，还是伤人未遂呢？"这场闹剧的始作俑者尊者之狂脸上满是嘲讽地开了口，语气是一如既往的狂妄嚣张。

"我们的替补选手已经在场下了，麻烦请他上来。"林君平没有理会他的挑衅，转而对主持人开口道。

主持人望向了场下贵宾席上坐着的飞象网络主要负责人。

凑不满三个人，这场比赛就没有看头，少了噱头就没有宣传意义，场下的负责人果断地点下了头。

主持人便笑着开口："有请九霄云重替补的选手上场。"

站在小安等人前面的那名玩家大约是紧张的关系，主持人叫了他名字两次，他才上前，正欲上台。

"慢着。"尊者之心忽然开口了，带着笑意的眼睛一凛，看向了薛锋扬与林君平二人，"他真的是替补吗？还是你们为了凑三人之数而随随便便找来的？"

林君平和薛锋扬便都冷下了脸来。

"我尊者居从来不与无名小卒竞技，你这是在侮辱我们！也不尊重你我之间的这场比试。"尊者之心慢条斯理地说着，虽然这场比斗到了目前的局面，对手已几乎没了胜算，但他更希望和强者比拼，那样自己赢了的话才会让大家心服口服，"我不承认这个替补选手！"

"他是我九霄云重的玩家，就已足够站到这里来！"林君平咬着牙吐出一句话来。

"哈哈哈，如果我没记错，神榜竞技规定只有上了神榜的玩家才有资格一战，你告诉我，他排在神榜第几名？"尊者之心忽然狂妄一笑，眼里射出凌厉的光芒。

林君平和薛锋扬都无言以对。

"随随便便找个阿猫阿狗也想和我们打，你当我们和你们一样随便吗？"尊者之狂轻蔑地看了他们一眼，便拍拍身边站着的胖子尊者之躯的背，"你说是吧，胖子!"

尊者之躯憨憨一笑,一个劲地点头。

"那你们想怎样?"台下站着的小安再也忍不住,大声叫了起来。

随着他的声音,九霄云重的玩家都怒火中烧起来,在台下纷纷骂出声。

而又因为九霄云重的玩家激动地骂出声来,天域魔想的玩家也忍不住了,尊者居的人也来了不少,当下就对骂起来。而其他服的玩家,要么因为自己服输给了尊者居,要面临被吞并的局面,本就憋着气,这下正给了他们出气的机会,便也加入了口水战;要么一些人,抱着看热闹的心情,作壁上观,并不阻止这场纷争,因而整个场面都乱了起来。

口水战渐渐升级,台下玩家慢慢涌向舞台,贵宾席上坐着的人都站起来向后退去,一时之间局面无法控制,反而越演越烈起来。所幸当初莫斓笙下令加固了舞台,加强了安防,因此一时半会之间,他们还无法靠近舞台前端,但纷争却开始加剧。

"啊,我的脚!你推我干吗?"尖锐的女声响了起来,紧接着,越来越多的叫声跟着响起,眼看着好好的一个活动就要变成灾难。

莫斓笙站在二楼挑空的走廊旁边,眉头紧锁地看着这场闹剧。他早上本来没有空来展馆,因为沈眉娇这两天都没理他,连着两个晚上都神秘兮兮地不知道在干吗,他就有些不是滋味,便挤了个空过来。他知道沈眉娇想看这场决赛,便想陪沈眉娇好好看完,不料才刚刚到这里,就看到底下一团乱。

他立刻转了头朝邓麦启吩咐着,要启动应急预案,话还没交代完,眼角便看到了沈眉娇猫着腰,挤到了人群之前。

这个女人,跑去那么危险的地方干什么?

他的心也跟着提了起来。

[8]

沈眉娇的脑海里,已经无暇他顾了,她脱下胸前的工作证,给安保人员亮了亮,获得了进入的许可后,便立刻来到贵宾席上,与飞象网络的负责人很快说了些什么,而后跳上了舞台。

"他有什么资格来参加这场决赛?"尊者之狂仍旧不肯松口。

场下局面闹成这样,林君平和薛锋扬都已经皱紧了眉,而尊者居的三个人,好似什么都没看见一般,主持人拼命安抚,好话说尽,却还是起不到任何作用。

"都别吵了!他没资格,那就让我来吧!"冷冷的女声突兀地响起。

所有的视线,都一下集中到了沈眉娇身上。

林君平皱起的眉渐渐松了,而薛锋扬眼中,却是一抹喜色绽开。

她终于愿意站出来了。

"你又是谁？怎么你们服务器人才凋零成这样，找不到人，满大街抓人来赛，现在连女人都用上了？哈哈哈！"尊者之狂见来的不过是个娇弱的小白领妹子，不禁仰头长笑起来。

"你就是我本为尊吧？"沈眉娇手上拿着的，是从礼仪小姐那里取来的话筒，传出来的声音，更加洪亮一些，充满了气势。

"原来你知道本大爷在你们服务器的名号啊。"尊者之狂停了笑，只用嘲弄的眼神盯着沈眉娇看。

沈眉娇云淡风轻地开了口："手下败将的名字，我一向记不太住，不过你输得那么惨，我想忘也很难！"

那语调虽然平平，却仿佛有千钧之势。

尊者之狂紧紧盯着她，问道："你是谁？凭什么在这里大言不惭？"

"就凭……狂，眉，逆，娇，四个字，够资格吗？"沈眉娇一字一字地吐出自己的游戏名字。

那些字，掷地有声。

二楼站着的男人，蓦然之间便瞪大了双眼，整个人都贴到了栏杆上，双手更是紧紧握住了栏杆，似乎要将那钢铁扶手握断一般。

她，就是狂眉逆娇？！

[9]

在这一刻，整个展馆里变得安静下来，玩家间的口水战与纷争都被突如其来的变化压了过去。

数秒之后，小安忽然发狂似的叫了起来："娇……女神，啊，是我的女神啊，真是女神啊。女神万岁，我是你的粉丝君君小安啊！"

那声音，比之前他替林君平加油时，还要疯狂。

随着他的叫声，九霄云重的玩家都醒了过来。

两年以来，狂眉逆娇一直是全服公敌般的存在，但这一次，这四个字所代表的，却是服务器的救星。

而她，不是抠脚大汉，也不是猥琐壮汉，而是一个实实在在、娇娇柔柔的女人，这简直是跌破了所有人的眼镜。

"不知道，我够不够资格？"沈眉娇目光灼灼地望向了尊者之心。

神榜第三、九霄云重里唯一一个打败我本为尊的玩家、立像于竞技赛场前的人，她若没有资格，还有谁够资格呢？

尊者之心并没立刻回答，而是用审视的眼神打量着她。

"那又如何，你都弃权了！"尊者之狂不服气地开口，对于自己居然输给了一个女人，他的眼里已迸出无限战意来，但他却仍旧照着尊者之心的计划，没有松口。

尊者之心却忽然伸出手，阻止了尊者之狂再开口。

"你当然够资格。"他缓缓出声，"我们可以接受你加入这场竞技，但是我有个要求。"

"什么要求？"沈眉娇问他。

"升级我们之间的赌约。如果你们输了，你旁边这两人的帮会，就要彻底解散，所有成员尽数加入我帮，所有资源无条件归我所有！"尊者之心笑着说道，那态度就像在说一件再平常不过的事。

看眼下的情势，如果他再强硬下去，阻止对方参赛，必将会引发所有玩家的反弹，到时候就算他赢了胜利，恐怕大服合并之后，这些人也不可能真正为他所用，那不如就退一步，争取最大的利益。

原来输了还只是作为尊者居的附属帮会，如今却要他们彻底解散帮会，这个要求，沈眉娇无法做主，她垂了垂眼帘，正欲开口反驳，却听身边一个声音传来。

"我同意。"薛锋扬先开口了。

沈眉娇心一惊，接着又听到了林君平的声音。

"狂眉逆娇乃我君无妄之徒，以前是，现在也一样是，就算是她被我追杀到死，也还是我徒弟，是我无妄天宗之人。这个要求，我答应了！"

沈眉娇猛然转头看他。

没什么比从他口中说出"徒弟"二字，更令她动容了。

"好！那就战！"她干干脆脆地点下头，不再多言一句谢。

"OK，那就开始吧。"尊者之心满意地点了头。

"慢着，既然你把赌注加得这么大，为了表示公平，你们是不是也要拿出相对的赌注来。"沈眉娇忽然又对他开了口。

尊者之心露出有兴趣的表情来，道："你想要什么样的公平？"

"如果我们赢了，就换成你们解散帮会，永世不得再以尊者居的名义出现！你们敢接吗？"沈眉娇说道。

尊者之心脸上的笑有了一丝僵硬。

这个赌注看似公平，但实际上如果输了，他们失去的将会远远大于他们从这一场对战之中赢到的东西。

因为，如果尊者居解散了，那就意味着之前他们向其他服务器发的挑战，尽数作废！这使本来就已经到他手里的东西，一转眼又变得不确定起来。

好聪明的女人。

林君平和薛锋扬亦很快转了过来，各自露出一丝笑容。

游戏里的狂眉逆娇，本就是这样的人，这才是他们最熟悉的那个女孩子，从不隐忍，仿佛浑身长满爪牙一般，狡黠又强悍。

台下的玩家，有些也渐渐反应了过来，不禁跟着叫嚷起来："是啊，你们敢不敢？"

"有什么不敢的，我尊者居还会怕了你们不成，反正你们都会输，怕什么！"尊者之狂最后还是没忍住这口气，喝了出来。

"闭嘴！"尊者之心想阻止，已经晚了。

"那就是，你们同意了？"沈眉娇笑了。

尊者之心已是骑虎难下，被她给将了一军，此时也只能毫不在乎地笑道："好，我接了！"

"好，那就开始吧。"沈眉娇抢在他的前面，走向了九霄云重的电脑所在位置。

尊者之心踱步到了另一侧的电脑前，握着鼠标不言不语。

再聪明又怎样，到头来还是靠实力说话。

他心念一转，脸上的笑容又现。

[10]

竞技赛的服务器，是独立出来的，因此每个参赛玩家的人物原始资料是一早就复制到这上面的，沈眉娇在上台之前，就先找了飞象网络本场活动的负责人，把自己名字报给他了。

那负责人见一场风波因此而消弭，哪里还会有什么异议，早就让总部的人将狂眉逆娇的资料给传了过来，放到了这服务器上。

沈眉娇坐在了林君平和薛锋扬中间的位置之上，麻利地输了自己的账号密码，大屏之上，便出现了狂眉逆娇这个人物。

为了竞技公平，所有参赛玩家只复制了原始资料过来，包括人物等级、角色信息与技能配置等等，再由系统分配同阶的装备与武器，以及相应的补给物品，因此现在大屏上所出现的狂眉逆娇，不再是红衣黑发的模样了。

暗金镶边的墨色衣袍，高束的长发之上同色的金属发饰，流淌着锐利的光芒，原本明艳的脸庞上是张黑漆的面具，让她整个人都显得尤为诡异，手中是柄泛着碧光的匕首，随意一动就有一道绿色光迹在空中闪过。

比起从前，这样的狂眉虽然敛了嚣张之气，却更加让人难以捉摸。

开赛之前，有十五分钟的准备时间，沈眉娇斟酌着将技能一一调放到对应的技能栏里，熟悉着键盘与鼠标。

沈眉娇看过尊者居的竞技视频，对面的三个人，很明显那尊者之心是整队人的核心，灵魂一样的存在，他心计的可怕程度要远远大过他操作的技巧；而坐在中间的胖子，看似憨厚，但开打可就不一样了，之前沈沈的那套飞跃组合技就是他施展出来的，可见此人是这三人之中，操作水平最强悍的一个；至于尊者之狂，人如其名，够狂够嚣张，他的操作沈眉娇也领略过，十分的强悍。

这三个人，极难对付。

这场竞技决赛，分了三关，第一关考验个人操作，第二关考验三人配合，第三关才是最终两队人的PK。

决赛地图是随机抽取的，使用过的地图不再被采用，而每张地图的关卡都有所区别，他们这一次，抽到的是李阳巅。

李阳巅由两个高耸的山峰组成，山势急陡，无路可上。

两座山峰在半山腰的地方，都各有一条绳桥，悬挂着，两组人分别站在绳桥的尽头，要上山巅必须先通过这绳桥到达半山腰处，再从半山腰处飞跃而上。在山巅之上设有机关，需要在三人联手配合的情况下，才能打开，待两峰头的机关都打开后，便会打开虚幻之境。

而这场决赛的虚幻之境，用的是新资料片中的全新地图——望神圣境。

舞台后方的大屏之上，分成了左右两个画面，右边的画面，便属于沈眉娇他们。画面上，狂眉逆娇已与凉骨天烬、君无妄一起，站到了绳桥之下。

事隔两年以后，她又一次和他们一起，站在了众人眼前。

莫斓笙站在高处，看着画面上魅影一般的狂眉逆娇，再看看坐在薛林二人中间的沈眉娇，两重影像渐渐重叠成为一个人。

他的视线再也挪不开半分。

[11]

李阳巅的这绳桥又细又陡，用寻常办法肯定无法走过去，一个不小心，还会掉落下去，失去比赛资格。沈眉娇凝神看着显示屏上的细绳，几种想法在心头闪过。

场下却突然有呼声传来，原来是对手尊者居的人，已经开始攀绳了。

双方都无法看到彼此的画面，但从现场的呼声来看，尊者居的三个人肯定是用了什么高难的技巧。

沈眉娇沉下心来，她想用一个最简单的方式通过，这不是做秀，她不想把它变成一场操作秀。

"我先走。"林君平轻声开了口，"你们呢？OK吗？"

开赛的时候，他们身上的麦就被关闭了，因此这小声讨论的声音不会传到外面。

"我跟你后面。"薛锋扬回答道，"娇娇，你呢？"

"我想走过去。"沈眉娇头也没抬地盯着那绳桥。

薛林二人同时一愣。

片刻之后，场下的观众中又有人叫了起来："快看，九霄云重的人也开始了。"

"咦？他们在干什么？"有人置疑道。

画面之上，林君平打头，薛锋扬居中，沈眉娇跟在最后，竟然一齐踏上了那绳索，开始缓慢地走了起来。

没有任何操作技巧的展示，就是简单的"走"。

场下的观众有人笑了，有人嘲讽着，也有人凝眸注视着。

绳索上的三个人却都不为所动，在绳索之上一点点地前行。四周有风的效果、绳上有冰的效果，因此绳索时不时会晃动，踩在上面还会打滑，那三个人随着绳索摇摇晃晃，下面是万丈深渊，看得底下的人都替他们捏了一大把汗。

坐在嘉宾席上的解说员，忽然感慨了一句："这'走'的操作，很难。"

就这一句话，让观众都恍悟过来，底下不乏高端玩家，一听便也都明白了。

绳索太细、太陡，又随风摆动，还会让人打滑，就意味在走在上面的人要有极高的行动操控技术，何处该急、何处该缓、何时要停、何时要走，左右前后，差之毫厘都不可以。

另一侧的尊者之狂施展了一个华丽的技巧飞到了尽头，正得意着，却没有收到想象中的欢呼，一抬头他才发现场下的大部分人，视线都放到旁边的大屏上。

他眼神一变，恨恨地看了看沈眉娇三人，而后才注意到屏幕上。

沈眉娇终于将狂眉逆娇送到了尽头，她总算可以松一松握着鼠标的手，手握得紧，手心里已有些汗了。

"走得不错！"林君平夸了一句。

沈眉娇便笑得眯了眼，朝着他比了个V字手势，有些顽皮。

他们走到尽头的时候，尊者居的三人已经有两人飞上了山巅。因为绳索的展示被沈眉娇他们抢了风头，尊者之狂发狠用了个更难的技巧飞上山巅，终于将场下观众的欢呼声给抢了回来。

半上腰到山巅，几乎是垂直的斜度，用沈沈那时用过的飞跃技巧，并不难上去，沈眉娇便没有多想，指尖疾点，狂眉逆娇整个人就如鬼影一样飞了起来。

因为这个操作之前已经出现过了，虽然难度大，但场下观众倒没有太多惊讶，倒是林君平和薛锋扬，各自用了组合技能，一个点峰而上，一个御剑而上，博得了数声喝彩。

那边，尊者居的人已经开始打开机关了。

山巅上的方寸之地，只有三个石墩杵在边缘，围绕着正中间一座石碑。

碑上有文。

若要登天，必先破阵。

这里有个法阵，需要三个人站上石墩后方可开启。

沈眉娇三人依言让游戏人物跳上了石墩，石墩忽然一亮，一片金芒绽开，在地面上画出了一个奇特的巨大网格。网格被分为三大块，每一块都由九个小格组成，显然要求一个人负责一个网格。

狂眉逆娇从石墩上飞下，站到了自己身前的那个区域的正中间。

她脚下的小格忽然一亮，一道亮光升起，飞向石碑之后熄灭，紧接着，另一处小格亮起，沈眉娇手一动，狂眉逆娇立时站到了那个小格之上，接着她脚下那道光芒就蹿升而起。

这其实是个很简单的踩格子游戏，哪个格子亮起便要站到哪个格子之上。

只不过，随着他们的动作，没多久九个格子忽然增加为十八个格子，亮光升起的速度快了一倍，再接着，十八个格子增加为三十六格子，速度再次加快，而只要其中有一个格子没有被踩中，便要全体从头开始。整个破阵时间最长为十五分钟，时间结束若没打开机关，这一关卡就算是失败。

这么一来，场下的玩家便看得眼花缭乱起来，因为屏幕上的人物动作非常快，为了及时赶到便要施展技能加快速度，键盘被手指敲击得噼啪作响，站在阵里的六个人都没有时间再去注意其他的动静。

忽然间，地上的三块原本被分隔的格子区，都各自延伸起来，直到融汇成一体，面积扩大了一倍有余，沈眉娇知道最后的时刻到了。

所有的格子汇成一片后，格子闪起的速度，已经不是单凭动作就可以跟得上了。沈眉娇眼神专注在画面上，手上的动作更快了，她不得不开始使用连续技能，因为连续技能会让移动的速度提升。

"不好。"忽然间林君平轻轻一喝。

随着他的声音，就见整个画面之上，最外圈的格子，竟然同时亮起。

狂眉逆娇这个时候离凉骨天烬最近，画面上只看见凉骨天烬飞速地靠近了狂眉逆娇。

沈眉娇和薛锋扬对视了一眼，她已知道他要做什么。她的指尖忽然按住某个键不动，在凉骨天烬接近自己的那一瞬间猛然将手指离键。

台下众人惊呼了一声，只见画面之上狂眉逆娇竟然与凉骨天烬在对撞之后各自向相反的方向极速飞开。

那速度快得惊人，两人之间的配合也异常默契。

整圈的光芒终于被踩中，光线倏然一暗，正中的石碑里传出"隆隆"作响的声音，一条通往天上的阶梯，一级级铺陈而上。

这阶梯连接的，自然便是望神圣境。

终于，六个人在望神圣境之上，见面了。

望神圣境其实是一片结了冰的湖面，湖的中间有一座小岛，四周流动着丝丝雾气，天空和冰面都湛蓝如镜。他们各自站在小岛的两侧，遥相对望着。

很快，倒数计时结束，最终的战斗正式开始。

狂眉逆娇是个血手，一上去就已经隐了身，因此整个岛上只出现五个人的影子。

尊者居的三个人一见战斗开启，便朝着他们冲来，尊者之狂为当先第一个，他已经憋了一肚子的气，因此铆足了劲冲过来。

五个人在岛的正中相遇。

尊者之狂的攻击目标很明显锁定了凉骨天烬。

在三个人中，凉骨天烬是唯一败给他的人，因此知根知底，他便选择了凉骨来探虚实，若能一举将他击败，就更好了。尊者之狂虽然看似冲动，但打起来的时候却还是按照着事先定下的战术一点点展开。

在他们之中操作最好的胖子尊者之躯是个天瞳者，此刻正牵制住林君平，而狂眉逆娇则悄然绕到尊者之狂身后偷袭。但尊者之狂却并不理会沈眉娇的攻击，而是仍旧奔着凉骨而去，用了一招疾冲便脱离了狂眉的攻击范围，并将凉骨推出了老远。狂眉现出身影之后，便被尊者之心缠上。

看情况，他们认为尊者之狂一定打得赢凉骨天烬了。

很快，凉骨天烬被逼得露出了一个大破绽，尊者之狂心头一喜，纵身一跃，九技组合连续攻击就施展了出来。

这一招就是之前他击败凉骨的技术，后来又经他琢磨改变，已经更加强悍了，他有把握能将凉骨击灭。

场下的观众就见到尊者之狂周身一阵银光，整个如疾电般掠到半空，又如鹰隼般扑去，大家都替凉骨天烬捏了一把汗。但令人想不到的是凉骨身影忽然一闪，整个人竟也掠到了半空，用的是和尊者之狂一般无二的技巧，速度却快了三分。他的职业是万华，属于法系，因此此刻竟是用法系的脆薄身板直扑过去，手握墨光一团，在接近尊者之狂的时候化成身前墨盾，挡下了他的大部分攻击，另一技能瞬间用出……

这一系列的连续动作，又快又狠，再配合着技能，令人措手不及。

尊者之狂心里只来得及闪过一个念头。

凉骨天烬在当初和他对战之时，隐藏了实力！他被人给骗了。

现在的凉骨，所展现的才是九霄云重第一人的实力。

但尊者之狂已经来不及逃离了，这是致命的一击……

忽然间，一道朱红光芒闪过，尊者之狂的身影竟然凭空消失，躲过了这致命一击，原来是胖子用了天瞳的救命技能，将尊者之狂给拉了回来。

"果然不简单，这么快就让你用出了瞳空术。好了，不必再探虚实了，开始吧。"尊者居的座席上，尊者之心冷冷一笑，吩咐下去。

"打尊者之心，娇娇你把他拉到东面。"林君平忽然出了声。

在尊者居三个人之中，虽然尊者之狂操作最弱，但是他血厚，有尊者之心这个治疗在，不好打，而胖子虽然血脆，但是他的操作太彪悍，逃得很快，难以近身，唯有尊者之心，是半个治疗，又是三人之中的主心骨，先把他击败，对他们来说是最大的损失。

沈眉娇点了点，强行隐了身，绕到尊者之心身后，用了技能"挟持"，将他带到了东面，薛林二人也都用了技能闪到了约定地方。

而尊者之心微微一笑，集中到一起正合他意，不必再分而击之。

六个人都凑到了一起，就连一直远程施法的尊者之躯，也忽然没有远远躲避，而是靠近了他们。

不对！

沈眉娇心头一念闪过。

"快离开！"薛锋扬已经先一步警告出声。

只是，为时晚矣。

尊者居的尊者之躯，毫无预警地腾空而起，在空中变幻姿势，和沈沈当初所用的招式一模一样，只不过到达半空后，他却保持着浮空的姿态，并不下落，居高临下地发动技能。

地上的尊者之心与尊者之狂则大开杀戒，施展着组合技。

他们三人联手的组合技能，两人在地，一人在空，数技同发，将攻击形成笼子一样，让人无法逃避。

陷入他们攻击大阵的狂眉逆娇三人，血量狂降。

情况十分危急，但好在三人警觉性够高，才刚发现不对的时候已然各自用出保命逃命的强技，勉强从这攻击中逃了出去。

只不过虽然三个人都逃开了，但是他们身上的血量已经降了一半，尊者居三个人的那个组合技能，太难避开了，如果再让他们遇一次，必败无疑。

"用那招呢？"薛锋扬一边操纵着凉骨天烬在场上飞奔着，一边问道。

他说的，正是这两天沈眉娇上狂眉逆娇号的时候，加进他队里，陪着他们一起练出来的组合技能，就是沈沈飞跃之技的完整版，也是当年沈眉娇与他们组竞技场队伍时，一直想完成，却最终没有完成的，终极飞跃攻击。

"胜算不大。三人聚合，对方必然也会用刚刚那招，我们的组合技能也一样是攻击技，并且攻击落后一步，太危险了。除非我们能提前知道他们什么时候释放技能，才有避开的可能性。"林君平很快地说着。

尊者居的三个人并不分开，而是集中开始追薛锋扬，他血最脆，要是被三人围上，情况会更糟糕。

沈眉娇重重地咬了下嘴唇，额前的汗滑过脸颊尤不自知，一滴汗珠子忽然落进眼睛，引起一阵酸涩，她拼命眨着眼，抬起头，扫了一眼前面，想缓和一下自己的心情。

只这一眼，她就看到了不知何时已坐到嘉宾席上的莫斓笙。

仿佛与她心有灵犀般，他忽然将视线从大屏上转到了她身上，一双黝黑幽深的眼眸与她对个正着。

那眼里，似有千钧力量一般。

沈眉娇心头先是惊讶，而后忽然沉静了下来。

不过转瞬的工夫，再低头的时候，她心情已经平复。

对手的三人联击速度太快，根本无法事先预知。

沈眉娇深吸了一口气，脑中浮现了莫斓笙的脸庞，忽然间，一念闪过。

"我有办法，但是你们要让我试一次，才有把握。"沈眉娇开了口。

再试一次，就意味着三个人再次面对死亡之境，他们的血量都降到了半数以下。

"用上加血药的话，可以再撑一次，但是这样的话，我们就非常危险了。"林君平蹙紧眉头道。

"用眼睛不行，我可以用耳朵。"沈眉娇的声音，无比冷静。

她想起了，莫斓笙曾经告诉过她，技能施展之前，音效会先现端倪，只要抓准了，便可以抓到机会。

他们三个人中，只有她，因为从小学琴的关系，对于声音这块，尤其敏感。

"试试吧。总不能一直逃下去。"薛锋扬开了口，同时他放慢了速度。

尊者居的三个人很快就追了上来。

狂眉逆娇和君无妄也同时赶了过去。

六个人一遇上，便是一阵光芒大作，沈眉娇手上的动作有所减缓，她将所有注意力都放在了背景音之上。

忽然背景音乐里揉进了一个突兀的音符，紧接着尊者居的三个玩家又故技重施，将那个联合技能给释放了出来。

画面之上，狂眉逆娇三个人再度仓皇而逃，并且还嗑了血药，每个人才勉强留下性命。

场下一阵哗然。

"我听到了。"沈眉娇一面点了强隐的技能，让狂眉逆娇进入隐身状态，一面说着,"我有把握,可以在他们攻击之前提醒你们躲避。"

"很好。"林君平面上终于一喜,"可以放手一搏。如果我们可以跳得再高点,胜算会更大。"

更高?

尊者居的人和他们用的飞空技巧都是由沈沈那个变化而来,手速已达极限,因此高度也达到了极限,要再高几乎不可能了。

除非有别的助力。

冰!

"踏冰而上!就可以高过他们。"沈眉娇想起来,那日用沈沈下醉梦小筑副本之时,就曾经用了踏石而跃的技巧。

"好办法!"薛锋扬立刻会意。

这点技巧对他们来说并不需要练习,前提是能想到这样的办法。

战术一定,凉骨天烬立刻朝着湖面跑去,尊者居的三个人便紧随其后,也许是他们对自己的联合技太过自信,又想着凉骨三人只剩了一丝血皮,因此并没有任何犹豫地跟了过去。

狂眉逆娇和君无妄也立时冲过去了。

因为湖面结了冰,玩家在其上奔跑与在地上无差别,薛锋扬上了冰面便缓下速度,倒没攻击,很快用上最后一个保命技能,施法将自己陷入一片剑盾之中。

因见对手血量很低,尊者之心也不怕他耍花招,只想着一举将他们击败。

"以为可以借冰下湖水减缓我们的速度吗?笑话!"尊者之心笑着冷讽一声,和队友追了上去。

狂眉与君无妄赶到,光芒再绽,冰层在技能作用下开始碎裂,林君平更是重重一击,砸向了冰片,顿时冰块高高飞到了半空。

突兀的音符响起,落入沈眉娇耳中。

"跳!"

画面之上,熟悉的光芒又起,尊者居再施强技,想要将他们三人一次性击溃。

场下观众已有人惊呼,也有人闭了眼睛不愿再看。

可就在那瞬间,强技施展之前,凉骨天烬、君无妄与狂眉逆娇三个人已经提前跃起,竟然凭借着四周被刚刚一阵乱技击碎飞到半空的冰块,一下子跃到了尊者之躯的上空。

那个高度,整整超出了尊者之躯一倍有余。

很快,他们三个在高空中各自施展了技能,竟在半空将彼此硬生生推开,形成三足之势。这个配合,天衣无缝。

尊者之心脸色骤变,然而已来不及。

两年以前，沈眉娇和他们一起琢磨苦练的这个飞空技巧完整版，终于有机会展现在了众人眼前。

三个人，如同从天而降的死神一般。狂眉逆娇化作鬼影，以最快的俯冲速度降到了尊者之躯上方，他正在朝下释放技能，这个技能会让施法者身形凝固，因此他无法转身。

狂眉逆娇凭借冲势，将她最强悍的十击组合攻击技能，尽数击在他的身上。

一样是三倍的攻击加成，秒杀。

而君无妄与凉骨天烬则各自释放大技能，只见天空中流火飞下，再加上冰面上棘刺忽生，一样的三倍加成，地上的尊者之心与尊者之狂在他们落入自己攻击范围之前，便已先被击败，躺到了地上。

九霄云重三个人，除了狂眉逆娇因为降势最快进入对方攻击范围，被击败之外，都活了下来。

他们胜利了。

可是现场却安静异常。

[12]

"这是……结束了？"台下忽然有人小声问了出来。

"应该是结束了吧……"有人小心翼翼地回答着。

大屏之上，倒地的尊者居三人，虽然是败了，但是这一战太过激烈，以至于众人一直觉得这些倒地的人都还会站起再战似的。

沈眉娇的手离开键盘和鼠标，伸在了半空，五指都在微微颤抖着，虽然是赢了，可这一瞬间她好像做梦似的没有一点真实感觉。

忽然间，不知道是谁带头喊了起来，渐渐的，这些喊声连成一片，欢呼声与掌声，似平地炸起的炮仗，不绝于耳。

"我们赢了，娇娇，谢谢你。"林君平一边说着，一边站了起来，他脸上的笑容虽然平静，但眼里的狂喜与那双和她一样正在微微颤抖的手，却出卖了他心底的激动。

沈眉娇终于露出了一丝笑容，眼里的迷茫渐渐化成骄傲与喜悦。

一双手忽然间伸了过来，轻轻按住了她颤抖的双手。

沈眉娇转过头，对上的却是薛锋扬的笑，她想要抽回自己的手，可薛锋扬却紧紧一握，将她从座位上拉了起来，并将手高举过头，以胜利者的姿态来迎接场下的欢呼。

林君平见状，便也拉起了沈眉娇的另一只手，一同高举过头，然后笑眯眯地歪头到她耳边。

"徒弟，别怪为师的不提醒你，薛锋扬此人，非你良配啊。还有，你那个男朋友，在下面看着呢！"林君平漫不经心地小声耳语着，"他原来不知道你是狂眉吧？"

沈眉娇被他说得笑容一僵，视线扫过嘉宾席，就见莫斓笙已和其他嘉宾一起站了起来，正在鼓掌，他的眼神和她的在半空中撞个正着，她就看到本来只是抿唇微笑的他，忽然间朝她露出了一丝……有些诡异的笑。

糟了！

她把这事给忘了！

林君平看着她脸上吃瘪的表情，忽然间心情畅快起来。

看情况，这两人似乎都不了解对方在游戏里的角色啊！真是太有意思了，他还是不要把笙歌惊鸿的事告诉她了，留待她慢慢发现吧。

主持人上了台，将两队人都请到了舞台正中央，开始絮絮叨叨地夸奖他们，再从尊者居那头逐一采访过来。

尊者之心虽然脸上笑着，眼里却阴沉一片，尊者之狂则满脸不甘的模样，只有胖子尊者之躯真心实意地笑着，偶尔还望一望沈眉娇三个人，眼里是崇敬的光芒。

主持人的问题，他们三个人回答得很勉强，而场下的玩家时不时地给他们发出嘘声，导致他们的脸色越发地难看起来。

这一战他们把到手的一切都输个精光，连同从前打下的江山都彻底输掉，回去都不知道该如何收场，但对那些被他们逼着接下赌约的玩家来说，他们的失败却是这场竞技赛里所有服务器都值得庆贺的事。

因为他们不怎么配合，主持人采访了几句便不想再问了，只好请他们先下台去。下台的时候，又是一阵嘘声响起，让他们的背影显得格外的凄凉。

这边沈眉娇、林君平和薛锋扬三个人仍旧站在台上，接受众人最热情的欢呼声。他们不仅为自己、为九霄云重赢得了胜利与荣耀，也拯救了其他几个服务器，在此一刻，他们三个人的名字被所有人牢牢记在心中。尤其是狂眉逆娇，作为整场比赛里唯一的女人，她彻底洗去"人妖"的恶名，也彻底从全服公敌变成全服救星。

旧事已过，她终于还是站到了本该傲然站立的地方，虽然这中间浪费了两年光阴……

薛锋扬的手还抓着她的手，沈眉娇心生不快，便用力抽了回来，薛锋扬手掌一空，正有些失落，忽然就听到耳边她的声音传来。

"薛锋扬，你当时明明打得过我本为尊，为什么要装输？"沈眉娇轻声问他。

"我记得你说过，若想得到你的原谅，就要先毁了我的一切。而我答应了你，不记得了？"薛锋扬目光灼灼地转头看她。

他输她赢，她便是第一，神榜之上无人可比，她就能顺利进入这场竞技，他一直相信，狂眉逆娇还是那个狂眉逆娇，只要她能找回过去，她便能记得她对他的爱。

他要助她成神。

而这一场竞技，仅仅只是一个开始。

"毁了你的一切，就是把你的荣耀送给我吗？"沈眉娇垂了眼帘。

舍江山求美人，那美人应该会感激涕零吧。

可惜，这里是现实，没有江山，也不存在美人，她只是他心底的另一个《仙修》游戏而已。

薛锋扬没有回答她。

采访过后，活动结束，下午是整个动漫祭的闭幕式，晚上是飞象网络办的《仙修》玩家嘉年华会，神秘的代言人、COSPLAY、游戏女神和竞技赛的颁奖礼，都会在晚上进行。

沈眉娇还有很多事要做。

而第一件事，就是处理莫斓笙。

莫斓笙已站在舞台旁边，沈眉娇就没和薛林二人一起走台阶下台，反而跑到了莫斓笙那一侧。

"接着我。"沈眉娇站在台上，女王般地朝他喊。

舞台很高，沈眉娇可不敢跳下来。

莫斓笙张开了手。

沈眉娇咬唇一笑，跳了下来，双脚还没着地，便被他牢牢给抱住了。

旁边星创的员工有些惊讶地看着他们，当然很识相地没有多话。沈眉娇已顾不得许多，莫斓笙一天到晚抓她上楼加班，公司里的闲言碎语早就多得像米一样了，这个举动无非是坐实了这些流言而已，她可从来不是遮遮掩掩的人。

而莫斓笙的态度，更是助涨了她的气焰。

这世上没有什么东西，比他温暖的怀抱更加能安慰她了，不管是喜悦激动还是悲伤忧愁，似乎藏进去就能找到情感的归宿。

原来所有的荣耀光芒，所有的喜怒哀乐，她唯愿与他一人分享。

莫斓笙已察觉到圈在自己腰上的手，用上了十分力气，情不自禁地把她按到了自己胸前，他垂下视线，看她埋在自己西装中的脑袋，忽然间有些想笑。

诧异也诧异了，感慨也感慨了，一场比赛终结，他心里剩下更多的，只有庆幸。

庆幸自己拥有了她。

同时也有些懊恼自己的迟钝，如果他早一点点发现沈沈就是狂眉逆娇，也就不会费那么大劲要找狂眉逆娇了，平白浪费了那许多时间。想不到两人竟是同一人，难怪每一次，他都会把两个人的身影重叠，还差一点以为自己同时爱上了两个女人，要么就是自己精神分裂了。

不过这一切换来她一场疯狂的告白，好像又纠结得挺值得的。

"你就没什么要跟我说的吗？"莫斓笙这么想着，唇角一翘，却是很严肃地开了口。

沈眉娇抬了头看他，莫斓笙唇角的笑在她抬头的那一刻就神速收了起来。

她看了他半晌，忽然露出牙齿甜笑起来，嘴里只吐出了四个字："我厉害吗？"

莫斓笙看她装出一副讨赏的模样，眼神晶亮，唇色如蜜，从女王直接变成了女仆，心头一阵莫名的幸福荡漾。

"厉害！狂眉大人能不厉害？"莫斓笙给了她一个高深莫测的笑。

沈眉娇轻轻咳了一声，有些心虚地笑一下，想离开他的怀抱，可惜莫大人的手仍旧如铁箍似的圈着她。

"好吧，我错了！不该瞒你。"沈眉娇终于不装痴卖萌，正正经经地开了口，只不过这正经只维持了三秒，就又换上了八卦的表情，"话说，老莫同志，你是不是在游戏里……被我杀过？守过尸？还是被我怎么过？如果有的话，我……我不会道歉的……顶多给你杀几次。"

莫斓笙本来已经有些笑意的脸忽然就是一僵。

杀过？守尸？不不……比这些都严重！

他曾被眼前这个女人，狠狠地羞辱过！

莫斓笙的男性尊严忽然爆发，这些丢人的蠢事，他不能让她知道！他这还是她老板呢，她都敢这么疯狂，要是让她知道自己是她的徒弟，那简直……

不忍直视！

"你怎么不说话？归河的号是近期才建的小号，不可能被我虐过，莫非……"沈眉娇突然露出狡黠的表情，"你也有大号瞒着我？"

"没有的事！"莫斓笙立刻回答道，眼神一闪，极其难得地露了一丝丝心虚的神色出来。

她一语，就问到了最关键的地方来。

"那你从哪儿听说的'狂眉逆娇'啊？"沈眉娇狐疑地看他，当初他在公司大会上说出这四个字的时候，她几乎以为自己是在游戏里得罪过他，才让他如此印象深刻。

"你够了！"莫斓笙被她问得郁闷，忽然脑袋一醒。

这不对啊，明明是他在质问她，怎么好端端的忽然间反过来了。

沈眉娇乖乖闭嘴。

"回去再跟你算账。那么危险的情况你还敢冲上去，你当自己是超级英雄了？万一要是你那狂眉逆娇的名号压不住场子，场下的人冲上去，你一个女孩子，能挡得了谁？"莫斓笙脸色一变，就开始发作。

一想到决赛前那紧张的局面，沈眉娇竟然还冲了进去，他的怒气，就是十个狂眉逆娇站在眼前，也高兴不起来。

沈眉娇一愣，虽然是愤怒的声音，但落到她耳朵里，却变成甜滋滋的。

"还有，别让薛锋扬的狗爪子再碰到你，记住，没有下次了！"莫斓笙这一发怒，什么都给说了出来。

沈眉娇只能点头如捣蒜。

"那个……莫总……"一直跟在莫斓笙身边的邓麦启终于鼓足勇气上前，拆散了这对眼睛里容不下他物的人，"十点半，和展会主办方的会议，您已经晚了三分钟了。"

没办法，老板的行程排得太紧，作为助理的他有提醒的义务。

莫斓笙总算松开了沈眉娇，眉眼却还有些冷冷的，正想要走，忽然又低了头对着沈眉娇开口。

"你今天就跟着我吧，正好缺个秘书。"

他不太放心把她留在这里，那薛锋扬在台上看她时的眼神如狼似虎，让他在台下十分焦虑。

沈眉娇本来松了一口气，听到这话不由"啊"了一声，人却已经被他牵着走了。

舞台后的出口处，被一群玩家粉丝团团围住的薛锋扬远远看着他们二人离去的背影，暗自攥紧了拳头，脸色变得难看起来。

"还看？已经走了！"林君平发现了他的眼神还停在沈眉娇那方向，不由嘲弄地笑着，站在他身边开口，"当初你用卑鄙的伎俩从她手上骗走了我们服的重要布防情报时，就该料到会有今天了。"

他和薛锋扬，一魔一仙，从以前到现在，都是敌人，哪怕联手一次，这个关系也不会有任何的改变。

"骗？那只是网络上的一个游戏罢了。她要是无法释怀，我就将这天下还给她。"薛锋扬转头看他，眼里波涛汹涌，竟带些战意。

这是在把沈眉娇当成战利品么？林君平对他的想法感到不屑。

"你也会说只是网络，那么你以为你的天下，她会稀罕？"林君平看穿了他的想法，他二人做了两年的宿敌，那些隐藏的心思，他多少都能揣度一二，"你以为你很懂她，可事实上，你却根本不知道，她是个什么样的人。哈哈哈。"

林君平说完这番话，长笑着越过他走出了后台。

薛锋扬没有再看他，而是眯起了双眼。

他不了解她吗？

不，这世上没有人比他更了解她了！只有他才知道，该怎样才能找回，那个飞扬大气的狂眉逆娇！

第七章

温暖烟火 动人琴曲
———— 九雪长歌 ————

[1]
持续了七天的动漫祭，终于有惊无险地结束了。

最后一个晚上，飞象网络特地租下了展览馆外的大广场，为所有玩家们办了一场前所未有的盛大嘉年华会。

大型的舞台上，穿着游戏里仙界舞裙的少女，在热情地扭动着肢体，释放着无尽活力，背景音乐开得震耳欲聋。

场下有很多打扮成游戏NPC的Coser在走动着，不断地与路人拍照；在亮如白昼的灯光下，临时搭盖的小摊位里贩卖着一些游戏周边、动漫手办以及各色小食；广场中还有数个游戏点，玩家们可以凭着游戏里的消费提前在网上兑换到参加游戏的资格票，或者也可以用动漫祭的门票来代替，游戏的奖品十分讨喜，或是游戏道具，或是限量手办，通通都是玩家们最爱的东西。

整个广场上惊叫声连连。

沈眉娇站在临时的调控处，看着外面来来往往的人流，表情有些怔怔的，莫澜笙就站在她身后不远的地方，闲闲地捧着杯茶盯着沈眉娇。

忽然间，舞台上传出一声钟响，和《仙修》中最高的那座梵音塔所响起的钟声一模一样。

"各位亲爱的玩家，现在是北京时间七点整！飞象网络送给大家的第一个惊喜，正式开场！"主持人洪亮的声音传了下来，"烟火盛会，开始！"

"咻——"烟火飞空的鸣声传来，"啪"的一声，天空突然绽放开了一朵巨大的烟花，五色烟火如璀璨的星子划过天幕，然后一颗颗落下，站在下面的人伸出手，仿佛就能抓到星星点点的光芒。

惊喜的呼声响起。

沈眉娇忽然转了身，不由分说地拉起了莫澜笙，跑到了广场之上。

虽然这个策划方案她早就知晓，但现场看到这璀璨的烟火，仍旧是满满的惊喜，尤其是身边还有个莫澜笙。

她已经很多年没有看过烟火了。

烟火一朵接着一朵从广场的东北角里蹿上天际，黝黑的天空被点缀得宛如鲜花怒放的暗锦。

"好漂亮。那朵，你看到没有，就那朵像龙一样腾空的，太美了！"沈眉娇忍不住拉着莫斓笙的手臂，孩子般地跳了起来。

烟火的光芒从她的瞳仁中倏然而逝，她的脸庞明暗交错着，让那笑容也像烟火一样明媚起来，他没见过她如此纯粹的笑容，里面的满足几乎快要溢出来，让他的心也跟着怒放起来。

"有个礼物要送给你。"莫斓笙忽然开了口。

"什么？"沈眉娇耳边充斥着烟火破空的声音，并没听清楚，只隐约听到了"礼物"两个字。

"亲爱的玩家们，这场烟火盛会的最后，将送给大家一个大惊喜。在《仙修》的世界中，最美的烟花，属于最相爱的两个人！"主持人激动的声音又再响起，"而今晚这最后一枚烟火，就叫作——凤影天下！"

随着他的声音，破空之声响起，明亮的火光飞上高空，在天宇下忽然间炸成了无数朵迷人的红色玫瑰，这些玫瑰在天空绽放后隐去了红芒，又化成粉紫的冰凌花，两颗红心在花团正中缓缓打开，下方一颗殷红烟火再度上升，如同一只火凤般，在空中一转，从两颗红心之中飞了过去，烟花中藏了无数的玫瑰花瓣，纷纷扬扬地漫天飘洒下来。

这是《仙修》游戏中，最热门的告白道具——凤影天下。这枚烟花太出人意料了，活动策划书里并没有提到这一环，舞台下嘉宾席上的飞象网络负责人也惊讶地站了起来。

没有什么比在现实中看到这与游戏里如出一辙的烟花更令人惊讶了。

除了，有人用这枚烟花在现实里告白。

"这是我专门找人订制的，为你！"温柔的声音在她耳边响起，沈眉娇无比惊讶地转过了头。

为了她？！

花瓣缓缓飘下，落到她的手中，莫斓笙的脸庞在这花瓣雨中，温柔得让沈眉娇沉醉。

"你喜欢吗？"莫斓笙抬手扫去她发上的花瓣，问道。

"你这是……"沈眉娇声音有些低哑，"在向我告白吗？"

游戏里的人常说，花大价收购这烟花的人都是土豪，但是今天，这个标准被刷新了。

"我以为我是在回答你的告白。"莫斓笙将她脸颊旁边的发丝勾到耳后，让她的脸庞清清楚楚地露了出来。

沈眉娇一笑。

这家伙就是不愿意承认自己在追她吗？

"莫斓笙，谢谢你。"沈眉娇没有纠缠这个问题，而是眸光晶亮地望向他。

"不用谢我。"莫斓笙举起手，缓缓抬起她的下巴，想要吻她。

沈眉娇却摇摇头，用手按住他不安分的手，笑道："不，不只是这枚凤影天下。是你，让我……不，让我们赢了这场比赛。"

"我？"莫斓笙挑眉疑惑道，他可什么也没有做过。

"你不记得了？是你告诉我你可以用耳朵代替眼睛！"沈眉娇的手指从他掌心的伤痕上轻轻抚过，缓缓说着，"莫斓笙，在我心里，你是最优秀的男人！"

不管他有什么样的伤痕，也不管他手有没有伤痕，在现实还有网络里，他都是她心中独一无二的英雄！

莫斓笙听懂了她的意思，心中暖融融的，像被阳光包裹了一样。

能够弹奏得出那首钢琴曲的狂眉逆娇，必然也知道该如何利用声音。

"是吗？我的无上荣幸！"莫斓笙笑了，倏地收紧了手掌，将她的手牢牢抓在了掌中。

"现在，请大家欢迎《仙修》的最新代言人，我们的国民偶像沈意浓上台。"主持人的声音又响起。

原来神秘的代言人，竟然是她！飞象网络好大的手笔，竟然请得动她！

沈眉娇有些惊讶地转了头看向舞台。

沈意浓的一首歌曲过后，便到了最受瞩目的竞技赛颁奖礼，沈眉娇暂时离开莫斓笙的身边，上了台。

玩家们的欢呼声大起，这一场竞技赛因为尊者居发起的挑战而变得十分艰难，所有的大帮会几乎都陷入了绝境，然而却因为九霄云重的力挽狂澜，让一场噩梦彻底粉碎，所以不管是不是九霄云重的玩家，这一刻都记住了他们。

大服合并之后，他们将会是所有玩家心里——永远的神。

颁奖的人，是飞象网络的创始人叶梵与国民偶像沈意浓，他们交给了沈眉娇三人一人一个大信封，信封中，是一组兑换码。

……

因为有明星的出现，场下站满了记者，闪光灯频频闪过，晃花了台上的人的眼。

莫斓笙坐到嘉宾席上，其目光与沈眉娇的目光在半空中相遇，各自一笑。

这一天，这一晚，想必这辈子，他们都难以忘记。

而沉浸在喜悦中的人们，都没有发现，角落里频闪的闪光灯，有一道，是对准了莫斓笙与沈眉娇。

[2]
星创上下这七天的艰苦工作，换来的是一份厚实的年中奖金，还有一顿丰盛的庆功宴，莫斓笙在这一块上面，从来没有苛待过他的员工。

沈眉娇和莫斓笙的关系，如今成了全公司上下不能说的秘密，虽然每个人都心知肚明，但事关老板，便没有人敢公开地八卦了，只不过展会上他俩拥抱的画面，不知何时竟然被一个小记者偷偷拍了下来，隔天就给登在了八卦周刊上。

莫斓笙的身份才终于曝光出来。

星创娱乐隶属铭远集团旗下，铭远集团作为国内首驱一指的大集团，其掌权人自然也是出自国内豪富之家。从前到星创娱乐的总监，都是由铭远集团委派下来，向来都是些关系户，星创的员工自然也是这么看待莫斓笙的，只不过比起铭远来说，星创的规模实在太微不足道了，因此大家只当莫斓笙是莫家的哪个旁支亲戚，却没有人想到，他就是莫家的太子爷。

这则八卦新闻出来后，所有人比看到莫斓笙和沈眉娇抱在一起还更加吃惊。

不过也怪莫斓笙本人太过低调，他是莫家最小的儿子，也是铭远集团现任总裁莫平海的老来子，与前头的一兄一姐年纪相差甚远，而莫家的大儿子莫嘉笙已显然是莫家的接班人，莫斓笙本人又一直都在国外进修，因此很少有媒体会把关注点放到他身上。

这一次，完全就是个意外。

沈眉娇从没想到过自己有一天会被狗仔队跟踪，为此她第一次跟莫斓笙怄气，请了年假窝在家里补眠，顺便躲避狗仔。

发发小性子，那可是热恋期的女人的专属权利，沈眉娇不准备放弃这项权利。

"娇娇姐，快给我起床！"爱丽丝奋力地把沈眉娇从床上拖了起来。

"你干吗？"沈眉娇午睡得正香，忽然被人给吵醒，语气十分不善。

"快，快跟我去抢小叔叔！"爱丽丝掀开她的被子，关了空调，把窗户打开，酷暑的热气猛然间闯进来，沈眉娇就算再有睡意，也被冲得睡不着了。

沈眉娇郁闷。

就算莫斓笙再金贵，也没到要她去"抢"的地步吧。

不就是个"壕"嘛！

"小叔叔要去见那个女人了，快给我起来！"爱丽丝没有放过她的意思。

那个女人？哪个女人？

一直到沈眉娇被爱丽丝弄出了门，都没搞清楚爱丽丝说的是哪个女人。

"那个女人太可恶,你知道吗?她变态的,上小学的时候,我妈从日本给我带了个SD娃娃回来。她看到了喜欢,因为限量发行,那会已经买不到了,所以她想跟我换,我当然没同意,你猜后来怎么着?"爱丽丝抓着沈眉娇的手,一边急匆匆地走着,一边说道,"她跟我讲了一个月的鬼故事,每一个都跟娃娃有关,还偷偷跑进我屋里往娃娃眼睛上涂红颜料,做各种小动作。我给吓得不行,就把那娃娃给她了。你知道吗?那时候我被吓得,差点被我妈送去看心理医生,后来还是我家佣人说了实情,她曾经看到那女人偷偷进我房间做些小动作。只是因为我们两家是世交,佣人开始不敢说,也只当成是女孩间的玩笑,谁知道竟只是为了一个娃娃!"

沈眉娇听得眉头微皱。

"后来我去质问她,她竟然跟我说,为了几个恐怖故事就能把娃娃给扔了的人,根本就不爱那娃娃,既然不爱,就不配拥有!"爱丽丝说着,不知道是回忆起了什么,整个人直打寒噤。

"你说来说去,那个女人到底是谁?"沈眉娇跟着她走到了楼下,实在忍不住,狠狠刹住脚步问道。

"咦?我没跟你说吗?"爱丽丝摸了摸脑袋,眼里有些迷惑,"那个女人是我小叔叔的头号爱慕者,你的头号情敌!她从小就一直垂涎我小叔叔,好在我小叔叔是金刚不坏之躯,哼!今天她办了一个庆祝订婚的小Party,把他们以前的老同学、老朋友都请去了,所以小叔叔今晚才答应出席。"

沈眉娇一头雾水,又是叔叔又是朋友和同学,这关系乱得……

"不过你放心,我叔叔对她一点意思都没有,而且这女人很自傲,不愿意主动出击,一直在等我小叔叔开口,呵呵,她就慢慢等着吧她!"爱丽丝得意地说着。

"你说的,到底是谁?"沈眉娇脑袋要被爱丽丝给绕晕了。

"噢对,你还不知道吧,虽然那女人不肯主动开口,但她为了制造机会跟小叔叔在一起,因此跟小叔叔读的是同一所小学、初中、高中,还都同班!我小叔叔学钢琴,她就也学,我小叔叔去维也纳,她也跟去了。当然,她造诣不深,最后是花了一大笔钱进了钢琴学院做自费研修生。"爱丽丝看出她的疑惑,便解释道。

"你叔叔跟我说过今晚有个同学聚会。而且既然是这个女人的订婚派对,都订婚了,还有什么好担心的?"沈眉娇可没爱丽丝想得那么多,对于爱情她的想法还有些天真,"他没有叫上我,所以这么贸然过去并不合适吧。"

爱他,就信任他。

她从来不觉得莫斓笙是个花心的男人。

"你太天真了!"爱丽丝露出个老持成重的表情来,"别的女人或许如此,但是她……你可知道,我小叔叔的那双手,就是被她给毁掉的!"

沈眉娇的双眼，骤然间睁大。

[3]

在旧城改造拆迁的时代潮流中，城北的老洋房区因为独特的历史痕迹而被保留了下来，成了崭新的城市中一道独特的风景。政府有意开发这里成为新的商业区，便将保存完好的老洋房租了出去，因此很多有钱人租下了这里的老式洋房别墅，用来办私人会所。

莫斓笙现在所站的地方，就是这一区最大的一幢别墅的门外。别墅的外观早被翻新过，但仍旧保留了旧建筑该有的风情，巴洛克式的小塔楼，拱形木质门窗，还有雕花石柱。正门上挂着的巨大霓虹招牌，以及别墅外的道路两侧停满的车子，颇有几分十里洋场的繁华景致。

是个不错的地方。

他今天穿了套有些复古的西装，打了领结，算是应景，因为这个Party的主题就是"十里洋场"，参加的人需按上世纪初的打扮到场。

这是袁艾的作风，她就喜欢办各种主题的Party，这一次要不是因为挂了庆祝订婚的名头，请的宾客又都是以前的老朋友和老同学，莫斓笙也不会来。

说起来自从他回来以后，以前在维也纳进修时的同学，还有高中的老同学与圈子里的好友，就基本没有联系了，因此对他来说这个机会挺难得的。

莫斓笙将邀请卡递给了门边站着的服务生，然后迈步进入了别墅。别墅内外一致，也仍旧保持着上世纪初的风格，就连放音乐的也是一台镏金留声机。大厅之中已经来了很多人，男人们穿了燕尾服或是旧式西服，女人们则穿了各色旗袍，如同争奇斗艳的繁花。

有人眼尖，立刻就看到了莫斓笙的出现，马上从侍者捧着的托盘上拿了两杯鸡尾酒，三三两两地奔着他过来。

都是他的老同学，莫斓笙笑着迎上去，几个人随意一聊天，气氛便热络了，讲话也放开了许多。

"听说你这个有着金刚之躯的和尚，最近交女朋友了，怎么没带来？"有人打趣道。

"是啊，这么难得才能见你一面，居然一个人来了，实在可惜。"另一人附和着。

莫斓笙和他们一一碰了杯，才道："刚刚才确认的关系，我怕带来被你们吓跑了。这么难得我才找到这一个，你们也不想我再回去当和尚吧。"

都是关系不错的同学，他说起话来便很随意。

"啊？居然是真的？莫少，你变了啊！"有人很惊讶地开了口。

几个同学只是打趣而已，八卦周刊上登的那些事，他们倒没怎么当真，毕竟在这个圈子里混的人，不到结婚的时候都不算真的。

然而莫斓笙就这么干脆地承认了，反而让人错愕。

"那我真要见一下了。"和莫斓笙关系最好的，叫程唯的男人，直接就把手勾到了莫斓笙肩上。

"别说了。"忽然有人小声地嘀咕了一句，"袁艾来了。"

一句话，让莫斓笙身边的人都安静了下来。所有人都知道，袁艾暗恋莫斓笙，暗恋得快入魔了，偏偏她又故作矜持，从来都没跟莫斓笙表明过心迹，因此所有人也只能当作不知道，虽说她订了婚，但怕莫斓笙的八卦会让她不高兴，所以大家便都同时住嘴了。

"嗨，斓笙，好久不见。"清甜的声音传来，像夏日里的凉风般让人惬意。

几人都一起转了身，身后果然是袁艾。

袁艾是个美人。她化了淡妆，一头长发披在脑后，远远看去似飞瀑流水般动人，这简单干净的造型让她的脸庞格外生动起来，如同缓缓绽放的百合花。

她今天穿的是件改良旗袍款的小礼服，上身是浅金镶皮粉边的绣花旗袍款式，却配了宽大的荷叶袖，露出雪白的手臂，如纤纤枝条，下面是却是同色的蕾丝裙，上窄下宽的鱼尾型，使她性感里带了些娇憨风情，很容易就得到了全场的注目。

"你怎么就一个人来了，我的邀请卡上，可是写了'携女伴'参加的噢。"袁艾调皮地眨了下眼睛，唇边的笑像花朵一样绽放，让她的容颜瞬间生动起来。

莫斓笙的眼，却有些沉敛。

他不想沈眉娇来，是不想逼她这么快去面对他的生活圈子。一个八卦新闻和几个狗仔都能让她和他怄气，他觉得她还没有做好准备。而以沈眉娇的个性脾气，只怕也不会喜欢这样的场合。对于沈眉娇，他愿意给她最大的自由和空间，她若想当个光芒四射的名媛贵淑乃至风风光光的莫太太，他就给她舞台，让她表演，但同样的，如果她只是想要一种简单的生活，他就会把她纳入羽翼，免她风雨，予她一世安宁。

而另一方面，他也不想沈眉娇和袁艾见面，不是担心沈眉娇误会，而是因为袁艾这个女人身上，潜藏着一丝危险的气息。

"莫非，你还在怪我？"袁艾见他没说话，眼帘一垂，语调一变，忽然有些难过起来。

莫斓笙很快就恢复过来，云淡风轻地开口："怎么会？如果我这么介意，当初就不会救你了。"

他的口吻虽然平静，却有一丝冷漠。

身边的几个人都听不懂他们在说什么,因为莫斓笙手伤的事情,从来没有和外人说过。

袁艾低垂着的眼眸里,便闪过一丝异样的神采,待余光看到莫斓笙举杯那手的虎口上,一小道伤痕的尾巴时,那神采忽然间又飞扬了起来。

自从莫斓笙为了救她而伤了手以后,他们就没再见过面了。不管袁艾用什么样的借口,莫斓笙都没有见她。这一次她在报纸上看到了他交女朋友的新闻之后,觉得自己不能再忍下去了,因此借口订婚,请来了老同学和老朋友,才让莫斓笙终于答应前来参加这个聚会。

她就是想借这场订婚来让莫斓笙妒忌,让他承认对她的爱。袁艾一直固执地认为,莫斓笙心里有她!

否则也不会为了救她而毁了一双手。

而且,他今天并没有带新闻里的那个女孩来,这让她更加肯定,他只是玩玩而已。

"Hello,莫,好久不见。"带着异域腔调的口音打破了几人之间有些微妙的安静,只见一个金发白面的英俊男人翩翩走来,揽上了袁艾的腰肢。

随着他的出现,后面又有几个人跟了过来,这次则都是莫斓笙在音乐学院的朋友,甚至还有两名助教。

"Hello,Gary,好久不见,你中文越来越好了。恭喜你们订婚!"莫斓笙一眼就认出了此人。

这是他在维也纳音乐学院时的宿敌,全学院公认的音乐王子Carle Gary,中文名是孙天昊。

读书的时候,孙天昊就在追袁艾了。可惜那时袁艾的心全都在莫斓笙身上,对他毫无兴趣,直到莫斓笙休学,后转读商科,袁艾才忽然对孙天昊另眼相看起来,最近更是答应了他的求婚,还亲自办了这个Party。

因此孙天昊这会见到莫斓笙,心中不无得意。当时在校时他就被莫斓笙压了一小头,爱慕的女人看中的也是莫斓笙,而如今他成了国际舞台上最负盛名的年轻钢琴家,又追到了袁艾,而莫斓笙却失去了音乐,也没和袁艾在一起。

"谢谢你的祝福。当初你从学院离开,我们都替你感到惋惜。没想到今天还有机会再相聚。"孙天昊的普通话虽然说得有些不流利,但语法什么的,却都不错,想来为了袁艾他下过一番苦功,就连中文名字也是求袁艾帮他起的。

莫斓笙点了点头,举杯与他轻轻一碰,抿了一口,只是笑着却并未答话。

孙天昊见他脸上宠辱不惊的表情,还有眼底里似乎看穿自己的眸色,心里又想起在学校里那些不开心的日子。莫斓笙永远都是这样的表情,不惊不躁,好像站在他面前的自己，只是一个小丑。

这种感觉让孙天昊十分的不爽，但脸上却并未现出来，仍旧热情地笑着。

留声机里的音乐忽然一停，侍者正提了唱针要换唱盘，孙天昊却忽然叫住了那侍者。

"机会这么难得，老同学聚在一起，不如我们来为美丽的袁艾公主弹奏一曲吧。"孙天昊叫停侍者之后转回头，笑吟吟地对着大家开了口，"莫，当年你可是我们学院里的天才，一首《第三钢琴协奏曲》就连院长都忍不住替你鼓掌，我们已经有很多年不曾听过你的演奏了，不知今天可有这个荣幸，再听你弹奏一次呢？"

虽然莫斓笙手伤的事并未对外公布，但这世上没有不漏风的墙，有心的人想要打听，并不难打听到，而这孙天昊就是有心之人。

手是莫斓笙的弱点，他已经弹奏不出那样的曲子了，而孙天昊就是要看他认输，让他再不能露出那样的表情。

看他拿什么资格骄傲！

旁人并不知道莫斓笙手伤的事，当然鼓掌叫好，只有袁艾，脸色一变，眉头紧拧地暗自扯了一把孙天昊的手臂，在他耳边低声喝止了一句："Gary，够了！"

孙天昊见到袁艾的维护，醋意又翻上来，更加不悦。

"怎么了？莫，可以吗？"他见莫斓笙没开口，便逼问了一句。

莫斓笙脸上的笑意不减，眼底的厉色却一点一点地泛上来。

气氛正僵持着，忽然间，一阵流畅的琴声从角落里传出来，等到众人都转过头去，那琴声却戛然而止。不远处的钢琴前不知何时已坐了一个人，此时见众人转头，便缓缓地、优雅地站了起来。

"莫师兄，不知道有没有这个荣幸，能邀请你与我四手联奏一曲？"冷冽却清晰的声音响起，敲打在每个人心中。

莫斓笙见到了她，便不由自主地将一直微眯的眼眸睁开。

[4]

那人是沈眉娇。

她站在钢琴前面，灯光斜斜打在身上，巨大的拱形窗口前，白纱缓缓拂开，让一切美得像幅画，莫斓笙有瞬间的窒息。

这是他从来没有见过的沈眉娇。

她身上穿着一件长及脚踝的烟灰色斜肩改良式旗袍，露出白皙的脖颈与完美的锁骨，外面罩着件洁白的镂空毛线小坎肩，让本来张扬的性感被遮掩起来，换上了欲盖弥彰的小纯情，长发挽成了复古的发髻，额前刘海被梳成服贴的波浪形，一路延伸到鬓边，那里别了一枚镶着蓝宝石、设计成桔梗花形的发饰，和脖子上挂着的项链正配成一套。她脸上化了浅淡的妆，唇上却点了鲜艳的色彩，让本来清秀的脸庞乍然生辉，就如同她名字里的那个"娇"字一样，娇妩天成。

莫斓笙的眼眸几乎无法挪开。

她说话间，还朝他们施了个舞台礼，身上那件烟灰色的旗袍随着她的动作竟变了颜色，星星点点的蓝色从烟灰底下被翻出来，像是海潮翻涌时乍变的色彩，与发间蓝宝、脖上项链交互辉映着宝蓝的光芒，衬得她整个人像雪一样白起来，也让她身体的玲珑曲线越发的妖娆起来。

莫斓笙的呼吸随之急促起来。

论美貌，她比不上袁艾，但是这一刻她就是惊了他的眼，而她，也只需惊艳到他就足够了。

"你是谁？我不记得我有邀请过你！"袁艾声音忽然有一丝尖锐，她已经看见莫斓笙眼里满满的惊艳。

她并没有认出眼前的女人，就是让她办这场Party最主要原因的沈眉娇。她仅仅见过八卦周刊上的沈眉娇。

一个女人，打扮不打扮，相差甚远，更何况周刊上拍到的沈眉娇，是在连续加班了两星期、在展会上累成狗的、一身平民化打扮的沈眉娇，怎能让人将眼前这个熠熠生辉的女人和她联想到一起？

"我带她来的呀，你给我的邀请卡上不是写了可以携伴参加吗？"爱丽丝的声音忽然掺和了进来，她像一只得意的小母鸡般望着袁艾。

袁莫两家是世交，她们早就认识，所以袁艾也给爱丽丝发了邀请卡。

袁艾被爱丽丝一句话堵得面色一滞，只见众人已经说笑着围拢了过去。

"你刚刚叫斓笙师兄？莫非你也是我们学院的同学？"站在袁艾身后的一个女人忽然替她问道。

沈眉娇正挑了眉看着莫斓笙笑，听到了这话，便摇了摇头，老老实实地回答道："不是。"

"那你为什么叫他师兄？"莫斓笙的这几个同学，对沈眉娇的出现报以了极大的热情，纷纷开口问着佳人问题，"还有，你叫什么？不介绍一下自己么？我叫于涛，是你莫师兄的高中同学，非常高兴可以认识你！"

"嗨，你们好，我是沈眉娇。"沈眉娇很干脆地报上了自己的名字，然后才笑着解释，"我从前的钢琴指导老师，是周正虹周老师。而如果我没记错，莫师兄应该是周老师的得意门生，所以我叫他一声师兄，合情合理吧。"

此话一落，她就看到莫斓笙眼底光芒一闪，笑容微顿，他又惊讶了。

在场但凡对音乐稍有涉猎的人，都知道周正虹这个名字。周正虹也是毕业于维也纳音乐学院，并且是以全校第一的成绩毕业的，毕业之后她参加了数场国际比赛，拿的都是冠军，名声响誉海外。在国内，她算得上是首驱一指的钢琴演奏艺术家，只不过她眼界太高，很少收学生，而莫斓笙是她收下的第一个徒弟，早几年报纸还曾经炒作过这件事。

只不过最近几年，周正虹都没有传出再收徒弟的消息，而目前仅有的三个徒弟，除了莫斓笙之外，现在都已经站到了国际舞台上。

所以，沈眉娇的话，他们不太相信。

"怎么可能？周老师早就不收徒弟了，我们从来没有听说过你的名字！"一个穿着金色旗袍的女人不可置信地开了口。

袁艾翘起了嘴角，等着看沈眉娇如何圆这个谎。

沈眉娇从自己的手袋里拿出了手机，点开了自己的私人网上相册，里面有些扫描的老照片，打开来，好些张都是她和周正虹的合影，有些还是她在周正虹家里学琴，周正虹在她身边指导的照片。

她没有说谎。

其实她刚刚从爱丽丝口中得知莫斓笙也是周正虹老师的学生之时，也非常的惊讶。

当年她母亲为了让她在钢琴演奏上有所作为，极尽所能地为她遍访名师，不惜代价地求人将沈眉娇引荐给了周正虹，周正虹见她确实天赋极佳，便收下她为学生，只是她那时还没参加过大型的比赛，因此并没被关注。这本该是灿烂无比的前途，可遗憾的是，她自己放弃了这条路。

钢琴非她所爱，一直以来都只是她母亲加在她身上的希望。

"如果这照片还无法证明，我可以亲自打电话给周老师，替你们确认！"沈眉娇虽然是笑着说话，声调却有些凉下来，眼神冷冷地扫过问话的人和袁艾，最后落在了Gary脸上。

"师妹，你想弹什么？"莫斓笙的声音打破了有些僵硬的场面。

他朝她伸出了手，沈眉娇便将手掌轻轻搁在了他掌心。

两个人一左一右坐在了琴椅上，沈眉娇坐了主奏的位置，莫斓笙是副奏。

"弹了就知道了。我弹得不好，请师兄多指教。"沈眉娇说话的声音不大，却刚好让每个人都能听见，她脸上诚恳求教的表情，并不只是谦虚而已。

莫斓笙眼里就只剩下了她。

钢琴声缓缓地响起，如同浅凉的流水漫过身体。

她弹的是《梦中的婚礼》，弹奏的速度很慢。莫斓笙手伤的情况，她从他玩游戏时的动作也能看出一二来，他不是完全不能弹奏，只不过已经没办法弹奏太高难度的曲子了，因此她放缓了速度，让这首曲子刹那间如月光一样温柔起来。

莫斓笙的手，轻轻放在了琴键上，但他的视线却没跟着转过去，仍旧注视着沈眉娇。

她的侧脸，她专注的眼神，她微笑的唇。

每一眼，都刻到心上。

音乐很柔缓温和，没有刻意卖弄的技巧，只是浅浅淡淡的幸福。两个人的默契，怎么看都不像是第一次合作的模样，莫斓笙慢的时候，沈眉娇也跟着慢下来，莫斓笙快的时候，她也跟着快起来。

"沈眉娇，这名字有点耳熟啊！"莫斓笙的老同学程唯忽然间做出一副沉思状，小声地开了口。

他这么一提醒，众人才渐渐反应过来。

"对啊！沈眉娇，不就是周刊上面老莫的女人？"有人忽然间小声嘀咕了一句，"真人很漂亮啊！"

是她？！居然是她？！袁艾看着钢琴前坐着的沈眉娇，眼神渐渐冷了下来。

一曲弹完，掌声响起，莫斓笙拉着沈眉娇站了起来。

曲子虽然不复杂，但胜在应景，也马马虎虎说得过去了。

Gary有些不甘心，还想激他，莫斓笙却先开口了。

"这首曲子，是我们对你和袁艾的祝福。祝你们幸福！"

"谢谢。"他都这么说了，Gary只能道谢，再强迫下去会变成自己太小气，那就暂时放过他吧。

莫斓笙拉着沈眉娇走了出来，被众人围到了中间，他没再隐瞒，开口道："其实她除了是我师妹之外，还是我女朋友。"

果然，是她！袁艾笑得愈加僵硬起来。

"不，不对！"程唯忽然叫了起来，然后面对一群疑惑的眼光，才发现自己有些失态，便不太好意思地摸了摸头，解释起来，"我是说，沈眉娇不是老莫的女人……"

啊？！

众人大惊。

"啊，不是，又说错了。我的意思是，她不只是老莫的女人！这名字我记得。"程唯忽然很兴奋地把手按在莫斓笙肩头，"老莫，你记得你参加全国钢琴大赛青年组比赛时的情形吗？"

全国钢琴大赛，是莫斓笙一曲成名的舞台，他拿了冠军。

如何能忘。

"当时少年组有一个小姑娘，报了跟你相同的曲目。你当时还夸过她来着，但后来她弃赛了。那小姑娘就叫沈眉娇，你忘了？"程唯这人没什么特长，唯一就是记性好，况且当年情况特殊，让他印象非常深刻。

当时他和莫斓笙交好，莫斓笙参赛时，一路他都陪着。在决赛的前一夜，参赛者可以来这里熟悉环境，他就在后台看到了那个叫沈眉娇的小姑娘，向比赛负责人提出退赛。

他还清楚地记得这小姑娘当时给的理由，非常的简单直接。

"对不起，我不爱钢琴。"沈眉娇当时是这么说的。

那任性和执拗的模样，让人印象深刻。

莫斓笙闻言不由望向了沈眉娇。

沈眉娇只是笑笑，点下了头。

那个小姑娘，是她。

原来，在过去的岁月里，他们曾经错过过。

[5]

夜色如水，凉风惬意。

莫斓笙将车停到了沈眉娇楼下。

"要不是我有先见之名，拉了娇娇姐来救场，还不知道小叔叔要被袁艾那女巫陷害……"爱丽丝还在车里叨叨个没完没了。

"嗯，你做得不错。"莫斓笙夸了一句。

爱丽丝的声音戛然而止。小叔叔夸她了？她没听错？

"好了，你先上楼吧，我有事和娇娇说。"莫斓笙打发她上楼。

这是嫌她碍事了！

爱丽丝吐了吐舌头，然后识相地下车上楼。

"你有啥事要说？不上楼坐坐，非要在车里说？"沈眉娇纳闷地开口。

她正微低下头，在拆发髻上的卡子，头发梳得太紧了，她头皮一阵阵发疼。

忽然间一只手伸到她的脸颊旁边，沈眉娇吓了一跳，抬头的时候，便看到莫斓笙侧压过来的身子，他的脸庞已近在咫尺。

沈眉娇瞪大了眼。

莫斓笙的唇已经不由分说地印上了她的唇。

今晚他想做一件事已经很久了，他忍够了。

狠狠吻她。

他的左手从她的脸颊划过，扶上了她白皙的脖颈，而右手则霸道地攀在她的腰上，将她整个人都牢牢固定在了小小的座椅空间里，无处可躲。

微凉的唇带着火一样炽热的气息袭来，与前两次那客气节制的吻截然相反，这一次他带了几分疯狂，如同凭空而起的骤风，有着掠夺一切的肆意，纠缠着她的唇舌，不断深入，再深入。

待到他放过她，沈眉娇脑后的发髻已经在椅背上磨得凌乱不堪，散了大半下来，刘海也落下了半边，乌黑的发带着微微的卷度，在她肩头轻弹着，她喘着气，胸口的曲线随之上下起伏着，有着让他更加疯狂的妩媚。

沈眉娇用手抵在他胸口将他推开些许距离，她快窒息了。

"你今晚，很勇敢！"莫斓笙终于开了口，声音喑哑如夜，眼里的火焰仍旧燃烧着。

沈眉娇深呼吸了几口，才缓过来。

"谁让他们欺负你！我的男人，只有我能欺负！"她表情有些孩子气，唇瓣启启合合，让人留恋，"不过，我希望今晚没给你造成困扰。本来我就只是想偷偷看一眼，谁知道会上演这么一出戏！"

她说着，看了他一眼。

毕竟她是背着他偷偷去的，男人不都讨厌这样的女人？！

那句"我的男人"，听得莫斓笙心花怒放，哪还管她偷不偷、跟不跟的，她要是愿意，以后每次应酬和聚会，他都可以带上她。

更何况，今天她给了他那么大的惊喜。

师妹，这个称呼他非常满意。

"你不生我气就好了。"这么说着，莫斓笙的头又低了下去。

"喂！这是车里啊，外面有人看着呢，唔……"

声音中断。

[6]

休息了几天，沈眉娇精神满满地上班了。展会结束，薛锋扬就回了飞象总部办公，少了他，沈眉娇觉得整个星创的空气都清新起来。

中午的时候，她接到了林君平的电话。他想请她吃饭。

沈眉娇欣然赴约。

午休时间比较短，所以他们就约在了星创娱乐大楼旁边的餐厅里见面。

才刚进餐厅门，沈眉娇就看见了坐在窗边的林君平，他正将脸对着窗外，不知道在看什么。

"Hello！"沈眉娇心情特别好，打招呼的声音也显得十分愉快。

林君平听见声音转过头，朝她微微一笑。

沈眉娇却大吃一惊。

她以为她会看到一个意气风发的林君平，没想到出现在眼前的，却是个疲惫萎靡的男人。他虽然笑着，可眼里却全无神采，也就是在看到她出现的时候眼眸亮了亮，随即便又黯淡下去，眼底下是黑青的颜色，很困倦的模样，而那眉宇间的哀伤，好像吹不散的雾霾。

"你怎么了？"沈眉娇不禁问他。

"坐。"林君平没有回答她，仍笑着说话，"我记得你以前总在游戏里说，要师父请吃牛排，今天算是如愿了。我给你点好了，浇蘑菇酱，如果我没记错的话，这应该是你的口味。"

的确是沈眉娇当学生时的最爱。

沈眉娇依言坐下，小心翼翼地又问道："你还好么？"

"我没事。"林君平摇摇头，将餐单推到她面前，"看看，还想吃什么？自己点。"

"给我一杯综合果汁，谢谢。"沈眉娇只是点了杯喝的，便将餐单还给了侍者。

因为是提前点的餐，沈眉娇才坐下没多久，餐点就全部送了上来。沈眉娇见他不愿说话的模样，便也没再问，一边拿了刀叉，慢条斯理地吃起来，一边有一搭没一搭地找些话题聊着。

沈眉娇吃了几口，忽然发现对面的男人似乎一口未动的模样，便搁了刀叉问他："你怎么不吃？"

"当年的事，你怪过我吗？"林君平忽然问她。

沈眉娇一愣。

当年的事，是指他带着全魔渊玩家追杀狂眉逆娇那档子事吗？其实她早就没什么印象了。

"你不提，我都忘了。"沈眉娇笑着摇摇头。

"可我记得。我误会了你，带人追杀了你整整一个月，我本应该相信你的，可是我没做到。"林君平声音里忽带上感伤。

"过去这么久的事，还提来做什么呢？"沈眉娇觉得有些奇怪，他不像是来和她吃饭叙旧的，倒像是来忏悔的。可当年的事，若说她一分错都没有，也不尽然，君无妄盛怒之下追着她打，也无可厚非。

"我不只错怪了你，我还错怪了无影，其实我，从来没有相信过你们。"林君平清俊的面庞上，染了一丝哀伤。

怎么又扯上她师姐了？

沈眉娇心头忽有些不太好的预感。

"是不是风长岚，跟你说了什么？"她问他。

她记起那天在醉梦小筑的门口，风长岚与他之间的约定，如果君无妄接受尊者居的挑战并能胜出，风长岚就将云无影的下落告诉他。

"你是沈沈吧？"林君平看着她的眼睛。

沈眉娇一滞，没再隐瞒地点了头。

"其实今天叫你来，除了想见你之外，还有件事情请你帮忙。"林君平收起了感伤的表情，从旁边的旅行箱里抽出了一个大信封。

沈眉娇这才注意到，他是带着行李来的，而那个大信封是之前他们参加竞技赛胜利的奖励。林君平并不是S城人，这趟过来只是为了参加比赛，如今待了几天要回去也很正常。

"我下午的飞机。很高兴这一趟出行，能够见到你，并和你再同队而战！"林君平说着将信封推到了沈眉娇面前。

"你下午就回去了？"沈眉娇一边问着，一边疑惑地接过那信封。

"嗯，是要离开！不过不是回去，是去见无影。"林君平说道。

沈眉娇吃了一惊，还没问出口，林君平便先说了："你师姐生病了，所以我要去看她，接下来我没时间上游戏，但是合服马上要开始了，几个任务都在进行中，大战一触即发，所以我想拜托你，替我上号，带领无妄天宗完成这一战！这信封里装着的，除了当时竞技赛的奖励之外，还有君无妄的账号和密码，一起交给你。"

沈眉娇闻言，只觉得自己手上的信封像个烫手的山芋。

"师姐是什么病？"沈眉娇心里的不安感又深了。

"白血病，以前治好过一次，两年前复发了。"林君平说着，望向了窗外，"治了两年多，可能撑不过去了，我想去陪陪她。"

这消息像个炸弹，在沈眉娇心里炸开。

两年前，不就是云无影离开他们，和风长岚在一起的时间吗？那个时候，她就已经知道自己的病复发了吧？否则也不会和自己说出那样一番话——"如果你明知道这辈子和他不会有结果，还会不会给他虚无的假想？"

云无影是很爱君无妄的吧……

沈眉娇的手无意识地捏紧了那信封，拒绝的理由再也说不出口。

"没想到，用了四年的时间才能和你们见面。"林君平让自己的情绪缓和下来，这才转回头看沈眉娇。

那眼里，带着期望，她始终还是他最愿意相信的人。

"师父，我尽力而为！请替我问候师姐！"事隔两年，她再次叫他。

师父。

[7]

等到沈眉娇把这薄薄的信封很郑重地交到莫斓笙手里，然后唉声叹气的时候，天都已经暗了。

接任务的时候很热血，这做任务的时候就很痛苦了。

这差使太艰难。

且别说她离开无妄天宗这么多年，早就已经和团体生活脱离了关系，单说那些复杂的任务，她都不知道有多少久没碰了，前段时间用沈沈接的那个随机任务，到现在都没有完成，现在倒好，转眼她要管一个大帮会。

虽然君无妄安慰过她，这事他已经和会里的几个主要负责人说过了，所以他们都会帮她，帮务方面不需要她操心，她就只需要在适合的时候站出来说几句话，卖弄一下操作，当当灵魂人物就行了，难度并不大，但沈眉娇心里一点底都没有。

"你愁眉苦脸的干什么？"莫斓笙听了她的话，想都没想就拆开了信封，"不就是个帮会，能比管一个公司还难？"

这话说得……

沈眉娇眼都亮了。

"不要看我，我不会接手。"

莫斓笙的话让沈眉娇眼里的星星熄灭了。

"不过我可以帮你。"

星星又亮了。

动漫祭一结束，关于《仙修》新资料片《飞升篇》的内容就完完全全曝光出来了。

沈眉娇抱着电脑坐在沙发上，打开了《仙修》的游戏官网，才刚打开，就看到无比醒目的关于竞技大赛的新闻，自己和薛锋扬、林君平拿奖的照片作为配图，清晰地挂在上面，看得她差点就要点叉关掉。

相比之下，新资料片的更新新闻倒显得渺小了许多。

沈眉娇看了下更新时间，还要再过半个多月才更新，也就是他们接到的大任务要在这半个月内完成，并且还要比其他人都快。

因为《飞升篇》的大任务里，需要玩家们召集齐九十九个NPC来打开神陵，而这九十九个NPC，具备唯一属性，也就是十二个服务器里，只要有人提前完成任务将其中某个NPC找出来，那么其他服务器的玩家就无法再完成这个NPC的任务。

而这九十九位NPC将会在大服合并的那一天，协力打开神陵的入口。神陵之上，是全新的世界，据说其中有九十九座峰头，每一座峰头都将由一个NPC守护，因此相对的，得到这个NPC的玩家，就能占领这个峰头。

所以对于各大帮派来说，是否能够得到NPC事关他们今后在大服中的势力发展，所以必将铆足全力。

而目前十二个服务器中，已经有五十几个NPC被找出来了，不过大部分都是S级以下的NPC，目前还没有更高级别的出现。而无妄天宗当前最重要的一个任务，就是寻找S级NPC雪域神君，这个任务所需的任务物品之一，就是当初狂眉逆娇全服追杀任务失败之后，笙歌惊鸿所获得的那个物品陨星秘宝，难怪君无妄当时要兴师动众来寻找她。

目前这个任务需要的物品基本找齐，只差了一样——雪域之心。

而除了这个大任务之外，还有就是一妄成劫那边沈沈所接的那个随机任务，虽然目前还没有明确地指向最终的NPC，但是依据任务的困难程度，所寻到的NPC必定等级不会低。

"你专心帮君无妄吧，沈沈的任务，我来做。"莫斓笙倒了两杯咖啡回来，见到沈眉娇在查绿灵儿任务的资料，便开了口。

沈眉娇接过咖啡，朝他露出感激的笑容。

资料看得她的脑袋涨得很，她索性不再管了，直接进游戏。

她上的是狂眉逆娇的号，这会不需要再在莫斓笙面前遮掩，她上得格外痛快。

莫斓笙端着咖啡坐在她旁边看她。真是没有想到，在心里念了那么久的人，一直一直，都在他的身边，莫斓笙心头除了感慨，更多的，则是满足。

读条过后，熟悉的人物出现，红衣黑发的狂眉逆娇正站在主城里，四周一片繁华的景象。

不过三秒之后，世界频道就爆炸了。

[世界频道]小小白："啊啊啊啊啊，我看到狂眉女神了，女神快接受我的爱！"

[世界频道]猪妹："娇爷来了，快出来围观！快来快来！"

[世界频道]神仙错："想不到狂眉你居然真是个女人，这么多年原来我输给了一个女人！这难道就是传说中的相爱相杀吗？我原谅你了，快到我怀里来吧，小娇！"

[世界频道]落纷飞："娇爷，我们错怪你了！你太给我们长脸了啊！"

[世界频道]小象鼻子："狂眉女神风华绝代，我要给你当仆人！快收了我！"

[系统公告]牛小牛在华曦城内给狂眉逆娇放了一枚"凤影天下"，天地浩渺，火凤无双！愿卿长伴三生，共踏仙途……

沈眉娇喝了一口的咖啡差点再给喷回杯里，她瞠目结舌地看着世界频道上乱飞的信息和身边爆开的各种烟花，还有数不尽的加好友、加组队和加帮派邀请，以及围在狂眉逆娇身边组团参观她的大号小号们，半晌说不出话。

从全服公敌转眼变成全服偶像，不要太突然啊！

没办法，三个大神里面就她一个女人，从前又总被当成是人妖或丑女，结果真人出镜，竟是个娇滴滴的妹子，形象大逆转的情况下，群众的反应自然比想象中来得热烈！

"我能不能把他们杀光？"沈眉娇机械式地转过头，看着拿杯子挡着嘴，正笑得满眼灿烂的莫斓笙，她挥手做了个"大开杀戒"的动作。

莫斓笙眼里的狂眉逆娇，一向都是高冷逼人外加毒舌技能满点的形象，但现在，沈眉娇就坐在他的身边触手可及的地方，那样的真实！

所以目前这种情况，尤为好笑。

"请便！"莫斓笙已经笑出声来了。

"总裁大人，请注意你的形象！"沈眉娇把手里的杯子重重放到了茶几上，狠狠地瞪了他一眼。

在主城杀人，会被城里的魔卫给通缉，她不笨，当然也就只是说说而已。

拒绝了所有好友、组队和帮派邀请，再把各种频道一关，沈眉娇立刻觉得世界安静了。

只不过还清静不到五分钟，立刻便有一个新的帮派邀请弹了出来。

[系统]玩家啡啡邀请您加入"无妄天宗"帮派，请您确认。

这一次，沈眉娇却没有立刻点叉。君无妄在请她帮忙的同时，也希望她能够让狂眉逆娇回归无妄天宗，但沈眉娇当时并没同意，可现在她却犹豫了。

"既然犹豫了，就证明你心里还是想着他们，为何不加呢？我记得，你是从无妄天宗出来的。"莫斓笙一语道破沈眉娇心中的想法。

[8]

沈眉娇看着屏上"无妄天宗"这四个字，想起旧年纷杂的往事，忽有些发怔。

莫斓笙便想起他所知道的，关于狂眉逆娇的一切故事，都与"背叛"联系在了一起。

"当年，也像现在这样，服务器合并，大战开启。当时的九霄云重还只是九霄梦和云重裂两个服务器，我和君无妄在九霄梦。君无妄是我师父，当时他和我还有云无影师姐，都只是休闲玩家，下下小副本，看看风景，打打竞技场，日子过得惬意无比。后来，师父爱上云师姐，本来应该是很幸福的结局，可惜云师姐却忽然跟当时九霄梦仙界的大神风长岚在一起了，师父沮丧了很久，终于决定建立无妄天宗。"沈眉娇忽然开口，说起往事。

这段过去，当初在医院时她并没有对莫斓笙说得太详细，现在看来，并没什么好隐瞒的了。

建帮初期，是最辛苦的日子，君无妄花了很多时间和精力在帮会上，沈眉娇是他的左膀右臂，一路不离，助他成就了整个魔渊最大的帮会。

后来，当时的新资料片开启，服务器大整合，九霄梦和云重裂合并的消息传出来，再加上新资料片开启时的开放的仙魔领地之战，让两个服务器的玩家都沸腾起来。

无妄天宗是当时势力最大的魔渊帮派，君无妄自信满满，要夺那方寸之地。就在那时，沈眉娇捡了一个徒弟，叫作"终忘"。

莫斓笙伸出了一只手臂，枕在她的脑后，让她可以舒服地倚下来，说她这些年埋在心里，一直无处倾吐的故事。

"终忘很优秀，我带着他打竞技场、下副本、跑遍所有难上的风景点，一起研究操作技巧，一起研究副本攻略。甚至，那年的冬天，他还来看我。"沈眉娇转了头，望着莫斓笙的眼眸。

莫斓笙在她的眼里，看到了一丝属于过去的温情。

"我也不知道自己是什么时候喜欢上他的，大概就在那些和其他玩家一般无二的游戏过程中吧。他和我很合拍，我们又见了面，我想，我一直在等的人，应该就是他了。"沈眉娇笑了笑，为了曾经幼稚的自己。

再后来，终忘经她介绍，进了无妄天宗，慢慢有了一席之地。双服合并，领地之战爆发，云重裂中最大帮派，是当时仙界最强的势力，与无妄天宗成了敌人，在这场战争的最后双方形成了僵持之局。

沈眉娇和君无妄以及一群兄弟们研究很久，都拿不出个办法打破僵局。那时候沈眉娇很苦恼。

"是他告诉我，他有一个办法能帮到我们，不过要看看我们的布防情况。当时布防图只有君无妄和我这个副帮主可以看到，我并没怀疑他，就截图给他看。"沈眉娇眼前好似出现了当时的画面。

终忘说，师父，你把一切交给我，我替你打下这片天下，脚踏青龙来迎娶你！

谁知道，他是把天下打下了，青龙也踏上了，却不是为她！

"战况忽然急转直下，一夜之间，整个魔渊溃败。全魔渊玩家的坚守，几百个人两个月的成果，一夕之间化作乌有。就因为我给了他那份布防图！"沈眉娇闭了眼，嘴边的笑尤在，"原来我这个徒弟，就是云重裂仙界第一的凉骨天烬！"

或者应该说，是薛锋扬。

云淡风轻的口吻，说的却是金戈铁马的往事，当初她曾经因为薛锋扬的背叛那样地痛过，最后也只剩下只言片语的描述。

"再后来，有消息传出是我背叛了魔渊，将信息泄露，而凉骨天烬在那个时候却让仙界的人保我性命！他希望我可以过去，陪他共看天下。你说多可笑……"沈眉娇想起那时候的自己，心都冰冷起来，"君无妄失去了云师姐，再经历我的背叛，怒火滔天，在整个魔渊下了追杀命令，带着人整整追了我一个月！"

从那时候起，她就不再是无妄天宗的人了。

莫斓笙的心随着她的声音，慢慢酸楚起来，他收紧了手臂，让沈眉娇可以靠着自己的肩膀。

这个时刻的她，没有任性，没有霸道，没有疯狂，只有疲惫。

他知道，她所说的这场关于游戏的过去，还仅仅只是她所有悲伤的一个序曲而已。

接下去的故事，她不再开口。

不，应该是，她不敢回忆。

"娇娇，虽然你一直留在这个游戏里，但其实你一直在逃避吧。"莫斓笙的手臂忽然松开，温柔的大手抚上她的发。

沈眉娇忽然不知道该怎样回答他。

他说的没错，她在逃避。

她不想回忆过去，不愿意接受从前的自己，甚至压抑着自己灵魂里的那些属于狂眉的热血，去做一个冰冷的游戏人物，以大杀四方来宣泄心头愤恨，与所有人为敌，看似张狂大胆，但实际上却是她懦弱地不敢回头看。

有时候连她自己都不知道自己为什么回到游戏，又是为什么留下。

"其实，终有一天，我们都会离开游戏。"莫斓笙低下头，轻轻吻了她的发丝，他不知道她的过去还有什么痛苦，如同桎梏让她彻底改变，但他知道在她心里，还藏着一个狂眉逆娇，诚如薛锋扬所说的，那个光芒四射、风华无双的狂眉逆娇。

"游戏的世界不是静止的，里面的故事和人都在成长，而终有一天，我们都会离开这个虚幻世界，但我们的名字和故事，都留在了里面，留在和我们一起成长的所有人心里。这与现实一样，遇到很多人很多事，然后组成你的过去与现在。你既然有面对过去的勇气，为什么没有勇气面对过去的你？你要知道，那个狂眉逆娇，也是你的过去。"莫斓笙在她耳边低声说着，极具煽动性，"你要知道，这虽然只是游戏，但所有人所有事都真实发生着，和现实一样，没有差别。不要回望过去，也不要遥望未来，你只有现在。"

这不是一段终将被遗忘的传说，而是一段随着年月渐增后足以让你我把盏笑谈的曾经。

"我知道了,我会尽力!为了我自己!"沈眉娇笑着从莫斓笙身边弹坐起来,面色一振,扫去了悲伤。

电脑屏幕上,入帮邀请还静静地显示着,她鼠标一按,点下了同意。

这最后的大战,就算是她还给整个魔渊的。

进入了无妄天宗之后,啡啡二话不说,先给她发了个组队请求。沈眉娇料想是自己屏蔽了私聊频道,啡啡才只好组队与她对话,便加了进去。

队伍里果然只有啡啡一个人。

[队伍频道]啡啡:"娇娇姐,谢谢你还愿意回来,欢迎你。"

[队伍频道]啡啡:"无妄已经把事情跟我说了,所以以后我们都会协助你。知道这件事的,整个帮派里只有我、流殇,还有星无痕三个人,你不用太担心,帮里事务我们会处理,你只需要在适时的情况下出现就够了。"

[队伍频道]狂眉逆娇:"我知道了,谢谢。"

沈眉娇的回答十分简单干脆。

接下去,啡啡便把无妄天宗当前的情况非常详细地跟她描述了一遍,让沈眉娇的心里大概有个底,全部说完之后,她才加了一句。

[队伍频道]啡啡:"对了,刚才凉骨天烬密我,要找无妄,说是有一个交易想和我们做,与雪域之心有关,但是他要当面和无妄谈。所以你能不能尽快上一下无妄的号。"

沈眉娇敛眉看着啡啡的话。

薛锋扬又想做什么?

[9]

薛锋扬想做什么,沈眉娇很快就知道了。

[私聊频道]凉骨天烬对你说:"我想跟你做笔交易。你们一直在找的雪域之心在我手里,我可以给你们,不过有个条件,就是我希望将我们在竞技赛上拿到的东西,全部交给娇娇,由她来完成大战前的最后一个任务。另外,这件事不要告诉她。"

沈眉娇看着这段话,眉头拧成了结。

薛锋扬并不知道君无妄的号是她在上,所以直截了当地就把这个交易说了出来。

[私聊频道]你对凉骨天烬说:"原因?"

[私聊频道]凉骨天烬对你说:"她说过,要原谅我,便让她毁了我的一切。那我便全部都给她。"

让她成神,他离开。

大概是他可以做的最后一件事。

沈眉娇指尖按在键盘之上，却迟迟没有敲下字，她抬了抬头，莫斓笙就在不远处的办公桌后伏案加着班，她的心忽然间安定了下来。

似乎感觉到她的注视，莫斓笙抬了头，对她露出了一丝微笑，沈眉娇还了一个灿烂的笑脸。

[私聊频道]你对凉骨天烬说："考虑一下再说。"

打完这行字，沈眉娇下了线。

她想拒绝这个交易，但是如果按薛锋扬所说的，雪域之心在他的手上，那无妄天宗寻找雪域神君的任务就无法完成了，因为所有的任务物品在每个服务器里都是唯一的，他们无法找到第二个雪域之心。

薛锋扬提出的条件，对无妄天宗乃至整个魔渊来说，都是有赚无亏的。竞技赛上他们拿到的奖品，其实是一组序列号，可以在游戏里分别兑换出一件装备、一件武品和一只神兽，只有当三样东西都集中在一个人身上的时候，这个人才可以触发与超S级NPC相关的全服任务，否则的话，这三件东西就只是当前游戏版本里级别最高并且绝版的物品。这是游戏公司为了保证同队三个玩家都能拿到奖励而做出的决定，另一方面也是一种考验，考验这三个人是否愿意为了这个服务器放弃个人的利益。

如果是狂眉逆娇拿到三件物品，触发任务，那她将会成为大服合并之后第一个大神！对九霄云重的魔渊阵营来说，是极其强悍的灵魂所在，而如今她又是无妄天宗的成员，这将意味着无妄天宗也将会被推到一个也许终其一生都无法达到的高度。

她不是林君平，她无法替他决定。

[10]

接下去的几天，各服务器里的局势都随着渐渐逼近的大战而越来越紧张起来。

沈眉娇这些天花了比较多的时间在游戏里面，好在动漫祭结束后，暂时还没有什么大案子要做，工作比之前轻松了不少，因此她才可以腾出多一点的时间放在游戏里面。

不过就算是这样，她还是觉得有些疲倦。

比起当学生的时候，可以通宵熬夜玩游戏那股劲儿，现在的她是彻底不行了。前两天为了带着无妄天宗的玩家打四十人大副本，她玩到了凌晨四点，差一点就在电脑面前睡着，第二天一早顶着熊猫眼上班，中午被莫斓笙瞧见了，给抓到办公室里好一顿训。

她无比怀念自己的青春年华。

沈沈那个号，她已彻底顾不上，丢给了莫斓笙去折腾。

而莫斓笙从昨天起就去外地出差，沈眉娇下了班就只好回家，生活回到认识莫斓笙之前的状态，她却感觉无比寂寞，这大概就是恋爱与不恋爱的差别了，过了两年的日子忽然间难以忍受起来。

也许是种叫"思念"的感觉在作怪吧。

沈眉娇选择用游戏来打发时间。

狂眉逆娇最近粉丝暴涨，弄得她被一堆"友好"的邀请给轰炸到不行，所以她一般都上君无妄的号。

才刚一上线，便看到私聊频道里闪过的啡啡的消息。

[私聊频道]啡啡对你说："想好了吗？"

啡啡问的，自然是他们要不要与凉骨天烬做交易这件事。

这件事沈眉娇并没有隐瞒。她和啡啡几人都通过气之后，决定把这件事告诉给林君平，谁知林君平却说，谁上他的号，谁就有最后的决定权。

所以，决定权又落到了沈眉娇头上。

因为涉及无妄天宗的大任务，她不能因为个人原因来拒绝这场交易，对啡啡他们来说，接受这场交易自然是百利而无一害的事，他们给出的意见当然是接受。

而对沈眉娇来说，她唯一可以毫无顾忌就决定的事，便是如果真的交易，她拿到那三件装备后，用或者不用，或者如何使用……

如何使用？

沈眉娇脑海忽然闪过一念。

[私聊频道]你对啡啡说："啡啡，我记得你说过，你想超越一个人，那个人是不是狂眉逆娇？"

游戏到了这份上，狂眉逆娇这个名字所代表的似乎已不是她了，而是一个高高在上的符号。

啡啡过了很久才回答她。

[私聊频道]啡啡对你说："是。你是沈沈？"

她那句话，只对沈沈一个人说过。

[私聊频道]你对啡啡说："是，沈沈是我！"

沈眉娇又敲下一行字，啡啡过了很久才回复。

[私聊频道]啡啡对你说："竟然是输给了你，那一战，输得不冤，哈哈哈！"

[私聊频道]你对啡啡说："啡啡，和凉骨天烬的交易，我决定接受。你要准备一下，到时候，我会把这个任务交给你，由你来完成！"

薛锋扬的江山，她沈眉娇不稀罕，这本就是从君无妄，从无妄天宗，从整个魔渊玩家的手里抢走的东西，他欠的，不是她，而是他们。

啡啡大概是非常惊讶，因此回复得很快。

[私聊频道]啡啡对你说："不要！这种施舍我不需要。"

[私聊频道]你对啡啡说："不是施舍。这些东西本来就是他欠我们，欠整个魔渊的，并不是欠狂眉逆娇！"

沈眉娇用了"我们"。

啡啡又安静下来，许久没有信息过来。

[私聊频道]你对啡啡说："这个任务很难！就算我给了你，过不过得了，也要凭真本事，你无须多心，只当是一个机会吧。"

一个成神的机会。

很久以后，啡啡才终于发来了信息。

[私聊频道]啡啡对你说："好！"

沈眉娇笑了，看着啡啡，有时候就像看到当初的自己。

她是那样的期待超越狂眉逆娇，期待代替狂眉逆娇成为无妄天宗的另一个灵魂，而狂眉逆娇和君无妄，都已经疲倦了吧，无妄天宗是时候寻找一个新的支撑了。

狂眉逆娇和无妄天宗间的种种恩怨，归结到最初，还是因为她的失误，虽然这两年间他们互为敌人，但她仍旧没有忘记过，自己曾是无妄天宗的人，曾是君无妄的徒弟。

沈眉娇心底还是想替无妄天宗做一件事，哪怕是件微不足道的事。

总算把这几天一直纠结未定的事情给了结了，沈眉娇感觉一阵轻松，拿君无妄的号带人下了竞技场。

还没打两场，忽然有人私聊她。

[私聊频道]笙歌惊鸿对你说："你怎么还在？"

沈眉娇刚想说自己在下竞技场，忽然反应过来一件事，她现在上的是君无妄的号，可是笙歌惊鸿怎么会用这种语气跟君无妄说话？

他这是发错了？

[私聊频道]你对笙歌惊鸿说："？？"

[私聊频道]笙歌惊鸿对你说："时间不早了，你还不睡觉？"

沈眉娇看着他发来的信息，忽然一阵语塞。

这信息来得并不慢，她这徒弟连打一句话都要磨蹭半天，怎么忽然间速度快了？

而更重要的是，他是在和君无妄说话！是在用一种类似情人般的口气，在和君无妄说话！

沈眉娇觉得自己好像撞破了什么秘密，浑身不自在起来。

[私聊频道]你对笙歌惊鸿说："还有事！"

[私聊频道]笙歌惊鸿对你说:"哦!"

他总算发了最正常的一个字。

沈眉娇松了一口气,觉得自己还是不要再接茬了。

网络那头的莫斓笙还没意识到沈眉娇的误会,他下了一个语音输入软件,识别功能还不错,因此他正兴致勃勃发地说着"字"。

[私聊频道]笙歌惊鸿对你说:"沈沈的任务已经差不多了,三大副本只差最后一个的后半段,再过两三天就可以搞定。另外一妄成劫的帮派建设也发展得很顺利,新进成员两百多个,有超过三分之一的成员可以发展为精英,你不用太担心。"

[私聊频道]你对笙歌惊鸿说:"那就好,一切拜托你了。我先下了。"

沈眉娇怎么看,怎么觉得那口气不太对劲,她可不想窥探别人的秘密,赶紧下线了。

那头的莫斓笙话都没说完,就看到"君无妄"的下线提示,他还在想着沈眉娇怎么开始听话起来,沈眉娇的电话就打过来了。

莫斓笙心情大好起来。

原来是想他要给他打电话了。

电话才接起来,他就听到熟悉的声音传来。

"老莫啊……"

他心里一酥,刚想叫一句"娇娇",就听她紧张兮兮地接着说。

"那个,我徒弟好像……好像……看上君无妄了,你说我要不要委婉一点提醒他,君无妄是个……呃,直男?"

莫斓笙脸直接就黑了!

[11]

莫斓笙出差了一个星期,还没回来。沈眉娇最初就只是觉得有些寂寞,到了后来这寂寞越演越烈。

早就习惯的一个人的生活方式,因为多了个莫斓笙,忽然叫人无所适从起来。

沈眉娇开始想莫斓笙在的时候,不管是甜的、苦的、高兴的、生气的,所有的一切,都叫人想念。

这种思念入骨,叫她每天都要掰着手指头算他离开了几天。

游戏里的一切,并没给她带来太多麻烦,啡啡连同其他几个帮会主要负责人把帮派打理得井井有条,并没有出现沈眉娇想象中的种种矛盾,她只负责带他们下副本,研究一下任务,每天晚上再给啡啡特训一番,其他的杂务自然有别人搞定。

她现在,就只希望莫斓笙快点回来。

否则她只能天天像现在这样，下班就回家。

"行了，我知道了。"沈眉娇一边走，一边接着电话，"你呢？饭吃了没有？有没有睡好？有没有……"

"有没有想我？"电话那头的人，自然是莫斓笙，他接下了沈眉娇没完没了的问题。

沈眉娇卡了一下，笑了，开口，却是很勉强的口气："好像有一点吧。"

"只有一点？要不我再多待几天，让你这一点攒得多些再回去？"莫斓笙老早就看破了沈眉娇是只纸老虎，在电话那头和她抬讧。

果然，沈眉娇声调拔高了些："你敢？"

莫斓笙就低声地笑了。

沈眉娇发现自己中计，正要反驳，忽然看到一个女人站在大堂的门口看着她微笑。

"不说了，有点事，晚上再聊吧。"沈眉娇看到那个女人朝着自己走来，便挂了电话。

"Hi，又见面了，我可以叫你娇娇吗？"她甜甜地开了口，好像和沈眉娇认识好多年似的。

来的人，是袁艾。

她穿了件浅黄色的一件式洋装，拎着菱格小拎包，垂着一头又黑又长又直的秀发，像个小公主般站在沈眉娇的眼前。

"袁小姐，你好，你随意。"沈眉娇朝她点点头，笑了，她可以随意，但沈眉娇可不想和她随意。

不过只是一面之缘罢了，两人之间毫无交集，她不需要如此刻意地装出亲近的模样。

"叫我小艾吧。"袁艾轻轻撩了一下颊边的发丝，脸上的笑越发甜蜜起来，配上她的两个小酒窝，格外迷人。

沈眉娇不置可否，只是笑笑，道："来星创有事？我就不耽误你的时间了，先走了。"

"我是来找你的。"袁艾叫住了她。

"找我？"沈眉娇有些惊讶。

"想请你吃顿饭，跟你道个歉。"袁艾露了一丝歉意的笑出来，在看到沈眉娇疑惑的眼神后，便又解释道，"关于上次Party的事，我的未婚夫有些失礼，所以我一直想替他道歉。本来应该请你和斓笙一起的，但是听说他出差了，要好几天才回，所以我就先来找你了。"

沈眉娇便想起上次在Party上，Gary逼迫莫斓笙弹奏时，莫斓笙沉默的模样。

那是他的伤。

"不用了，没关系。"沈眉娇摇摇头，笑得亲切。

"其实我也想向你道歉，当时并不认识你，态度有些尖锐，抱歉。"袁艾说着上前了一步，很是亲昵地靠近她，"我家和莫家是世交，斓笙算我半个哥哥，我很真心请你吃这顿饭，娇娇。"

袁艾仿佛和她很熟悉似的，想挽沈眉娇的手臂。

沈眉娇却好似没看到她的动作一般，朝前走去，一面走着一面笑道："行，那就你做东吧，我正好要去吃晚饭。这条街上有家不错的餐馆，我和斓笙常去，就去那吧。"

下班时间，商务区正是大拥堵的时候，马路上喇叭声"嘀嘀"地响个没完没了，车轮滚滚作响，地面都在微微震颤着，即使太阳已经沉去，整个城市仍旧闷热不已，像个巨大的蒸笼。

袁艾不可置信地看着沈眉娇带她进的这家餐馆，脸上的甜笑越来越僵硬。

"这家店是老字号了，菜口味很不错，尤其是这里的土笋冻，是城中一绝，还是斓笙带我来的，他可是个老饕。"沈眉娇仿佛没有看出她的勉强一般，径自找了个靠墙的位置坐了。

这餐馆不大，放眼望去用餐区也就三十来平，生意特别好，已经坐了很多人，都是些工薪阶层，因此环境嘈杂，虽然店里开了空调，但因为人多，便有些不够冷，刚坐下的沈眉娇忍不住拿着餐牌扇了起来。

"你怎么还不来坐下？"沈眉娇笑吟吟地招呼袁艾。

袁艾的脸都快抽了。她真是后悔和沈眉娇装亲近，给带到了这里来。

"哟，沈小姑娘，你又来了啊，莫先生今天没陪你过来？"穿着白背心花短裤的老板亲自过来打招呼，熟稔的态度一看就知道是在对熟客说话。

"他最近出差了。"沈眉娇笑着道，"我带了别的朋友来。给我一盘土笋冻，再来个油爆虾、干贝苦瓜羹、腐乳空心菜，还有你的私房酱蹄膀，一瓶啤酒，先这样吧。"

沈眉娇餐牌都没看，就轻车熟路地点好了菜。

老板应了一声就去准备，袁艾听了莫斓笙的名字，便咬咬牙坐到了沈眉娇的对面。

"你说……斓笙经常和你来这种地方吃饭？"袁艾挺直了背僵坐着，勉强维持着笑容问道。

"是啊，他是个老饕，很多店还是他带我去的。"沈眉娇不动声色地打量着袁艾。

　　女人天生就有的直觉告诉沈眉娇，虽然袁艾已经订婚了，但她一听到莫斓笙这三个字时眼里萌发出的感情，还是那么浓烈。

　　袁艾眼帘一垂，笑容有些勉强，再睁大眼睛的时候，又换上了喜悦的表情。

　　餐馆上菜很快，因为生意太好，老板亲自上阵当了店小二，端着两盘菜就呼呼喝喝地过来了。

　　凉菜土笋冻是这店的招牌，淋上芥末酱、花生酱再加醋汁调的蘸酱，是沈眉娇和莫斓笙最喜欢的吃法，大热天里凉凉地吃上一口，从舌尖爽到心里。

　　不过可惜，袁艾不敢碰，土笋冻里的沙虫在她眼里，扭曲恐怖，让她一点胃口都没有了，便只拿了筷子夹些青菜，喝了几口汤，就说自己饱了。

　　沈眉娇也不勉强她，就着啤酒轻轻松松地吃菜，完全不在乎对面人的想法。

　　"娇娇，斓笙他……"袁艾欲言又止。

　　沈眉娇抬眼看她，露了个疑惑的表情。

　　"你知道他手上的伤，是怎么来的吗？"袁艾嘴唇微微一抿，眼里便有些愧疚和悲伤的神色。

　　"怎么了？突然间说起这个来。"沈眉娇扔了手上的虾，反问道。

　　莫斓笙手中的伤，她只是从爱丽丝口中得到一些支离破碎的片段，应该是为了袁艾，但具体的情况，爱丽丝知道得也不详细。莫斓笙一直没告诉过她关于那些伤痕的故事，沈眉娇亦从未问过。在她看来，莫斓笙手掌中的伤痕，并不是残缺，也不是伤痕，而是属于他个人的印记，从来不会影响到莫斓笙的生活和心情，而莫斓笙要传达给她的，亦是这一点，所以她从没问过，虽然那伤痕看起来很痛，但已经过去了。

　　这些伤痕抑或是伤痛，变成了生命里的胎记，虽然它永远无法磨平，但却再也不会带来伤害，因为他们已经不再在意。

　　沈眉娇眼中的莫斓笙，是个完完整整的男人，就仿佛她在莫斓笙的眼里，不论有多少的过去，在当下甚至未来，她都是独一无二的完整的女人。

　　没有破碎。

　　"他没告诉你吗？"袁艾的悲伤里，透出一丝浅浅的满意来，"是为了救我，他的手才给毁掉的。我非常非常的内疚。"

　　因为想起了往事，袁艾的笑容渐渐收起，眼里的哀伤浮现出来。

　　"我家和他家是世交，从小我就跟在他身后打转，其实按辈分我本来要叫他叔叔，不过我和他同岁，不愿意叫他叔叔，就一直'斓笙''斓笙'这么叫着。我们认识了很多年，一起上幼儿园、小学、中学，甚至一起到了维也纳留学。"袁艾开始说起旧事，大约又想到了什么，嘴边又有了笑意。

沈眉娇却皱起了眉头。

她这哪里是要请自己吃饭，分明是来炫耀她和莫斓笙那段青梅竹马的往事。

"刚到维也纳的时候，我们什么事都要自己处理，除了彼此，我们一个朋友都没有。他很照顾我，我们常常一起练琴，一起吃饭，一起大街小巷地淘唱片……现在想想，那段时光大概是我们人生中最惬意的时光了，年轻，有梦想。"袁艾不好意思地笑了笑。

沈眉娇只是挑了挑眉，并没开口，仍静静地听她说。

"后来，有一次考试我没考好，心情很差，所以跟他吵了一架，一个人跑到外面的小酒吧喝酒。我永远记得那个晚上，风很大，我喝了酒醉醺醺的，走到酒吧旁边的小巷里，没想到竟然遇到了三个……"袁艾有些说不下去了，顿了又顿，最终还是没说出口，"三个男人，他们想要……"

沈眉娇给她倒了一杯水，推到她面前。

"谢谢。"袁艾缓了缓，才接着道，"好在斓笙及时赶到了。他为了避免出意外，一直跟在我后面。他们扭打起来，有个男人掏了匕首，趁斓笙和另外两个人打斗的时候，朝我刺了过来。"

那大概真的是段不容易回忆的情景，袁艾捧着杯子的手有些颤抖起来。

"而斓笙，他为了救我，竟然……竟然飞扑过来，用双手握住了匕首的刀刃。血从他的手指缝中一滴滴流下，但他死死地抓着，不肯放手。"袁艾说着，眼中雾光泛起，泪水就要夺眶而出，"手是一个钢琴演奏家的生命，他为了我，失去了引以为傲的双手，失去了梦想，我这一辈子都有愧于他。"

沈眉娇抽了张纸巾给她。

不知为何，袁艾的这些话，字里行间都在说着莫斓笙为她做出的牺牲，那眼泪里除了忏悔，还有些洋洋得意的味道。

这让沈眉娇异常生气起来。她不在乎从前莫斓笙和袁艾有多么青梅竹马，也不介意莫斓笙对她拼命相护的旧情，她在乎的是，莫斓笙这样的牺牲，却成为袁艾口里炫耀的资本。

"你看，那个男人曾经为了保护我而失去了他最重要的东西。我在他的心里，如此的重要！"

这是袁艾话里的潜台词，也是她今天来找沈眉娇的最主要目的。

她要让沈眉娇知道，她对莫斓笙来说，是比他的梦想更重要的存在，超越生命的存在。

"娇娇，斓笙真的很好很好，请你一定要好好对他，别介意他手上那道为我而伤的残缺。我真的希望他可以幸福！"袁艾将眼泪轻轻拭干，姣好的容颜似风中孱弱的玫瑰般迷人，"这辈子，我想我都无法弥补这道伤痕了。"

一辈子，多长的事。

袁艾认识了莫斓笙二十多年，可她眼前这个女人，只不过认识了他几个月，怎么可能越过她去。莫斓笙心尖上的人，只可能是她袁艾，只不过他们都太过骄傲，谁也不肯踏出第一步，才最终在岁月里错过了彼此。

"袁小姐，我想你误会了。在我眼中，他手上的伤痕，永远都不是你说的残缺，而仅仅只是他身体的一部分。只有在意这伤痕的人，才会觉得那是一道残缺。"沈眉娇的笑容里带着些冷意，这是她生气的表现。她站起身来，将手上的纸丢在了桌上，"我饱了，谢谢你请我吃这顿饭。我还有些事，先走了，再见。"

袁艾睁大了雾蒙蒙的眼看沈眉娇，沈眉娇的态度让她有些惊讶，但更多的，却是渐渐浮现的怒火。

沈眉娇却已经拎了包，朝外走去，路过袁艾身边的时候，却忽然回头。

"你其实不用这么介怀，斓笙那人的个性我想你也了解，就算换了一个素不相识的人在街头遇到这样的事，他也不会置之不理，更何况你都算他半个妹妹了。一辈子那么长，天天活在回忆里，不好。"沈眉娇侧头看袁艾，声音很平静，说完话，她便转身离开。

她终于知道了为什么从前每一次加班到深夜，莫斓笙都会固执地让小邓送她回家，还有每次都会说的那句话——"一个女孩子，太危险。"

她很高兴，她的男人，是一个正直并且勇敢的男人！

而身后的袁艾，已将手里的纸巾绞成了一团，她咬着嘴唇，血珠从嘴唇上渗出，也没让她回神，反而那一丝血腥气让她眼里的疯狂更加浓厚起来。

一辈子，回忆？这个女人怎么能这样说她！

不不，莫斓笙的心里，只有她袁艾才最重要，不会再有第二个女人，否则他也不会明明知道她是故意迎上那把匕首，还愿意救她！他只是在生气罢了，气她的骄傲，气她的任性，如此而已。

她会向这个女人证明，莫斓笙不会为了其他人而牺牲的，他只能是为了她，而存在！

第八章

一战九霄 与君并肩

九霄长歌

[1]

袁艾的事,并没有给沈眉娇带来太多影响。

在沈眉娇看来,袁艾就只是一个养尊处优的骄傲大小姐,爱慕着莫斓笙,又有些娇情矜持,总以为莫斓笙为她毁了手,是种爱的表现。

真是电视剧看太多了。

莫斓笙那样的人,如果他爱一个人,怎会放着二十多年都没有任何表示?

唯一的解释就是,他根本没爱过她。

袁艾想太多了。

再过两天,莫斓笙就回来了,而游戏里的局势已到了白热化程度。

沈眉娇除了工作之外,业余的时间就都投到了游戏里面,她极力地培养着啡啡,似乎想在这样短暂的时间里,把所有的一切,都教给啡啡。

今晚,她虽然上了狂眉逆娇的号,却没有给啡啡特训,而是飞去了云海之巅。

这个安静的地方,仍旧空荡荡的,她点开了自己的好友面板,归河的名字亮着,沈沈的名字也亮着,莫斓笙正在带着一妄成劫的成员和无妄天宗的援兵一起做绿灵儿寻父系列任务的最后环节。

她没吵他,只是打开了物品栏,一个人整理着包裹。竞技赛拿到的三件物品,她已经全部交给了啡啡,她已经去接了大任务,开始与伙伴们进行任务了。

[当前频道]凉骨天烬:"为什么不是你去接任务?"

空荡荡的当前频道上,忽然刷出了一条信息。

薛锋扬不知何时到了她身边。

沈眉娇知道他是在问竞技赛拿到的三件物品可以换取到的任务。

[当前频道]凉骨天烬:"过了这么久,你还是喜欢云海,这地方还是我们当年无意之间发现的。"

[当前频道]狂眉逆娇:"你想说什么?"

[当前频道]凉骨天烬:"娇娇,过去的事,真的让你这辈子都无法释怀吗?"

[当前频道]狂眉逆娇:"薛锋扬,事情过了这么久,你何必再回来找我?你我之

间只认识了不过三个月,在现实里也只是一面之缘而已,我不认为我魅力大到可以让你如此着迷的地步。"

沈眉娇觉得自己很有必要和薛锋扬彻底说清楚,免得他一而再,再而三地纠缠过来。

[当前频道]狂眉逆娇:"你做这么多事,说到底也只是把我当成一场游戏,非要争个输赢而已,当初你以《仙修》为游戏,如今则变成了我。"

薛锋扬很久都没有打出信息。

她的确很了解他,这了解像一把剑,扎在了他的心口。

曾经,或许她真的只是他的一场游戏。

可重逢后的每一分每一秒真实的接触,都让她在他心头烙印得更深一些。

[当前频道]凉骨天烬:"如果你只是我的一场游戏,那也必然是场以一生为赌注的游戏。"

沈眉娇蓦地抓紧了鼠标。

[当前频道]狂眉逆娇:"那你这辈子注定要浪费掉了。我走了。"

说不通,就没必要再说下去了,沈眉娇关了物品栏,正要点回城,忽然间自己身上绽出了一阵银白光芒,这光芒忽然间大炽起来,聚成一束直通天上。

[当前频道]狂眉逆娇:"你对我做了什么?"

[当前频道]凉骨天烬:"我知道你不会接受那个任务,所以送你另一个礼物。"

[系统公告]神陵将启,众仙齐聚,千年之圣,飞升之遇,上界九十九峰七百二十六仙洞,应劫而开,恭喜玩家"狂眉逆娇",服食九灵飞仙丹,得到飞升资格,成为全服首位进入神陵的玩家。

[2]

系统消息让整个游戏爆炸了起来。

沈眉娇却已经顾不上了,她看着狂眉逆娇整个人不受她控制地飞了起来,朝着天宇飞去,瞬间化成一点星芒,倏然隐入天宇之中。

整个画面便是一黑,云海不见了,凉骨天烬也不见了。

"什么鬼!"沈眉娇对着电脑骂了一句。

资料片还没开启,全服还未合并,怎么就有飞仙丹这种逆天的东西,难怪最近凉骨天烬的帮派悬命纵天一直没有传出在找哪个NPC的消息,原来是拿到了这样东西!

没等沈眉娇回过神来,画面再度出现。

眼前是一扇巨大的虚空之门,门上是片幽蓝漩涡,双龙盘旋着,电光频闪。狂眉逆娇所站的地方,四周有无数耸立的巨型石像。

透过漩涡，隐约可以看见《仙修》里一整片旧的大陆，而狂眉逆娇目前站的地方，竟然是在这门的里面，她的身后，已是苍茫浩渺的另一番景象。

沈眉娇看着画面上陌生的景象，心里正疑惑着这个地方，忽然就听到了预设的游戏配音传来，画面上也同时弹出了一段文字。

[当前频道]神秘的声音："下界修士，欢迎来到神陵。你是第一个来到神陵的人，为了奖励你的勇敢，我将送出一份礼物给你。只要你通过了我的试炼，便能够获得点石成兵的技能。"

沈眉娇看着画面上的文字，凝神不语。

下一刻，她看到了"点石成兵"这一技能的说明。

点石成兵这个技能，只能够在资料片开启那天，在神陵的范围内才能够使用，并且只能用一次，可以将神陵上的神石复活为神兵，镇压魔神。

这个技能太奇怪了，看起来不像是针对神陵之战的，反而更像是针对某个特殊任务人物的技能。

手机在这个时候忽然响了，沈眉娇暂时把注意力从显示屏上挪开。

"娇娇，是我。"来电话的人，是莫斓笙，他的声音一如既往的平静，"出了什么事？"

"不知道，我被送到了神陵里面。"沈眉娇再度看了看画面上的情景，操纵着狂眉逆娇试图冲过那道门，可惜人物被弹了回来，"出不去了。"

"是薛锋扬？"莫斓笙关心的是这个。

"是，你怎么知道？"沈眉娇并没想瞒着他。

莫斓笙沉默了一下，才道："频道里面已经闹开了。他给你用的飞仙丹，是集全帮派之力才拿到的。现在整个悬命纵天和仙界的玩家，都在质问他！因为他背叛了帮会，背叛了仙界。"

和当年的狂眉逆娇，一模一样的境遇。

沈眉娇一下子就说不出话了，她点开了被屏蔽的几个聊天频道，果然看到漫天飘过的各种质疑的声音，大部分都是悬命纵天的玩家在骂凉骨天烬，慢慢地仙界的其他玩家也加入了这场口水战。

像悬命纵天这样，作为一个服务器里数一数二的帮派，帮里的重要资源早已不属于个人所有了，尤其在这种关头，像飞仙丹这样的东西，肯定是整个帮派的资源，而凉骨天烬竟然一声没吭地扔给了敌对阵营的狂眉逆娇，他真的是疯了！

"你什么时候回来？"沈眉娇忽然不想再谈关于游戏的事，她发现自己很想莫斓笙，恨不得他此刻就能站到自己的面前，这样她的心，便不会乱成一团。

"三天，再过三天就回来了。"莫斓笙声音带了些许笑意。

三天，再过三天就是资料片开启的日子了。

一转眼他就出差了这么久的时间。

无妄天宗的雪域神君系列任务已经全部完成，而一妄成劫那边沈沈接的绿灵儿任务，也已到了最后的关头。

现在整个无妄天宗和一妄成劫的玩家，正在全力以赴，协助啡啡做那个竞技赛的奖励任务，超S级的战魂任务。

所有的玩家都在等待着这一天。

而在资料片开启之前，会有24小时的服务器维护时间，服务器将在周六早上八点准时开启，到时候就是十二大服务器完全合并后的超级大服了，而新资料片《飞升篇》则会在中午十点开始，九十九名NPC已找齐了九十名，会在神陵之下齐聚，打开神陵的入口。

而伴随着神陵的开启，各种妖物会出现暴动现象，到时候就是一番大战。

屏幕上的凉骨天烬好像对她说了一句什么，但被滚动的文字覆盖了过去，沈眉娇无意追究，为了专心和莫斓笙说话，她直接关掉了游戏。

[3]

离最后的战斗还剩下三天，离莫斓笙回来还剩三天。

沈眉娇的精力都放在了协助啡啡之上，从竞技赛上赢到的战魂任务，比想象中的要困难许多，大概是因为这是属于全服的任务关系，单靠无妄天宗一帮之力，根本无法协助啡啡完成。

这个任务开启之后，会刷新出新任务NPC，在全服范围内收集各种物资，只有当物资集齐之后，才能进入下一步。从战魂任务被开启到现在，任务物资收集才到百分之八十五。

无妄天宗的玩家已经在尽可能地收集物资，但始终差了一点。

最终，沈眉娇以君无妄的身份在世界频道上连发了三条消息，又逐一找了仙魔两界所有大帮会的会长，说服他们动员所有人加入这个任务。

不论是否为敌，起码在这一刻他们应该是朋友。

这个任务，不仅属于无妄天宗，还属于整个九霄云重。

[世界频道]君无妄："你们所为之努力的，不是我无妄天宗，而是整个九霄云重。就像在竞技场上，我为之奋斗的，为之赌上整个无妄天宗的，也就是'九霄云重'这四个字。仙界和魔渊，不论你我是敌是友，都归于九霄云重。九霄云重的所有玩家，感谢你们的努力。"

一番话，让所有人热血沸腾。

全服玩家再加上几个大帮会的帮忙，最终在一天之内将最后的百分之十五凑齐了。

战魂任务的第二环——天狂迷境的任务物品战魂令，被啡啡拿到手了。

终于在神陵开启的前一天晚上，天狂迷境和绿灵儿任务到了最后环节。

靠战魂令才能打开的天狂迷境之中，镇压着剑魔天狂，而他就是战魂任务所给予的最终奖励——超S级别NPC。想要得到剑魔天狂，啡啡必须闯过这天狂迷境，到达最后的迷仙牢。

而另一边，绿灵儿的任务也到了最后一步，莫斓笙双开着沈沈和笙歌惊鸿的号，带着一妄成劫的四十个精英玩家，进入了画中恶地。画中恶地乃是他们通过了无上剑场、怒海恶龙宫和醉梦小筑这三大副本之后，所得到的一卷画轴，这画轴之中藏着一个任务副本，而他们要找寻的东西，就在这副本的尽头。

两边都到了紧要关头，沈眉娇选择了用君无妄的人物，和啡啡一起进入天狂迷境，虽然她并未与莫斓笙并肩作战，但她相信，他们都会胜利。

啡啡手持着战魂令，站在战魂谷的最高处，点下了战魂令，刹那间迷雾涌现，战魂谷的地面渐渐塌陷，一个全新的地图，出现在了战魂谷尽头的虚空之中。

那便是天狂迷境。

天狂迷境是个雾气迷茫的地方，没有人进去过，因此所有人对里面的情况都一无所知。沈眉娇集合了所有人，分成了三个小队伍，向不同的方向前行，想先探路。

沈眉娇操纵着君无妄的号，选择了正中的方向，前面一片迷蒙的雾光，雾光之中影影绰绰，分辨不清到底有些什么。

忽然间，画面一颤。

无数的黑影像是从地底爬出般，突然间出现在了前方，雾气渐渐散去，放眼望去，前方有密密麻麻一片怪物，看不到尽头。

沈眉娇心头暗叫一声"不好"，直接在频道里打了一句。

[团队频道]团长-君无妄："退！"

然而，终究是晚了。

疯狂的攻击随着一声嘲笑同时发动，成片的红光亮起，无妄天宗的所有玩家都陷入了绝境。

"终于，终于来了吗？"混浊深沉的声音从远空传来，带着疯狂噬血的气息，像要杀尽一切，"想要带走剑魔天狂吗？那就让我看看你们的力量，你们这些蝼蚁们！我的阴灵们，杀了这群蝼蚁吧！"

随着这一声令下，密密麻麻的阴灵如海水般涌来，不足百人的队伍在这阴灵军团里，像是被噬咬的绵羊，毫无反抗之力。很快地，三个队伍都已经支撑不住，伤亡惨重，纷纷挂回了复活点。

"再战！"啡啡没有犹豫地开口。

所有人集合之后，再次进入迷境，可结果仍旧一样。

不知过了多久，如此来回灭团了数次，整个队伍的士气低落到不行，数量巨大的阴灵军团，单靠车轮大战能把他们碾压。

"别打了，停一下。"沈眉娇终于在歪歪里和啡啡开了口。

"为什么不打？"啡啡的声音里有些怒意，但并非针对沈眉娇，而是因为不断的灭团。

"你没发现吗？这天狂迷境不是副本，而是一个开放地图，除了我们自己之外，其他人也可以进入。"沈眉娇看着已不知道第几次复活后，再度集中在战魂谷的所有战友，声音显得异常的冷静。

天狂迷境是个开放的小地图，并不是副本，所有玩家都可以进入，因此这个任务针对的果然是全服玩家，并不是接任务的某个人。

"那又怎样？"啡啡不太明白。虽然她也对天狂迷境不是副本这个设定感觉奇怪，但她心中依旧认定这个任务与他们无关。

团队里面一片怒声，看得出来大家被这连串的团灭弄得又疲惫又愤怒了，仅剩下两天时间，这样难度的地方，他们想要通过很困难。

"啡啡，其实当初动漫祭上的竞技赛，举办方最主要的目的，是希望以全服为一个主体，来获得这份荣耀，而现在，从一开始收集物资，到如今这个任务地图被设计成公开地图，我想，这个任务针对的并不只是一个人，而是九霄云重的全部玩家！"沈眉娇一边在键盘上敲字让队员们休整，一边在歪歪里分析道。

因为是她代替君无妄的关系，所以这个歪歪房间只有她和啡啡两个人。

啡啡沉默了，她明白沈眉娇的话，但明白又如何，她不愿意到手的荣耀要与人分享，这个任务是她，是整个无妄天宗，是狂眉逆娇、君无妄赌上一切赢回来的，凭什么要与所有人共享。

"我想，这个任务需要全服玩家的支持！"沈眉娇见她不说话，便继续说道。

"我不同意。"啡啡在网络另一头开口，斩钉截铁的口吻。

"啡啡，现在单凭我们一帮之力，根本无法打进去，这个任务进行到这里已经很明显了。如果还想继续下去，只能找来更多的玩家，否则这个任务便会白白浪费。而对我们来说，也要先有机会，才能赢，如果连一点机会都没有，谈何赢？"沈眉娇很快就做了决定。

与其白白浪费掉一个任务，那不如让整个服务器一起沸腾吧。

她要公开任务，让全服参与。

"这是你们赌上所有荣耀换来的,这是属于无妄天宗的任务,我不想让别人插手,更不想让别人成为超越无妄天宗的存在!"啡啡仍旧没有松口。

"你既然知道这是我们赌上所有荣耀换来的,就更应该明白,我们当天站在竞技台上,赌上的不仅仅是属于无妄天宗的荣耀,还有整个九霄云重的荣耀,因为我们代表的是整个服务器!"沈眉娇看着画面上君无妄的身影,在心里想着,如果是君无妄他会怎么做?

君无妄不在这里,只有她沈眉娇在,既然只有她,那就按她的方式来。

她不在乎有没有人来抢这份荣耀,因为不管多少人,她都会抢回来,既然要战,就让这战火烧得更旺一些!

"这是我们的任务,我不同意让这么多人坐享其成。"啡啡提高了声调,音箱里还传来她砸鼠标的声音。

"就算是叫来了全服玩家又怎样,难道你连战胜他们的勇气都没有吗?谁告诉你我们一定是把任务让给他们?难道我们不能再争个第一回来?"沈眉娇发现啡啡沉默着,便换了语气。

"我有决定权吗?"沈眉娇不再劝说。

杀伐果决的语气透过歪歪传去,让啡啡恍惚间以为自己在与君无妄对话。

"有!"啡啡闷闷开口,这是君无妄临走时特意和她强调的。

"那就这样决定了。"沈眉娇说道。

时间不多,她不能再浪费在口水战上。

[4]

九霄云重的玩家很快陷入了激动之中,因为君无妄发布的一则世界消息。

[世界频道]君无妄:"战魂任务公开,无妄天宗邀请全服玩家,不论仙魔,共同进入天狂迷境。一切结果只凭你们实力,不论是谁最后获得任务胜利,我无妄天宗绝不追究!我们要的,是属于九霄云重的荣耀。如果你们也一样,就来战魂谷!与我们无妄天宗并肩一战!"

让人沸腾的消息传来,整个无妄天宗的玩家都傻了眼,傻眼之后便是一轮的争吵。

最后这些争吵都终结在了君无妄的怒火之中。

不,应该是沈眉娇的怒火之中。

[团队频道]团长-君无妄:"闭嘴!不要吵了!都什么时候了还有工夫吵!这是我的决定,有什么不满冲我来!但现在,你们要有什么能耐都到里面去施展!我就算是叫来了全服的人,能不能抢到最后的关键任务,一样凭的是实力。你们就对无妄天

宗这么没有信心吗？"

[团队频道]团长-君无妄："我以为我的帮会从来不怕竞争，就像你们从来不怕死一样！"

[团队频道]团长-君无妄："如果你们还是无妄天宗的人，那么现在这个有人的战场才是真正的战场，跟我一起，去抢夺最后的胜利！集合，准备进入了！"

几句话，让团队里的争执声渐渐消停了，看来君无妄平时的作风还是非常霸道的。

很快，战魂谷上聚起了无数的玩家，几个大帮会更是召齐了人马纷纷赶来。他们本来以为这个大任务和他们无缘了，现在一块大馅饼摆到眼前，不馋就怪了，而且事关神陵大任务，不管是于公于私，他们都没有拒绝的理由。

密密麻麻的玩家大军冲进了天狂迷境中，这一次，成了势均力敌的较量。

这场战，成了十二服大合并，神陵任务开启之前，最精彩的一场热身。

只有九霄云重玩家才能体验到的热身战，这一战，因无妄天宗而起，因而在很久以后，全服归于平静后，无妄天宗在九霄云重玩家的心里，都还占据着无可比拟的高度。

无妄天宗，等同于九霄云重！

这样的重量，没有哪个帮会能做到。

但现在，他们只将沸腾的热血，洒在天狂迷境之中。

来的玩家很多，渐渐地就将阴灵大军由外向里压了进去。沈眉娇带着无妄天宗的玩家，赶在最前方，四周都是人，有时候他们也分不清旁边站的是不是无妄天宗的人，只是努力往里压去。

这些阴灵死一只，没多久就会再刷新一只出来，指望全清理是不可能的，只能一点点推进去，就这样一点点推进去。不知过了多久，沈眉娇终于看到了最中间高耸的祭台，祭台之上，有一扇门，祭台之下，围着一圈红绳结成的法阵。

沈眉娇控制着君无妄的号，正冲在队伍的最前面，君无妄的职业是魂剑，因此她需要替代人挡住所有攻击，身后的辅助职业和攻击职业的玩家都在她的羽翼下，被妥妥地保护着。

各色光芒在她身边闪起，她的血条如同蹦极一般，一下降到最低，又马上弹到高空，屏幕角落里的头像下面，是三大行长长满满的状态图标，让她的状态达到最高点！

有并肩而战的队友，有要保护的朋友，这一切，足以让她痛快一战！

已经有人往里冲去，为了争夺这个任务的最后胜利，所有人都铆足了劲想冲上祭台，可就在他们触碰到这圈红绳时，红光顿起，化作凌厉杀光，四下扫开。

"跳！"沈眉娇在歪歪里吼出声来。

只见这片红光扫开，四周没来得及跳起的玩家在这红光的攻击下都直接被秒杀，最开始冲进去的玩家更是来不及反应就被撂倒。

沈眉娇一跃而起，顺便放了个魂剑的救命技能，将身边所有的玩家都拉到了半空中，逃过了这一劫。

就这一个异变，四周的玩家人数竟然锐减，阴灵便又压了上来，这一下玩家情况岌岌可危。

"哈哈哈，竟然能走到这里，看来我低估了你们。迷仙牢，锁门！"混浊的声音再度响起。

伴着这声音，众人就看见祭台之上的迷仙牢门颜色渐渐暗去，在场的所有人界面上都出现了提示。

距离迷仙牢门关闭，还有三十秒时间。

三十秒！

原来时间限制才是最后的关卡。

祭台很高，底下又有红光，就算是沈眉娇用飞跃技能，也很难跳到上面，这一关很难过。

"啡啡，我送你上去！"沈眉娇从空中落下之后，立刻找到了啡啡的位置。

这个情况，她只能保证至少有一个人能进去。

"怎么上？"啡啡还没反应过来。

"我们一起飞！"沈眉娇在歪歪里喊了声，"1，2，3，跳！"

时间太紧，她没有给啡啡思考的空档，好在啡啡已是身经百战的玩家，当机立断一飞而起，这几天的特训中，沈眉娇早就将飞空的技巧教给了她，虽说不十分熟练，但啡啡也已算是掌握了。

眼见三十秒的时间走过了一半，君无妄和啡啡的身影同时腾到了半空，达到了飞空的极限高度。啡啡的操作不如沈眉娇，没办法达到她的高度，因而沈眉娇配合她的动作，紧紧跟在了她的身边，在发现她达到极限之后，立刻对她用了一招"剑张"，这是个推人救命的技能，能把队友推离身边，沈眉娇将啡啡垂直向上地推了上去。

啡啡被君无妄的技能硬推了上去，但君无妄却在反弹力度之下疾速向下摔去，下方正是一片红光弥漫开来。

"快上去，到头后用'千幡遥'！"沈眉娇的声音很冷静。

千幡遥是幻幡士的一个特殊技能，可以让施放技能的玩家化成巨幡，向上飘行一小段距离，这一点距离足够啡啡飞上祭台了。

啡啡按照沈眉娇的指示，冲高到极限之后施展了千幡遥，便看到画面上自己的人物化作乌紫巨幡，飞到了祭台边缘，她一点键盘，巨幡再化成人物，身形一变，下一刻，她便稳稳落到了祭台之上。

祭台之上的门正在缓缓合上，而祭台之下，一片红光弥漫，将君无妄淹没。

她想说点什么，却始终没有开口，视角一转，便将人物转了身，在迷仙牢的牢门合拢之前冲了进去。

"接下去，就看你的了。"沈眉娇在歪歪里一声笑语。

"不会让你们失望的。"啡啡大喝一声，战意前所未有的浓烈。

迷仙牢的牢门合拢，这一战便暂时告一段落。

[5]

沈眉娇操纵的君无妄回了复活点，复活点上是一片密密麻麻的名字，已分不清谁是谁了。地图上代表队友的蓝色小点散落在四周，然后朝着同一个方向聚拢，渐渐合并成一个点。

有战友共同奋斗的战斗，打起来酣畅淋漓，恍惚间，沈眉娇回到当年，她还是那个义无反顾的狂眉逆娇，勇敢、努力、无所畏惧，她想她终于明白莫斓笙说的那些话了。

她要找回的，是她自己。

沈眉娇长长地吐了一口气，用君无妄的号发了一条信息给沈沈。

沈沈这个号，应该是莫斓笙在上，也不知莫斓笙那边的战斗结没结束，她此时非常想和他并肩作战。

[私聊频道]沈沈对你说："在没。你上号，我下。快。"

很简短的信息，是莫斓笙的风格。

沈眉娇当机立断地退了君无妄的号，上了沈沈的号。

画面转换，过了一会才渐渐显出了新的画面。

四周一片墨色山水，仿佛一卷画轴，就连天空也是水墨之色，这是个陌生的地方，沈眉娇还没看清楚状况，就发现自己的形象不知怎的，变成了一只雪白的兔子，随着她鼠标的动作，正满地撒着欢。

忽然间音箱里传来一阵清脆的哨音，她的屏幕画面又是一晃，下一秒，她已经跑到了笙歌惊鸿的怀里去了。

笙歌惊鸿一身墨亮的铠甲，背上巨剑锋锐森冷，将他衬得如同修罗般冷酷，但他的手里却抱了一只兔子，充满了截然相反的温情。

[私聊频道]笙歌惊鸿对你说："我的小兔子，你往哪里跑？"

沈眉娇脑袋卡壳了一下，盯了那句话两秒，然后反应过来是自己的徒弟在和自己说话。

沈沈的头上是当初狂眉逆娇和笙歌惊鸿做杀星任务时，所得到的任务奖励，一对大兔耳朵，如果使用则人物会变成兔子。

看这情况，笙歌惊鸿必定是拿到了相对应的任务物品，才可以把她变成兔子，然后给抱到了怀里。

但这样，真的好吗？

[私聊频道]你对笙歌惊鸿说："太久没操练你，你是手欠了吧？我是狂眉逆娇，你师父！"

打完这段话，沈眉娇便主动取消了身上的变身兔子状态，让沈沈变回了人形，站到了笙歌惊鸿身边。

"叮"的一声提示音，归河上线了。

[私聊频道]你对归河说："老莫，我徒弟调戏我。"

[私聊频道]归河对你说："……"

笙歌惊鸿那边没有再发信息给沈眉娇，沈眉娇便只当他还在震惊于"沈沈=狂眉=师父"的事实中，就没理他，把注意力放到了归河这边。

四周已是一片寂静，队友们已经散去。

[私聊频道]你对归河说："任务结束了？"

归河没有回答她，此刻沈眉娇接到了莫斓笙的电话。

"绿灵儿的任务，到这里基本结束了，但是还是无法证明与迦斓王有关，我们在这里拿到一把钥匙，这钥匙只能在神陵开启当天，在神陵范围内使用。所以一切还要看最后的大任务。"莫斓笙的声音从手机里传来，温柔如水。

只能神陵开启当天，并在神陵范围内使用，这段描述，怎么和她在神陵之上所看到的关于"点石成兵"这个技能的说明，那么相似？

这两者之间，莫非有关系？

沈眉娇陷入思索。

[6]

三天时间转眼就过去了，沈眉娇今天有些紧张，不是因为游戏，而是因为莫斓笙今天终于回来了。

机场里人来人往，沈眉娇很早就站在了接机处，和司机老王一起接莫斓笙。

莫斓笙的飞机十点到，他们准备十一点回到市区，然后就进入游戏，全心完成最后一场战斗。

"怎么还没出来？"十点一到，沈眉娇就开始问司机老王。邓麦启和莫斓笙一起出差了，所以公司另外派了司机来接他们。

老王有点无奈地回答她："走出来也需要一点时间。"

也是。沈眉娇觉得自己太心急，太不矜持了。

没多久，她就看到一道挺拔帅气的身影出现在人流之中。

莫斓笙只拎了一个公事包，快步朝着接机口走来，才刚刚过了那道门，就看到一个嫩黄的身影飞了过来。

他眼睛一亮，积压了这么多天的疲惫和思念随着这抹颜色的出现而消散一空。

"欢迎回归。"沈眉娇笑吟吟地站到他面前，整个人像隔着机场玻璃窗看到的那片湛蓝天空上的太阳，而莫斓笙，就是她的那片天空。

为了迎接他，沈眉娇今天特地把自己拾掇了一番，嫩黄的裙子、飞扬的长发，是青春活力的模样，和上班时判若两人。

也许是这样充满活力的沈眉娇感染了莫斓笙，又或者是这些日子思念太重，莫斓笙不由自主伸了手，把她结结实实地抱进了怀里。

熟稔的气味包裹了她，沈眉娇深深吸了一口，才把头埋到他的肩窝里，用细小的声音说了一句："莫斓笙，我很想你。"

莫斓笙的心随着这响在耳边的声音一阵酥麻，忽然间起了邪意，想要吻她。

才刚刚转过脸要俯下，他就听到一声叫唤。

"莫总，行李都拿出来了。"

沈眉娇立刻就推离了莫斓笙的怀抱。

莫斓笙眼色深深地盯了邓麦启一眼，然后牵了沈眉娇的手朝外面走去。

邓麦启十分委屈，莫斓笙赶着去见沈眉娇，把取行李的活丢给了他，因此他一个人满头大汗地推着两个大箱子好不容易出来了，结果领导却给了他一个十分不满的眼神。

司机老王同情地上来替他接过了一个箱子。

"不该出声的时候，你就不能出声，懂吗？"老王在邓麦启身边小声地教育起来。

等回到市区的时候，已经中午十一点半了，莫斓笙看起来很疲惫的模样，在车上一直微闭了眼休息，只是手一直都紧紧抓着沈眉娇的手没松过。

沈眉娇看得心都疼起来，她不愿吵醒他，只是在经过郑记面铺的时候，让邓助理去打包了他喜欢的面和冰粉，就直接回了他家。

到了小区，莫斓笙便睁开了眼，沈眉娇拎着面陪他上楼，和他一前一后，进了屋。

"你今天很累了，好好休息一下吧。要不我先回去，游戏里还有一摊子事等我上去,就不吵你休息了。"沈眉娇一边说着,一边把手里的面搁到了玄关之上。

虽然她很想陪他,但又怕自己玩游戏会吵到他,想想索性还是回去算了。

谁知她话还没全说完,前头的那人却忽然转了身,手一伸,将她身后的门给重重关起来后,便将她压到了大门之上。

沈眉娇吓下了一跳,张口"啊"了一声,便被人堵住了口。

封口的凶器,自然是他的唇。

沈眉娇来不及闭眼,便和他的眼眸对个正着,里面火光正盛,哪里还有半分疲惫和憔悴。

这眼神,几乎要把人融化了,沈眉娇只觉得自己的脸滚烫起来,缠在她腰肢上的手越收越紧,他的吻从她的唇边缓缓滑到了耳边,细细麻麻,如蚁行般令人难安难耐,可又莫名的醉人,沈眉娇忍不住呻吟了一小声,像猫叫似的。

那声音一出来,沈眉娇整个人都烫起来,太丢人了!她赶紧咬住了唇,却不知这咬唇强忍的模样,配着满脸红晕和眼里水盈盈的光芒,更叫莫斓笙无法自持。

"咚——咚——"忽然一阵钟声响起。

十二点到了,莫斓笙摆在客厅里的座钟发出了深沉的提示。

沈眉娇一下子醒了过来。

"十二点了!"她推了推莫斓笙,"别闹了,一大帮人还等着我们上线呢!"

这话说得,怎么感觉好像她要变身似的!

理智回归,他恨恨地又堵了她的唇,深深一吻才算是放过了她。

沈眉娇红着一张脸,拎了玄关上的面快步逃离了他进了厨房。莫斓笙很郁闷,他很快做了决定,家里这座钟必须扔了!

上游戏的时候,已经十二点多了。

沈眉娇自己的电脑扔在了家里,所以她只能用莫斓笙的笔记本电脑玩,而莫斓笙则只能到书房里用台式机。

点开游戏的时候,沈眉娇忽然有些紧张,大服合并,不知道会是怎样的情景。

读条结束之后,画面出现,整个世界都已不一样了,满屏都是玩家,让原本就已热闹的主城更加沸腾起来,而每一个玩家的名字下面,都冠上了原来的服务器名称。

狂眉逆娇的名字下面,是四个鲜艳的黄字——九霄云重。

十二倍的人数啊,就算是开服初期,都没有这样的盛况!

[7]

沈眉娇双开了游戏,一个是狂眉逆娇,一个是君无妄的号。

所有的频道都在狂闪字,沈眉娇短时间内根本无法看得过来,所幸啡啡及时解救了她，将君无妄的号加进了组队里。而狂眉逆娇的人物却还待在神陵之中，之前因为马上面临服务器维护，所以她并没有去接那个挑战。

啡啡把她单独抓进了歪歪的房间里，把目前的情况跟她说了说。

十二点资料片一开，已被找到的所有NPC都到了神陵的四周，准备开始启阵，其中就包括无妄天宗找到的雪域神君，所以无妄天宗的玩家已经集中到了神陵之下。至于一妄成劫那边，沈沈的任务已经完成了，拿到的物品——神陵之钥，也需要到今天神陵出现后才能够使用，他们也已经全部准备好，集中到了神陵之下。

"我知道了，就按目前的分配来行事吧，我自己的号还困在神陵内，没办法出来，我先用君无妄的号。"沈眉娇匆匆说完话，就切回到了游戏画面。

她一个人控制两个号，狂眉的人物又出不来，她只能做出取舍，舍弃狂眉，而主要控制君无妄的人物。

"好。那你加到神陵那边的团里去，歪歪这边就挂着吧，我会把几个负责人拉进来，有事可以直接说。"啡啡的声音从麦里传出来，很是急促。

她的战魂任务还没完成，最后的关头，她进了迷仙牢里，需要一个人面对天狂魔体的挑战，没有人可以帮到她，一切只能靠她自己。

沈眉娇也没多说，看了看狂眉的情况，便切到了君无妄这边。

等她进了团，赶到了神陵之下，看到的就是一幅惨烈无比的画面。

神陵其实是一座浮空的巨大山丘，四周原是一片碧空美景，此时都化作殷红血色。神陵的四周浮沉着数十名NPC，想来就是各大服务器迄今为止找到的所有NPC，背景音乐是一段带着咒文的吟唱声，无数道的光芒从这些NPC手中绽放出来，汇聚成一张光网笼罩在这神陵上。

根据《仙修志》中记载，这神陵之上，连接着上界圣地，而神陵之下，则镇压着无数妖物，只待这里封印解除的时刻，便会齐出，到时候便是一场血腥厮杀，到时候全部玩家都要抛弃阵营的区分，来共同抵御这场浩劫。

如果神陵四周的NPC死亡超过三分之一，则破阵失败，上界圣地的入口不会被打开，而通往下界的地狱之口便会张开，到时候这个《飞升篇》就会进入另一个故事。

对玩家来说，能打开上界入口，当然是最好的结局。

画面上，君无妄飞到了自己的团队边上，四周早已经站满了玩家，不管是同阵营的人还是敌对阵营的人，此刻大部分都很自觉地暂时关闭了阵营，所以入眼的，没有殷红的名字，只有一片碧绿。

地面忽然一阵"隆隆"作响，只见神陵正下方崩塌出一个地洞，正上方的天空则出现了一道旋涡般的入口，整个世界充满了诡异的气息。

聚集在神陵之下的玩家纷纷向外退去，有些玩家来不及退开，陷入了崩塌之中，立刻被秒杀。很快的，这地洞开始往外扩大，崩塌还在继续，而那黝黑的地洞中，影影绰绰，仿佛无数异物要裂地而出一般。

"注意保护好雪域神君，不要让他挂。"沈眉娇冷冷地开口。

她声音才落，异变就现，地底忽然传出一声尖锐的兽鸣声，一只墨色巨龙，竟忽然从那洞里腾空而出，朝着四周一阵气息狂喷。

"退后！"歪歪里有人吼了一声。

沈眉娇立刻操纵着君无妄的人物抢先向外飞去。

而随着这只巨龙的出现，地底埋藏的各种异物纷纷从里飞出，凄厉尖锐的鸣叫声瞬间响彻天宇。

一场大战拉开帷幕。

这批妖物大军不断攻击着几个NPC，想要破坏这阵法，而玩家则利用各种办法保护着那些NPC，整个画面都乱了起来。

所有玩家都陷入这场苦战之中。

沈眉娇操纵着君无妄，在怪堆里面厮杀着，四周一片混乱。

尽管玩家们很努力地守护着，但NPC陨落的公告仍旧时不时地闪过屏幕，刺激着所有人的眼球。战意弥漫的神陵之下，这场苦斗越演越烈。

到了下午五点左右，怪物仍旧源源不断地冒出来，但玩家的精力却已有些跟不上，人数正在缓缓地减少着。

沈眉娇已经在电脑前坐了很久，和无妄天宗的队友们死守在雪域神君的四周，苦苦支撑着，不让这场战役溃败。

忽然间，她的手机响起。

林君平的电话。

[8]

沈眉娇退出了君无妄的账号，切到了自己的狂眉逆娇上，歪歪那头也换成了狂眉逆娇进了语音室。

她手在微微颤抖着，这样的场面，已经很久没见过了，仿佛她又回到了当年。

狂眉逆娇的好友面板上，那个黑白了很久很久的人物头像忽然亮了起来。

她的师姐云无影上线了。

林君平在电话里说，云无影想陪他打这最后一场战，所以他们一起上线了。

沈眉娇仿佛意识到了什么，眼有些酸涩，但胸中的战火却越烧越旺盛起来。

狂眉逆娇还呆呆站在神陵大门之下，神秘的提示显示在画面的正中间，沈眉娇没有犹豫地点下了同意。

既然林君平本人上线了，那么外面的战事就交给他们吧，她只需要做好狂眉逆娇就可以了，然后好好打完最后这场战斗。

时隔两年的战斗。过了今天，她想他们不会再有机会在游戏里相聚，也不会再像此刻这样为了另一个世界的荣耀而战。

就当是完成两年前的梦想吧，让当年的战斗画上完美的句点，不论是输，是赢！

痛快一战！

[当前频道]神秘的声音："哈哈哈，勇敢的修士。你记住了，你面对的这个挑战，只有一次机会，若是你胜了，便能成为这石兵之主，若败了，便要被打回下界。"

随着这句话，地上忽然升起了一块巨大的石碑。

沈眉娇拿鼠标一点这石碑，便浮现出一段文字来，沈眉娇越看，越是心惊。

按碑文所述，这里的石兵阵创于上一次众仙开启神陵之阵，打开仙门之前，是为了镇压住关在这神陵中的堕魔之神，如若有一天这魔神有机会再被放出，那么就会有人被挑选到这里，接管这石兵阵，用来封印这魔神，而那堕魔之神的名字是……

"迦澜王？！"沈眉娇诧异万分地念出这个名字。

难道，沈沈接的那个任务，不是收集NPC的任务，而是放出魔神的任务？

难怪"点石成兵"的技能说明和绿灵儿任务所拿到的物品说明里，都写着同样的使用要求——

神陵开启之日，神陵范围之内。

原来这二者息息相关。

沈眉娇立刻站起来去找莫斓笙。她嫌弃莫斓笙书房里的桌椅坐着不舒服，因此一直都窝在客厅的沙发上玩着游戏。

"莫斓笙，别再做沈沈的任务了……"她捧着电脑冲进书房的时候，莫斓笙正操纵着沈沈完成了最后一步。

沈眉娇的警告，晚了。

一则殷红的公告忽然出现在屏幕之上。

[系统公告]玩家"沈沈"完成迦澜王回归任务，堕魔之神迦澜王终于脱离神陵镇压，回到仙修之世，众修们，真正的战斗终于开场！

什么？！

真正的战斗……才刚刚开始？

所有玩家都要疯了，那他们刚刚打了一下午的是什么？

哪个神经病又把这迦澜王给放出来了？

玩家们都抓狂了！

而随着那一句公告的出现,一道红光如闪电般从天空掠过,仿佛罡风刮过般,正在神陵边上与妖物做斗争的所有玩家都被莫名地弹到了很远的地方。

一个人影从天空降下,越来越清晰。

他的头上,挂着的正是一妄成劫帮会所有玩家曾经都十分期盼看到的名字——迦澜王。

只可惜,他真正出来时,所有人都傻了眼。

莫斓笙蹙紧了眉看着游戏里的一切,没有回答沈眉娇。

"该死的任务。"沈眉娇暗骂了一句,坐到了莫斓笙书桌的对面,没有再去吵他,而是抓紧时间做狂眉逆娇的挑战,希望可以凭借"点石成兵"来镇压住迦澜王。

"娇娇,帮我再找三十个人,要操作好的,跟我去碧灵族。"莫斓笙忽然抬头看她。

碧灵族是绿灵儿母亲所在的地方,但他们之前已经放弃了这条线,为何现在到了最后一步反而要过去?

沈眉娇有些疑惑地望向他。

"来不及解释太多,绿灵儿的任务,还没全部完成,难道你忘了,绿灵儿的母亲还在碧灵族等人去救!"莫斓笙说得虽快,却很清楚。

沈眉娇马上领悟,这是个系列任务,每一个选择都可能影响整个故事走向,那么在这个故事里,至关重要的人物还有一个,就是在碧灵族的迦澜王最爱的女人。

"我帮你想办法,你先过去吧。"沈眉娇没再废话地低了头,戴上耳麦。

"啡啡,能不能抽一支三十人的精英队伍出来?"沈眉娇在歪歪里开了口。

"抽不出来了,我这边任务到紧要关头,神陵那里战事太紧张了,沈沈放出的迦澜王攻击太强悍,玩家几乎无法应付,我们会的雪域神君血量已经降到了百分之五十。"啡啡说得很急,她一边要应付迷仙牢中的天狂魔体,一边又要照顾到神陵之上整个帮会战斗的情况,此时已是顾不过来了。

"娇娇!"忽然间,一个熟悉的声音传了出来。

沈眉娇一个恍神。

这声音,好久没有听过了。

"师姐?!"沈眉娇很大声地叫了出来,引得对面的莫斓笙看了她一眼。

"是我。好久不见了,想不到还有机会能和你们一起战斗!我很开心。"云无影的声音和两年前一样,绵软温和,却又藏着坚韧。

这个声音,让沈眉娇瞬间想起那些天真的岁月,他们一起游戏一起嬉闹,日子没有忧伤,她还是热血沸腾的少女,她的母亲还在家里等她,所有的伤痕都没长成。

"师姐,我好想你!"沈眉娇声音忽然哽咽起来。

在云无影前面，沈眉娇仿佛自己还是当年跟在他们屁股后面，傻傻的狂眉逆娇，被怪追了就叫师父，被人打了就抓着师姐出头。

转眼之间，已经过了好久好久。

"傻丫头，我也想你。"云无影说着，忽然一阵轻咳，缓了缓才又开口，"三十个精英玩家吗？我跟风长岚说下，我想他愿意帮我们。"

"谢谢你，云师姐！"沈眉娇暂时收起了感慨，把心思放到了游戏上。

对面的莫斓笙却抬了头，看着她脸上，一道浅浅的泪痕，心跟着疼了起来。

真的是个傻丫头！

"莫斓笙，风长岚会找人过去帮你，你用沈沈加他们队吧。"沈眉娇关了麦，头也不抬地说话。

"好。"莫斓笙的声音有些沙哑。

神陵之下的战斗仍在继续着，整整六个半小时，离八点还剩一个半小时。

因为迦澜王的加入，整个战局发生了翻天覆地的变化。一身红衣的迦澜王高高地站在半空中，狂笑着朝正在持阵的几个NPC进行攻击。玩家既要应付地底涌出的怪物，又要应付迦澜王，真是叫苦不迭。

屏幕上开启神陵的进度条只进行到百分之七十，便像凝固了一般，再也无法前进。

[系统公告]青蝉仙子在迦澜王的攻击之下，不幸陨落。

又是一个NPC的陨落消息划过天际，再死三个，死亡的NPC的数量就超过三分之一了！

就在这紧要的关头，地底却又是一阵骚动，一只巨大的怪物缓缓飞了出来，竟是一只生了九头的巨蛟，巨蛟的背上，站着一个人，看名字——幽冥之主，应该是这地底的终极怪物终于出现了。

一个迦澜王已经让玩家吃不消了，这会再加个幽冥之主，玩家复活的速度都跟不上被怪物打败的速度。

此时，天际啸响传来，无数道金光闪过。

公告再度响起。

[系统公告]恭喜玩家"啡啡"完成竞技大赛奖励任务，赢得超S级NPC"天狂"的相助。

"我来了！"啡啡的声音随之响起。

原来是她终于完成了竞技赛奖励的大任务，赶了过来。随着她一起过来的，有无妄天宗的成员，还有一个身背长剑的NPC，正是超S级NPC天狂。

天狂一到，便化成一道剑光，飞到了幽冥之主身边，与之缠斗起来。超S级的

NPC战斗力可不是假的，幽冥之主竟被逼退到了地洞之中。

啡啡身上染了一层金芒，并没有回到无妄天宗的团队中，而是跟着天狂齐齐飞入了地洞。

而陆陆续续的，也还有各服的其他玩家完成了一些特殊的任务，带着援兵赶到，战局忽然有了回暖的迹象。

进度条又开始缓缓前进。

就在众玩家的心稍稍安定的时候，半空中的迦澜王却忽然发狂了，转而全力攻击那些正在开启神陵的NPC，又是一轮疯狂的攻击，神陵之外的NPC岌岌可危。

转眼间又殒了两个NPC。

啡啡进了地洞中，外面没有强力的援兵，情势又危急起来。

迦澜王一声狂啸，手中拈来一束红光，倏然朝着一个NPC击去。

红光所过之处，摧枯拉朽，那NPC前面站着的玩家根本挡不住，眼见那攻击就要降到NPC身上，突然间，天上传来巨响，阴影如同雨点般从云后降下，渐渐变大。

[9]

众玩家给吓了一跳，以为又来了什么强大的敌人，就看到这些阴影竟是一尊尊巨大的石像，从天而降到了所有NPC身边，其中一尊石像，接下了迦澜王发出的攻击。

原来是沈眉娇终于完成了挑战，启动了"点石成兵"这一技能，神陵之上的石像尽数降了下来，而狂眉逆娇本人也站在一尊石龙上，穿过了虚空之门，出现在天宇。

[系统公告]恭喜玩家"狂眉逆娇"完成石尊挑战，成功获得"点石成兵"技能。

公告再度刷出。

这些石像在降下的那一瞬间，竟然化成穿着铠甲的仙兵，齐齐朝着迦澜王飞去。

狂眉逆娇亦从石龙上跃下，梦魇巨兽凭空而现，驼着狂眉逆娇飞向了最近的敌人。

"娇娇，你撑一下，不要封印迦澜王，我马上到！"莫斓笙的声音不再四平八稳，隐约也带上了战意。

"没问题！"沈眉娇仍旧没有抬头，手指头在键盘上不断点击着。

因为石兵的降临，场上的战况再度一变，沈眉娇毫无顾忌地加进了战局，迎着数只妖物而上，这样的战斗，她已经很久没有感受过了。

身边都是无妄天宗的队友，君无妄和云无影就站在不远的地方，时间宛如倒退回了年少轻狂的那一年。

生死无惧的那一年。

几只妖物冲着狂眉逆娇围了过来，狂眉逆娇并没有退避，纵身而起，解决了身边的几只妖物。她的身后，另两只妖物扑了上来。

她本来就抱着必死的决心在战斗，因此根本不愿逃避。

可预想中的死亡并没有到来。

她的身后，忽然出现了一个人。

沈眉娇将方向一转，便看到自己的后面站着笙歌惊鸿，那个被她毒舌虐出来的小徒弟，正静静地替她挡去攻击。

两人间的姿势，就如同相识的最初她被全服追杀，迫不得已让他出手击灭自己的那一刻的姿势。

他又救了她一次。

而笙歌惊鸿的到来，也意味着，莫斓笙的归河和一妄成劫帮会的归来！

[系统公告]恭喜玩家"沈沈"完成"绿灵儿的守护"系列任务，迦澜王之妻，碧灵巫女兰哀出现。

公告响起的同时，众人就看见，远远地飞来一大群人，当前一个，是驾着金凤的巫女兰哀，站在她身后的，是沈沈和归河等人。

果然，这个任务的最后，还是需要绿灵儿的母亲，同时亦是碧灵族的巫女来做最后的收场。

在故事之中，碧灵一族这千百年来一直都受到上古诅咒，每隔几年便会全村染病，只有碧灵族巫女可解。后来碧灵族的巫女兰哀爱上了一个外来的修士，这修士本欲盗走兰哀手中镇族之宝烈阳鼎，可最后却爱上兰哀，并与她生下了一个女儿，就是绿灵儿。这本来应是个幸福的故事，可惜的是诅咒爆发，整个村子陷入覆灭的危机，而烈阳鼎灵力衰退，已不足以解咒，无奈之下，兰哀偷偷将烈阳鼎交予了修士，希望他能在族外的世界找到解咒之术。

为了兰哀，为了碧灵一族，修士果然苦苦修炼，寻觅至宝，先拜在了红隐山火眼圣祖座下，欲取其真火炼鼎，却被火眼圣祖重伤。后来他为寻至高之力，不惜一切代价攀上天之巅，可不想无上之力的代价便是以堕魔而去，从此不人不鬼，不仙不魔，最后竟被众仙齐力，镇在了这神陵之下。

所以，若想唤醒迦澜之心，必须以真情为引，所以最终，莫斓笙救出了兰哀，将她带到了神陵之下。

这个任务设得太巧妙，如果绿灵儿的任务没有被莫斓笙摸出了隐藏剧情，按正常的选择这个迦澜王根本不会出现，迦澜王这条线不出现，薛锋扬那一边也接不到关于飞仙丹的任务，因为薛锋扬接的这个任务线，本就是为迦澜王所准备的。所有的任务，最终还是归到了一起，环环相扣着。

薛锋扬接的关于"点石成兵"这条线，其实就是为了迦澜王所准备的，误打误撞之下，竟然又落到了沈眉娇手上。

但最终成全的，是九霄云重整个服务器的荣耀。

沈眉娇摘掉了耳麦，欣喜地抬头道："莫斓笙，你成功了！"

莫斓笙这会正切在笙歌惊鸿的人物画面上，替狂眉逆娇拦下了攻击，闻言也抬了头。

相视而笑，并没有再说些什么。

因为兰哀的出现，迦澜王的魔性渐退。

而地底的幽冥之主又被天狂和啡啡打得节节败退，玩家的战意又被激发，四周妖物被打得落花流水。

一场声势浩大的战局逆转，终于，在时间到达八点之时，通往上界的入口被成功打开。

歪歪之上传来一阵阵的欢呼声，帮会里叫嚷着一齐进入上界拍照留念。

沈眉娇却没了声音。

莫斓笙抬眼望去的时候，她已经趴在桌子上，睡着了。

[10]

沈眉娇做了个美梦，睁开眼眸的时候，发现自己并不在熟悉的屋子里。

这个卧室有着男性独特的硬朗气质，从家具风格到配色，都是简洁明了，唯独窗台上摆着盆生机盎然的绿萝，让这个房间显得温柔生动起来，亚麻的窗帘没有拉紧，阳光透过里面的米白窗纱照射进来，让这清晨显得十分安宁。

沈眉娇盯着那个窗台看了很久，脑袋才渐渐恢复过来，这不是在做梦。

那么，她在哪里？

沈眉娇心里一惊，便想坐起来，才一动身子，就发现自己的腰上压了一条手臂。

她转头，整个人都愣住了。

莫斓笙就侧身躺在她旁边，一手塞在脑袋下面，另一手，就搁在她的腰间，睡得正沉。

因为是夏天，薄薄的被子随意地搭在两人腰腹上，并没有盖全，她便看到莫斓笙已换上了白色的T恤和浅灰的运动裤，头发凌乱地覆在额前，整个人都温柔得像清晨那道阳光。

沈眉娇的心也随之柔软起来。

照这情况来看，她昨天游戏结束时，便累得睡着了，是莫斓笙把她给抱进了房间，然后，他们就这么睡了一夜。

而这屋子，应该是莫斓笙的闺房……噢不……卧室。

他的鼻息平缓，胸膛微微起伏着，身上散发出让人很舒服的淡香。沈眉娇看了他半晌，忍不住伸手替他拂开了脸颊上的发丝，然后轻轻地将他的手臂抬起。

他睡得这么香甜，沈眉娇不想吵醒他。

谁知那手才抬了几分，便忽然一沉，又重重压到了她腰上。

"早安，女王陛下。"莫斓笙睁了眼，声音喑哑地开口。

"你又装睡？！"沈眉娇脸"噌"地红了。

"是又怎样？你咬我？"莫斓笙很无赖地开口，戏谑地望着她。

沈眉娇语塞，眼前这男人已经越来越无耻了，跟当初沉稳内敛的老板简直不是一个人似的。她准备不再跟他啰唆，把薄被一掀，就想起来。

可那被子一掀，她自己却一怔，昨天她穿了条连衣裙，这在床上躺了一夜，裙子早就给缩到了大腿之上，两条光洁的长腿白晃晃的，这么看过去简直都不像她自己的腿似的。

她脸上的红色顿是蔓延到了全身，立刻以迅雷不及掩耳的速度坐起，把裙子给拉好。

不过这一幕仍旧没躲过莫斓笙的眼。

他眼里火光幽幽，跟着沈眉娇坐起来，从背后将她圈住。

"你太美了，什么时候可以嫁给我？"莫斓笙嗓子像熏过般撩人。

"我恋爱都没谈够，你就想叫我嫁给你？"沈眉娇叱了一句，拨开了他环在自己腰上的手，飞速起身，逃离。

再待在他身边，只怕她自己会醉倒。

莫斓笙很快地追上她，不由分说牵着她的手就把她拉到了餐厅里。

餐桌上，早就已经摆好两份早餐，火腿煎蛋加三明治以及橙汁，这让沈眉娇有些吃惊。

"你早就起来了？"沈眉娇转身问他。

所以他刚刚躺在她身边其实是来睡个回笼觉的？

"其实我一直没睡。"莫斓笙老实交代，"你躺在旁边，我忍得无法入睡。"

这话直白得让沈眉娇刚刚才消退的红云和烫意，转眼又爬满了全身。

"不跟你贫了，我饿死了，先去洗漱，再来吃早餐。"沈眉娇粗鲁地拍了一下莫斓笙的肩头，然后头也不回地跑去了卫生间。

这以后要是日日和他在一起，她真要给他烧化了！

沈眉娇坐在马桶上，感慨着。

莫斓笙倒没再欺负她，只是心情很好地走到露台去给植物浇水。

没多久沈眉娇回来，两个人一起用了早餐。

早餐过后,沈眉娇主动洗碗,莫斓笙便站边上帮忙。

"君君小安说,昨天你太早下线了,没有合到影,所以让你一会有空上线来合影留念一下!"莫斓笙一面接过她洗好的盘子,拿布擦干,一面闲闲地开口。

"噢,好啊。"沈眉娇想也没想地就答应了。

莫斓笙眼里便闪过一丝光芒。

等到收拾好,沈眉娇便捧起电脑窝到了沙发里,准备上游戏。

说实在的,昨晚她太困就那么睡着了,根本不知道大战结束之后发生了什么事,心里也挺好奇的。

莫斓笙仍旧回了书房,用书桌上的台式电脑。

沈眉娇很快进了游戏,上的是狂眉逆娇的号。狂眉逆娇还站在神陵之下,不过四周早已不是昨天血雨腥风的模样,一切都恢复了最初的平静,只是神陵之上多了一道黝深的门。

那是通往上界之门。

君君小安给她发来了团队邀请,沈眉娇一进团,才发现里面满满当当的四十来号人,有些是一妄成劫的,有些是无妄天宗的,君无妄、云无影、啡啡等人,全部都在。

[团队频道]君君小安:"娇娇女神,快来上界,我们在无眠峰等你。"

[团队频道]狂眉逆娇:"好,马上就来。"

沈眉娇召唤出了梦魇兽,没有犹豫地飞进了神陵之门。

上界九十九峰七百二十六仙洞,而这无眠峰应该就是无妄天宗所占领的峰头。

等沈眉娇飞到无眠峰,才发现虽是山峰,那上面却俨然是一个小城,无数人头在上面晃动着,好像围成了一个图形。

等她飞近了,从上往下望去,才发现这些人竟然站成了心形。

这是要干吗?

沈眉娇有些疑惑,就看到笙歌惊鸿发来的师徒传送邀请,她没有多心地点了确认,下一秒,狂眉逆娇便和笙歌惊鸿一起站到了心形中间。

一簇烟火忽然腾空升起。

[系统公告]玩家笙歌惊鸿在无眠峰给狂眉逆娇放了一枚"凤影天下",天地浩渺,火凤无双!愿卿长伴三生,共踏仙途……

鲜艳的烟花呼啸着飞上半空,火凤的鸣声响彻四野,沈眉娇却当场傻住。

[世界频道]笙歌惊鸿:"娇娇,我爱你!"

沈眉娇石化,两秒以后她把手里的电脑一扔,又冲到了莫斓笙房间。

"莫斓笙,我……我那徒弟跟我告白,怎么办?"沈眉娇脑袋有点懵,没有注意到莫斓笙眼里一闪而过的笑意。

"你这么惊讶干吗？你那徒弟不好吗？"莫斓笙从书桌后面走了出来，答非所问。

沈眉娇想了想，开口道："倒没什么不好，这孩子挺聪明的，虽然手速慢了点，人笨了一点，不过……"

她没注意到，她每说一点，莫斓笙脸就黑一点。

"不过他有女人了啊！"沈眉娇忽然一声叫。

莫斓笙大惊，他什么时候有除了她以外的女人了。

"不对，笙歌惊鸿这家伙太过分了，根本就是个滥情的家伙！"沈眉娇一拍大腿，说出来的话差点把莫斓笙气死，"以前我就在歪歪里听到他身边有女人的声音，跟他肆无忌惮地说'内衣'，两个人的关系肯定不简单！后来又对君无妄语气暧昧，性别取向不明！之前公然调戏'沈沈'，现在又跑来跟我告白！"

莫斓笙的脸彻底黑了。

"不行，我要去游戏里问问他！"沈眉娇心里一分析，顿时觉得不对劲，把笙歌惊鸿打上了"渣男"的标签。

"等等！"莫斓笙只是想在游戏里给她一个惊喜，顺便再告诉她，自己就是她徒弟而已，但现在看来，还是暂时别说了。

"叮咚！"门铃声忽然响起。

[11]

因为爱丽丝说过今天会过来找她，所以沈眉娇暂放下了笙歌惊鸿的事，跑去开门。

莫斓笙趁机跑回了电脑前，把笙歌惊鸿先给下了，免得一会她在游戏里问出类似"你对君无妄有什么想法"的问题。

当沈眉娇拉开了门，却发现门外站的人不是爱丽丝。

"咦？！娇娇！"

"娴娴？！"

来的人，是失踪了许久的杜夜娴杜大小姐。

"啊，娇娇我好想你！"杜夜娴一看到她就把手里的大包小袋和旅行箱给抛开了，张开双手就给了她一个热情的拥抱，只不过这拥抱抱到一半，她忽然醒悟过来，"不对啊，这是我小舅舅家，你怎么会在这里？"

沈眉娇一时半会不知道怎么回答她，只能傻笑着抱紧她。

莫斓笙听到声音从书房跑了出来，看到的就是杜夜娴眸子直打转地抱着沈眉娇。

"你怎么回来了？"莫斓笙也非常的诧异。

杜夜娴便放开了沈眉娇，叫了声："小舅舅！"

然后她反应过来。

"你们俩这是……好上了？"杜夜娴直言不讳。

沈眉娇脸一红，泡上好友的舅舅这种事，她有点说不出口哪。

"是。"莫斓笙很简短地回答了她的问题，并上前提了她的大包小袋扔到了客厅里。

杜夜娴一边亲热地挽着沈眉娇的手臂朝屋里走去，一边兴奋地说着："真没想到啊，你和我那有金刚不坏之身的舅舅居然好上了，可喜可贺！这师徒情缘真是太棒了！"

"什么师徒情缘？"沈眉娇纳闷地看她。

"咦？我没跟你说过吗？当初我让你收的徒弟就是我舅舅，你老板啊。我就是想让你们提前搞好上下属关系！"

莫斓笙转头想阻止杜夜娴的话时，已经晚了。

"你说，你舅舅，我老板，就是我收的徒弟——笙歌惊鸿？是这意思吗？"沈眉娇一边缓缓说着，一边把头转到了莫斓笙那边。

莫斓笙没有否认。

杜夜娴傻了，道："原来你不知道啊！"

沈眉娇眼神不善地瞅着莫斓笙，他早就知道她是狂眉逆娇了，却一声不吭！

太过分了。

"呃，我去下卫生间。"杜夜娴发现自家舅舅的眼神不太对，忙一溜烟跑了。

大厅里就剩下沈眉娇和莫斓笙两个人，沈眉娇便没有顾忌地走到莫斓笙跟前，仰着下巴看他。

"说，那女人是谁？"沈眉娇怒了。

瞒着笙歌惊鸿的身份就算了，可家里藏着个女人她就不能忍了。

莫斓笙苦笑了一下，觉得自己这形象算是彻底栽在她手里了。

"是爱丽丝。她去你家之前，先跑到了我这里，你知道她那个性，东西丢三落四的，又毫无忌讳……"莫斓笙解释了一半就说不下去了，侄女跑到他家，内衣乱丢这种事讲出来，他觉得他的名声都要毁了。

爱丽丝那习惯，沈眉娇是见识过的，所以也算说得通，她的怒火很快就压了下去，眼珠子骨碌一转，忽然间不怀好意地凑近他，道："莫斓笙，你之前说的那个，想见而见不到的人，该不会说的是，你师父我吧？"

莫斓笙一滞，他就知道会有这样的结果！

"这么说来,是你喜欢我在先喽?"

沈眉娇忽然得意起来。

她心里最后一丝芥蒂荡然无存。

[12]

游戏里的大战终于结束,新的女神诞生,即将迎来全新的超级大服领地争霸战,但这一切,和沈眉娇已经没什么关系了。

神陵一役过后,她玩游戏的时间锐减,把大部分的精力投入到了工作、学习以及恋爱中,日程排得满满当当。不过今天,她有些心神不宁。

电脑的桌面,是张游戏截图,笙歌惊鸿的告白过后,她还是和莫斓笙进了游戏,和所有人合影留念。

远山如墨画,碧空如洗,衬着缈缈仙峰之上团团围坐的人,君无妄、云无影、啡啡、君君小安、教主、包子……还有沈沈、归河、笙歌惊鸿和狂眉逆娇,这是她游戏四年以来,最完整的一张照片。

每次看到这张照片,她都觉得高兴,可今天……

林君平一早就给她来了电话,一个大男人在电话那头竟然哽咽了。

云无影快走了。他的悲伤无处宣泄。

沈眉娇整颗心都因为这个消息而冻结了,她只思考了十分钟,就即刻向企划一部的总监请了两天假期,然后迅速订了最快的机票,连行李也不打包,就准备飞过去找林君平和云无影。

认识四年,她见云无影的第一面,大概也是最后一面了。

莫斓笙知道这消息的时候,正在外面见客户。

"不用过来了,我自己去机场就行,又不是小孩子,什么都要你陪着。赶时间,先不说了。"沈眉娇知会了莫斓笙一声,便匆匆收了线。

今天邓麦启陪着莫斓笙出去,而公司的车子另有工作,所以没办法派车给沈眉娇,而沈眉娇也等不及,因为她订的是两个半小时后就起飞的飞机,从市区到机场要走一个半小时,所以她赶得很。

沈眉娇匆匆下了楼。

"娇娇?"

在她即将踏出公司门的那一刻,有人叫住了她。

"是你?"沈眉娇转过头,发现来的人是薛锋扬。

自从动漫祭过后,她就再没见过薛锋扬了,而在游戏里面,凉骨天烬将飞仙丹交给她以后,便也没上过游戏了,好像凭空消失了一般,因为他的失踪,整个悬命纵天帮会在神陵之战中都表现得不理想,现在游戏里和论坛上,众多玩家都把他骂成狗。

昔日的全服第一大神,从神坛陨落。

他果然兑现了当初的承诺。

让她毁了他的一切!

"娇娇,我有些话想对你说。"薛锋扬走近她。

"对不起,我没时间,改天再说吧。"沈眉娇急着赶飞机,没工夫和他唠嗑。

薛锋扬今天是来星创商讨飞象和星创新的合作项目的,本就打算忙完以后找沈眉娇,不想在这里就遇上了,他怎愿意错过?

他从动漫祭之后就没再见过沈眉娇了,发了疯似的想着她,想到连自己都觉得夸张的地步,就连放弃凉骨天烬的所有,他都觉得是心甘情愿的幸福。

从相逢的那一刻开始,沈眉娇之于他,就不再是游戏里一个契合的灵魂了,而是真实存在的,让他心动的女人。

他爱她工作时的认真,也爱她游戏里的疯狂,还有她踏上竞技台时狂妄骄傲的姿态,一点一点,等他发现那份喜欢已经转成爱时,他已经泥足深陷。

她说她是他的游戏,那么注定这个游戏他输了。

一败涂地。

"娇娇,你说毁了我的一切,就原谅我!"薛锋扬伸手抓住了她的手臂。

"放手!"沈眉娇挣了挣手臂,低声喝了一句。

薛锋扬仍旧抓得很紧。

四周已经有人看了过来,沈眉娇只能停了挣扎,深吸了一口气,才开口:"薛锋扬,你不明白,我和你之间,并不是原谅就可以回到过去的。"

"是因为莫斓笙吗?"薛锋扬望着她。

"与他无关。就算没有他,我今天也不可能再和你在一起。"沈眉娇摇摇头,道,"我很感谢你为我做的这些事,但是我们不可能了。"

薛锋扬眼里的张扬随着她的话语,一点一点化成悲伤。

错过了一次,便没有机会了。

他以为自己足够了解她,想着只要她能做回从前的狂眉逆娇,便能想起两人之间的爱情,可终究,他太过自信。

"只是网络里的阴谋,我们各为其主罢了,你为何如此念念不忘,甚至在现实中都不肯再给你我一个机会,为什么?"薛锋扬不甘心。

"薛锋扬,够了!对你来说只是网络里微不足道的欺骗,但你可知,你毁掉的,是我现实中的全部。"沈眉娇再也无法顾及旁人的眼光,声调忽然一扬,冷冷地斥道,而后低了头,从包里掏出手机看了看时间,又急道,"你如果想知道这件事,我答应你，等我回来之后清清楚楚地告诉你，为什么我不能和你在一起。不是因为我恨你，而是因为我恨我自己！我赶飞机，你放手！"

她不恨他，而是恨自己？！

薛锋扬终于缓缓地松开了手。

沈眉娇没有犹豫地抽回手，转身匆匆离去。

她真的走了啊……毫不犹豫地转头就走，真的没有丝毫留念。

薛锋扬自嘲地笑笑，低了头准备离去，却看到地上一张机票。

那是沈眉娇掏手机时不慎带出来的。

薛锋扬拾起那张机票，追了出去。

因为赶时间，沈眉娇准备直接拦计程车去机场，但星创大楼外的马路并不好拦车，她便拐到了不远处的小巷子里，穿过小巷就到了隔壁街，那里计程车多点，方向也顺。

小巷子很窄，被左右的大楼一挡，光线非常暗，两边都是些餐馆的后厨、垃圾间，抑或是仓库，这个时间点空无一人，很是寂静。

薛锋扬追出来的时候，已不见了沈眉娇的身影，他便取出手机一边拨着一边找她。

终于在走到那小巷口的时候，听到了一串手机音乐。

他赶过去，正想开口叫她，看到的却是被打晕的沈眉娇，被一个男人塞进了一辆黑色现代小轿车里。

"娇娇！"薛锋扬大惊失色，拔腿冲上前去，可还是晚了一步。

那黑色轿车呼啸着快速驶离了小巷，地上只剩下沈眉娇丢下的挎包和手机。

到底出了什么事？！

[13]

头晕沉沉的，后颈像断了一般疼着，沈眉娇意识渐渐恢复的时候，感觉自己快要断成几截了。

四周一片黑暗，她眼睛上被人蒙了眼罩，嘴巴上封着胶带，双手双脚都被紧紧捆住，整个人倒在了地上。

记忆缓缓恢复，她想起自己正在小巷里走着的时候，忽然被人从后面敲晕，再醒来时，眼前就只剩下这片黑暗，她不知道这是哪里，也不知道自己在这里待了多久，四周静悄悄的一点声音都没有，而除了后颈的疼痛之外，她身上其他地方没有任何异样，抓她来的人并没对她做什么事，只是绑着她而已。

沈眉娇蠕动着身体，想在四周找找有什么可以解开绑带的东西，可动了半天，除了冰冷的水泥地之外，她的身边空无一物。

现在已是夏末的季节，天气仍旧很炎热，可这地方却阴阴凉凉的，地面的冷意透骨而入，不是空调散发出来的冷，而是种阴寒。

这里，应该是地下室之类的地方。

可问题是，谁把她抓来，又为何把她抓进来，抓来了以后怎么一点动静也没有？

沈眉娇想着自己生活中没有得罪过人，即便是工作上和同事有些争执，那也上升不到绑架的地步，那到底是出了什么事？

她压抑住恐惧的情绪，绞尽脑汁地想原因，想要如何脱身，浑浑噩噩中也不知过了多长的时间。没有水，也没有食物，饥饿和口渴开始折磨她，她脑袋迷迷糊糊的，开始想抓她的人该不会是准备就这么饿死她吧？

可她不想死！

这条命，是她母亲给的，她绝对不能就这么轻易地交出去。

还有莫斓笙，她不想让他难过。

胡思乱想着，忽然间眼罩四周透进一点点亮光，杂乱的脚步声传来。

"把她带上来吧。"有个粗犷的声音响起。

很陌生的声音。

然后那些脚步声由远及近，停在了她的身边，一只大手抓起了她的手臂，把她整个人都拖了起来。沈眉娇又渴又饿，四肢麻软，有些站不住，抓她的人并不理会，只是粗鲁地把她拉着向前走，她只好跟跟跄跄地跟着。

似乎走过了一段向上的长台阶，然后是段平路，接着沈眉娇便被人推到了地上。

"钱我们已经拿到了，谢谢你的帮忙，人就交给你了。"还是那个粗犷的声音。

沈眉娇认真听着，但没有人回答那个声音。

又是一阵杂乱的脚步声过后，四周忽然又陷入了可怕的寂静。

但沈眉娇感觉到，她的身边还站着一个人，就是刚刚那粗犷声音的主人说话的对象。

她的心悬了起来，一丝恐惧爬上心头。

忽然间有只手摸上了她的脸。

冰凉的指尖，细长的手指，指尖还有一丝女士香烟的气味，这是个女人，并且她的身上还传来一股浅浅的香味，和莫斓笙习惯用的香熏味道很像。

而这种味道，除了莫斓笙之外，她只在另外一个人身上闻到过。

袁艾。

那只手缓缓滑过她的脸颊，沈眉娇的脸缩了缩，那手便忽然发狠似的重重扯下了她嘴上的胶带。

新鲜空气涌入口中，沈眉娇微张了口轻喘着，被绑在背后的双手紧紧握在一起，指甲嵌到肉中，狠狠地压抑着她想要脱口而出的话。

从爱丽丝的描述来看，袁艾这人心理似乎有些问题，但那时候因为跟她没有什么交情，所以沈眉娇也没放在心上，现在看来这个女人疯得太可怕了。

沈眉娇不敢开口，怕激怒了她，也怕她知道自己已经认出了她的身份。

两个人就这么僵持着，谁也不肯先开口。

终于，对面的人忍不住，扬手挥了沈眉娇一巴掌。

"你这个模样，想做给谁看？"袁艾终于忍不住先开了口，尖锐的声音如同铁器刮过地面般刺耳。

沈眉娇咬紧了牙，一丝血沿嘴角流下。

"哼，你为什么不说话？明明就已经认出我了，你不是能说会道吗？为什么不问我是什么人，为什么不问我为什么抓你？"袁艾用手捏住沈眉娇的下巴，抬起她的脸。

"你以为莫斓笙会来救你吗？你以为自己还能有恃无恐地嚣张吗？"袁艾见她不说话，冷冷地继续说着，"一辈子，回忆？我告诉你，莫斓笙的心里，我才是最重要的，否则他不会明知道是我自己迎向那匕首，还扑过来救我！"

那天，其实是莫斓笙拒绝她的暗示，所以她才发怒地一个人找了当地的混乱的小酒吧。她就是笃定莫斓笙会不放心，会来找她。而当时，虽然那三个男人围着她，但其实他们只是想劫财而已，是她看到了莫斓笙赶到巷口，才发疯似的抓住了其中一个男人的手，逼得那男人掏出了匕首。如果莫斓笙不救，那她觉得就那样死去也不错。而莫斓笙最终还是救了她！他心中明明有她。

沈眉娇胸口腾起一团火焰，但她还是克制着没有发出声来。

难怪，难怪爱丽丝会说是她毁了莫斓笙的手。这女人为了证明莫斓笙的爱，竟然不惜用这样的残忍的方法！

"我看你不太相信的样子，没关系，我们来做个小试验！"袁艾忽然笑了，森冷的声音像从地狱里传出来一样。

"什么试验？"沈眉娇终于开了口，声音很虚弱。

"一个证明莫斓笙是爱你多点，还是爱我多点的试验！"袁艾的声音有些疯狂的意味。

"不要，我不想证明他更爱你，还是更爱我！我不会陪你做这个试验。"沈眉娇脱口而出。

袁艾的这个试验，必然是在伤害莫斓笙的基础上进行，沈眉娇一点都不想让莫斓笙冒险。

"那可由不得你。再说了,他都替你交了一亿的赎金,这一趟他非来不可。"袁艾说完了这句话,便将手收了回去。

一亿赎金?!

沈眉娇吃了一惊。

四周再次安静了下来。

"袁艾!袁艾!"沈眉娇嗅到身边的香气消失,她高声叫着她的名字,心底的恐惧无止境地蔓延上来。

没有人再回答她。

[14]

沈眉娇挣扎扭动着,她不想……不想让莫斓笙受伤,一点点都不可以!

随着她的挣扎,忽然之间,她手腕上的绳子一下断开来。

她先是一喜,不顾手腕上传来的刺疼,摘掉了眼罩,又解开了绑在脚踝上的绳索,忽然又是一惊。

为什么那绳子会断掉?她挣扎了那么久,绳子都没松动过,怎会突然断掉?

带着这个疑问,她站了起来,仔细打量着这个地方。

这是个老旧的别墅,里面的家具都盖着白布,看起来像是很久没人住了,而她最初被关的地方,应该是这别墅的地下室。

大厅里的灯亮着,惨白惨白,周围空无一人,屋外只有树影幢幢,没有一丝光线。

现在是夜晚,而这别墅所在之处应该是个人烟荒芜的地方。

沈眉娇有些跟跄地走到屋外。

屋外是一片大草坪,远远地似乎和一条路连接起来。

不管怎样,她要先离开这里。

沈眉娇压抑着内心深深的恐惧,开始摇摇晃晃地朝那条路跑去,才跑出几十米,忽然间一道刺眼的灯光从背后打来,沈眉娇转头望去,不知何时,别墅的旁边多了一部红色的跑车,光是由这跑车的远光灯射出来的。

光线太过刺眼,以至于沈眉娇不得不用手掩了眼睛,她看不清那跑车上有没有坐人,但她却听到了跑车发动的声音。

她的心几乎要从嗓子里跳出来。那人要用这车撞她!

跑车已经缓缓发动,开到了别墅前面。

从沈眉娇现在这个位置,已经来不及再跑回别墅了,四周都是空荡荡的,她根本无处可藏,只能拼命地拔腿朝前飞奔。

身后的跑车车轮发出尖锐的声响，车速开始加快。

沈眉娇咬紧了嘴唇，不敢再回头，发疯似的跑着。

身后的车子似乎并不急于撞她，而是慢慢地加速，然后逼近她，待拉开一段距离之后，又开始继续加速。

沈眉娇狂奔着，想要摆脱身后的车子，忽然间，前方的路上，出现了一个人影，光线打不到那里，所以她看不清他的模样，只是那轮廓看起来和莫斓笙很像，沈眉娇整个人都要疯了。

袁艾的话忽然出现在她脑中。

这辆车迟迟没有撞过来，等的就是莫斓笙吧，袁艾想看看，莫斓笙会不会为了救她而舍弃自己的命。

这个疯子。

沈眉娇忽然意识到了这个所谓的试验有多么的恐怖。

"不要！不要过来！"沈眉娇发狂似的朝着来人喊着，然后她改变了奔跑的方向，并没向那人冲过去。

然而那人影却只迟疑了一瞬间，便跑向了沈眉娇。

而那车子也在那一瞬间猛然加速。

"不要过来，莫斓笙你不要过来！"沈眉娇觉得自己要疯了，她疯狂地跑着，眼泪从眼眶之中流出。

那道人影很快就赶上了沈眉娇，刺眼的灯光打过来，照清了他的模样。

不是莫斓笙，而是薛锋扬。

但沈眉娇已经分辨不清了。

旧日血淋淋的回忆忽然闪过脑海，支离破碎的画面仿佛就在眼前。

"妈妈，不要救我！莫斓笙，你快点逃！"沈眉娇歇斯底里地吼起来。

她不要，不要再看到那样的画面！

那太痛太痛了！

跑车的速度很快，已逼近他们。

薛锋扬差两步就能够到沈眉娇，他想把沈眉娇推开，谁知在接近沈眉娇的瞬间，不知她从哪里来的力气，竟然将他狠狠地推离她身边！

刹车的声音突兀地响起。

那跑车在离他们不远的地方踩了刹车，但惯性作用还是让跑车向前冲了一段距离，一直到撞上了沈眉娇。

薛锋扬疯了似的叫了一声："娇娇！"

莫斓笙从另一条路狂奔过来的时候，看到的就是沈眉娇躺在薛锋扬的怀里，额前的血流过脸庞,将薛锋扬的手掌染得通红。

他的心,在那一刻如同陷入冰层。

此刻,整个世界,在他眼里,都如灰烬一般,即使是当年手上的伤痛彻心扉,都及不上现在心痛的万分之一。

"娇娇。"他的声音颤抖着,然后咬咬牙,拿出了手机,很快地打了一通电话。

转身的时候,他眼里已有泪花,脸色暗沉。

袁艾从车上下来,笑得有些癫狂。

"你看,你果然没有救她,哈哈哈。"袁艾的声音尖锐无比,眼里是得意的疯狂。

"我真后悔当年救了你!"莫斓笙从薛锋扬手里接过沈眉娇,抬了头,清俊的脸庞上,忽现一道泪迹,他眼里的恨意和戾气,让袁艾不由自主地退了三步。

他说,他后悔当年救了她!

袁艾如遭雷殛。

[15]

医院的消毒水味道,是一如既往地让人难受。

莫斓笙终于知道,为什么沈眉娇这样讨厌医院。

蓝色的病房内,时间像静止了似的。

"小舅舅,要不你回家休整一下,娇娇这我来陪着。"杜夜娴轻轻拍了拍莫斓笙的背,眼里是满满的担忧。

莫斓笙摇摇头,没有说话。

他坐在病床的旁边,眼下的黑青很重,眼里布满血丝,下巴上一圈胡茬,整个人神色委顿。他很累,但他睡不着。他对沈眉娇的爱,比他想象中的要多得多。

沈眉娇在床上已经躺了十天。

她额上缠着纱布,手背上挂着点滴,就像睡着了一样。

袁艾在最后的关头踩了刹车,她并不想真杀沈眉娇。沈眉娇其实只是被车的惯性冲力撞出了一小段距离,除了额上被地面石头划破的伤口,以及轻微脑震荡和身体上一些擦伤之外,并没有什么严重的问题。

但是她一直没醒。

这一件绑架案,轰动了全城,也惊动了莫家的大家长,莫斓笙的父亲莫海平。

莫家不惜一切代价,为了救沈眉娇。可那些绑匪正是袁艾联系并计划的,他们借了袁艾的力量,将沈眉娇藏匿在了袁家的别墅里,袁莫两家是世交,没有人怀疑他们。

直到后来赎金交付完毕后，袁艾用空卡给莫斓笙发了信息，让他一个人前来，并且不许开车进入，莫斓笙才不顾所有人的劝告，一个人赶了过去。

如今，绑匪已经全部被捉拿归案，而莫家彻底与袁家决裂。袁家家世这几年走了下坡路，大部分生意都靠莫家扶持，出了这事，袁家失去了莫家的协助不说，袁艾也被牵涉进了这件案子，袁艾父母求到莫斓笙跟前，但这一次莫斓笙只给了他们冷漠的眼神。

当初他顾念两家情谊，珍惜二人之间友情，当年哪怕知道那是袁艾不计后果的任性，也愿意救她。但如今……

莫斓笙只知道，在看到沈眉娇满脸是血的那一刻，他甚至有了摧毁一切的狂怒的悲伤。

从沈眉娇失踪到现在，莫斓笙都没有好好睡过一觉了。

杜夜娴劝不动莫斓笙，便想去给他买点吃的，开门之时，正好撞上了来探病的薛锋扬。

这次的事件，是薛锋扬第一个报的警，也是他偷偷地跟着莫斓笙进了那片区域。那个地方有两个岔道，莫斓笙见他执意要跟，便和他一人挑了一条岔路，最后竟然让他先找到了沈眉娇。

"你来啦。"杜夜娴朝他勉强一笑。

薛锋扬点点头，把手里的花交给了她。

"今天情况怎样？"薛锋扬问道。

杜夜娴摇了摇头，回答他："没起色。不知道什么原因。"

薛锋扬转过身，愤怒地一拳砸在了墙上，他整个人伏在墙上，让心情平缓了一会后，才直起身来。

"莫斓笙，你……好好保重。"薛锋扬走到病床旁边，看着床上的沈眉娇，开口却是对着莫斓笙说话，"我想我有必要告诉你，娇娇出事之前，把我看成了你。她的意识虽然混乱，却始终记得，要救你。"

莫斓笙握着沈眉娇手的那只掌一紧，沙哑地开口："她还有说什么吗？"

"她说：'妈妈，不要救我。莫斓笙，快逃！'"薛锋扬到现在仍旧记得她当时说的话，清清楚楚犹在耳边。

"妈妈？"杜夜娴忽然叫了一声，然后恍然大悟地开口，"莫非，娇娇自己不愿意醒来？"

"什么？"莫斓笙和薛锋扬同时转头看她。

"你们不知道娇娇的过去？"杜夜娴很惊讶地看着他们。

沈眉娇从来没有跟他们提起过从前。

那是一段鲜血淋漓的过去。

杜夜娴望着床上的沈眉娇，叹了叹气，缓缓开了口。

[16]

对沈眉娇来说，母亲曾经是她的全部世界。她父亲早年因病过逝，只剩下母亲一人。寡母带女极为不易，她母亲是个严苛并且强势的女人，虽然丈夫早逝，但她并没有因此而软弱，她很爱沈眉娇，并且把所有的期望都寄予在了沈眉娇的身上，用句老话来说，就是望女成凤。

沈眉娇的成长道路，被母亲规划得齐齐整整，不容一丝错漏。

从小到大，她都活在母亲替她规划好的生活之下，从生活到学习，每一步，都遵照着母亲的意愿。上哪个兴趣班、不能和哪些同学玩耍、不许看小说不许看电视，都由母亲控制，就连一个小小的电话，她母亲都不放心让她接听。小时候她不愿违背，是怕母亲伤心，长大了这便成了习惯，直到高中时期她的第一次叛逆。

她在钢琴上很有天赋，因此母亲极尽所能地替她创造条件，哪怕再困苦的环境也没放弃过。日复一日地练琴，她没有任何的喘息空间，没有人知道她并不喜欢钢琴，一直到高二那年，她被周正虹收为学生，并报名全国钢琴大赛的少年组。周正虹老师看出了她的想法，她并没怪沈眉娇，甚至鼓励沈眉娇自己的事自己做主，因此沈眉娇和母亲有了第一次争吵，那次因为周老师的关系，最终她的母亲妥协了，沈眉娇退赛，从此不再日复一日地弹琴。

到后来，她考上大学，住到学校，离母亲远了，生活有了些许自由，她开始接触网游，并且单纯地认为网络里的世界，无拘无束，可以随意驰骋。她迷恋那样的生活，甚至将游戏世界里的荣耀当作是灵魂的归宿。

可惜，凉骨天烬的阴谋背叛，粉碎了她一直引以为傲的荣耀，也粉碎了她深深爱着的世界，这段故事，沈眉娇曾经告诉过莫斓笙。

本来只是一场网络里的悲情故事，时日久远也许会淡去，可惜……

"你背叛娇娇那天，正是她研究生考试的前两天。因为这事，她考试期间大病一场，发挥失常，并没有考上。考上研究生是娇娇为了可以放弃钢琴，而向她妈妈提出的交换条件，她以此换来四年大学生活的自由。所以当成绩出来的时候，她妈妈异常震怒。"杜夜娴说着，看了一眼薛锋扬。

"接着呢？"薛锋扬心里已隐约察觉到，接下去的故事，要比之前游戏里的那些事悲伤得多。

"娇娇没有考上研究生，她妈妈和她大吵了一架。娇娇终于忍受不了，跑出家门。"杜夜娴说着，顿了顿，垂了眼深呼吸了一口气，才又开口，"盛怒之下的她冲出马路，有部车子正好急驰而来。她妈妈跟在她后面，把她给推开了。最后她活下来，可是她妈妈却不幸离世。"

最后这段话，杜夜娴说得又快又急，仿佛不一口气说完，就无法再接着开口。

所以事情发生之后，她不言不语形如废人；

所以她失踪的那半年，是住进了精神疗养院；

所以她从来不提过去，是因为这段过去太惨烈；

所以她说，她不恨薛锋扬，她恨的人从来都只有她自己……

薛锋扬整个人都仿佛凝固了一般，一个字也说不出来。网络上的那些事的确并不重，但现实里的延续却让心鲜血淋漓。

这辈子，沈眉娇都不可能原谅。

"娇娇。"莫斓笙抓紧了沈眉娇的手，闭了眼，把头靠到她的肩窝里，呢喃着。

她一定是想起了那一天的惨状，才不愿醒过来。

也许是她此刻梦境太美，而现实太痛，才让她流连梦中，可是她……她怎么舍得……

"娇娇，你怎么舍得我？"莫斓笙的呢喃忽然就成了哭泣，他俯下的背轻轻抽动着，声音隐忍而悲伤。

一声一声轻轻的呼唤，忽然在这个不知是天堂还是地狱的地方响起，让沈眉娇抬了头。

沈眉娇挽着母亲坐在公园里的秋千上，像小时候那样，无忧无虑地高高飞起，再落下。

有些东西，总要到失去才会明白，什么才是唯一。

她曾经厌恶过的生活，到后来才发现原来那是另外一种幸福，如果她可以勇敢一点，不是懦弱地接受，也不是激烈地反抗，或者一切都不会发生。

"回去吧。"母亲的笑容温和，"你知道我爱你，孩子。"

我用一生来爱你，不是为了让你伤心。

可我不知怎么就伤了你。

但你知道，我很爱你，我希望你幸福。

所以，请你回去吧。

沈眉娇仿佛听到了母亲心里的话，眼眸里的泪水夺眶而出。

秋千缓缓停了下来。

母亲牵起她的手，站了下来。

天空中的呼唤还在继续，她母亲也抬了头。

"走吧，别回头。"母亲抚摸着沈眉娇的发，温柔地开口，"你的身体里，流着我的血,一样的倔强固执,记住我的爱,忘记你的恨,好好地走下去吧。"

说着,母亲推了沈眉娇一把。

明媚的阳光,鲜嫩的草地,还有童年的秋千,一下子都消失得无影无踪,四周忽然黑了下来,只剩一声大过一声的呼唤。

"娇娇——"

是莫斓笙的声音。

"娇娇,你怎么舍得我?"

莫斓笙隐忍而痛苦的声音,让沈眉娇整颗心都揪在一起。

是啊,她怎么舍得他?

这个干净纯粹的男人,是她的救赎。

"舍不得,这辈子,都舍不得。"她忽然开了口。

床边的莫斓笙整个人一震,猛然抬了头。

沈眉娇醒了。

结局

天空的云朵绵白得像孩子手中的棉花糖,云后的天湛蓝如洗过的宝石,北城的墓园,在阳光的照射下静悄悄的像个沉睡国度。

初秋的季节,这个城市比S城要冷得快一些,即使此刻天空的太阳依旧明媚,却没什么热度。沈眉娇穿了薄款的长裙,和莫斓笙肩并肩,站在了某个墓碑的前面。

林君平站在他们身边,微笑着。

墓碑上贴着一张鲜艳明亮的笑颜,那是25岁的云无影。

沈眉娇到底没有来得及见到云无影,不过林君平说云师姐走得毫无遗憾。

在最后的时刻,云无影终于见到了君无妄,又陪他们完成了最后一场战斗,她说她的人生已经圆满了,虽然短暂了一些。

沈眉娇将手里的百合花轻轻放在了墓碑前,才望向林君平。

"师父,你什么时候回去?"沈眉娇问他。

林君平已经在这座城市呆了好长一段时间。

"过两天就准备回去了。"林君平笑道,眼里的悲伤已被时间掩盖。

云无影离开之后,他花了一段时间将这个城市走遍,把她成长的地方一点点刻画在脑海之中,但终归,他还是要离开。

"好好保重。"沈眉娇拍拍他的手臂。

"你也一样。"林君平重重按了下她的手,才望向了莫斓笙,"徒孙,好好对你师父!"

沈眉娇"扑哧"一声笑了。

"一定。"莫斓笙郑重承诺。

从北城回到S市，沈眉娇开始了新一轮的忙碌生活，策划的工作渐渐上手，她开始可以独当一面，而为了完成曾经对母亲的承诺，也为了给自己的未来好好规划，沈眉娇报了研修班，准备迎接来年的研究生考试。

游戏上得少了，偶尔上去也就是聊聊天，狂眉逆娇正式退隐江湖。

凉骨天烬在那一场大战结束之后，就不再上游戏了，属于他的辉煌已经过去，薛锋扬就如当初向沈眉娇承诺过的一样，毁去了自己在游戏里的一切。

但沈眉娇却永远也不会回到他身边了。

在这个城市第一场秋雨降临的时候，薛锋扬踏上了离去的飞机。这个城市并不属于他，除了那个冬天最温暖的记忆之外，他为了她回来，如今也因为她而离去。

没有她的城市，让他觉得悲伤无处可躲。

沈眉娇知道他要离开，但她没去送他。

她和薛锋扬，注定只是彼此路上的过客，相见不如不见。

这边，莫家家长正式向沈眉娇发来了见面邀请，她腿上搭着条小毛毯，舒服地靠在莫斓笙怀里，听他唠叨。

"不要担心，我爸妈不会对你怎样的。"莫斓笙安抚她。

沈眉娇只睁大了眼睛看他。

"我呢，是莫家老三，我爸妈的老来子，前面还有一个姐姐和一个哥哥，姐姐就是你的好友杜夜娴的母亲，哥哥就是爱丽丝的父亲。早年我父母为了打拼事业，没怎么顾过我兄姐，之后又为了家族的发展，牺牲了我兄姐的婚姻，导致最初那几年，我兄姐的爱情和婚姻十分不顺利，和家里关系也差得一塌糊涂。"莫斓笙揽过她的腰，开始说起自家的事。

"而我则幸运得多，我出生的时候，因为是最小的儿子，家里生意已经稳定，所以受尽宠爱，而父母又因为觉得亏欠我兄姐良多，所以将这份愧疚加倍还在了我身上。从小到大，他们就没有逼我做过任何事。我喜欢钢琴，他们就随我去追求梦想，我不喜欢应付那些所谓上流社会的交际，还有什么名媛贵淑，他们也从不干涉，所以，我就是我，不为任何人存在。"

沈眉娇依旧睁大了眼睛。

"不过现在，我为你存在！"莫斓笙说着，在她脸上轻轻落下一个吻，"对于我的爱情婚姻，他们亦不会有意见，只要你爱我，就够了。所以，你不用担心什么门户之见。"

"我不担心啊！"沈眉娇回了他一个细吻，然后嫣然一笑地开了口，"死都不怕了，还怕这些？你可别忘了，我是狂眉逆娇，你师父！"

说着，她骄傲地抬了抬下巴。

莫斓笙失笑。

"那就定在这周日见家长，OK？"莫斓笙捏了捏她下巴，说道。

"好啊，这周我周六有事，也只有周日有空。"沈眉娇点点头。

"这么巧，我周六也有事。"莫斓笙好奇道，"本来还想带你一起去，现在看来不可能了。"

沈眉娇嘻嘻笑着点头。

周六，梅山疗养院。

沈眉娇前几天接到了疗养院公关外联科的小陈的电话，说是这周六是疗养院十周年庆，所以疗养院为院友们办了一个公益活动，想邀请她参加。

自从她离开疗养院之后，就没有回来过了。

想起疗养院里可爱的护士姑娘们，还有那满山的绿意，她忽然也想回去看看。

疗养院建在梅山半腰，被绿树环绕，空气非常好。因为这次沈眉娇答应当义工，到现场帮忙的，所以她很早就背了个大包出发了。

满目葱绿让她的心情莫名的开朗起来，远远她就看到了疗养院的门口挂着的大横幅，写着"梅山疗养中心十周年庆，祝所有院友健康幸福"，她便加快了脚步。

当初觉得这地方是她这一生最痛苦的地狱，现在看来，却更像是让她化蝶的茧壳，再回到这里，她已没有了当初的痛苦。

两年没见，疗养院有了少许的改变，但大体上还是和当年一样。

几幢五层高的建筑围着正中一个大庭院，四处都是让人心情舒畅的花草绿树，还有鸟儿叫声，格外动听。

已经有护士在布置庭院，正中的小舞台已经搭了起来，一会会有院友自己排练的节目在这里表演，还有社会贤达人士到场观看表演。疗养院筹建了一个关于自闭儿童的公益项目，所以这一次除了是十周年庆之外，也邀请一些社会贤达过来，进行筹款募捐。

沈眉娇很快找到了小陈。

"沈姑娘，真是太感谢你了，我替院里的孩子们谢谢你，又出钱又出力。"小陈满脸微笑，感激地握了她的手。

沈眉娇有些不好意思，她只是捐了自己的一小部分存款而已。

"略尽绵薄之力而已。陈姑娘，有什么需要我帮忙的呢？"沈眉娇问她。

"一会有很多小朋友表演，我们准备了很多气球，想绑到树上做装饰，人手不太够，麻烦你帮一下我们，谢谢。"小陈又感激地握紧了她的手。

"没问题。"沈眉娇点头。

庭院里的工作人员已经在给气球打气了，沈眉娇便放下背包，因见都是一些女孩子，她就自告奋勇地去搬来梯子，推到了树下。

"来，给我吧。"沈眉娇爬到了梯子上。

"小心点。"梯子下的护士将气球递给她。

沈眉娇接了气球便将它仔细绑到了树枝上头。

绑到第三棵树的时候，忽然间一阵琴声传来。

是那首弹得有些生硬的《童年》。

沈眉娇忽然有些恍惚，没有想到过了两年，她还能在同一个地方，听到同一首曲子。

抬眼望去，歌声仍旧是从二楼房间里传来的，窗口的纱帘飘动，隐约可见一个男人的轮廓。

"咦？！他这么早就来了啊！"树下的护士笑着说了一句，也顺着沈眉娇望的方向望去，"这可是我们院友之星啊，每隔一段时间都会来给小朋友们弹琴，小朋友们可喜欢他了。人长得又帅，不知道以后谁会嫁给他啊！"

护士说得十分感慨。

纱帘后的男人弹完一曲，忽然起身，站到了窗边，隐隐约约似乎朝她露了个笑容。

沈眉娇记了起来，这个人也是伤了手的钢琴演奏家。

她想到了莫斓笙。

会不会这么巧呢？

沈眉娇失笑，自己怎么随时随地都要想起他，这世间哪有这么巧的事？

太阳忽然从云后露脸，光线闪到了她的眼睛，她一阵晕眩，身体晃了晃，吓得她赶紧低了头，抓紧梯子，等到这阵阳光过去，再抬头之时，窗边的男人已经不在了。

沈眉娇便收了心思，将手上的两三个气球全部绑完之后，从梯上爬下来，准备换棵树，谁知才爬到一半，忽然伸来一只手，将她整个人拦腰抱了下来。

她一声惊呼，转了头。

莫斓笙正站在她的身后，温柔地笑着。

沈眉娇下意识地朝二楼窗口望去，然后脱口而出："是你？"

是他。

两年前在这个窗口弹琴的人，就是他。

很巧。

原来他们，早已相遇。

因为手伤，他在这里住过很长一段时间，才走出那段失去梦想的时光。

这个女人，真是无时无刻不在给他惊喜。

"你还有什么事，是我不知道的？"莫斓笙没有松手，圈了她的腰，低头问她。
　　"我的事，你不知道的还有很多呢，就像你的故事也有很多是我所不知道的，不过没关系，我们的时间还有很多很多，足够我们将这些惊喜一点点挖掘出来，也许会发现，某年某月的某一时间，我们曾经在这地球上的某个街巷，完成过我们这辈子的第一次相遇。"
　　沈眉娇笑吟吟地回答他。
　　原来在过去的岁月里，我们早已不知错过了多少次。
　　而最终，岁月还是将我们送到了彼此身边。
　　莫斓笙，你要记住。
　　我沈眉娇是你这辈子，唯一的——
　　女神！

——END
落日蔷薇于2015年1月20日

约会

沈眉娇最近很忙。

莫斓笙最近也很忙。

一个白天忙工作,晚上忙读书;另一个忙着公司事务。两个人都不得闲,哪怕天天在公司里能碰到面,但约个小会谈个小情的时间却少得可怜。

莫斓笙有些不满,因为这几天两人约会时的情况常常是这样的……

A——约吃饭:

"吃虾!"莫斓笙剥好虾丢到沈眉娇碗里。

"唔。"沈眉娇把虾塞嘴里。

"喝汤!"莫斓笙把汤舀到沈眉娇嘴边。

"咕嘟。"沈眉娇喝了。

"吃饭。"莫斓笙敲敲她的碗。

"嗯。"沈眉娇一手拿着汤勺挖饭,一手按着书本,眼睛眨也不眨地盯着书。

"吃我!"莫斓笙把脸凑到沈眉娇嘴边。

"……"沈眉娇张嘴。

莫斓笙怒了。

"沈眉娇,你够了!"莫斓笙一手拍到了沈眉娇的书本上。

他堂堂一个狂、酷、霸、拽的总裁大人,"纡尊降贵"地"服侍"她吃顿饭,她居然一个正眼都没给他?!

情何以堪。

沈眉娇终于从书本里回神,看到脸颊快贴到她脸上的莫斓笙,眼珠一转马上讨好。

"你看我这不是马上要考试了,万一没考上,多给你丢脸啊!你堂堂一个学霸,我再怎么也不能太渣吧。"沈眉娇看他脸色放缓,再接再厉,"唉,对了,这个句子的语法我不太理解,你出过国,英语比我好太多,我这四级水平早就还给老师了,你快帮我看看。"

"哪句?"莫斓笙眼光看向她手边的书。

"喏,这句。"沈眉娇指着书上画了线的句子。

"这句啊……"莫斓笙很认真地看了看句子……

然后,他忘记了自己为什么生气!

然后,这个美妙的晚上他给她上了一节英文辅导课。

然后,莫斓笙成了沈眉娇免费的私人英文老师……

沈眉娇偷笑。

B——约看电影:

沈眉娇挑了文艺爱情片《七年长跑》。

电影开场十五分钟,男女主角还在磨叽着我爱你,你爱她,她爱理不理的桥段。

沈眉娇嗑着爆米花,喝着可乐,看得津津有味。

她都好几年没看过电影了,一个人看电影容易加深孤独,所以她不来电影院,不过现在总算找到了人陪看电影,就算大屏幕上放的是科教片,她也高兴。

正看到兴头上,忽然她肩头一沉。

莫斓笙的头已经歪倒在她肩上。

沈眉娇侧头望去,莫斓笙已经闭眸睡去。屏幕的幽光之下,他的脸庞被一片阴影笼着,明暗交错,像在上演另一个故事,他的鼻息和缓,温热的气息拂过她的脖子,又暖又痒,但沈眉娇不愿意抬手制止这阵痒意,她怕吵醒他。

莫斓笙睡得很香。

他已经有好几天没好好睡过觉了。

这些日子公司接了个大项目,莫斓笙已经熬了两个通宵,忙得像转不停的陀螺,难得睡个觉也不太安稳,沈眉娇看着都替他累。

但不管再累再忙,莫斓笙从来都没冷落过沈眉娇,比如这一场电影,都是他安排好了,拎着她来看的,结果他却睡着了。

他睡得安稳,她看得安静。

电影一个半小时散场,灯光大亮,莫斓笙睁了眼。

"这戏不错。"沈眉娇说道。

"是挺好。男主角很深情。"莫斓笙难得有些脸红,他第一次在影院睡着。

他只看了十分钟,前十分钟,男主角的表现非常痴情。

沈眉娇眨眨眼,道:"嗯,女主角也萌萌哒。"

"结局……"莫斓笙想问她。

"结局很好。"沈眉娇眨眨眼。

后半场,她光顾着看莫斓笙,电影啥内容她都没关注了。

"嘤嘤嘤,好可怜,七年的单相思,结果还是分开了。"旁边一对情侣走过,女生哭得稀里哗啦。

莫斓笙朝沈眉娇挑眉。

沈眉娇挽了他的手臂,皮厚如墙:"吃夜宵去了。"

这个故事,她是女主角,他是男主角,谁敢说他们的结局会不好?

晚餐

考研结束，沈眉娇松了口气，虽然成绩没出来，但她总算可以暂时把书本扔一扔了。莫斓笙在家里做了一桌美食为她庆祝。

红酒如血珀，烛影摇晃，照着桌上的玫瑰盛放如火。

一个浪漫又暧昧的夜晚。

"考完研，你有什么打算？"莫斓笙笑着问对面吃得正香的人。

这是一个试探性的问题。

"打算？"沈眉娇对他的问题有些诧异，"如果能考上，当然是好好深造好好工作了；如果考不上，明年再考一次呗！"

她喝了点酒，脸颊红得像玫瑰。

莫斓笙不喝酒都有点醉了。

"还要再考？"他声音微微抬高，只要一想这段时日以来她读书入迷的情况，他就觉得难熬。

"这是自我增值，又不是考了研就辞职走人了！我考不考的，碍不着什么事，你紧张啥？"沈眉娇叉起一小块牛排，正往唇边送，忽然动作一顿，又开口，"说起来，我是不是可以找所国外的大学出国进修？"

莫斓笙自动忽略了关于"出国进修"的话题。

"考上研究生，你最少要读两年，万一要是你太渣没过，这时间还得拉长……"

"打住！莫斓笙你能有点好话吗？什么叫我太渣？我在学校的时候也领了两年奖学金好吗？"沈眉娇放下了刀叉，怒瞪莫斓笙。

她好不容易考完了，他就不能给她点鼓励？！

"嗯……过了年，娇娇你25岁了吧？"莫斓笙低了头，拿刀子把牛排切得细细小小，却都没往嘴里送。

"是呀，正值青春正盛的年华！"沈眉娇拿起酒杯轻啜一口红酒。

酒液沾唇，唇色瑰丽，她一抿唇，舌尖从唇瓣滑过，坐在她对面的莫斓笙心随之一颤。

"25岁读完研最快也27岁了，你就没考虑过别的事？"莫斓笙继续试探。

"别的事？"沈眉娇不解。

莫斓笙起身，缓步走到她身边，倚着餐桌站到她身侧，伸出手指从她眉上划过。

"终身大事。"

沈眉娇噎住，半晌才回答他："读完研再谈！"

"你说什么？读完研？"莫斓笙俯下身，语气很轻，却藏着危险。

读完研少说两年，还只是再谈而已！

莫斓笙的自制力，正濒临瓦解。

眼前的女人，正不动声色地诱惑着他……

不等了，他想现在就把她就地正法。

嗯……

烛影摇曳，良辰美景，不可辜负。

订婚

沈眉娇与莫斓笙认识的第二年秋天，莫家在城中的老宅，迎来了十多年都没出现过的喜事。

莫家老……三……订婚了。

报纸杂志上的新闻铺天盖地登出来，成了最近城中热事。

在莫斓笙的强烈要求下，沈眉娇同意先和他订婚。

没办法，情敌太多。

因为读的是在职研究生，所以沈眉娇的同学大多都在二十五岁上下，其中不乏一些优秀的单身男人，虎视眈眈地围绕在沈眉娇身边。

沈眉娇不是特别漂亮，但宜家宜室的模样，进退得当的谈吐让她在班上特别有人缘，这男女通吃的属性，让莫斓笙的内敛风度通通都见鬼去了。

以前被他在心里吐槽了无数次的土豪行径，如今被他用滥了……

比如，开豪车出现在校园里，闪瞎所有人的眼！

比如，打扮成帅气欧巴站到她班级外……结果没多久就引来围观，关于一个帅欧巴的故事传遍校园。

……

终于在他的智商被拉到负数之时，沈眉娇自己受不了了，同意先跟他订婚。

虽然新闻登得老大，但实际上这场订婚宴办得十分低调，只在莫宅里办了十来桌，沈眉娇将自己的阿姨从邻市请了过来，而莫家也只请了几家关系十分密切的亲戚。

这是沈眉娇自己要求的。

莫斓笙父母对这个准儿媳倒没有为难过，一直以来都表现得很亲切，大概真如莫斓笙说的那样，他们对大儿子的愧疚都还在了莫斓笙身上，因此特别开明。

莫斓笙的大嫂，沈眉娇也见过了。那是个长相温婉、眼神却清冽的女人，有着很好的教养，大概是因为这么多年对丈夫和婚姻生活的失望，她整个人身上都蒙上一层霜雪般的冷淡，不怎么爱说话，但每次只要沈眉娇一提起爱丽丝，她眼里的冷厉就被另一种情绪取代，这让沈眉娇想起自己的母亲。

虽然大嫂话不多，但沈眉娇很乐意将自己所了解的那个爱丽丝，细细描述给她知道。

因此，比起其他人，莫家的大嫂反而对她更亲近一些，这让莫家人十分惊讶。

而莫斓笙的大哥，除了眉眼间的一丝相似外，这是个和莫斓笙截然不同的男人。或许是因为久居高位又肩扛着整个家族事业的关系，他总显得特别严厉，哪怕是笑，也有些严肃，总让身边的人不敢说笑，因此每次的家庭聚会，他都只出现一小会便自觉离开。

不知怎的，沈眉娇觉得他背影，有些孤单。

大概是担子太重，他已经忘记了如何放松。

至于莫斓笙的姐姐，那是个有些咋呼的女人，总是和老公拌嘴。据莫斓笙说，他姐姐的这段婚姻也和大哥一样，都是利益结合的产物，因此开始时并不顺利，但比他大哥幸运的是，随着时光的流逝他们建立了真正的感情，因此后来的日子过得还不错。

这个家庭，虽然大富大贵，但其实也和许多家庭一样，有着同样的幸福和不幸，并没想象中的那样难以融入。

而整个莫家，和她最亲近的，当属杜夜娴和爱丽丝了，一个是她的死党，一个是她的粉丝。

只不过，这两重关系最近都改了。

"舅妈！"杜夜娴的声音有些咬牙切齿的味道，任谁管自己的同学叫"舅妈"都会郁闷的，尤其对方还是自己死党，这辈分涨得……

"小婶婶！"比起杜夜娴，爱丽丝倒显得亲热多了。这段姻缘能成功说起来也有她的一份功劳，如今她可是以媒人身份自居的。

"乖！"沈眉娇咧嘴笑了，假装没看到杜夜娴的眼神，取了两个红包放到二人手里。

一下子升级成准长辈，她……没有经验！

杜夜娴嫌弃地看了看沈眉娇，不是嫌红包分量少，是嫌弃那句"乖"！她打开自己的包，取了一个小礼盒重重塞到沈眉娇手里。

"订婚快乐!"

爱丽丝笑得合不拢嘴,也掏了礼物放到沈眉娇手里。

这一天下来,沈眉娇发红包,收红包,不亦乐乎。

按着S城的风俗,莫家祭了祖,傍晚时分开席,证婚人和双方家长简单地说了话,满堂笑语之间,沈眉娇和莫斓笙站到了老宅的庭院正中间。

"沈眉娇,我爱你,用一生为证!"莫斓笙从爱丽丝手里取过了订婚戒指,郑重又仔细地套到了沈眉娇无名指上。

满树华灯之下,莫斓笙眼眸如星,照出沈眉娇的模样。

"莫斓笙,我也爱你,以余生为誓!"沈眉娇轻轻靠到他胸前,微垂的眼里有些水花,一眨便如碎星四散。

莫斓笙低头,吻上她。

此生只此一人,可共白首。

九霄长歌

著者
落日蔷薇

总策划
周政

总监制
杨翔森

视觉策划
木子棋

封面设计
龙帆

版式设计
李映龙

封面绘制
吟耳汤

营销推广
冯展

特约编辑
颜小玩

流程编辑
李晶

运营发行
湖南人民出版社运营中心

出版者
湖南人民出版社

出品

官方微博
http://e.weibo.com/wuliangweiye

平台支持

本作品中文简体版权由湖南人民出版社所有。
未经许可,不得翻印。

图书在版编目（CIP）数据

九霄长歌 / 落日蔷薇著. —长沙：湖南人民出版社，2015.12
ISBN 978-7-5561-1230-2

Ⅰ. ①九… Ⅱ. ①落… Ⅲ. ①言情小说—中国—当代 Ⅳ. ①I247.5

中国版本图书馆CIP数据核字（2015）第289864号

九霄长歌

著　者	落日蔷薇
总 策 划	周　政
总 监 制	杨翔森
责任编辑	彭富强　夏文欢
特约编辑	颜小玩
封面设计	龙　帆
版式设计	李映龙

出版发行	湖南人民出版社　[http://www.hnppp.com]
地　　址	长沙市营盘东路3号
邮　　编	410005
经　　销	湖南省新华书店
印　　刷	湖南凌宇纸品有限公司
版　　次	2015年12月第1版
	2015年12月第1次印刷
开　　本	710mm×1000mm　1/16
印　　张	18
字　　数	350千字
书　　号	ISBN 978-7-5561-1230-2
定　　价	25.80元

版权所有·侵权必究

凡购本社图书，如有缺页、倒页、脱页，由发行公司负责退换。